U0577961

〔清〕錢謙益 撰集

許逸民 林淑敏 點校

列朝詩集

第六册

中華書局

列朝詩集目録

丙集第四

陳檢討獻章一百一十九首

丙集第五

石少保珤六十三首

丙集第六

丙集第七

丙集第八

丙集第九

丙集第十

列朝詩集丙集第四

陳檢討獻章一百一十九首

獻章字公甫，新會人。正統十二年舉人。身長八尺，目光如星，右頰有七黑子如北斗狀，穎悟絶人。再上禮部不第，歸隱白沙。成化十八年，辟召至京，不肯就禮部試，乞歸養母，詔特授翰林檢討。自後屢薦不起。弘治十三年卒。學者稱爲白沙先生。莆田林俊稱其涵養粹完，脱落清灑，獨超造物牢籠之外，而寓言寄興於風煙水月之間，蓋有舞雩陋巷之風焉。於觀先生之爲人，志節激昂，抱負奇偉，慨然有堯舜君民之志。而限於資地，困於謡詠，輪囷結轖，發爲歌詩，抑塞磊落之志氣，旁見側出於筆墨之間。借詩講學，間作科諢帽桶脚，有類語録。嘗有詩曰：「子美詩之聖，堯夫又別傳。後來操翰者，二妙少能兼。」嗟呼！子美、堯夫之詩其可得而兼乎？東食西宿，此真英雄欺人之語，而增城湛原明妄加箋釋，取爲詩教，所謂痴人前不可説夢也。先生嘗曰：「論詩當論性情，論性情先論風韻，無風韵則無詩矣。」又曰：「學古人詩，先理會古人性情是如何，有此性情方有此聲口。」人亦有言白沙爲道學詩人之宗，余録其詩，則直以爲詩人耳矣。王元美《書白沙集後》云：「公甫詩不入法，文不入體，又皆不入題，而其妙處有超出於法與體及題之外者。余少學古，殊不相契，晚節始自會心，偶然讀之，或倦而躍然以醒，不飲而陶然以醉，不知其所以然也。」弇州晚年進學，悔其少作，故能醉心於白沙若是。余并識其語，錞於申之，以告於世之謬爲古學者。

冬夜

長夜氣始凄，木綿被重裘。端坐思古人，寒燈耿悠悠。是時病初間，背汗仍未收。學業坐妨奪，田蕪廢鋤耰。高堂有老親，遍身無完紬。丈夫庇四海，而以俯仰憂。口腹非所營，水菽吾當求。明旦理黄犢，進我南岡舟。

藤蓑二首

一蓑費幾藤，南岡礪朝斧。交加落翠蔓，制作類上古。吾聞大澤濱，羊裘動世祖。何如六尺蓑，滅迹蘆花渚。舉俗無與同，天隨夢中語。今夜不須歸，前溪正風雨。

新蓑藤葉青，舊蓑藤葉白。新故理則然，故爲浪欣戚。扁西舟浦口，坐望南山石。東風吹新蓑，浩蕩滄溟黑。須臾月東上，萬里天一碧。安得同心人，婆娑共今夕。

漫　題

日月逝不處，奄忽幾華顛。華顛亦奚爲，所希在寡愆。韋編絶《周易》，錦囊韜虞絃。饑餐玉臺霞，渴飲滄溟淵。所以慰我情，無非畹與田①。提攜衆雛上，啼笑高堂前。此事如不樂，它尚何樂焉。東園集芋本，西嶺燒松煙。疾書澄心胸，散滿天地間。聊以悦俄頃，焉知身後年。

① 原注：「二孫名。」

和陶歸田園三首

我始慚名韁，長揖歸故山。故山樵採深，焉知世上年。是名鳥搶榆，非曰龍潛淵。東籬採霜菊，兩渚收菰田。游目高原外，披懷深樹間。禽鳥鳴我後，鹿豕遊我前。泠泠玉臺風，漠漠聖池煙。閑持一觴酒，權飲忘華顛。逍遥復逍遥，白雲如我閑。乘化以歸盡，斯道古來然。

高人謝名利，良馬罷韁鞅。歸耕吾豈羞，貪得而妄想。今年秋又熟，歡呼負禾往。商量大作社，連村集少長。但憂村酒少，不充儂量廣。醉即拍手歌，東西卧林莽。

近來織畚徒，城市售者希。朝從東臯耕，夕望西岩歸。貧婦業紡績，燈下成歲衣。但令家温飽，不問我行違。

和陶移居

留連晡時酒，吟詠古人詩。夕陽傍秋菊，採之復採之。採之欲遺誰，將以贈所思。所思在何許，千古不同時。四海倘不逢，吾寧獨去兹。願言秉孤貞，勿爲時所欺。

和陶飲酒

木犀冷於菊，更後十日開。清風吹芳香，芳香襲人懷。千回咽入腹，五内無一乖。雖靡鸞鳳吟，亦有鶬鶊棲。昔者東籬飲，百榼醉如泥。那知此日花，復與此酒諧。一曲盡一杯，酩酊花間迷。赤脚步明月，酒盡吾當回。

和陶懷古田舍

君子固有憂，不在賤與貧。農事久不歸，道路竟徒勤。青陽動芳草，白日悲行人。沮溺去千載，相知恒若新。出門轉窮厄，得已聊一欣。甘雨濡夕畛，繁花冪春津。獨往亦可樂，耦耕多近鄰。百年鼎鼎流，永從耕桑民。

秋　興三首

西風振庭木，虚堂夜蕭蕭。攬衣起步月，歸雁雙飄飖。天地豈予獨，知音不可招。冥心祈有合，悵望空雲霄。

盛時不得意，衰老徒傷悲。志士曷爲爾，載籍多見之。翹首面崑崙，白龍有遺池。振衣一千仞，高詠秋風誰。

海上有一士，來往不知年。或就胥靡飯，或投上方眠。遊處各有徒，孰謂世情然。飲酒不在醉，弄琴本無絃。借問子爲誰，得非魯仲連。

送李劉二生還江右用陶韻二首

夜聞桂樹芳，晨起山鳥喧。客從遠方來，歷我階西偏。手持諸侯書，徵會在匡山。我願結其人，遂往不復還。滯形宇宙内，俯仰獨何言。

中年見二子，楚楚西江英。問訊徐蘇里，千年有餘情。開尊對溟月，高歌亦心傾。胡爲別我去，感此秋蛩鳴。贈處各有言，慨然盡平生。

贈李世卿二首

採菊復採菊，嚴霜下庭木。豈無桃李顔，畏此天地肅。落落枝上英，夫傷飡者獨。持贈楚人歸，投之江魚腹。

青青墻下竹，冬後色如是。燦燦月中花，歲寒香不匱。新知語未足，遠別情難置。獨上江門舟，北風日凌厲。

有懷世卿四首

仙鶴去不歸，黄鸝向人語。空館忽相思，雲山杳何許。出門望東海，默默空延佇。月出潮復來，鳴橈下滄渚。

時雨日夕來，郊原藹新緑。白雲被重崖，下映寒塘曲。情結竹上言，魂消井邊躅。三年隔瀟湘，書至不可讀。

伏枕廬山下，春懷慘不舒。哀絃久去耳，風韻今何如。灼灼花自媚，嚶嚶鳥相娱。高臺夕流盼，古道行人疏。

煩囂謝人境，抱膝山臺居。奈此枝上鳥，交交春雨餘。少年耳目冗，衰老不能虚。安得魯連子，從之泛江湖。

送劉方伯東山先生

未别情何如，已别情尤邈。豈無尺素書，遠寄天一角。江門卧煙艇，酒醒蓑衣薄。明月照古松，清風灑孤鶴。

蔣韶州書至代簡答之

相别何悠悠，梅花十寒整。音塵中斷絶，窅若墮深井。忽枉尺素書，開讀喜不定。庾嶺秋正高，揚旌下松徑。君才足理郡，韶民日延頸。古來水火喻，子産功在鄭。歲計諒有餘，願聞下車令。

秋夕偶成明日鄉試揭榜

缺月不滿簾，南窗聊隱几。猶聞户外舂，斷續秋風裏。犬子試初畢，老妻浪驚喜。滔滔中夜心，四海皆名利。

自伍光宇墓還登蓬萊絶頂

故人墳前澆我酒，白日欲西回馬首。嶝危道險不可躋，下馬長須扶兩肘。三步一噫五步停，引吭出舌肺腸鳴。此時平地慮顛踣，仰首十丈梯峥嵘。以手捉僕肩，以足踏崖頸。躋攀欲上分寸難，又恐翻身落深阱。山北鳴鵂鶹，山南叫鉤輈。豹虎伏莽狐狸遊，天地衮衮令人愁。小童魚貫上復休，絶頂始得巉巒幽，開顔一望隘九州。弱水涓涓扶桑樛，中覆一杯滄溟流。穹然青者吾羅浮，神仙葛白俱蜉蝣。湖西先生去十秋，五羊詩客徒淹留。數公陳迹或可搜，死者已矣吾何憂。後來諸生繼前修，努力莫倦蓬萊遊。

題馬默齋壁

屋後青山屏翳合，簷前緑樹煙花匝。主人閉門履不納，跏趺明月光繞榻。客來問我笑不答，但聞山鶯啼恰恰。橙橘盈園野芳雜，門外一江深映閤。四時八風誰管押，樹飛霧走龍騰甲。拙者孤舟持酒榼，成化十年甲午臘。

送客

濃緑新春酒，疏紅隔水花。官人坐馬醉，江路繞山斜。桃李成春徑，牛羊散暮沙。林泉無宿客，興盡且還家。

悦城

山作旌幢擁，江絣鏡面平。舟航乘曉發，雲物入冬晴。鼓到江心絶，槎衝石角橫。經過悦城曲，無語笑浮生。

四月

四月陰晴裏，山花落漸稀。雨聲寒月桂，日色暖酴醿。病起初持酒，春歸尚掩扉。午風吹蛺蝶，低逐乳禽飛。

聞方伯彭公薦剡

當時尊孔孟，用世必詩書。夫我何爲者，先生非過與。長歌扶晚醉，短髮向秋疏。坐惜籬前水，持竿試釣魚。

至陳冕家

遠樹晴堪數，孤雲暝欲遮。自憐江海迹，能到友生家。落日明江色，輕風動麥花。相看吾鬢白，不必問年華。

古挪寄周京

西來何處水，千里不平流。入海魚龍喜，懷山草木愁。雨邊明落日，石角上孤舟。寄語周京道，勞生不自由。

晚步

水國秋先至，江村晚更幽。泥筌收郭索，山網落鉤輈。涼入社門樹，陰連渡口舟。獨憐經略地，吾得放歌遊。

秋坐碧玉樓偶成

造次中秋過，商量九日來。詩將秋景澹，菊共老人開。時節陶潛醉，江山宋玉哀。平生滄海意，不受白鷗猜。

病疥用后山韻寫懷

病枕愁更永，籠燈對夜長。千年無鮑叔，一懶有柴桑。兒請栽瓜地，妻評作曲方。花時逢酒伴，酩酊出扶墻。

秋中寄興同前感事韻録遞東所兼呈雲谷老隱

山人無外事，白首稚兒同。弄水溪堂背，争棋紙局中。盆池秋見月，竹院夜呼風。觸事成唐句，狂歌向碧空。

題新村書齋壁二首

日色催江渡，潮痕上石梯。趁墟村婦出，索哺襁兒啼。樹接黄村塢，船移白石溪。落花誰省記，何必武陵迷。

茅棟依岩静，柴門洗竹通。桑榆巷南北，烟火埭西東。一徑漁樵入，孤村井臼同。鄰家得美酒，吹笛月明中。

南歸寄鄉書七首

家在桃源裏，龍溪是假名。蕉衫溪女窄，木屐市郎輕。生酒鱘魚膾，邊爐蜆子羹。行窩堪處處，只少邵先生。

碧草東西埭，黄鸝遠近山。巖春花氣足，簷日鳥聲閑。文字虚堆几，園林不設關。一條煙際路，朝往暮來還。

江邊逢野叟，叉手問官名。立雀黄牛近，銜魚白鷺腥。西田餘故宅，北崦多新塋。駐馬斜陽外，悽然感廢興。

自愛愚公谷，誰過野老家。時依當户竹，閑數上墻花。鳥立溪槎静，牛争崦路斜。懷中嬌小女，學語解呼爺。

居士舊茅齋，蕭然倚玉臺。獨尋寺裏去，每倒日西回。魚躍水萍破，風推巖户開。小橋殘板在，長訝有人來。

省事除煩惱，端居養静虚。栽花終恨少，飲酒不留餘。山徑兒吹笛，村田婦把鋤。殷勤謝閭里，勝事莫相疏。

山童呼犬出，狂走信諸孫。乳鴨争嬉水，寒牛不出村。墟煙浮竹杪，田水到桑根。鄰叟欣相遇，笑談忘日曛。

社西村四首

結茅依里社，村以社西名。客至惟談稼，年衰不入城。鄰鷄上樹宿，水鶴傍人鳴。向晚尋牛去，前岡笛又轟。

君家里社西，我家里社東。平分社公雨，不隔馬牛風。瓜地妻能種，衣巾俗與同。雲邊採芝徑，高盡玉臺風。

社主對諸阡，居廬散百煙。共來鄉社會，同樂帝堯年。折花潮没屐，吹笛月隨船。偶尋社西去，又賦社西篇。

社西逢酒伴，埭北有花枝。詎識愚公意，聊回牧豎嬉。圍棋松崦久，度馬板橋遲。袖有葳蕤草，還家不告饑。

寄馬默齋

倒載輕軿駕，徒行謝衆扶。無錢欺老社，失策問長鬚。山雨酴醾弱，林風枳殻疏。待君君不至，春盡又何如。

次韻秋興感事寄東所

醉眠山影裏，恨不與君同。松下泉來冷，鷄鳴日過中。就牀梳白髮，開户納清風。起視滄溟暮，孤鴻没遠空。

春日江村二首

時候花先覺，陰晴鳥自知。登山嫌避客，得句樂呼兒。蔓草披香徑，垂楊覆淺漪。美人期未至，江月幾盈虧。

草帶籬腰緑，花簪石頂紅。林園開畫景，鶯燕語春風。山靄霏霏合，江流渺渺東。獨來橋畔路，高拄過眉筇。

春陰偶作寄定山

浩浩川流疾，冥冥嶺樹陰。共憐春錯莫，更覺老侵尋。宿雨衰花氣，朝陽絶鳥吟。誰能盡天道，俯仰此懷深。

用韻寄廷實

無才慵作吏，有酒喜留賓。老更耽高卧，時還近俗人。鐘鳴山寺遠，月出土牀親。何處期吾子，竹歌玉洞春。

喜梁文冠至

駐槳梅村夜，風光勝早春。直知花是路，不覺月隨身。草木皆知舊，江湖多賤貧。短蓑來往數，等是最閑人。

中秋撥悶二首

疏星圍碧玉，秋氣正平分。共持今夕酒，又減去年人。白髮來千丈，青山忽數墳。年光付流水，萬物信乾坤。

晚有悲秋意，秋來此夜分。可憐清夜酌，盡是白頭人。紫蓋終攜病，朱陵願卜墳。誰能天地外，別去覓乾坤。

旌節亭瓦雀

瓦雀喜亭棲，丹青意自迷。雨餘穿麗日，花底啅香泥。並語聲全碎，追飛羽忽低。悠悠去繒繳，款款戀榱題。卵育非無地，兒群或引梯。慣行書案上，漸滿井闌西。不羨雕籠養，真堪畫卷携。由來親白首，那更避青藜。狎久如私昵，喧多類滑稽。行藏非社燕，飲啄混家鷄。度嶺千回歇，排風幾寸躋。冥鴻於汝輩，滄海一涔蹄。

西南驛晚望

晚來花雨濕詩囊，獨上郵亭望大荒。南盡海邦諸郡淺，西來天上一江長。漁歌落日還孤艇，樹隔啼鶯背短墻。料理憑高非一事，尊前誰與共平章①。

① 原注：「黃淳曰：『石齋先生徵時，不往見瓊臺公，以此不合，人多言石齋爲所阻。以瓊臺排玉三原之事推之，或不誣也。石齋詩有「南極海旁諸郡淺」及「山雨不來昏晝景」之句，蓋寓意於此。觀其祭瓊臺文益信。』」

對酒

竹杪風輕瓦雀哀，葛巾蕭散步階苔。放懷自對溪花笑，好事誰撑酒舫來。白髮驚看今日老，青春剛到隔年回。壯心被酒如飛鶴，又逐紅雲上玉臺。

荼蘼花開有懷同賞

看花何處發孤吟，墻角荼蘼又破金。紫艷照人今日態，香風吹夢隔年心。多情酒伴來何晚，得意遊蜂入每深。病起南窗坐終日，獨憐涓滴未成斟。

與謝胖

風波來往十年身，舊事凄凉不可陳。當道豈非鉤距手，青山不問打眠人。酒腥旅館城南月，夢破茅茨海角春。何日定攜妻子去，水田稼好最娱親。

南歸途中先寄諸鄉友

不分賓主共林塘，脱下朝衫作道裝。酒爲老夫開甕盎，茗和春露摘旗槍。津頭水滿鴛鴦下，墻背風來枳殼香。何處與君拚坐久，萬株花裏小藜牀。

晚酌示藏用諸友四首

何處氤氳到此溪，香林高樹望中迷。瘦藤拄月秋山遠，破褐隨風晚袖低。廬阜亦開新洞府，玉臺還是古招提。黄柑白酒誰賓主，不放今朝醉似泥。

四人把手過龍溪，一路梅花了不迷。滄海月明三島近，白龍天迥衆山低。客携卷子抄詩草，兒上松枝挂酒提。盡日醉眠岩石上，莓苔茵厚不沾泥。

東溪牽犬過西溪，短屐衝煙步步迷。秋竹苔深人語静，古壇松冷鶴巢低。山花折去空盈把，春酒沽來不滿提。笑把長竿弄江月，草間郭索尚蟠泥。

丹青不寫武陵溪，只記桃花也著迷。芳草獨行山路僻，白雲相送洞門低。笑呼竹笠前頭拜，交付詩囊右手提。風月滿山關不住，他時須用一丸泥。

故兩廣總制朱公歸葬彬陽憲使陶公遣生員陳諫往祭賦詩贈之二首

銘旌前日别金臺，故吏門生安在哉。黄葉孤村荆桂老，青山連騎越香來。人思舊德聞吹笛，烏避新阡下啄苔。欲了平生功德狀，到時須打墓碑回。

黄金誰問買端溪，羊祜殘碑我解題。一飯可忘公吐握，千秋遺愛廣東西。寒瀧急雨飛濤惡，夜峽啼猿哭月低。不爲高堂兼卧病，天涯絮酒肯教攜。

六十一自壽

世間甲子是何年，母鬢雙皤子亦然。十數曾孫羅膝下，兩三杯酒笑燈前。尋僧野寺花迷路，吹笛江門月滿船。聖主萬年歌不足，黄河清了鳳翩蹮。

元旦試筆二首

六載虚勞供奉恩，白頭吾亦兩朝臣。閭閻擊壤今弘治，簡册編年又戊申。日色小薰穠李晝，風光欲醉乳鶯春。廬岡此景誰分付，也到江門不屬人。

天上風雲慶會時，廟謨争遣草茅知。鄰墻旋打娱賓酒，稚子齊歌樂歲詩。老去又逢新歲月，春來更有好花枝。晚風何處江樓笛，吹到東溟月上時。

厓山大忠祠

天王舟楫浮南海，大將旌旗僕北風。世亂英雄終死國，時來胡虜亦成功。身爲左衽皆劉豫，志復中原有謝公。人衆勝天非一日，西湖雲掩岳王宫①。

① 原注：「《麓堂詩話》云：『白沙詩極有聲韻，《厓山大忠祠》和者皆不及。』」

飲酒

君莫停杯我爲歌，我今忘我是誰何。避人懶弄船頭笛，對影非無月下蓑。廬阜春雲眠華嶽，江門秋水釣銀河。竹弓挽住閒人手，漸覺年來射鴨多。

次韻李子長至白沙

山轉黄雲信脚行，西風吹袂五銖輕。勝遊自喜多閑日，衰病還堪逐後生。白髮我因何事笑，黄河人見幾回清。看君合伴爐岡睡，不獨能詩一技成。

邀馬玄真用前韻

閑眼閑坐或閑行，身老溪雲病亦輕。客至正當秋釀熟，船來莫待晚潮生。江山偶得三人對，風月還添一榻清①。昨日書來張主事，頭顱空訝老無成。

① 原注：「數日前玄真送木榻。」

次莊定山清江雜興韻

家學華山一覺眠，圖書亦在枕頭邊。傍花隨柳我尋句，剩水殘山天賜年。竹徑傍通沽酒市，桃花亂點釣魚船。平生我愛孫思邈，自古高人方又圓。

次韻定山先生種樹

花時風日美新晴，北沜南垞迤邐行。春色酣酣熏我醉，年光衮衮嘆人生。竹林背水題將遍，石笋穿沙坐欲平。客問定山何所有，滿山紅紫數聲鶯。

春日偶成

蛺蝶飛飛花映窗，流鶯恰恰柳垂江。出墻老竹青千箇，泛浦輕鷗白一雙。暖日暄風酣獨卧，來牛去馬亂相撞。江山指點非無句，誰致先生酒百缸。

贈張叔亨侍御

天下元無事，勞勞我有心。相攜沙上語，山月二更深。

訪客舟中

船中酒多少，船尾閣春沙。恰到溪窮處，山山枳殼花。

初晴

初晴樓上燕飛飛，樓下歌人白苧衣。一曲未終花落去，滿林啼鳥送春歸。

贈釣伴

短短蔞蒿淺淺灣，夕陽倒影對南山。大船鼓枻唱歌去，小艇得魚吹笛還。

絶句

墻角經春卧短笻，千秋塔骨不如公。科頭坐轉茅檐日，閑看蛛絲蕩午風。

歇馬大徑山

數家烟火隔林塘，一樹寒花晚自香。黄葉冢頭聊歇馬，鷓鴣聲裏見斜陽。

古有所思

采采紅芳日欲斜，盈盈珠淚落天涯。東風忽見籬前樹，惱亂春愁不爲花。

社中四首

桑林伐鼓酒如川，秋社錢多春社錢。盡道昇平長官好，五風十雨更年年。
社屋新成燕子來，山丹未落野棠開。三三兩兩兒童戲，弄水扳花日幾回。
社酒開顔一百家，春風先動長官衙。東君也解遊人意，紅白交開樹樹花。
社日年年會飲同，東原西埭鼓冬冬。無人不是桃花面，笑殺河陽樹上紅。

秋江唤渡

何處渡頭風浪喧，隔波仙景似桃源。瘦藤倦向人間去，唤得船來便上船。

桃花

雲鎖千峰雨未開，桃花流水更天台。劉郎莫記歸時路，只許劉郎一度來。

元夕

村南村北此宵同，好景難消一老翁。在處恐妨年少樂，踏歌歸去月明中。

喜晴

西林收雨鵓鳩靈，捲被開窗對曉晴。風日醉花花醉鳥，竹門啼過兩三聲。

偕一之世卿詣楚雲臺偶作呈世卿

小立三人静楚雲，水田漠漠向秋分。千峰笑指來時路，黄鶴樓前月是君。

和柳渡頭韻答鄉友

飯罷雕胡坐石磯，白雲閑與鶴同飛。神仙若道吾無分，那得身輕減帶圍。

對酒

半開半謝花相催，江水東流不復回。扶杖江頭看花樹，不知笑向酒家來。

感事

平生交態如兄弟，此日悲歌聞路人。欲寄秋風兩行字，九原無雁獨憐君。

古耶道中有懷

翠煙浮壠麥初齊，社樹青青獨鳥啼。何處相思不相見，木綿花下水門西。

悼周鎬

里巷三年六七墳，老年無淚哭交親。數聲願借遼陽鶴，喚醒人間未死人。

林張何諸生先後過訪既而别去

春水江門一葉舟，幾人來此看垂鈎。浮雲一散無踪迹，飛盡桃花江水流。

宿雲卧軒三首

世間何喜復何悲，風雨蕭蕭過短籬。小睡正酣童子問，公今是夢是醒時。

不妨到處與人群，借宿山齋酒半醺。我得五龍傳睡法，枕痕猶帶華山雲。

了無意緒向諸緣，到處茅齋可借眠。白日與人同在夢，不應疑我是神仙。

謁鄧家山墓

擲谷鶯聲向此沉，繞墳春色爲誰深。紙錢灰冷桐花落，已被愁風捲到心。

即事

照眼春光爛不收，江亭一雨欲成秋。道人不是閑鶯蝶，肯爲陰晴一日愁。

聞東山先生奉都憲之命修理黄河

疏鑿紛更日已多，乾坤無奈一黄河。天生會有龍門手，人世空傳《瓠子歌》。

得世卿永興書

山堂見月自鈎簾，一榻秋光中酒眠。何處博舟來嶽下，晚摇山影過湘川。

悼陳冕

不飲亦狂飲亦狂，醒中説夢醉中忘。乾坤早晚蜉蝣化，不是芙蓉不耐霜。

新年田家

古田同井今同村，同坐杯盤到子孫。合是田家愛元日，白頭拄杖拜人門。

春中雜詩

小雨如絲落晚風，東君無意駐殘紅。野人不是傷春客，春在野人杯酒中。

梅花下感事

桃李村村待發蒙，孤芳憔悴不成叢。天涯一寸腸如結，吹斷江城曉角風。

月夜與何子有飲梅村社二首

溪北溪南踏月遊，梅花村落似羅浮。東風夜捲殘潮去，留得何郎半日舟。

人日今年又共君，他人交態白頭新。開懷一夜梅村酒，時復停杯問故人。

玉枕山和南安太守張汝弼

一枕秋横碧玉新，金鰲閣上見嶙峋。使君得此元無用，賣與江門打睡人①。

①原注：「白沙應詔，道出南安，太守張汝弼頗以白沙出山非是，欲尼其行，白沙不可。白沙製《玉臺巾》詩與汝弼，往復頗相譏諷。白沙作《玉枕山》詩，汝弼復之曰：「客囊羞澀客衣單，那有黃金買此山。多少高人眠不着，鷄鳴催入紫宸班。」白沙跋之曰：「東海、石齋大家不睡，笑殺陳圖南也。」詳在《玉枕山詩話》中。

悼彦昭

鴝鵒育雛於貞節堂東壁壁高且危二雛墮砌下乃就而哺之悲鳴徬徨如在無人之境予憐之取雛納之巢紀以一絶

涙盡西風草木間，遊魂暗逐《薤》歌殘。千秋只有無情月，遍照松楸處處山。

將雛無力上榱題，聲斷殘陽翅忽低。高棟託身君亦誤，鷦鷯安穩只卑棲。

午睡起

道人本自畏炎炎，一榻清風捲晝簾。無奈華胥留不得，起憑香几讀《楞嚴》①

①原注：「安磐云：『公甫自是禪學，如此詩云云，又云「天涯放逐渾閑事，消得《金剛》一部經」是也。又有詩云「是身如虛空，樂矣生滅滅」。公甫禪學滿盤託出，何曾如宋人所謂改頭換面者耶！』」

附見　吴聘君與弼二首

與弼字子傅，崇仁人。天順元年，用忠國公石亨薦，特敕召見，授左諭德，固辭不拜。公潛心理學，欲盡削詞章箋注之煩，而爲詩則沾沾自喜，以爲能事，識者哂之。詩集七卷，不下千首。白沙之學得之於康齋，以其詩觀之，則不啻智過於師也。余録康齋詩二首，附見於白沙之後，非敢徵康齋也，以其詩而徵之耳。

秋晚

風來夜枕寒，雲生曉窗雨。旅思共秋清，遥思故山侣。

曉立

靈臺清曉玉無瑕，獨立東風玩物華。春氣夜來深幾許，小桃又放兩三花。

張南安弼八首

弼字汝弼，華亭人。弘治丙戌進士，爲兵部郎最久，志操耿耿，開口論議無所顧忌，常作《假髻行》以刺時貴。出知南安府，律己愛物，大得民和。未久致仕。少善草書，怪偉跌宕，震撼一世。東海之名，遂流布外國。爲詩信手縱筆，多不屬稿，即有所屬，以書故輒爲人持去。李西涯《詩話》曰：「張東海草書名一世，詩亦清健有風致。嘗自評其書不如詩，詩不如文，予戲之曰：『英雄欺人每如此，不足信也。』」世傳東海《渡江》詩「六朝遺恨晚山青」爲平生佳句，乃虞山錢曄詩，誤入東海集中也。已見乙集第七卷中。

絡緯詞

絡緯不停聲，從昏直到明。不成一絲縷，徒負織作名。蜘蛛聲寂寂，吐絲復自織。織網網飛蟲，飛蟲足充食。事在力爲不在聲，思之令人三嘆息。

假髻曲奉許天爵

東家美人髮委地，辛苦朝朝理高髻。西家美人髮及肩，買妝假髻亦峨然。金釵寶鈿圍珠翠，眼底何人辨真僞。夭桃窗下來春風，假髻美人歸上公。

花鳥圖

天台山裏劉郎來，玄都觀裏劉郎去。人來人去花不知，金衣鳥啼春滿樹。緑窗孤眠如玉人，聞道春歸未識春。欲起推窗看花鳥，還將羅扇障流塵。

送趙弘濟春試

閑説桃花競笑春，玄都道士又更新。好攜三尺青鸞尾，去掃平津閣上塵。

題畫贈張延芳

雲山蒙董石陂陀，閑坐船頭看緑波。悵望佳人渺何許，竹枝聲斷夕陽多。

胡陵城

漢楚英雄逝水東，蕭蕭荒壘幾秋風。金戈鐵馬酣争地，付與尋常負耒翁。

方文美畫

花落春歸客未歸，仲宣樓上倚斜暉。故園遥在三江外，緑遍蘼蕪燕子飛。

懷　友

飛花渺渺送春歸，忽漫鈎簾對夕暉。竹下小池雙翡翠，銜魚飛過緑苔磯。

莊郎中昶二十七首

昶字孟暘，江浦人。成化二年進士，改庶吉士，授檢討。元宵放燈，命史館賦詩，與同官章懋、黄仲昭抗疏諫止，謫桂陽州判官，改南京行人司副。居定山垂三十年，召至京，徐溥議復翰林，大臣不可，復司副。遷南驗封郎中，得風疾，還延野寺，逾年再乞告，乃得請。孟暘刻意爲詩，酷擬唐人，白沙推之，有「百煉不如莊定山」之句。多用道學語入詩，如所謂「太極圈兒，先生帽子」、「一壺陶靖節，兩首邵堯夫」者，流傳藝苑，用爲口實。而豐城楊廉安評其詩，以爲高出於唐人，杜子美「穿花蛺蝶深深見，撲水蜻蜓款款飛」，比定山「溪邊鳥訝天機語，擔上梅挑太極行」尚隔幾塵。此等繆種流入後生八識田中，真所謂下劣詩魔能斷詩家多生慧命，良可懼也。荆川之徒選《二妙集》，專以白沙、定山、荆川三家詩，繼《草堂》、《擊壤》之後，以爲詩家正脉在是，豈惟令少陵攢眉，亦當笑破白沙之口。余録孟暘詩，痛加繩削，存其不倍於雅道者，於白沙亦然。楊用修云：「定山詩有逼真唐人者，如《羅漢寺》『溪聲夢醒偏隨枕，山色樓高不礙墻』、《病眼》『殘書楚漢燈前壘，小閣江山霧裏詩』、《宿三茅觀》『荒村細雨聞啼鳥，小樹輕風落野花』、《贈人》『豈無湖水甘神瀵，亦有溪毛當紫芝』，若隱其姓名，决不謂定山作也。」

題竹

獨行湘江潯，見此叢篁幽。風雨日冥晦，萬雀聲啁啾。垂垂正結實，恐爲鵷雛謀。豈無九苞羽，飛下十二樓。延佇久不見，此意良悠悠。我因王者瑞，極意垂鴻猷。採之欲往食，道路阻以修。問之在何所，乃古西康州。西康有西伯，已矣三千秋。至尊應昌運，致此能無由。清時一再睹，咄哉何所求。

養庵爲永興馬貞夫元題

北嶽霜雪乾，玉漢强千尋。南溟珊瑚枝，玄宫極幽深。應誰見毫末，積效逾山岑。撫卷得玩頤，隱几亦觀心。辭琢豈白玉，受厲須黄金。無寐月自生，無覺日自沉。回首人間世，坐鶩復行吟。榀然舍予琴，誰哉賞此音。

蒼松爲許志完作

箕山老人松樹圖，開卷凌亂千人呼。畢宏已死更誰手，南京老盛天下無。此松畫本得何處，無是公家持瓢樹。虬髯偃蹇老鐵蟠，雷雨蒼龍木騰去。嗚呼此樹百煉鋼，數千萬變冰與霜。忠臣義士我所拜，山中萬古文天祥。

遊琅琊寺

偶上蓬萊第一重，道人今夜宿芙蓉。塵埋下界三千丈，月在西巖七十峰。江海幾年留老眼，乾坤今日寄微踪。酒醒無限題詩意，起立層巖看萬松。

壽柳處士用美宣地官韻

年華不敢去堂堂，老戀山光及水光。塵夢幾看浮世短，白雲交付此杯長。柳根怪石方牀枕，眼底秋燈細字行。小阮年年無限意，長江分遣到壺觴。

弔易羽士姜守一

一鶴西來瘦有餘，每將生死問何如。幾回見我扶還拜，兩月來書病不除。枕上希夷千古夢，手中莊子十年書。人間若果神仙有，願候新江舊草廬。

用韻寄黄提學

秋老青山色更濃，年年此地問元龍。狂搔短髮孤鴻外，病卧高樓細雨中。詩寄故人如見面，年過五十敢稱翁。何時許作西巖會，一日一壺傾一峰①。

① 原注：「定山西巖奇特甚。」

濟寧舟中

不管青天問去鴻，百年都只此杯中。千家小聚村村暝，萬里河流岸岸同。遠樹入河留返照，布帆隨力飽西風。南來北往奔波地，留與兒童笑老翁。

東昌舟中

萬里江湖數起居，乾坤歷歷過青徐。得風水遠孤帆外，牽月河長百丈餘。俗債可容還醉筆，老魔猶與戰殘書。可知酒興今多少，自點秋灘問買魚。

舟中

暮靄千家望欲平，風光著處有詩情。秋燈小榻留孤艇，疏雨寒城打二更。石自隔河分别界，人將望驛問何程。同行我亦朝天客，兩鬢羞看雪亂明。

直沽

匆匆光景到香醪，萬里天涯兩鬢毛。北海風回帆腹飽，長河霜冷岸痕高。寒城斂霧山俱出，老句横秋氣亦豪。拱北樓高滄海近，夕陽闌檻倚秋濤。

石翁見寄次韻

萬里長風擊楫歌，了無此夢挂烟蘿。溪山到脚長嫌少，車馬臨門不愛多。瓢挂村梢風淅歷，鶴巢松蓋夢蹉跎。一聲引子《漁家傲》，兩兩三三唱隔波。

書東山草堂扁二首　東山謂華容劉户部時雍也。

封題雲卧東山扁，歌詠司空表聖詩。天闕星辰遺舊履，橘洲歲月有殘棋。石横流潦潛虬角，梅迸垂蘿屈鐵枝。自笑野人閑袖手，雲煙濃淡忽交馳。

黄落空山滿地知，江湖殘綫一襟詩。是天榮瘁元無意，犯手輸嬴不會棋。沙苑草非騏驥秣，瀟湘竹是鳳凰枝。紫虚有約千回醉，笑指僧趺亦坐馳。

五羊寄鄧先生俊二首

後時自許甘丘壑，前席將無問鬼神。浮世虚名非得已，出山小草却悲人。别時笑語風吹斷，會處迷離夢寫真。四十餘年一回首，乾旋坤轉有冬春。

遠去江湖志不違，今來未覺昔來非。眼穿海日籠沙白，足倚薰籠貯火微。行客自知無歲暮，飛鴻不記有家歸。脚跟自有平生路，未許緇塵點素衣。

叠前韻二首

又向清湘弄一舟，笑將雙脚問清流。囊收風月非窮相，夢熟煙霞①最上頭。招隱誰甘同寂寞，著書獨不爲窮愁。稻粱滿地悲鴻舊，馴得滄波萬里鷗。

蕩蕩白虹揚一舟，乾坤孤影在中流。風高物外浮溟興，天蓋人間岸幘頭。歷岅鹽車騏驥病，委霜人路菊花愁。也知萬户封侯樂，一點真閑不及鷗。

① 原注：「衡嶽峰名。」

答李西涯

十年風雨别長安，笑把無窮作夢看。縱許浮雲終日定，誰知去婦此心難。蘋花采采江空遠，湘水茫茫道路艱。讀罷《離騷》風偶急，釣船吹上子陵灘。

沈公見寄次韻奉答

婆娑獨對皇天影，談笑都來俗子喧。芥子須彌還我闥，千紅萬紫亦春園。心無牛口干秦穆，迹繼龍頭愧邴原。江上神龜尾方曳，放情泥淖不須掀。

謝天與改官汴臬幕東嶠兄有詩次韻并寄

梁國何曾還嚇我，今人情或古人同。電懸雙眼欺秋水，髻擁三花御野風。柱史官來頭已白，醉鄉逃去頰初紅。吹臺獨上高回首，各各溪河落照中。

郊　行

凌兢瘦馬踏春泥，雪後郊原緑未齊。一抹午烟風隔斷，野鷄聲在竹林西。

釣魚圖

溪上春雲與浪飛，溪頭春水鮆魚肥。閑人只是閑無事，日出船來月出歸。

集外詩四首

端午食賜粽有感

蓬萊宮中懸艾虎，舟滿龍池競簫鼓。千官曉綴紫宸班，拜向彤墀賀重午。大官角黍菰蒲香，彩繩萬縷雲霞光。天恩敕賜下丹陛，瓊筵侑以黄金觴。東南米價高如玉，江淮餓莩千家哭。官河戍卒十萬艘，總向天厨挽飛粟。君門大嚼心豈安，誰能持此回凋殘。小臣自愧悠悠者，救時無術真素餐。

節婦

二十夫君棄妾身，諸郎痴小舅姑貧。自甘薄命同衰葉，不掃娥眉嫁别人。化石未成猶有淚，舞鸞雖在不驚塵。瑣窗獨向東風樹，歲歲花開他自春。

張秋二絶句

經國終能匏子甘，轉漕萬里出東南。屯田果得京師計，請爲朝廷拜邵庵。

本覺神龍欲可嗟，人間水性豈容加。往年記得徐夫子，用盡山東鐵萬家。

羅修撰倫一十三首

倫字彝正，吉之永豐人。成化丙戌狀元，除翰林修撰。抗疏論李南陽起復，落職，提舉泉州市舶司。明年，召還，復修撰，改南京。尋以疾辭歸，開門教授，以注經爲業。垂十年，卒於退居之金牛山。公嗜學好古，篤志力行，結茅栖息，取給隴畝。客晨至留飯，借粟旁舍，比舉火，日已近午，不以爲意。陳公甫爲作傳曰：「倫才大不及志，其青天白日足稱云。」彝正詩集二卷。沈石田極稱其「禪房花木塵中蝶，浄土池塘刦外魚」之句，而集本不載。

答夏憲副止庵見贈二首

久病寒衿易覺秋，老懷珍重爲東周。玄天有意緣隨在，紫綬何人爲國謀。月桂夜長迷玉兎，銀河秋盡隔牽牛。雲山十二窩頭路，多謝先生夢寐求。

高堂明鏡萬莖秋，屋上西風撼不周。鑿沼且留明月住，買山初爲白雲謀。誰呼鐵笛先招鶴，自著蓑衣早放牛。道在莫須同出處，此心還向止庵求。

和緝熙過毛英懋西園隱居

肝腑贏餘五畝春，草堂雲暖小山貧。塵中物色原無我，林下心情見此人。鶴伴野翁梳白髮，蝶隨春色上烏巾。褰衣細問西園老，怕有人家可並鄰。

和緝熙留別

甲子流年又幾春，東風初散馬蹄頻。自憐白髮添明鏡，悵望青天入暮雲。寒日卧龍遲遠夢，冷花幽鶴伴芳辰。相逢且盡樽前酒，無那滄波欲送人。

和答涪守張兼素二首

昨夜清風度碧山，蓑衣初振水雲間。流年信我添華髮，世路逢君只厚顔。深樹黄鸝閑自語，落花飛燕傍誰還。柴門已與山童約，明月今宵不用關。

春光容易落花輕，世路山河算幾程。芳草可憐諸老去，好風偏爲故人清。也知蝴蝶渾閑夢，却笑獮猴亦世情。老子婆娑眠不著，五更寒極敝裘横。

林緝熙歸會於鄉城梁宅和洪城見寄

雲水千峰更萬峰，此心期與故人同。蒼茫世路浮生在，澹泊春杯野興濃。鄉夢幾回茅店月，蓑衣無恙柳花風。明年唤取陳公甫，皂帽青天信一篷。

題張氏水村小景

逢著閒人只點頭，海邊同我是沙鷗。多情芳草舊知己，如意好山都上樓。白髮已前渾是夢，黄花相與又逢秋。年來解得濠梁意，却笑游魚誤中鈎。

和緝熙同春書臺

萬玉峰頭自在春，暖雲晴雨爲誰貧。誰知别樣風花手，只屬粗衣澹蕩人。芳草漫同康樂夢，野花羞傍紫陽巾。即呼猿鶴留君住，莫問東家更買鄰。

題鄉城梁得剛書屋用林緝熙韻

乳燕鳴鳩甲水濱，小軒幽徑足聽聞。生忘芳草翻疑夢，寒盡梅花剩得春。世事暗隨燈燼落，年華偏戀老翁新。芒鞋竹杖身長健，頻上金牛醉野人。

題漢宫圖

白蛇中斷赤旗開，四百年中夢兩回。惟有終南舊山色，雨餘猶自送青來。

別廷揚知縣

釀得新城萬頃春，碧桃扶醉不辭頻。羅浮山下梅花屋，夢裏逢君恐未真。

和林緝熙題宣和殿臨韓幹馬

夢入黄鸝紫殿陰，天津空費杜鵑心。宣和玉輦君休問，老在西風五國林。

鄒吏目智七首

智字汝愚，合州人。少貧，居龍泉庵，掃樹葉燃之，讀書達旦。成化二十三年進士，改翰林庶吉士。弘治二年星變，陳言請退小人用君子，黜萬安、劉吉、君直諸人，而用王恕、王竑、彭龍〔一〕，不報。次年坐與御史湯鼐等妖言惑衆下獄，免死，謫廣東石城所吏目。衣結屨穿，毅然就道。得從陳公甫遊，其學益進。居四年，得疾暴卒，年才二十六。汝愚介直孝友，雅負奇氣，據經守正，多所建明。三原公應召至京，汝愚見之曰：「三代而下，人臣不得見君，所以事事苟且。公勿拜官，先請見君，歷陳時政於上前，庶其有濟，一受官職，再無可見之時矣。」三原善其言，而不能用也。古城張吉克修謂汝愚「才識亞於賈誼，而規模次第過之；志氣類乎陳亮，而能根據義理，不事豪俠」，人以爲知言云。

〔一〕小傳本作「彭韶」。

奉和石齋先生見寄 三首

風清月朗蛋船輕，到處青天有酒星。渺渺番禺江上水，幾番遷客夢中經。

山亭水閣此何春，瘦馬猶存踣鐵身。珍重東風休料峭，今年花比去年貧。

大忠祠下聘君家，一度登門一看花。花裏有禽鶯異客，倩將青箬換烏紗。

夜泊馬寧呈胡用晦吴獻臣

白舫青簾幾夜同，洞簫聲裏海雲紅。百年身世知何處，笑倚梅花月正東。

金井山居次韻

鐵杖何年入此山，今人庵是古人庵。春風小圃修花史，落日疏林縱酒談。放鶴亭高塵網斷，聽鶯橋近野情酣。莫辭老背尋常炙，寒露侵凌恐未堪。

辭朝

《雲》《韶》聲静拜彤墀，轉覺嬋媛不自持。罪大故應誅兩觀，網疏猶得竄三危。盡披肝膽知何日，望見衣裳只此時。但願太平無一事，孤臣萬死更何悲。

巡海呈周文郁

逢一疏林酒一行，侍兒親倚棹歌聲。昔聞海水如天遠，誰放山花似火明。煙外孤帆風正駛，苔中欹枕夢初醒。細看斗笠非難製，莫遣烏紗累此生。

王新建守仁四十七首

守仁字伯安，餘姚人。弘治丙辰進士，除刑部主事。起改兵部，疏劾劉瑾，謫龍場驛丞。屢遷南太僕鴻臚卿，以左僉都御史撫南贛。用禽寧濠功，拜南京兵部尚書，封新建伯。謚文成。事具國史。先生在郎署，與李空同諸人遊，刻意爲詞章。居夷以後，講道有得，遂不復措意工拙，然其俊爽之氣往往湧出於行墨之間。荆川之門人，專取其晚年詩以爲極則，則可哂也。王元美《書王文成集後》云：「伯安之爲詩，少年有意求工，而爲才能使，不能深造而衷於法。晚年盡舉而歸之道，而尚爲少年意象所牽，率不能渾融而出於自然。其自負若兩得，而吾以爲幾於兩墮也。」以世眼觀之，公甫何敢望伯安；以法眼觀之，伯安瞠乎後矣。

化城寺 歸越作。

化城高處萬山深，樓閣憑空上界侵。天外清秋度明月，人間微雨結輕陰。鉢龍浮處雲生座，岩虎歸時風滿林。最愛山僧能好事，夜堂燈火伴孤吟。

憶龍泉山 京師作。

我愛龍泉寺，寺僧頗疏野。盡日坐井欄，有時卧松下。一夕別山雲，三年走車馬。愧殺岩下泉，朝夕自清瀉。

憶諸弟

久別龍山雲，時夢龍山雨。覺來枕簟凉，諸弟在何許。終年走風塵，何似山中住。百歲如轉蓬，拂衣從此去。

因雨和杜韻 赴龍場作。

晚堂疏雨暗柴門，忽入殘荷瀉石盆。萬里滄江先白髮，幾人燈火坐黄昏。客途最覺秋先到，荒徑誰憐菊尚存。却憶故園耕釣處，短蓑長笛下江村。

移居勝果寺

江上但知山色好，峰迴始見寺門開。半空虚閣有雲住，六月深松無暑來。病肺正思移枕簟，洗心兼得遠塵埃。富春只尺烟濤外，時倚層霞望釣臺。

宿萍鄉武雲觀

曉行山徑樹高低，雨後春泥没馬蹄。翠色拖雲開叠嶂，寒聲隔竹隱晴溪。已聞南去艱舟楫，漫憶東歸阻杖藜。夜宿仙家見明月，清光還似鑒湖西。

夜宿宣風館

山石崎嶇古轍痕，沙溪馬渡水猶渾。夕陽歸鳥投深麓，烟火行人望遠村。天際浮雲生白髮，林間孤月坐黄昏。越南冀北俱千里，正恐春愁入夜魂。

羅舊驛 居夷作。

客行日日萬峰頭，山水南來亦勝遊。布穀鳥啼村雨暗，刺桐花暝石溪幽。蠻煙喜過青楊瘴，鄉思愁經芳杜洲。身在夜郎家萬里，五雲天北是神州。

沅水驛

辰陽南望接沅州，碧樹林中古驛樓。遠客日憐風土異，空山惟見瘴雲浮。耶溪有信從誰問，楚水無情只自流。却幸此身如野鶴，人間隨地可淹留。

興隆衛書壁

山城高下見樓臺，野戍參差暮角催。貴竹路從峰頂入，夜郎人自日邊來。鶯花夾道驚春老，雉堞連雲向晚開。尺素屢題還屢擲，衡陽那有雁飛回。

始得東洞遂改爲陽明小洞天三首

古洞閟荒僻，虛設疑相待。披萊歷風磴，移居喜幽塏。營炊就岩竇，放榻依石壘。穹窒旋薰塞，阿坎仍掃灑。卷帙漫堆列，樽壺動光彩。夷居信何陋，恬淡意方在。豈不桑梓懷，素位聊無悔。

童僕自相語，洞居頗不惡。人力免結構，天巧謝雕鑿。清泉傍厨下，翠霧還成幕。我輩日嬉偃，主人自愉樂。雖無棨戟榮，且遠塵囂聒。但恐霜雪凝，雲深衣絮薄。

我聞莞爾笑，周慮愧爾言。上古處巢窟，杯飲皆污樽。沍極陽内伏，石穴多冬暄。豹隱文始澤，龍蟄身乃存。豈無數尺樌，輕裘吾不温。邈矣簞瓢子，此心期與論。

謫居糧絶請學於農將田南山永言寄懷

謫居屢在陳，從者有愠見。山荒聊可田，錢鎛還易辦。夷俗多火耕，放習亦頗便。及兹春未深，數畝猶足佃。豈徒實口腹，且以理荒宴。遺穗及鳥雀，貧寡發餘羨。持耒在明晨，山寒易霜霰。

龍岡新構二首

謫居聊假息，荒穢亦須治。鑿巘雜林條，小構自成趣。開窗入遠峰，架扉出深樹。墟寨俯逶迤，竹木互蒙翳。畦蔬稍溉鋤，花藥頗薙蒔。宴適豈專予，來者得同憩。輪奐匪致美，毋令易傾敝。

營茅乘田隙，洽旬稱苟完。初心待風雨，落城還美觀。鋤荒既開徑，拓樊亦理園。低檐避松偃，疏土行竹根。勿剪墻下棘，束列因可藩。莫擷林間蘿，蒙蘢覆雲軒。素味農圃學，因兹得深論。毋爲輕鄙事，吾道固斯存。

西　園

方園不盈畝，蔬卉頗成列。分溪免甕灌，補籬防豕蹢。蕪草稍焚薙，清雨夜來歇。濯濯新葉敷，熒熒夜花發。放鋤息重陰，舊書漫披閱。倦枕竹下石，醒望松間月。起來步閑謡，晚酌簷間設。酣時藉草眠，忘與鄰翁别。

水濱洞

送遠憩岨谷，濯纓俯清流。沿溪陟危石，曲洞藏深幽。花静馥常閟，溜暗光亦浮。平生泉石好，所遇成淹留。好鳥忽雙下，儵魚亦群游。坐久塵慮息，澹然與道謀。

山石

山石猶有理，山木猶有枝。人生非木石，别久寧無思。愁來步前庭，仰視行雲馳。行雲隨長風，飄飄去何之。行雲有時定，遊子無還期。高梁始歸燕，鶗鴂已先悲。有生豈不苦，逝者長如斯。已矣復何事，商山行採芝。

秋夜

樹暝栖翼喧，螢飛夜堂静。遥穹出晴月，低簷入峰影。窅然坐幽獨，怵爾抱深警。年徂道無聞，心違迹未屏。蕭瑟中林秋，雲凝松桂冷。山泉豈無適，離人懷故境。安得駕雲鴻，高飛越南景。

陸廣曉發

初日曈曈似曉霞，雨痕新霽渡頭沙。溪深幾曲雲藏峽，樹老千年雪作花。白鳥去邊迴驛路，青崖缺處見人家。遍行奇勝纔經此，江上無勞羡九華。

書庭蕉

檐前蕉葉緑成林，長夏全無暑氣侵。但得雨聲連夜静，何妨月色半牀陰。新詩舊葉題將滿，老芰疏桐恨轉深。莫笑鄭人談訟鹿，至今醒夢兩難尋。

龍潭夜坐　滁州作。

何處花香入夜清，石林茅屋隔溪聲。幽人月出每孤往，棲鳥山空時一鳴。草露不辭芒屨濕，松風偏與葛衣輕。臨流欲寫猗蘭意，江北江南無限情。

别希顔

後會難期别未輕，莫辭行李滯江城。且留南國春山興，共聽西堂夜雨聲。歸路終知雲外去，晴湖想見鏡中行。爲尋洞裏幽棲處，還有峰頭雙鶴鳴。

登憑虛閣和石少宰韻 南京作。

山閣新春負一登，酒邊孤興晚堪乘。松間鳴瑟驚棲鶴，竹裏茶煙起定僧。望遠每來成久坐，傷時有涕恨無能。峰頭見説連閶闔，幾欲排雲尚未曾。

題王實夫畫

隨處山泉着草廬，底須松竹偃柴扉。天涯遊子何曾出，畫裏孤帆未是歸。小酉諸峰開夕照，虎溪春寺入煙霏。他年還向辰陽望，却憶題詩在翠微。

贈潘給事

五月滄浪濯足歸，正堪荷葉製初衣。甲非乙是君休問，酉水辰山志未違。沙鳥不須疑雀舫，江雲先爲掃魚磯。武陵溪壑猶深僻，莫更移家入翠微。

登閲江樓

絶頂樓荒舊有名，高皇曾此駐龍旌。險存道德虚天塹，守在蠻夷豈石城。山色古今餘王氣，江流天地變秋聲。登臨授簡誰能賦，千古新亭一愴情。

用實夫韻

詩從雪後吟偏好，酒向山中味轉佳。岩瀑隨風雜鐘磬，水花如雨落袈裟。

喜雨 南贛作。

吹角峰頭曉散軍，横空萬騎下氤氳。前旌已賀洗兵雨，飛鳥猶驚捲陣雲。南畝漸欣農事動，東山休共凱歌聞。正思鋒鏑堪揮淚，一戰功成未足云。

聞曰仁買田霅上攜同志待予歸二首

見説相攜霅上耕，連蓑應已出烏程。荒畬初墾功須倍，秋熟雖微税亦輕。雨後湖舠兼學釣，餉餘堤樹合閒行。山人久有歸農興，猶向千峰夜度兵。

月色高林坐夜沉，此時何限故園心。山中古洞陰蘿合，江上孤舟春水生。百戰自知非舊學，三驅猶愧失前禽。歸期久負雲門伴，獨向幽溪雪後尋。

書草萍驛二首

九月獻俘北上，駐草萍，時已暮，忽傳王師已及徐淮，遂乘夜速發，次壁間韻紀之。

一戰功成未足奇，親征消息尚堪危。邊烽西北方傳警，民力東南已盡疲。萬里秋風嘶甲馬，千山斜日度旌旗。小臣何爾驅馳急，欲請回鑾罷六師。

千里風塵一劍當，萬山秋色送歸航。堂垂雙白虚頻疏，門已三過有底忙。羽檄西來秋黯黯，關河北望夜蒼蒼。自嗟力盡螳螂臂，此日回天在廟堂。

三山晚眺

南望長沙杳靄中，鵜羊只在暮雲東。天高雙櫓哀明月，江闊千帆舞逆風。花暗漸驚春事晚，水流應與客愁窮。北飛亦有衡陽雁，上苑封書未易通。

宿净寺二首

十月至杭，王師遣人追寧濠，復還江西。是日遂謝病，退居西湖。

老屋深松覆古藤，羈栖猶記昔年曾。棋聲竹裏消閒晝，藥裹窗前對病僧。煙艇避人長曉出，高峰望遠亦時登。而今更是多牽繫，欲似當時又不能。

常苦人間不盡愁，每拚須是入山休。若爲此夜山中宿，猶自中宵煎百憂。百戰西江方底定，六飛南甸尚淹留。何人真有回天力，諸老能無取日謀。

九華山下夜泊

維舟谷口傍煙霏，共説前岡石徑微。竹杖穿雲尋寺去，藤匡採藥帶花歸。諸生晚佩聯芳杜，野老春霞綴衲衣。風詠不須沂水上，碧山明月更清輝。

舟夜

隨處看山一葉舟，夜深霜月亦兼愁。翠華此際遊何地，畫角中宵起戍樓。甲馬尚屯淮海北，旌旗初放楚江頭。洪濤滾滾乘風勢，容易開帆不易收。

登蟂磯次草泉心劉石門韻二首

中流片石倚孤雄，下有馮夷百尺宫。灩澦西蟠渾失地，長江東去正無窮。徒聞吴女埋香玉，惟見沙鷗亂雪風。往事凄微何足問，永安宫闕草萊中。

江上孤臣一片心，幾經漂没水痕深。極憐撑住即從古，正恐崩頹或自今。蘚蝕秋螺殘老翠，蟂鳴春雨落空音。好携雙鶴磯頭坐，明月中宵一朗吟。

元日霧

元日昏昏霧塞空，出門咫尺誤西東。人多失足投坑塹，我亦停車泣路窮。欲斬蚩尤開白日，還排閶闔拜重瞳。小臣漫有澄清志，安得扶摇萬里風。

二日雨

昨朝陰霧埋元日，向曉寒雲迸雨聲。莫道人爲無感召，從來天意亦分明。安危他日須周勃，痛哭當年笑賈生。坐對殘燈愁徹夜，静聽晨鼓報新晴。

豐城阻風

前歲遇難於此，得北風幸免。

北風休嘆北船窮，此地曾經拜北風。句踐敢忘嘗膽地，齊威長憶射鈎功。橋邊黄石機先授，海上陶朱意頗同。况是倚門衰白甚，歲寒茅屋萬山中。

春日遊齊山寺用杜牧之韻

倦鳥投枝已亂飛，林間暝色漸霏微。春山日暮成孤坐，遊子天涯正憶歸。古洞濕雲含宿雨，碧溪明月弄清暉。桃花不管人間事，只笑山人未拂衣。

重遊開元寺戲題壁

中丞不解了公事，到處看山復尋寺。尚爲妻奴守俸錢，至今未得休官去。三月開元兩度來，寺僧倦客門未開。山靈似嫌俗士駕，溪風攔路吹人回。君不見富貴中人如中酒，折腰解酲須五斗。未妨適意山水間，浮名於我亦何有。

謁伏波廟

樓船金鼓宿烏蠻，魚麗群舟夜上灘。月繞旌旗千嶂静，風傳鈴柝九溪寒。荒夷未必先聲服，神武由來不殺難。想見虞廷新氣象，兩階干羽五雲端。

列朝詩集丙集第五

成、弘之間，長沙李文正公繼金華、廬陵之後，雍容臺閣，執化權，操文柄，弘獎風流，長養善類，昭代之人文爲之再盛。百年以來，士大夫學知本原，詞尚體要，彬彬焉，彧彧焉，未有不出於長沙之門者也。藁城以下六公，其蘇門六君子之選乎？南城枋國獻規請削門生之籍，其稱壽之詞曰：「白頭王孝逸，北面敢徐徐？」則其非背負師門可知已矣。文詞崛奇，自出手眼；横從百變，不失指授。韓門之有持正，蘇門之有魯直，所謂惟古於詞必已出，非苟爲同異也。録六公之詩，用以彰一代之盛事，俯仰嘆息，蓋不勝高曾規矩之慨焉。

石少保珤 六十三首

珤字邦彦，藁城人。成化二十三年，與兄玠同舉進士，選翰林庶吉士，授檢討。歷官禮部尚書，掌詹事府。世廟入嗣，首推吏部尚書，從輔臣請仍兼學士，在内閣管誥敕。嘉靖三年，兼文淵閣大學士，直内閣。加少保，兼太子太保，進武英殿。六年致仕。謚文隱。公登庸在世廟初，諸大臣議禮罷斥之，後上頗欲援以自助，公據經守禮，多所駁正，上以爲非通儒，心弗善也。守己鯁狷，持論堅確，三封内批，進退凜然，古大臣無以加。其爲歌詩，淹雅清峭，諷諭婉約，有詞人之風焉。初入詞林，李長沙亟稱之，曰：「後進可託以柄斯文者，其石氏季方乎？」長沙又嘗評其詩曰：「邦彦詩詞皆中矩度，而七言古詩尤超脱凡近，衆所不及。」蓋正、嘉間館閣文章得長沙之指授者，文隱其職志也。所著有《恒陽集》，曲周令皇甫汸删定爲四卷，詩僅一百九十餘首，其言曰：「蓋欲美愛則傳，是以其存無幾。」君子善之。

遠遊

君之出矣，遊如之何。朝覽冀野，夜浮滹沱。帝子不逢，中流揚歌。高鳥墮雲，游鱗溯波。曷發崑崙？曷濯洧盤？禾黍蔽野，童欣耄歡。新聲在梁，清酒在尊。聊以永日，以抒憂煩。

擬古

秋夜何迢迢，蟋蟀鳴陰壁。蟾升林薄見，露下庭宇闃。螢火寒依人，羸駒倦嘶櫪。開襟納虚明，萬事謝欣戚。

雜　詩二首

雪霰紛漉漉，忽然見朝暾。冰霜墮盈地，中有青苔痕。幡幡鳴春鳥，解使朝變昏。果哉烏鴉白，不謂黄河渾。《小雅》歌蠻髦，陳王悲豆根。此曲勿復竟，子蘭方在門。

鶡鸙無高鳥，牛涔無巨鱗。物大會有合，淺小安足陳。藤蘿附松柏，繳繞固其真。桃李雖不言，吐華自陽春。齊虜事口舌，秦人如鬼神。末路多此比，龍蛇貴存身。

擬君子有所思

朝登黄金門，暮上白玉堂。清飆播柔絃，倏忽變炎凉。蟋蟀吟苔砌，宵行流夜光。雲漢懸西南，星斗何縱横。唐虞布文德，中國奏《韶》章。群后讓於朝，鳳凰亦來翔。流音激青霄，奮翮向朝陽。萬動各飛奔，賴此一人慶。志士思喪元，賢人願垂芳。攬鏡照容鬢，無使生秋霜。不及少壯時，攄此忠義腸。仰視西日速，怛然令内傷。

雜　詩

凉風動書幔，仿佛西南來。庭柯下露葉，哽咽遞相催。瓜蔓滯宿雨，臬臬蒙塵埃。草蟲階下鳴，流螢亦徘徊。坐感歲事速，忽如車輪推。門前有層城，層城復高臺。乘風欲登眺，仰溯天漢回。帝子不可見，青鳥非良媒。中夜耿深憂，淚落秋生苔。

池上

良辰不易得，池上一來臨。微風感新緑，幽蘭欣客襟。方洲語鳴鳥，忽如鼓瑟琴。悠悠南行雲，成此匝地陰。美人隔千里，贈我百煉金。我有錦綬帶，願言結同心。

漫書

嶧陽生孤桐，絃之以吴絲。坐令風雨色，變出陽春詞。可以養聖性，可以獻帝墀。孤高諒有合，君子貴後時。

飲鮑雲瑞莊居

城柳初盡處，薄藹開空明。潦降古洲出，千里闕寸情。斷岸帶芳草，遠樹啼殘鶯。釣艇日往還，或有羊裘生。下馬對尊斝，故人相與傾。坐久出歌舞，柔風濯長纓。落霞酣野色，吟蛩戰秋聲。長恐西日下，衢路立屏營。

秋夜

涼夜始多夢，升沉頃相尋。蟋蟀入牀下，蕭序已載陰。褰裳出庭户，河漢清且深。華月挂林杪，高鴻送哀音。百歲豈不多，半爲風雨侵。嗟彼蝸角名，煩此孤鶴心。流水激古洲，高山出遠岑。子期果難逢，獨卧枕素琴。

小園雨後二首

新雨膏炎壟，遠風滌繁林。取涼李井上，仲子迹可尋。玄駒下危垤，屈螻鳴幽陰。萬類均一適，忘古安有今。雖復病兩背，稍自愜孤襟。客雲焉久留，素石痞同心。

夏木豈無陰，古井亦有泉。陰疏僅自庇，泉苦得永年。羲黄世遼邈，疇與論自然。稍喜禾稼成，藜藿比醲鮮。浮生能幾許，沉鬱貴自宣。偃卧轆轤側，南風韻樹絃。

送王尚書德輝還餘姚

春花豈勝秋，新人不如故。紛紛紅紫群，酣艷良未悟。千金買馬首，百罔捕毚兔。一曲雍門歌，夕陽在高樹。

漢宫詞

漢宫有明月，秋風悴碧枝。紫苔繡壁帶，積翠隱罘罳。夜久星河變，人來鸜鵲知。舊恩隨露瀉，餘歡與日移。尚憶朝辭輦，深承夜誦詩。陽阿新得幸，谷永況多辭。指斥椒房寵，吹求飾室疵。榮枯付階草，物化效冰澌。無言掩明鏡，千古妒蛾眉。

長相思

長相思，長且深，暮雲湘水愁陰陰。海棠庭院燕雙語，惱亂無人知妾心。妾登池上樓，淚滴池中水。水聲活活向東流，妾淚將心千萬里。

行路難

盧家語燕栖畫梁，美人夜半宴蘭房。瑶琴欲奏絃更張，移宫换羽聲低昂。歌喉舞袖競韶光，花顔照人藕骨香。歡娱欲盡解鳴璫，寧知杖策走咸陽。君門咫尺不得見，空彈長鋏歌清商。世路崎嶇行不易，丈夫未遇同尋常。

怨歌行

黄牛將犢鷄將雛，辛苦不異汝與君。一朝雛犢背母死，灑露空成草頭水。梁間紫燕輕復斜，誰歌烏衣野草花。紡磚尚有未完綫，繡帖猶藏舊縷紗。吁嗟吾兒不還家，城南愁殺雙慈鴉。

有所思

雙星熒熒隔秋水，秋入城頭漏聲裏。窗間梧桐風瑟瑟，青鳥南飛月華白。朱絃一撥意已傳，夢繞博山雙紫烟。藕絲易脱雲易散，十二碧峰秋雨前。

上殿熊

熊上殿，昭儀趨，誰其當者馮倢妤。玉顔豈能編虎須，不難一死遮乘輿。孟陽登牀信誑楚，亦有華泉逢丑父。分明造次效忠貞，豈意嬋媛成錯迕。傅姬手持黄紙來，昔何勇鋭今何衰。兩朝淚濕黄金階，宫中妒色亦妒才。

有所思

東風二月揚新沙，憶醉燕南豪士家。狂歌劇舞共春色，正值東鄰桃始花。情闌每厭箏笛聒，意放不遣山林遮。船頭詩篇船尾酒，解纜直下清溪涯。太原喬生興踔絶，偏愛漁蓑冒風雪。杯空正自吸流泉，月出先判宿巖穴。封龍山人意原苦，坐覺悲風起尊俎。鬢星豈乏長安塵，衣斑尚帶西湖雨。百年班合江上雲，萬事紛紜江水紋。千里夕陽春草緑，停雲空憶鮑參軍。

擬古將進酒

銅龍水澀蟾蜍泣，桂花參差夜雲碧。地上落葉何紛紛，花枝不似三春日。鴻聲漸遠江水寒，百年轉眼風月殘。夜深杯滿君莫難。

陌上花嘆

陌上花，何離離，秋風吹汝汝不知。汝有丹葩及紫萼，恨汝不植瓊瑶池。朝朝行人暮遊子，泣露酣霞何日止。花枝漸減秋月寒，獨抱餘芳道旁死。不如三月楊柳綿，猶自飄揚帝城裏。

太行山行

太行之山何崔嵬，岩幽谷隱藏風雷。漢軍已料騎士屈，魏武重嘆車輪摧。其開如陘下如井，雲作炊煙瀑垂綆。羊牛只道來層霄，鷄犬方知接人境。山僧何年住山頂，亦有山田二三頃。非關避世應避名，我欲從之玩流景。

契苾兒曲并序

垂拱朝民間歌《契苾兒》，詞曲多媟艷，亦樂之妖也。契苾兒爲張易之小字云。

君歌《契苾兒》，妾按龜兹舞。酒盡燈欲滅，堂前鸚䳇語。光順門宣供奉郎，蓮塘水暖雙鴛鴦。象牀犀簟伏熊枕，春風夜簸花枝狂。誰家少年眼如虎，犁斷并州杏花雨。

送伍朝信守寧波

官柳風柔拂酒盞，渭北江東意何限。五馬誰驅高蓋車，畫省秋雲猶滿眼。累累肘印腰帶黄，太守年才三十强。閭門不敢鳴騶過，里中長者多父行。高堂日遲采衣舞，一觴一詠聲琅琅。紫薇巨公顔色揚，諸孫繞膝兒繞牀。牀頭經史映簪笏，膝下歡娱殊未央。親恩君寵兩磅礴，膏雨還隨使車落。深村無吠厖，公府多神雀。愛月還登鎮海樓，尋幽或到燒丹壑。鏡川幾曲春澄澄，人言使君如水清。棠陰無事坐舒嘯，惟聽江聲雜鳥聲。

迎冬詞

畫簾小鐵嘶北風，疏櫳日影摇輕紅。叠綺重茵夜雲暖，博山紫氣飛遥空。霜凄落葉護寒井，素綆縈紆指尖冷。翠屏東面綉新苔，幻出瀟湘美人影。日高寶瑟拂蛛絲，魚上深潭鵲繞枝。十二闌干烟細細，伊州一曲譜相思。

苦熱行

閉門却暑暑不去，闌街振箠號狂奴。城頭白氣勃勃吐，海水湯沸山爲鑪。藤牀桃簟多敗績，竹姬染汗先糢糊。群蠅訩訩晝作市，對食誰能操匕箸。五絃不散虞后風，九閽真折桓公翅。誰言漢皇勤遠略，東海西頭尚高閣。安得長風駕遠遊，醉挾冰壺上寥廓。

清夜遊

宮夜泠泠月華白，嬌騎踏空紅墮雪。西園門外馱鼓聲，十六院中樂齊發。楊郎蕭郎各一席，千牛嚙臂宮娃泣。坐中誰是陳宣華，寶帶猶拴綉同結。芰荷風柔酣海霞，錦繒綳樹啼雙鴉。侍臣自舞王自歌，蜥蜴香銷金縷紗。佛經僕射呼不起，粱燕才人竟冤死。潼關烽火照宮紅，猶自心輕漢天子。龍舟翩翩蔽白日，醉擁笙歌南下疾。一聲悲鐸不堪聽，至今江柳生愁色。

凉風曲

凉風凉風汝勿至，行人爲君雙掩耳。緑楊蕭蕭葉半脱，一步愁深千萬里。昨朝猶着越羅裳，今夜洞房添錦綺。百年展轉凉復暄，緑髮絲絲今幾縷。凉風凉風汝勿至，江天寂寥愁到爾。

病目雜言

抱病疏櫺下，經秋又及春。色沿衰經慘，愁入鬢華新。地僻艱醫藥，身微聽鬼神。蒼旻果無意，長作飯牛人。

寄北覺隆上人

水北多僧寺，生公院最幽。地高平受月，林密静宜秋。梵語中天應，鐘聲下界浮。文園多病客，回首欲淹留。

雙雁傷翮育於庭中有感

自是排雲侶，秋深被網羅。耦行猶作字，長恨不成歌。北望燕山月，南思楚水波。忽驚樓外形，愁絶定如何。

遊北寺亭上人後園

偶爲尋詩出，穠華觸眼新。鳥歌行酒地，花覆倚闌人。風籟渾無譜，蟲書太逼真。絶勝絃管夜，紅袖舞香塵。

宿性公院

清齋夜無寐，星月耿前除。野客尋詩罷，高僧入定初。欲來還去夢，才讀又忘書。豈爲悲華髮，聰明漸不如。

新　雪

雪意已崇朝，凌風葉旋飄。着衣初點點，入竹故蕭蕭。翠壁誰凝望，青帘久費招。期君坐今夕，燒燭看瓊瑶。

易州道中

西風羸馬經行地，易水長城是舊都。壯士入秦名尚在，客卿歸趙勢全孤。高臺歲久黄金盡，古塞秋深白雁徂。聞道關門猶鎖鑰，太平天子慎防胡。

天壽山

銀峰翠壁峙諸孫，嶽勢雄開祖宅尊。關塞正當山右臂，風雷近接海西門。龍過古澗多成雨。虎撼長松半出根。隱隱五陵佳氣在，欲攀弓劍泣深恩。

早朝追和匏老韻

蓬萊宫闕玉爲橋，曳履年年侍早朝。罏靄着衣如過雨，御溝摇月欲生潮。未排閶闔心猶壯，才望金莖渴已消。奏罷從容過東觀，五雲隱隱聽笙簫。

宫　柳

内裏垂楊自不同，萬條柔翠拂瓊宫。葉含華萼樓前雨，枝帶朝元閣上風。望入畫眉情正切，囀來黄鳥語初工。一般霸水橋頭緑，日日行人惆悵中。

春暮見鶯

百花開盡見鶯流，一囀能添數種愁。巧舌傍人何太苦，春光隨水已難留。心驚陌上誰家笛，夢破城南少婦樓。柳色萬行聽不斷，莫牽詩思到揚州。

古　意二首

秋水凝細縠，秋月明雙杵。江南雁欲歸，來向簾前語。

今日臨長亭，明朝折楊柳。落葉有相逢，行人未回首。

酌泉

往往城中水，不知郊外甘。如何城市客，不肯住城南。

山中曲

峭石激湍響，古城臨水居。城東有渴叟，不及水中魚。

秋色

返照入高樓，樓中客惆悵。開樓看秋色，猶在闌干上。

閨怨

當年人對月，共説兩團圓。如何人不見，明月又今年。

元康宫詞二首

免輙羊車夜未過，人間烏鵲上銀河。洛南星吏還無賴，卧蹴青娃奏九歌。

紫殿彤樓鎖阿薰，藥囊提碎夜行雲。鉤簾看罷承盤舞，自摘珠松泣送君。

天寶宮詞 四首

羽士承恩列上仙，寶花十樹照當筵。宫中未有新儀注，旋檢先朝納婦篇。
勤政樓前鬥兩朋，寧王新樂最堪聽。太真偏賞《凉州曲》，自奉黄金出内屏。
太常迎駕樂聲齊，戲馬場中舞象犀。隊隊宫嬪椎法鼓，繡襟文袴立樓西。
龍池樂上練裙飄，珠履金璫稱舞腰。舞罷芙蓉冠欲墮，殿頭傳旨賜含消。

唐武宫詞

宜春苑外免初肥，長從君王射獵歸。一色赭袍飛兩騎，外人不辨是賢妃。

唐 宫 詞

四月笙歌沸苑池，瑞蓮花對海棠絲。昭容尚記開元日，正是宫中蠶老時。

漢 宫 詞

鞠室無人鬼夜悲，監宫印付審郎持。昭容七子閒言語，直到簾前奏御知。

中平宫詞

宫市新開御水邊，繡襦争立市門前。酒姬未放驢車過，自問劉郎索酒錢。

南朝宫詞

花簇郊坰錦作圍，小憐日暮射生歸。雙雙羽從重歌舞，不覺齊城漏已微。

貞元宫詞

君王不愛《長門賦》，才士空吟散雪詞。獨閉深宫轉蕭索，露花垂老合歡枝。

會昌宫詞

羽節貂裘謁内庭，太和公主髮初星。御前細説和番事，六院都來墮淚聽。

江　都　曲

金篦吹笙絳褠謳，君王自理卧箜篌。夜深未唤憨憨寢，一曲歸飛萬里愁。

定昆池

環寶攢山夜陸離，主家新鑿定昆池。珊瑚未大諸韋死，多少珠璣向月悲。

社日

春風簾幕駐晴雲，社酒杯深我對君。燕子未來花不語，緑蕪寒雀共斜曛。

七夕

七月七日風雨多，御橋南望水增波。鴛鴦自向沙頭宿，不管牛郎信若何。

羅侍郎玘三十首

玘字景鳴，南城人。成化丁未進士，翰林院庶吉士，除編修。歷南京太常少卿、吏部右侍郎。景鳴在詞林，多所論救。正德中，疏言逆瑾逐榮王，虚朝廷，上未有子，大臣依違，不肯爲國長慮，忤時宰，致仕去。寧庶人卑詞致饋，走避深山中。病革時，聞南昌之變，移書討賊，投筆而絶。贈禮部尚書，謚文肅。景鳴少出西涯之門，爲詩文振奇側古，必自己出。在金陵，每有撰述，必棲喬樹之巔，霞思天想；或閉坐一室，客有竊窺者，見其容色枯槁，有死人氣，皆緩步以出。常語都穆少卿：「吾爲尊公作銘，暈去四五度矣。」今所傳《圭峰稿》，大率樹巔死去之所得也。桑悦於文章無所推讓，常語丘仲深曰：「舉天下文章唯悦耳，其次祝允明，又次羅玘。」

西安嚴太守考最歸郡

嚴侯宿擅八叉手，衆首肯肯予獨否。偶從壁隙覷白戰，予愕不覺白在手。捲旗潛避之，縮舌深閉口。祝鳩氏僚如立柳，投鼠忌器多掣肘。候辰臨之不及酉，事有至難如拉朽。三原公，國黄耇，嚇此奇遇良豈偶。諒非行苞苴，爲郡得杜母。傳痏以膏，起尫以灸。華山不能言，清渭監妍丑。侯名不在三王後，役碌碌。治郡如斗，一身四射集百詬。遇侯兮，當反走，僅備驅除擁彗帚。

泰和禱雨有感爲吴德純作

金華山雲如紙薄，澄江赤日爍欲涸。田家生怕牛餓死，滿田焦禾任牛嚼。禾盡牛肥尚可爲，縣吏催租出牛縛。縛牛到市多賣錢，了租背上無膕膊。新傳縣官昨夜到，坐席未暖行出郭。西郊藹地陰雲生，狂雷一下顛快閣。雷聲轉大人轉驚，兩耳何曾聞雨落。雷收雲散天一色，只見高田有魚躍。疾忙牽牛趁夜歸，覓石踉蹌磨錢鏄。君不見縣官騎馬入縣門，猶向山頭望雨脚。

送吴老歸宜興

遺金在道吾亦攫，入朝争名戰自惡。胡爲徒手長安歸，骨瘦甅長如野鶴。君不見饑鴟低飛啄腐鼠，飽鳴人屋人射女。又不見鶬飛入層雲，赤晴炅炅窺天文。腹則饑，眼獨飽，下棲舊林覺林小。征西廟前是舊林，鳳凰巢高暄百禽。

送劉侍郎往邊

大旗颭軍軍吏集，赤日射甲甲流汁。將軍纛載胭脂馬，此馬遇胡慣先入。馬䒑軍糗高于山，千乘萬乘居庸關。三軍久飽思一戰，萬弩先射奚契丹。自奚内附比臣僕，繒裹酋頭鞾束足。犬羊飽飫思噬人，反甘蒙古作心腹。吁嗟天厭蒙古奚，自投錡釜同沸糜。蒙古實愚鬼，奚今配行尸。華容公來爾得知？公手可天雨，公心妙神施。戰者自戰炊者炊，偃月勢變更魚麗。雲梯作之巧於倕，有穴可掃庭可犁。吁嗟蒙古奚，諸戎戒前痴，公歸行勒平胡碑。

題曾光表山水圖

我恨不如江頭人，茅屋四壁旁無鄰。茅穿雨漏歲一縛，松葉爲蓋沙爲茵。大兒五更催解纜，去時冥冥天尚暗。老妻走出呼小兒，大兒小兒下幽磡。小兒髻如椎，年可十七八。捩然汲水勝過獺，平生見魚偏好殺。穿於龍國恒探珠，若遇鮫人敢笞撻。輕風飄飄日卓午，魚賣江村曬魚罟。偃然一笑載酒歸，人謂此實魚之虎。横江中心翻白波，小兒船尾發棹歌。白頭老翁喜奈何，我有嘉客新相過。十年不見鬢較皤，矢口論事如懸河。《黄庭》一卷讀已多，老妻肘翁云靡他。翁呼濯釜燒槁葦，我見船歸置樽簋，豈無大魚大如豕。君不見良工畫翁畫客畫山亦畫水，意在江心兩兒子。

送何邦彦僉江西憲初識面數日告行

已成新相知，忽作新别離。始知别離早，更覺相知遲。程孔暫傾蓋，不在多言辭。高枝有鳴鳥，如進我酒卮。酒盡子當去，依稀各天涯。豫章古水國，其下蟠妖螭。請出匣中劍，一一剸刲之。

送周草庭任雲南僉事

春草滿庭芳，玩之生意長。草萊被滿野，不剪禾黍傷。我願草庭子，生意怕滿腔。乃持剪伐具，去我天一方。我聞彼絶徼，蒺藜羅中央。亦有螟與蛭，虺蛇雜蜣螂。種種積醜惡，而於草中藏。剪與不剪歟，我行課其場。大哉天地仁，劍物用繁霜。

送金侍御巡按雲南便道省親

鶯花畫春空，驄馬行利閫。間關度鳥道，猛欲鏟叠嶂。雲開蜀山高，星宿夜依傍。望雲望父母，更在星宿上。有身願如鳥，插羽學飛揚。揮戈退白日，一口紛百餉。人言肝是鐵，肯换鳩作杖。王事有期程，飲冰覺心怏。驅車出門去，惝恍迷所向。如逢點蒼山，更上山頂望。

威鳳吟送張經載四川盤糧

威鳳集阿閣，所不矜爪咮。饑鴟得腐鼠，不敢喙瓦竇。有時脱翔去，鴟喙當正晝。飽能出妖聲，呼起百怪鬭。有狐毳九尾，有蛇歧兩首。一足夔躍躍，四目蒙貿貿。鴟如喙不已，實恐顛載覆。仰吁太古帝，長使鳳居守。

贈鄧景華南還詩

黔商檜爲舟，海賈舶作室。檜頭霧霿霿，舶底浪潏潏。豈無狉與猲，磨牙恣搪突。豈無鰐與蛟，掉尾變恍惚。就如底變鬇，相對兩吃吃。倍蓰如丘山，退走甚搒掖。達人固勤生，其擇亦有術。長航下江淮，風伯甚呵叱。朝浮清泠地，莫宿歌舞窟。神京萬寶淵，群駔紛授質。聯翩巧趨蹌，璀璨羅百鎰。皋羞進醍酯，纖指鏗在瑟。侵晨鞚錦韉，臧獲十六七。賞心適飛飛，舟子已候日。彼迷寤斯言，勇撤棄簪笏。

送李希賢提兩淛學

山僧下山時，僧送不出山。但問下山僧，此去幾時還。乳水閑一孔，白雲留半間。祇恐僧還少，僧還誰閉關。

送張佑之監德州倉予於佑之差有一日之長故言其大者

郎吏頭漆黑，心有大機軸。司徒眼如電，晨降檄一幅。入門絶經營，已飭車轆轆。老父坐車上，横身任爲僕。幸逢德州程，九水一日陸。船頭魚潑潑，船尾鷗逐逐。晉人不知船，老覺船是屋。且令買魚烹，更欲伴鷗宿。公衙幸少休，可報酒初熟。玉浮暑池歡，金泛秋籬菊。我能捐千金，誰有愛日鬻。么麽爾委吏，自束縮腸腹。慎勿莽饔飧，人自念鞠育。

河源吟送熊節之知河源縣予昔與之處太學知其爲人

出宰河源縣，非是黄河源。維彼黄河源，其名爲火敦。華言星宿海，或曰此天根。君能如火敦，身高在崑崙。塊視人間世，此縣安足言。請從天下縣，一一向主論。縣縣令如君，行行信魚豚。

送劉文煥巡按南畿

朔風剪潞水，卷卷生白花。舟子不易進，舉槳撞冰牙。謂言此着艇，如以利斧加。浮木水中居，寧堪冗呀呀。至人心虛虛，聲入浩無涯。患端日潛伏，在在紛如麻。辟之舟中冰，敗没殊不差。持斧觀君竹，潞州艤平沙。登舟費沉吟，吾言諒無嘩。

送周主簿任南城

連山抱如環，過水縈城脚。軍州自古置，小邑舊附郭。烝黎戀門閥，不厭土地薄。神泉粗可釀，出境配靈藥。門無催租吏，家有斸地钁。市女面無脂，野老巾不着。囹圄寂生蓬，譙門可羅雀。謬當封藩圖，一變百病作。黑夜騎屋山，白晝面相縛。𧴌虞鑽泥鮎，化作掉尾鰐。觀君饒道氣，秋漢横一鶚。老夫頻搔首，仰面望寥廓。

送陳太守之開封

濁流亘混混，古有闢其郛。兹維天地中，九州交逵衢。尹實冠中夏，奚與百郡俱。四十守令下，吏前合雲鋪。中庭忽聞雷，百諾應一呼。門如納百川，累累八縣輸。千輛復百輛，上供及軍需。曾無遺毫毛，丘山積負逋。地大物牲牲，隔身雜臞腴。堤防或闊略，立地生麻胡。一倡百和之，自立落雁都。坐令清平民，入市愁於菟。吾子起陽曲，而翁烈丈夫。自臺徂名卿，子亦汗血駒。峨峨白雲司，明月懸秋壺。大奸梗大獄，如以手拉枯。久結司寇知，或徹公與孤。舊尹新去位，寧容間須臾。子才望年資，流凡落甌臾。横金中大夫，手握銅虎符。西落太行山，田園未應蕪。登高望淮南，心與白雲徂。男兒事志業，父母離憂無。舊聞馬可釋，勿謂龍易屠。覆錦或陷阱，知雌當辯烏。吾觀聖賢心，川澤多納污。壁立萬仞强，攀躋竟無途。江湖多風波，宣父有巨桴。吾衰不自量，子今黑頭顱。

劉母七十封安人再慶詩

贛灘二十四至此，舟人落帆趨入市。木鐸道人呼净街，白頭病嫗出呼豕。掃除如砥到縣門，五步十步一結綺。舟人眼眩脚顫掉，屏立背面人如蟻。縣官身騎六駁馬，短亭五里長十里。龍幢雲旌羽葆纛，日月虹霓分旖旎。黄衣聖人坐紫宸，黄麻飛下泥金紫。卯金之家太安人，兵曹之禄寧馨子。恩波浩浩沃所生，母以子貴亦其理。天門使人若神仙，安有壽域坐一几。東筵坐令西坐丞，附耳竊語嘖不已。操觚丐飯道傍嫗，雲泥懸隔未足擬。四百四十甲子餘，先庚後甲良有以。縣官持觴天使醉，誇吾縣有德爵齒。兒童浪看舟人記，如飽飲食誰禁止。到京細向兵曹言，兵曹亦喜吾亦喜。

榮休卷爲撫州謝千户題

吾亦欲休去，多君休更先。手扶新削杖，弓解舊彎弦。却對寮爲客，翻疑身是仙。五老尖上月，夜夜照閒眠。

壽涯翁先生六十

五嶽氣完日，重明麗正初。壽星聚奎璧，吾道此權輿。誰不登堂室，多曾訂魯魚。白頭王孝逸，北面敢徐徐。

送户部張尚書歸南海

御史大夫舊，尚書户部新。不如歸去好，猶是自來貧。壁有留詩句，路無逢故人。潮聲才入耳，始覺嶺南身。

送工部洪尚書上京

南都送司寇，北部讶司空。船底冰初泮，馬頭花正紅。班齊丹陛左，朝罷午門東。誰問考工記，年來盡屬公。

送萬典史之黄岡

城脚更無地，門開直到江。縣樓對魚市，驛舍接船窗。烏立藏蛇竹，蟻緣繫馬樁。聽琴還聽笛，不是故園腔。

送曹進士知貴池

到江真幾里，爲縣可三年。心自難忘蜀，官還只住燕。鶯花縈別酒，楊柳夾行船。向日登瀛客，相期禁籞邊。

敦艮齋爲清州胡居士題

玉興根盤壯，清洲枝蔓稠。山於眼中老，水向面前流。世自多歧路，吾非不繫舟。韋編任三絶，夜夜夢西周。

送戈侍郎赴召詩

老于離别倍傷神，珍重單車赴召身。喜見王師颭赤幟，免逢黎庶逐黄巾。重縻好爵周班舊，却厭刑書鄭鑄新。瀛海東邊幾鄰並，依然相迓笑公貧。

遊方山路間定韻與石樓志别

相逢盡道乞還山，公乞還山便得還。浮世風煙棋罷局，百年光景手循環。穿雲躡蹬疑天上，到寺對僧如夢間。明日河橋杯酒後，月明千里隔陽關。

送趙縣丞之任招遠詩

海上群山魚立頭，待君單騎入登州。颶風夜半驚批屋，蜃氣朝來看吐樓。諺數慢從群吏睨，耳真聾有府公留。寅賓出日今何處，好與乘閒款款遊。

送耕隱翁歸義興徐謙齋先生之叔也

相君朝在大明宫，更出都門送季翁。行幄少遲車馬塞，籃輿才過市廛空。思當黄閣梧桐月，去趁蒼洲蘆荻風。想得故園春酒熟，一尊端不負張公①。

① 原注：「宜興有張公洞。」

送雷生謙歸南城

玄武湖心月，太平堤尾風。世人皆棄却，好看入胸中。

紅梅圖爲肇和題

西湖殘雪候多時，却恨前年被雪欺。且學杏花紅似錦，暫招鳴鳥到南枝。

邵尚書寶一百三首

寶字國賢，無錫人。成化二十年進士，知許州，入户部。歷郎中，出爲副使，以副都御史總漕江北。再起巡撫貴州，陞户部侍郎，請養母歸，陞南禮部尚書，再請終養。母喪闋，請致仕，不允。卒，謚文莊。公舉南畿，受知於西涯，及爲户部郎，始受業西涯之門，西涯以衣鉢門生期之。越三十年，以侍郎予告，西涯作《信難》一篇以貽之，以歐公之知子瞻及子瞻之服歐公者爲比，蓋西涯之絶筆也。西涯既没，李、何之焰大張，而公獨守其師法，確然而不變，蓋公之信西涯與其所自信者深矣。竟陵鍾伯敬嘗語予曰：「空同出，天下無真詩，真詩惟邵二泉耳。」余與孟陽亟賞其言。

胥門

臣奢無辜爲君戮，臣胥敢怒不敢哭。朝辭楚疆暮吴國，還兵入郢亦太酷。憤憤心，還未足。楚何怨？吴何恩？豫讓死，王袁存。是邪非，不必論。一片鴟夷皮，裹骨難裹魂，北風莫遣向越奔。向越奔，無不可，只恐仇吴似仇楚。

寄題東林寺壁

雁門僧避胡塵來，匡廬山中尋講臺。誰云净土在西竺，此池自有蓮花開。蓮花開時千萬朵，江南君臣不疑我。淵明故是避世人，菊花醉插頭上巾。攢眉掉臂謝公去，一杯濁酒堪全真。當年意在誰獨識，虎溪笑處泉流石。至今古塔依西林，月落江雲樹千尺。

小孤山

昔聞砥柱黄河中，萬古坐鎮狂瀾東。小孤乃是江砥柱，特起不與群山同。群山隨江鋌奔馬，愛此石笋凌蒼穹。孤哉孤哉本天造，一任巨浪乘長風。節宣夙受神禹戒，滔滔不礙江朝宗。我來信宿彭澤下，咫尺仰望神妃宫。翠煙霏霏落杯酒，千帆閱盡澄潭空。舉杯酹江江日白，隔江縹緲留青峰。便當載筆賦東海，三山點破雲冥蒙。

題錢世恒弔文山遺墨卷

北風吹南冠，行行一匏瓜。作書謝骨肉，涕淚紛交加。此行已忘身，此書又忘家。身家既兩忘，未忘者何邪。至哉君與臣，大哉夷與華。片紙今又灰，浩嘆天無涯。

冬夜觀樹影

月樹影在地，横斜復横斜。誰爲水墨畫，老筆全無華。又如春雷動，初驚蟄龍蛇。因之得篆法，錐鐵行平沙。海雲漾雙玕，江風落孤槎。玄冬萬景閟，嘉此獨咨嗟。他宵有繁陰，莫向時人誇。

爲寧庵題畫

修竹滿舍傍，長松當道周。青山生白雲，隱隱屋上頭。出門見溪水，有橋復有舟。天風作前驅，時引幽人遊。瑟尊侑高談，興盡不强留。静遊羲皇夢，閒聽堯民謳。命筆書暄凉，山林有春秋。獨樂得深味，豈嘗抱先憂。莫問此何人，吾當意中求。

三竺道中

人行松徑静，數里不知遥。路轉還逢寺，僧迎只過橋。巖姿收獨妙，泉響息群囂。東去頻回首，山花似我邀。

秋野用杜韻

河漢三秋隔，星辰萬里違。客憐雙鳥去，僧訝一人歸。相馬吾何有，知魚爾亦非。春風故相愛，吹緑北山薇。

留别婁郎中元善

廿載論交地，浮山古信州。晚園收碩果，周道傍寒流。天與裁春服，人將渡野舟。夕佳外軒月，還炤越江秋。

金谿懷徐嘉興用濟

晚負蒼生望，尋山只欲深。孤忠天北極，遺愛海東潯。霜骨全欺杖，風髯半拂琴。丹崖人似玉，吾道愧知音。

膠山忠定祠次施克和韻

壯懷千古了難償，大息群陰剥一陽。鳴鳳未聞聲徵角，戰龍曾見血玄黄。薄茅藉處非無地，老樹陰中合有堂。風雨去城三十里，滿山簫鼓爲誰忙。

寄莊定山

幾年書斷定山翁，極目江天送去鴻。野史不妨朝報外，病懷長託醉吟中。短筇向晚雲隨在，小榻逢秋月與同。尚憶長安吟別地，夜深風雨燭花紅。

盂城即事

盂城驛前吟夕陽，高郵湖上好秋光。紅分菡萏初經雨，緑滿蒹葭未受霜。遠浦有波皆浴鷺，近堤無路尚垂楊。南來時見吴江棹，却倚船窗問故鄉。

經元世祖廟次王應韶韻

斷碑閒倚廟門斜，往事傷心付一嗟。春草長沙仍牧馬，晚風疏樹偶棲鴉。唐陵漢寢誰無主，北幕南庭自有家。欲弔魯連何處是，飛塵如雨亂聞蛙。

謁謝疊山祠

從容就義幾封書，三百年來養士餘。商老不知周粟富，晉人方恨楚材虚。庭留舊柏生同勁，鼎薦新薇死亦臞。有詔作人無事日，江花江草正愁予。

謝方石先生輓詞

我歸林下公長逝，千里詩筒望不來。海隱本非唐少室，山居真似宋徂徠。雅歌何處聲相和，野服它年手自裁。有石大書明祭酒，古松陰裏墓門開。

謝邑令請鄉飲

迷途歲晚尚茫茫，謂我嘉賓詎敢當。揚觶有人慚杜舉，承筐無地想周行。一經講受曾它日，三老周旋即此堂。爲語縣侯休見訝，萊衣方作小兒狂。

太伯廟

太伯新祠古讓鄉，老梅根畔水流長。十年夢寐三間屋，萬古綱常一瓣香。扁榜大書元自孔①，衣冠遺制合存商。向來曾擬荆蠻曲，許作迎神第幾章。

① 原注：「廟額曰至德。」

雪中賞紅梅奉次涯翁先生時邃翁攜酒共飲懷麓堂

淺絳英英忽滿枝，春風到此復何之。正憐與雪相逢地，却訝如人欲醉時。南國已通千里信，西湖空負一生詩。白頭二老青燈夜，笑對江東緑酒巵。

雪酒爲孫司徒賦奉次涯翁先生

玄酒曾聞侑大烹，釀來寒雪品尤清。也知承露能高致，須信藏冰爲曲成。光動夜杯如有物，暖銷春瓮本無聲。相看莫謂人間味，一滴先天萬古情。

袁州謁韓文公祠

一上春臺草陸離，忽瞻遺像起遐思。江山恨少滕王賦，風水愁多二女祠。石廪不知雲去地，雷塘猶想雨來時。憑君莫引飛鴻望，萬里騎龍任所之。

憶　母

手綫縫衣欲問寒，慈顏時向夢中看。世間盡道爲官好，天下無如别母難。讀罷家音添鬢白，書成國事剩心丹。青燈自照磚河夜，回首江南路渺漫。

歸　興四首

東歸詔許省慈親，瀛海西頭問舊津。宿麥穗餘三月餉，枯楊皮盡幾家薪。平生酒慕蘇門老①，它日羹憐潁谷人。聞道王師頻報捷，中原今已息風塵。

①原注：「康節詩有曰『美酒飲教微醉後』，予嘗愛其意，故云。」

鎮日衝風起九河，活潮東上不勝波。雲蒙日影當晡密，雨送雷聲入夜多。野史一書還夏五，客燈十載幾連窩。新涼却動江南思，卧看青山聽棹歌。

漕堤楊柳昔人功，六日清陰處處同。東國共看歸海水，南船方趁過淮風。尋常民俗兵興後，百萬軍儲歲挽中。我有瓣香何所致，禮官新祀宋司空。

艤棹來看治水碑，沙灣堤上蚤涼時。漢防故迹嗟誰志，《禹貢》全書愧我師①。鐵柱尚存塵漠漠，鹽舟不至草離離。憂勤更憶東山老，白髮江村一短藜。

①原注：「予十五時，從俞蒿庵先生受《尚書》，在諸生中獨不許予讀《禹貢撮要》，因舉武功治水事以則之。後三十年總督漕運，未能成功，於是乎愧焉。」

次魏士華韻岳州道中

懶賦新詩記所經，誰歟能爲我歌聽。日生涼色荒荒白，山露寒姿叠叠青。晚席洗舭分急水，夜船撾鼓視明星。長沙有約君先到，何處登高倚草亭。

送馬參議公御之陝西

外省元兼内六曹，使君西去更賢勞。迎舟風助黄流急，隨馬雲分華嶽高。遠道誰教歌憩茇，豐年獨遣問啼號。一尊未盡臨歧思，寒日荒荒滿節旄。

夜坐懷劉用熙

蘆泉本是神仙骨，誤落人間識者稀。聽竹每聯風雨榻，涉江曾製芰荷衣。臺荒薊北千金築，帆遠吴西一鶴飛。寒日蕭蕭那可度，憑君預拂釣魚磯。

送工侍徐公致政南還途中有作

祖帳東門久不陳，古人高致又今人。闕庭回首風光遠，歧路關心雨色新。圖書應傳千萬本，經綸方倚二三臣。送君濯髮滄溟水，晚節堂前戴角巾。

送張淳安羽

清才往往愛君詩，百里爲郎奈別離。州縣未爲吾道屈，江湖真見此行宜。水連晚渡寧辭遠，春入山城却恨遲。更愛公餘多古意，蛟峰高處讀遺碑。

贈李天瑞

天瑞自京師還，過許，留三日，别去。用西涯先生韻。

坐聽寒漏二更餘，一榻全勝兩地書。愁到幾時憑我解，病從今日爲君除。雪泥滿地淹行李，雲島如天阻卜居。莫怪明朝欲投轄，江湖回首雁應疏。

送朱工部請告歸上虞

記得逢君在樂平，新凉庭院碧梧清。周官六典曾司寇，禹貢三江又水衡。澤國烟波吟裏興，雲林風日病餘情。西興渡口猶回首，聞道秋潮昨夜生。

大忠祠奉次西涯先生韻二首

水上浮城忽已墟，龍宫真作帝王居。生回故主時無及，死見先君地有餘。一息尚存經合講，百身難贖史空書。從來獨許王陵正，平勃雖賢恐未如。

瓣香難救欲沉舟，虜氣昏昏暗九州。今日魯連真蹈險，它年江統浪含愁。余生未了東還計，即死能忘北向仇。地下欲從行在所，海陵朝撼朔風秋。

答陳提學文鳴

楚帆連日阻南東，到處魚羹老母同。春水穩當新漲後，晚山青在舊遊中。宦情於我聊今日，師道如公自古風。遥想樓船吟眺處，瀟湘千里一虚空。

通州相城呈同事諸公二首

眼中形勢盡登臨，前輩經營亦苦心。一道星河天廩近，千年風氣水門深。驛亭東去多遼使，商舶南來半越吟。漕計經春定何似，長安三月米如金。

肩輿南浦復西丘，盡日淹留爲此州。雲隱層城才見塔，水漫孤渡偶逢舟。林風力淺花能晚，山雨聲遲麥未秋。最是中丞憂國計，幾回獨立向東流。

乞終養未許

乞歸未許奈親何，帝里風光夢裏過。三月春寒青草短，五湖天遠白雲多。客囊衣在縫猶密，驛騎書來字欲磨。聖主恩深臣分淺，百年心事兩蹉跎。

聞侍養命喜而有述

五疏才蒙一語俞，拜扶老母望天除。孤孀節操劬勞外，獨苦心情喜懼餘。寬處栽花占月令，静中檢藥印方書。東風吹緑長春徑，不羨潘家有板輿。

客有持寧庵詩至山中者次韻贈之

山中十里緑陰長，新漲浮浮架石梁。賦罷蒹葭掩僧舍，午風銷盡佛前香。

雪中題陳工部畫用蘇韻

馬蹄踏遍秋風葉，客懷還賞長安雪。焚香小院對此圖，此人此景俱清絶。恍然不識是何方，凍雲壓峰峰欲折。草亭孤坐非君誰，閒從水泡觀生滅。秋林老筆逼夏圭，千載風神一揮掣。得來價直奚可論，萬鎰黄金千彩纈。羡君平生有高趣，下視塵寰真不屑。明朝持此歸江南，小舸乘風去如瞥。也知匠意君自得，我爲題詩皆贅説。欲分半幅遮眼前，剪刀安得并州鐵。

九江贈馮地官

東曹故人東道主，今雨相逢如舊雨。江邊新閣速我登，坐閲千帆集煙渚。百年摧政如江風，倏平忽險胡能同。平涵雲日浴鳧鷺，險鼓雷雨騰蛟龍。我行觀風四經此，野有歌謠民有史。燕南楚北天茫茫，青眼高歌對吾子。

贈陸瘦竹

郡幕奔趨日，誰知瘦竹公。愁深相别處，興遠獨歸中。古篆山中石，新歌水上風。寧庵如我問，夜□□江東。

次南沙宿惠山寺

才閣南沙榻，乘閒我又來。爲誰山有月，從此徑無苔。霜怯千年樹，雲低百尺臺。題名忘歲月，巖畔桂初開。

贈周松月

曉起空庭月在松，惠山寺裏正鳴鐘。詩人訪我來何早，第七峰前一短笻。

顯公房夜坐

兩宿禪房不問禪，夜深無事足高眠。西山松竹東山月，共作清凉到榻前。

偶飲野翁莊有懷翁他日相與之雅情見乎詞用元人韻

相逢館下屢賓階，卷有新詩許我開。鬢未及年皤似雪，眼將入道碧於苔。良工心苦春收藥，佳客盟寒晚折梅。酒罷題詩修竹上，鄰僧猶待野翁來。

羲皇謠

無懷民，葛天民，萝邪真，天下無邦我有身。有身可醉亦可貧，我將用此全吾神。歸來賦成《江有津》，茫茫海内皆風塵。菊花吾秋柳吾春，先生非邪誰謂羲皇人。

天馬來 讀《史記》作。俞憲曰：「此記正德時事。」

天馬來，來何方？《易》有占，乃爾荒。先烏孫，後大宛。馬是非，天近遠。使端廣，民怨多。天不聞，如馬何。

三千牘 讀《史記》作。

三千牘，二月讀。君何勞，臣何瀆。申公言，言不在多。止輒乙，今如何。右《吕獒》，左《無逸》，不如對此朝還夕。

禽言

看蠶看火，昨夜小姑今夜我，夜不能眠晝不坐，火弗戒兮蠶受禍。無絲可，無綿可，蠶死慘那。看蠶看火。

聽松

聽松復聽松，松聲在高閣。閣成四十年，聽者今如昨。風來春濤生，風去秋濤落。當其無風時，蕭然亦微作。聰者聽於斯，冥心對寥廓。

和浦文玉觀水二首

新晴出郭門，四野惟一水。憶自庚午年，兩恒嘗見此。坐我天上身，江南畫船裏。陶謝空遐思，今有桂巖子。

萬壑正横流，我方浚泉水。山靈如有知，應笑我爲此。我泉亦何心，一道蒼茫裏。滄浪復滄浪，野歌聽孺子。

醉石爲王翁賦

湖上秋容淡如拭，有人時卧林間石。石邊有路通醉鄉，夢邪真邪人不識。人有託，物無情。石可醉，亦可醒。一聲何處滄浪清。

題　畫

近山如城人可住，遠山如屏帶煙霧。天際孤舟何處來，雲中指點津頭樹。客至桃源花正春，回首空嗟相見莫。蒼壁丹厓幾萬尋，飛鳥迴旋不知路。路逢樵者問山名，山深只爲無名故。中有青蓮今古青，時向幽人一披露。馮生學畫舉業餘，胸中塵土先掃除。清秋此幅展向我，請我茅筆縱横書。南沙風韵杜陵後，隨物賦形吾不如。

送蕭户部

水衡之司天下七，算舟通楮時制同。京師南來四千里，滸墅實當吴會中。地官主事延平彦，鸞棲舊在吴江縣。政平如水起歌謡，今之歌謡乃重見。司徒榷課歲有常，數或不經寧惠商。太原周公有是語，至今傳誦盈廟堂。蕭君不苛亦不縱，隱然名爲司徒重。江邊野老閲人多，獨汲山泉遠相送①。

① 原注：「弘治中，太原公在户部，人有言九江分司縱邏卒擾商者，或曰：『不然，則有漏税之弊。』公曰：『與其擾

也，寧漏。』時予爲郎中，實聞之。」

太白山人歌爲關西孫太初賦

山人西從太白來，東南勝覽窮天台。鳳歌落落復自和，笑問楚狂安在哉。江陵曾見子微否，道骨仙風子真有。神遊八極偕者誰，江上聽潮何太久。山人西望幾回首，石室高寒逼星斗。六月争傳雪未消，萬峰誰遣雲長守。南來遺我方山冠，何以報之青琅玕。杜陵詩人不可作，擊節虚堂風雨寒。

再作太白山人歌

吾聞太白之山倚西極，華嶽崚嶒勢相敵。上凌剛風太古雪尚寒，下撫蒼茫鳥無力。吁嗟！兹山有徑不與終南通，士將避世往往遊其中，超歷萬壑巢雲松。伊昔丈人負刍者，危言曾動河汾公，至今談塵流清風。孫君關中豪，仰止兹山高。自稱山人巾葛白布袍，入山静坐觀衆妙，出指八極將遊遨。胸有五色文，眼底無青紫。名家自視出杜陵，走筆題詩乃如史。子長有語稱董生，季主何心譏賈子。邇來五見江東春，南尋禹穴能知津。相逢下我東野拜，何人復謂秦無人。我作《山人歌》，物色其奈山人何。山林歲年晚，江海風雨多，山人不歸太白空嵯峨。

南軒爲陳廷儀賦

南軒何處是，負郭小橋東。客復來今雨，山如對此翁。有懷將獻曝，無愠亦歌風。期日往稱壽，老人星正中。

贈周育齋

風雨秋堂冷，公來便作春。雅情長共物，妙語不驚人。池養寒泉静，園收碩果仁。飄然還畫舫，湖海自知津。

漸齋

漸齋驅愁思，無風稻正花。徑來今雨客，煙起野人家。晚榻將新月，秋溪有净沙。東鄰知我興，多事報山華。

贈錢校書

夫椒山前孤草亭，水風吹月秋冥冥。客來鶴去主人返，七十二峰湖上青。

寄許東廬

衝雨衝風一事無，東陂南蕩水連湖。興如王戴非因雪，他日休煩作畫圖。

白石草堂奉次涯翁先生二首

涯翁先生爲林鎮江廷元題白石草堂詩，跋有「將至江南，二泉見之，其能默焉」之語，輒用韻以歸廷元，情見乎辭。

北望長安近日邊，春風函丈憶當年。新題歲月經綸外，晚節乾坤杖几前。詩卷有情多汲引，門墻何日更延緣。朝來忽對林京口，却道西堂别是天。

草堂回首海雲邊，舊路依稀幾隔年。白石峰高幽興裏，滄浪水闊大方前。閒來月棹頻乘夢，老去雲巢再結緣。領得涯翁新墨去，文星長照斗南天。

又用前韻寄林鎮江

詩興時來案牘邊，故山風物自年年。渌分一水橋南北，青擁群峰屋後前。明月半窗空有夢，清風兩腋竟何緣。只應獨上金山寺，吟倚滄江萬里天。

雨坐用舊韻

簷溜聲聞隱几邊，去年多雨復今年。林皋緑樹層城外，江浦黄梅五月前。夜榻長懸須雅客，畫簾深下謝塵緣。西山雲氣東山月，他日容春亦此天。

静中寫懷用前韻

策杖山邊復水邊，病餘翻喜得長年。風光共逐初晴後，春色還憐未雨前。何處乾坤堪一嘯，平生泉石本多緣。閒來獨上西樓望，古華峰高正倚天。

寄崔工侍民瞻用前韻

郴州南望楚雲邊，顔色長懷别我年。嶺北春從梅折後，衡陽書在雁歸前。雪淹夜榻無佳興①，月照秋槎有勝緣②。病起萊衣方再舞，晚風吹雨過梅天。

① 原注："己巳冬，在東朝房。"

② 原注："乙丑秋，在江西滕王閣。"

答朱雲厓何梅壑復用前韻

腹笥便便不姓邊，莫年詩興似青年。一春風雨題緘外，萬古江山放筆前。壑倚梅花真入畫，雲生厓石自成緣。晚涼相過須乘興，酒在清樽月在天。

又答林鎮江

麻姑山下石磯邊，艤棹逢君是此年。落月夢長千里外，歸雲心遠九峰前。東曹史牘忙中事，南國詩筒病後緣。公暇漫從江郭眺，滄浪歌起白鷗天。

書院新成再用前韵

小堂開自緑陰邊，故老相過問往年。水接少陵新檻外，草生茂叔舊庭前。山從西望城才隔，溪自東行路亦緣。微醉獨歌人莫訝，春衣初試晚晴天。

書策重翻架上塵，兩年多負病中春。手將筆試初知健，心與盤銘幾見新。方得養親真愛日，未成報國敢輕身。冉涇門巷深如許，擊節高歌不和人。

病起山行

半年病足懶登山，咫尺煙霞夢寐間。再到欲題新歲月，相逢争識舊容顔。流過亂石清泉静，飛盡浮雲翠壁間。漫道坐來多渴思，一茶還待老僧還。

寒日懷卧雲上人用昌黎韻

病餘情緒還無賴，久擬臨泉洗宿埃。載酒定須三宿返，送茶時復一僧來。身從白日風時避，眼到青山雪處回。爲問西齋懸榻地，荒雲和葉幾堆堆。

幽居四詠

涯翁尊師近寄至《園亭》四詩，正與幽居景物相合，依韻寫意，聊以自適，他日有便，將呈焉請教。

樹　色

乍濃還淡弄朝暉，樹色依稀定是非。樓上望回川歷歷，城陰遮斷路微微。晴雲有影團傾蓋，春水無波淥染衣。獨坐懷人心正遠，天空渭北雁初歸。

花香

花氣絪緼共暖風，誰從起處問西東。偶來似與遊絲下，却散還隨夢蝶空。曲檻有時應獨駐，幽居何地不相通。等閑擬得涯翁句，已落人間色相中。

鳥聲

一鳥不鳴山可憐，更憐鳴鳥過簷前。友聲信有如鶯語，喜報曾聞是鵲傳。南國音成非別調，北窗夢醒正閑眠。近來習静心初定，獨把無聲寄五絃。

鶴舞

誤向丹丘共羽流，多情今得此亭幽。長鳴似與高人語，屢舞誰於醉客求。風羽九逵能抗晚，野心萬里欲横秋。試將衣袖閒招引，轉盡花陰意未休。

寄賀黄門先生

萬丈豐閭萬丈雲，白頭何地可尋君。懶招海賈非無謂，笑答山靈似有聞。秋水竿留巢父在，春風榻與管寧分。數封再檢先朝疏，望斷天涯坐夕曛。

送戴仲鶡謫嶺南和侯明府

清江浦口馳詞地，左順門前待報時。遠道謫官何日到，小臣憂國有天知。鏡看白髮朝還掩，棹指青山晚更移。老我閒居復多病，秋來愁和送君詩。

雪洲追吊夏叔度亦用涯翁尊師韻

月寒沙白水如煙，興在中洲望宛然。豈有機心將避世，不知醫道已通仙。孤舟自繫須人渡，一鶴時飛爲客傳。雨露春來江岸闊，弔君何處放湖船。

雨中和答浦文玉

五月江寒晝閣清，雨中草色喚愁生。繫舟未問水深淺，策杖還看雲重輕。客去不知談未盡，詩來剛及夢初醒。百年吾道今如此，何處滄浪共濯纓。

山中訪王校書

連陰曉爲北風開，春入山中第一回。亭上遠天須捲幔，檻前新水欲浮杯。校書客避參軍辟，問字人傳別駕來。明日更邀朱趣玉，黄公澗畔踏蒼苔。

九日與諸生適南野

重陽無雨慰農家，我亦閒行野水涯。高嶺未登心獨往，美人不見眼誰遮。雲隨風散千林浄，溪抱村流一道斜。有酒莫教都飲盡，明朝還約看黄花。

松風閣次莫東川韻

倚天松不受風摇，白鶴迴翔似有招。何處客來忘此閣，故人詩在憶同朝。採苓每帶雲雙屐，供石時添水一瓢。莫道山中無語者，老僧送罷又逢樵。

惠山雜歌 六首

踏踏兒郎從老翁，惠山寺裏看新鐘。問道新鐘幾時撞，九秋霜落樹頭紅。

簫鼓迎神神下山，香烟滿路送神還。安得村村無病苦，靈泉不動廟門閑。

聽松庵里雙古松，松下石牀蒼蘚封。洗却蘚痕看石刻，志書傳是米南宫。

漪瀾堂下水長流，暮暮朝朝客未休。縱有《茶經》無陸羽，空教煎白老僧頭。

登登山路轉山阿，須向仙人洞口過。澗水滿時青草短，巖花深處白雲多。

南祠忠定北文襄，千古青山兩瓣香。莫問前朝松柏樹，衹今何處有甘棠。

八月二十九日門人華雲來自汪司成器之所致吾師少師西涯先生之訃哭已有作

忽自司成得訃音，燕山湘水夜沈沈①。百年恩義師兼父，千載文章古在今。無路可奔空縞素，有身堪鑄乏黄金。京華北斗遥瞻處，泣對朱絃欲碎琴。

① 原注：「公今年七十，實作《燕山高》、《湘水深》二辭壽之。」

越明日寢哭後作

别公已分見無期①，不謂傷心在此時。再致語將荳露酒②，兩知音託惠泉詩③。山中几杖操今遠，雪裏門墻立故遲④。最是壽筵賓客散⑤，西風吹雨夜凄其。

① 原注：「壬申，實别公，眷戀怏悒，不能致一語。公曰：『汝年尚强，或可再至。但吾老矣，恐不能見耳。』於是各感嘆而别。越數月，公致政，貽實書曰『鄉見孫九峰，言國賢行時，不欲顯言别去，此情此誼亦可與知者道也』云云。」

② 原注：「己巳冬，實待罪東朝房，公以内法酒惠實。實將持歸奉母，公聞之，貽以詩，序曰：『再致一語，情見乎辭。』」

③ 原注：「實歸，公有詩寄題第二泉，其末云：『我歌泉和兩知音，吁嗟乎！誰哉更識泉齋心。』」

④ 原注：「寶自庚子舉于公，甲辰得進士，即出知許州。越十年，甲寅，入户部，始獲執業門下。」

⑤ 原注：「六月九日，公生日也。今卒七月二十日，去生日才一月又十日。」

是日檢篋得公壬戌和寶哭徵伯詩

悲歌當哭不論詩①，長憶先生哭子時。今日又興天下慟，他年真拜古人師②。濤驅東海曾於硯，石採西山故可碑。一念九原應未瞑，白頭親尚在慈闈。

① 原注：「公詩有曰：『悲歌聊當哭，何意復論詩。』」

② 原注：「乙巳，寶别公赴許，有詩云：『我有文章願，公今海内師。』南屏曰：『國賢願爲先生衣鉢門生，故其詩云。』公和曰：『才誇今代得，文識古人師。匣劍知埋處，囊錐見脱時。作官州郡小，爲客歲年遲。莫道黄金盡，猶堪鑄子期。』」

雨中念喬司馬不得會哭

燭照高齋坐論文，十回侍側九喬君①。訃傳兩地慟復慟，聲隔九原聞不聞。南國江山愁夜雨，西涯水月夢秋雲②。獨憐風雪瀧岡館，猶許幽談到夕曛③。

① 原注：「寶每侍公，公留飲食，必召喬司馬希大。」

② 原注：「西涯公舊第也。在慈恩寺前海子畔。」

③ 原注：「公新遷世，墓在畏吾村，有别館焉。己巳歲，實在東朝房，公雪中出，内閣命司馬約實同會於斯，抵莫乃返。時守門内臣訝曰：『歲寒無景，老先生何乃至此。』公聞而笑曰：『然哉。然哉。』」

張提學寄先師文正公新集至代簡爲答

遺書新刻自徽州，千里緘來百拜收。自信叔孫知不朽，未應巢父得長留。秘藏不作山中計，重購還供海外求。青眼獨看張侍御，瓣香今有古風流。

憶文正公嘗欲卜居宜興

幾年卜築欲江東，陽羨溪山罨畫中。千里有情春草遍，一樽無地暮雲空。相州未得歸韓老，汝潁猶堪葬長公。曾説近遊須館我，吾亭今合號涯翁①。

① 原注：「初，公欲卜居宜興，吴禮侍克温實任其事，實亦與聞焉。實嘗謂公：『無錫須置一莊。』公曰：『國賢即我莊也，又莊何爲？』」

發文正公弔書後有作

有句傳江左，長教和且歌①。未應知己少，自是愛人多。雲野秋無雨，風江晚更波。傷心門下士，鬢髮漸成皤。

①原注：「公近爲江南人題詩，書其尾曰：『二泉爲我和之。』又有曰：『二泉見之，其能默焉而已乎？』」

聽松偶成丁丑十月廿八日

秋深水國候來鴻，一夜悲凉見朔風。行遍冉涇無語者，聽松閣上哭涯翁①。

①原注：「某以翁小像懸松風閣，旬月一謁之。」

顧尚書清七十五首

清字士廉，華亭人。弘治壬子，舉南京鄉薦第一，考官王濟之批其文曰：「昔歐陽子謂當讓蘇子瞻一頭地，斯人是也。」癸丑試禮部第二，選翰林庶吉士。李賓之爲館師，得其指授，益有名於時。授編修，進侍讀。《實録》成，進秩。逆瑾惡之，降編修。尋調南車駕員外。瑾誅，還侍讀，進少詹。世廟嗣統，會議迎駕册立諸大禮，援古衷今，多所救正。忌者借它事遮拾，因自引退。復起南京禮部侍郎，進本部尚書，致仕。謚文僖。有《東江集》行世。公於詩清新婉麗，深得長沙衣鉢，正、嘉之際，獨存正始之音。今人以其不爲何、李輩所推，不復過而問焉，斯所謂耳食者也。

首夏即事

金獸香殘晝漏稀，嫩槐庭院午風微。蜜房分子蜂初静，書閣垂簾燕自飛。小碾試茶催瀹鼎，輕刀裁葛已成衣。故園遥憶三江外，梅豆青青笋過扉。

白　燕　閣試。

海國年年傍社歸，春來争訝羽毛非。不經乳穴移仙骨，似剪齊紈作舞衣。已化玉釵空悵望，未消紅縷故依稀。月明昨夜風簾動，驚還起隨白練飛。

謁文山祠用杜韻　時新作三忠祠於崇文門外，祀諸葛武侯、岳武穆及公。

碧殿長松鎖十尋，晚雲將雪助蕭森。貂蟬不改厓山制①，金石疑聞孔壁音②。南去星潮嗟往事，北來祠廟豈公心。春風一掬唐衢淚，幾爲先生濕短襟。

① 原注：「公封信國，時帝在厓山。」

② 原注：「祠在府學文廟西。」

十四日雪後朝回史館作

紫宸晴雪映蓬萊，獨出東厢候鎖開。學士履聲雲裏下，君王鸞駕月中回。争先皓鶴羞初日，失喜遥林見早梅。坐聽角門宣唤急，却思授簡懼非才。

以燈圓餉陸太僕

三五新正憶故園，屑雲糜玉鬧春盤。小奴解作江南意，遠客都忘歲暮寒。梅欲門圓忙着子，雪如争巧故成團。玉厓太僕真清吏，莫認明珠按劍看。

三月廿一日書事二首

只合清江坐釣磯，等閒誰遣着朝衣。緑陰門巷青繩路，心逐南雲一片飛。

小閣垂簾相對紅，窄衫低帽一叢叢。歸來有語那能記，坐倚東風憶夢中①。

① 原注：「時初教内書館。」

送徐中行南京工部

瘦石亭前倚曉風，十分凉意小橋東。雨餘楊柳秋仍緑，露下芙蓉晚更紅。情至怕聞千里别，會疏猶喜一尊同。留都宫苑稀程作，高詠還應不負公。

錢思孝輓詩

芳草春深滿緑園，王孫歸去已消魂①。人懷故國流風遠，堂有旌書節孝存。遼鶴何年返華表，楚歌當日怨修門。惟應黄泗源頭水，流得餘波到子孫②。

① 原注：「常熟錢氏皆祖武肅王。」

② 原注：「君嘗浚此水，土人德之。」

宫體四首次良金韻

鳷鵲樓深月到遲，倚闌閒弄玉參差。侍鬟記得新腔去，又向花間教雪兒。

水殿凉多夢易醒，昭陽歌吹隔青冥。絳紗還有同來伴，奉帚金門候曉星。

領得銀環奈別何，更煩同伴畫雙蛾。一般昨夜龍池雨，偏有垂楊葉上多。

瑪瑙階邊蛺蝶花，玉闌低轉畫廊斜。大家近日新經史，不向宫門候小車。

次石樓太史和陳時雨大行劉汝中中舍東圃聯句韻

病學安心未有方，清齋聊欲寄僧廊。檐花細雨思公甚，塵海西風爲底忙。檐蔔定應誰共嗅，醍醐遥羡獨先嘗。石翁妙語清人骨，吟斷東軒一縷香。

時雨用東圃韻寫懷兼惠柳木壺矢

束矢形裁出薊方，幾陪陳榻署東廊①。争梟解奪由基巧，失笑曾聞玉女忙。分遺却隨詩併至，試投誰合酒先嘗。春風有約應非遠，拍甕新醅夜已香。

① 原注：「時雨寓行人司。」

臘月廿三日飲德卿宅用涯翁齋居聯句韻

良遊集南園，秉燭向深夜。盟尋舊雨餘，坐想重茵藉。墻陰有殘雪，鄰酒友索價。西瞻太行峰，皓白欺二華。兹惟藏春塢，豈伊凌風榭。洪爐赫彤霞，餘香梟檀麝。窗明疑若空，簷短不留罅。吟苦愁後成，棋勁鬬先下。翻思前夕裏，高宴久已罷。遠鐘送深更，疲僕催早駕。顧兹蚓竅鳴，試我蠅頭寫。得雋豪屢揮，沉思首頻亞。忽看山月高，顧影獨驚詫。情兼賓主忘，氣已芝蘭化。諸公信自賢，此夕頗堪訝。招要入拘牽，窘迫自閒暇。詞非石鼎工，酒罄金罍瀉。明朝逐餘歡，此榻寧許借。

書所見二首

垂楊十里拂金堤，走馬東來不記誰。飛虎兩韃摇玉帶，盤雕雙袖蹙金絲。

馬首東風吹柳絲，碧桃紅杏鬬芳菲。遊人不是金丸客，説與流鶯莫亂飛。

爲杜庠題山水横幅

屋頭衆山森戢戢，屋下寒溪深見石。溪流循山若縈帶，别館離亭紛向背。茅堂近水景絶幽，繞簷萬竹風颼颼。主人自得濠上意，終日俯檻臨寒流。東寮把酒呼促席，隔屋糟床晚猶滴。清談北館風滿衣，折梅寄遠情依依。山童晨起掃落葉，不知松露霑荆扉。經營布置各有態，頗覺畫者勞天機。東吴杜郎江海客，覽勝搜奇遍京國。家園十畝畫不如，猶向丹青愛陳迹。西風八月南雁飛，扁舟遠自長安歸。高堂無事兄弟樂，終日鷄黍要鄰比。新圖便是君家事，何必區區詢畫師。

爲潘克承題林良蘆雁

林郎花鳥今代奇，水墨到處皆天機。長縑闊幅信手揮，妙處不屬丹青圍。江頭雨深菱荇肥，枯楂折葦紛離披。駕鵝羽冷畏遠飛，雄雌兩兩相猥依。靈苕翠羽不自危，鵁鶄噤語睎玄衣。依栖俯仰各有姿，乍見幾欲呼鷹師。乃知此老筆不疲，市朝山林時見之。鷄林相君知白詩，君家此本吾無疑。北風漸高禾黍稀，雲飛日見江南歸。吴江洞庭三泖涯，天空水遠無拘羈，焉得扁舟從爾嬉。

齋居獨坐寄三江

我馬今晨已自東，入門燈火夜堂空。浮雲不放中天月，古木頻號別院風。夢繞白樓千里遠①，坐圍紅燭幾人同。春來點檢詩多少，扈宿陪祠亦有功。

① 原注：「時三江居白樓宅。」

安山待閘憩大柳下見蜣螂轉丸及窟穴埋藏之狀甚悉村童語其故詞甚鄙而近於人事戲以韻語記之

蜣螂摶土丸，其智竟莫測。中包實糞穢，外裹疑橡栗。後推前復挽，圜轉何捷疾。端如趁嚴程，又似衒巧術。趨窪真一瀉，過隘亦屢兀。中途遇强暴，奮鬬幾撑突①。歸來不少暇，坎土啓藏室。既以首爲畚，復以股爲橛。爬沙兼負戴，下上幾顛越。室成擁丸下，劣隘四無隙。周旋巧斡運，每動輒有入。須臾丸盡隱，謂爾功已畢。潛身復旁搜，坯壤時虧卼。村童惡劇戲，寸筳時一搰。室開丸反流，驚救走連蹶。雙趨共撫抱，有類拱珠礫。前功已盡棄，餘念猶未歇。想其推挽去，行復事鑽穴。物生均有智，小大理難一。蠶絲利萬世，螯網爲口實。蜂房及蟻冢，致用等軒闥。爾丸獨何爲，久念理未徹。村童前致詞，此實神所訹。轉丸輸鬼藏，功滿蜕凡骨。飛騰作風蟬，清響𡁠雲月。營營苟爲此，蜣計誠已劣。丸也神所須，得無穢明烈。物性爾豈知，神姦我能別。紛紛詎爲信，瑣瑣焉足説。聊戲答村童，鼓響官舟發。

① 原注：「其類有奪之者，拒門甚力。」

獲稻用分秧韻

負郭園池帶宅田，老晴天氣太平年。獲來黍稻叢高廩，散出牛羊滿近川。饋啓甑山騰霧靄，蟻香醅甕起淪漣。斜陽一枕西窗夢，縱有丹青不與傳。

十二月十八日大雪登樓作寄進之天錫時諸君方修府志

酸風割耳須作虯，聞雪强起開西樓。西樓一望幾十里，玉田瑶圃爛不收。兩年粳稻化魚鱉，窮計每日占來牟。眼前富貴已如此，何苦更作明年愁。書生耐冷自常事，北窗清坐端誰留。神遊不到党家帳，意行屢上山陰舟。淮南山海誕莫考，吴中溝澮須精求。映雪著書堪一笑，却似五月披羊裘。

次晚風雪又作用前韻

玉龍飛天從萬虯，下與白鳳窺紅樓。天人剪水碧霄上，幻作萬寶無人收。晚來疾風振林谷，時復亂牛同一牟。蔣生扁舟泊何處①。縱有美酒還堪愁。進之病骨近始蘇，旅食豈爲魚羹留。爐灰撥殘紅燭短，誰與再傾雙玉舟。一夫失所是予責，二氣迭勝非人謀。夜闌寒甚欲就枕，解帶却愧狐重裘。

①原注：「時天錫出行水道未返。」

進之天錫舜弼有和章再用韻

凍指握筆如拳虬，猶有雪詩來北樓。北樓幾日不一到，寒陣未許陽烏收。瑶琨鷺羽孰堅脆，往往精辯聞龍牟。長安書生四十韻，遠喜不救溝中愁。穎陰禁體亦何事，雕刻但有空言留。憑高極目意頗豁，滉漾如駕虚空舟。珠宫玉宇隔人世，一暖誰爲蒼生謀。洛陽盡覆吾亦願，尚恐目前無此裘。

東園餞别太守酒酣劇論至於得失寵辱之際聽之灑然是夕被酒齒痛不寐輒用蘇長公過清虚堂韻歌以揚之卒章頌言爲將來世講之張本也三月廿一日

人間萬事真握沙，黄堂昨日猶早衙。春風留人苦無計，漫天撲路飛楊花。楊花飄揚泊何處，碧山夢繞先生家。邯鄲已爲魯酒誤①，憂喜更足憑晨鴉。東園雨餘緑滿樹，猶有青子粘殘葩。撫時惜别萬感集，飄蕭短髮手屢爬。衆賓微酣我輕汗，論功莫計酒與茶。花奴羯鼓不解事，落日猛向紅闌撾。盛時會須有代謝，末俗正爾堪吁嗟。歸舟安穩足春夢，夢抱玉燕吞流霞。

①原注：「事見前年字韻下注。」

壬申正月十九日過北野同南村訪北花園廢址明日北野有詩仍用清虚堂韻走筆奉答

築堤不擬長安沙，鳴鼓已放西曹衙。夜遊涇南鶴城北，隨處幅巾宜看花。花林高下映叢冢，池臺舊屬淇水家①。當時笙歌沸鄰里，只今古樹啼寒鴉。先生讀書洞千古，過眼富貴如春葩。時人不識競模擬，往往背癢連衣爬。消憂滿貯北海酒，破悶亦有南山茶。家生小奴解新曲，時復羯鼓當軒撾。郵筒往復方此始，一倡何止三人嗟。詩成揮翰向落日，墨光繞筆飛玄霞。

① 原注：「衛公武本汲人，譜曰《淇水流慶録》。」

四月十二日定庵先生過訪誦東坡過清虚堂詩用韻奉謝

夜窗急雨鳴撒沙，晨鼓不辨州官衙。村童晏眠蓬户閉，榆莢一徑交殘花。經年不及長者室，泥水真作田農家。高軒何自匆戾止，豁若暝霧騰金鴉。清容穆穆峙霜柏，妙語鬱鬱飛天葩。塵埃塞胸不自理，次第一一煩梳爬。盤餐非惡愧草草，幸有杞栟供春茶。此時天公亦助喜，列缺捲焰雷停撾。騷壇夙昔願奔走，世事八九堪咨嗟。酒闌公去倚江閣，遥見一鶴銜高霞。

陪定庵過北野再用前韻

河洲淺水籠銀沙，高柳隔岸排晨衙。濕雲晴旭互吞吐，時復映空飛雨花。人間歲月總能幾，三年不到先生家。諸孫迎拜肅有禮，别時稚語猶軋鴉。不知甘露何日降，親見紫芝團玉葩。山林朝市各有適，如痛須抑癢須爬。羊羹黿炙豈不美，陸羽獨好山中茶。惜哉禰衡傲一世，營門乃作漁陽撾。先生歸來萬事足，耳目所及堪吁嗟。尊前有酒便一笑，不用導引吞朝霞①。

① 原注：「時北野先太史墓産芝，甘露降庭。」

涯翁七十壽詩二首

睿皇初運岳生賢，留付神孫秉化權。一代盛名今古絶，五朝隆眷始終全。山龍不露彌綸手，桃李都歸長養天。回望玉堂趨走地，不知何以祝長年。

午橋長夏日如年，吏散瀛洲聚錦筵。黄閣衣冠諸老外，清時鐘鼓百花前。閒情好鳥鳴深樹，往事浮雲澹遠天。惟有老人南海上，祥光夜夜繞臺躔。

崔世興宅奉次涯翁韻

酒敵棋朋四坐分，不知何處是東君。屏間拂石疑生雨，畫裏看花半作雲①。《白雪》詞章隨筆散②，紅塵車馬隔墻紛。平生六一堂前士，到處春風挹令芬。

① 原注：「王若水畫梨花杏花甚妙。」

② 原注：「涯翁席上作草書。」

四月十三日同時敏送仲玉景和歸途有感作

漠漠輕雲淡淡風，御溝溶漾落花紅。一番離別中年後，千里河山夕照中。垂角故人霜兩鬢①，關心歧路草連空。歸來稚子迎門笑，何日親交送阿翁②。

① 原注：「時敏、景和皆童稚交，今皆老矣。」

② 原注：「時求歸未得。」

齋居覽菽園雜記有感呈三江

東觀紬書共幾篇，南宮題草又三年。風流未敢忘前輩，名姓多應愧後賢①。雲裏泰階星近遠，天涯歧路草芊綿。夜來夢好君知否，一棹扁舟野水邊。

① 原注：「記稱諸司奏事不能堅執，有不可多取自上裁，遂致權移左右。」

題許郎中汝和墨菊曹汝學家藏

郎中畫菊真是菊，蒙泉蒲萄太常竹。一時能事并馳聲，豈直文章難繼續①。狂揮急掃皆稱意，不特品高機亦熟。西涯坐間生色障，一見當時已心服。不知何日到君家，净洗朱鉛鬭清淑。疏篁古木交映帶，深淺生枯俱入態。欻風一枝驚欲折，倚竹數叢如有待。飛鸞墜羽時自壓，老蛟蜕骨令人駭。張顛草聖久寂寞，何意兹晨忽傾蓋②。郎中郎中今有無，後來尚遠眼中疏。柔肌脆骨争媚嫵，不然蔓草紛黄壚。頹波一去誰與返，把卷撫玩增長吁。君不見近時淮海上，亦有菊花一派往往傳京都③。

① 原注：「天順中賦云：『林良翎毛夏昶竹，岳正蒲萄計禮菊。』」

② 原注：「君畫筆皆草書法。」

③ 原注：「文章關乎氣運，書畫亦然。嘗見以畫菊名者，其枝莖皆蜿蜒柔弱若藤蔓然，徒取飄逸而失其本真多矣。古人决不然也。」

出郊

小隊黄衫簇絳燈，春來幾度出郊行。桃花結子楊花盡，只有蘼蕪滿路生。

冬至謁陵次三江送行韻

初陽映雪暖欲蒸，千門瑞氣通諸陵。乾廷報本嚴奠掃，秩禮遠自前王興。秋霜春雨意慘慘，奩香篚帛心兢兢。高皇統天祀萬世，奮自壠畝揮戟矜。兩都並建始文祖，鼎命重爲諸孫凝。傳聞橋山初啓邑，鸞輿玉趾幾降登。小臣何幸得將事，敢論暑雨仍寒冰。經塗百里净如掃，輿夫踴躍誇力勝。迴龍小憩才半道，瞬息已睹洪仁燈。入門弛擔隨所適，東寮西館各有朋。山僧頻見頭亦白，爲我載演牛車乘。寒光凌亂入窗户，起視海月摩空升。瑶宫銀闕自萬古，雖有晦蝕無虧增。嫦娥悄立如有恨，欲斬桂樹嗟誰能。齋居元不礙酬詠，公詩險語何層層。磨崖擬刻永昭頌，挽斷千仞寒谿藤。

歸途再次韻

燎炷長煙升櫝蒸，百官星擁橋山陵。鸞車龍馭想戾止，玄雲鬱勃中天興。六飛南巡知近遠，爲感歲時還惕兢。江淮民力惟國本，先皇子育多愍矜。烏號空抱鼎湖月，血淚幾與山泉凝。翻思年少上陵日，隔城望山飛欲登。來時不愁沙河漲，歸路曾踏章村冰①。年華不留心獨在，踞鞍十里已弗勝。出山望城喜月上，騎火夾道如春燈。化人樓殿鎖寥寂，金碧斬新無與朋。茫茫緣業誰爲考，無乃劫運相憑乘。再吟嘉贈擬賡屬，一韻費酒幾盈升。我才白髮梳漸短，君思川流來日增。聊將歲月紀行役，敢與斤堊論工能。塵途紛擾又三日，岡隴下上應千層。明年再到知健否，歸問老韓尋赤藤。

①原注：「壬戌冬至，祀畢，樂忘學士邀遊冷泉莊，夜失道，與今熊峰宗伯循西山行，過南、北章村，凡三四涉水。」

敬亭見和山行有李杜齊能之句雖主押韻而亦非所當也因歌奉答并寫近懷

梧檟不雜中林蒸，詩人以來稱杜陵。公才本高心獨下，退與元白圖中興。山行一篇如見我，捫蘿踏雪幾凜兢。時從雅淡出奇麗，少年斂手不得矜。三陽改歲萬物泰，和氣上與遊雲凝。清河沙河柳色動，近山已有遊人登。南飛六驥想回首，足底不見陰山冰。甘泉荷橐事已遠，洛橋軔車材弗勝。破除寂寞賴公等，往往郵筒侵夜燈。朝來雪篇更雄富，無復珠貝論升朋。五湖煙艇未許上，灞橋驢子還堪乘。已聞羔韭畢春祀，佇見柴燎中天升。平安夜火報不絶，似有車騎來增增。蘭臺執簡公未老，長楊奏賦吾猶能。掃妖滅怪止一筆，取青媲白應千層。眼前却有兩物惱，中山狡兔剡溪藤。

春雪敬亭用前韻再答

西山落日雲蒸蒸，漫衍澗谷彌岡陵。曉窗夢破聞掃雪，失喜一笑披衣興。天街大有隔歲伴，羸馬前日猶凌兢。常言三白兆豐稔，民病亟矣天須矜。從風初學柳絮舞，綴樹旋作梅花凝。素娥晨朝紛下女，玉龍夜戰迷先登。瓦罏煙焰坐不暖，起視膽瓶膠作冰。前年冬温人苦疾，往歲雨多苗弗勝。新春得此喜可説，光景十倍鰲山燈。忘懷一任鴻寄跡，耐久正愛霜爲朋。淮西剡曲總佳語，萬騎孰與扁舟乘。

愁來呼酒徑一醉，斟酌不計斗與升。長安薪炭已如玉，又報米價江南增①。閉門高卧吾豈敢，手挽溝壑嗟無能。登樓望山一舒嘯，銀屏玉案高峻層。何當致我此中去，看煮雪茗燒枯藤。

① 原注：「是日有鄉人至。」

戲和石潭嘗酒有引　三首

茅柴陳卷擬立案矣，而催札不已，聊爾破白，亦欲爲糟牀吐氣，星運表祥而七步三緘之説，皆不可不復也。

不惜糟牀劈作柴，已呼兒子旋安排。只愁新甕能幾榼，遂有高軒駐兩階。永夜燭光鄰壁駭，他年談苑幾人偕。細君不學劉伶婦，晚出雙魚更自佳①。

① 原注：「石潭釀秫八斗而壓敗予家酒牀無遺力矣。雙魚紀實，亦趁韻也。」

城西門掩夕陽柴，剥啄尋常不用排。况是新篘方滿屋，何妨曳履日登階。愁來白髮欺簪短，老去黄花有竹偕。既醉莫嫌詩晚就，行年不似丙丁佳①。

① 原注：「來詩謂酒好由于運好，而予以詩好亦由之，丙寅、丁卯君將來運也。」

無問登龍與叩柴，酒魔詩祟要人排。不衡京兆行春馬，便踏先生繫馬階。桂屑擣殘猶自辣，雪兒歌後許誰偕①。逃虚避俗吾何敢，正若君言也復佳。

① 原注：「君近納寵。」

乙亥元日十峰飲師邵東齋出予家桂餅師邵有詩自墻上遞至次韻奉答

寶鈿和露壓金英，爲趁秋光一日成。月殿有人留素影，花林無物稱佳名①。攜來不覺鄉關遠，吟罷猶令客夢清。茗碗酒杯皆可意，好將新歲作傳生②。

① 原注：「餅有嫦娥蟾兎形，『天香』、『狀元紅』等字。」

② 原注：「唐人歲首飲酒名傳生。」

明日師邵有墻上傳詩之作次韻

似有虹光射屋頭，不知人語夜堂幽。呼墻忽得淵明信，能賦真同子建流。便擬續貂噓凍筆，却慚燒蠟變更郵。玉堂本與蘭臺近，珠璧尋常豈外求①。

① 原注：「師邵舊有詩云：『買宅誰家近玉堂。』」

師邵出意作綸竿於墻上以便遞詩名曰詩釣首倡一篇詞意兼美依韻奉酬

巧心文思孰兼長，詩釣詩成又幾章。千里浮沈謝江路，一竿風月共鄰墻。君如緣木求魴鯉，我正懷磚想珮璜。畢意兩無名利念，五湖煙水舊同鄉。

夏日感事次味苓韻

陶翁正好北窗眠，也爲閒情一愴然。水屋自應荷作蓋，金貂定以玉爲蟬。祥雲捧日群龍擁，巨堰浮山一蟻穿。神運斡旋俄頃事，未須低首拜啼鵑。

南村約庵雨中過訪喜新街成飲平胃散酒是日談論間多可慨者别後賦此寄之

白雲本是青雲侣，今雨依然舊雨人。輿力競誇新路穩，酒奴還説近方醇。紛紛且置人間事，皦皦誰全物外身。畢竟浮生幾緉屐，欲將泰華等遊塵。

杜竹泉六十二壽詩

竹林娟好石泉紆，林下幽人六十餘。裹藥歲煩紅印紙，畫容新試碧霞裾。堯年舜歷資延引，二竪三彭待掃除。慎勿求仙想遺世，羨門依舊海濱居。

寄儲麗中時京中客舍猶未售

浮名紫陌萬風花，客舍紅亭一傳車。閲歲流光駒過隙，關心朋舊手摶沙。未能遺迹同寒雁，想見空庭噪晚鴉。捲却雙魚還自笑，故人秋早又星槎。

遊鶴涇田舍過黄耳祠

山靈應道我歸來，一徑新添雨後苔。高柳直從江路見，細花還傍竹叢開。百年天際雲千變，萬事林間酒一杯。記得吾家老開府，當年曾勸陸郎回。

諸廣文餞予龍潭僧舍别後有懷味苓

聽鶴亭前欲上潮，龍潭落木晚蕭蕭。愁來别酒難成醉，老去詩翁不可招。地下騷壇自旗鼓，人間博局幾盧梟。翠蘿金碗當時句，殘月空梁獨自謡。

莫三江舟中有作四首

淺碧婁江水，蘼蕪被兩涯。平生到曾未，此日看成悲。悵望雲龍會，淹留絮酒期。中岡知近遠，烟樹鬱參差。

憶昔曹園别，公西我自東。竟成千載恨，猶幸一尊同。往事鴻飛外，浮生蝶夢中。有懷知莫問，粱月繐帷空。

多暇推南省，公來日糾紛。執經辭斷斷，尊王意勤勤。鹽鼎虚黄閣，飈車已白雲。向來庭左辨，列柏想猶聞。

進退關憂樂，榮哀具始終。策名龍首重，節惠奉常公。桃徑春陰遍，槐庭晚色濃。濮園初議在，天下想遺忠。

絅庵和前韻再叠

千艫並進一舠還，五色泉南屋數間。漸近夕陽宜少息，未先朝露敢希閒。案頭緗帙茫如海，足底青鞋剩有山。最喜鱸魚不時樣，登盤依舊玉鱗斑。

淑人遷柩至祖送還書感六首

此路同君兩度歸，歸時長是淚沾衣。如今不減當時淚，濕盡麻衣君不知。

路轉河橋客欲辭，黯然東望一沾衣。來時記得停輿處，茅屋垂楊映酒旗。

三十年前二十時，小窗燈火對鞶絲。如今此意從誰語，頭白傷心只自知。

長安初到憶搬家，幼女嬌兒共一車。死别生離三十載，老懷争遣不成麻。

京華桂玉兩關心，粗得心閒病已侵。伴我一生成底事，誥鸞空印紫泥深。

長途極目四千里，往事傷心五十年。正到不禁淒斷處，一聲哀雁過樓前。

淮翁與二汪飲襄陵酒聞清來留一尊見待已而盡之賦一醉二首清至首以見示敬和

江湖無地著心寬，夢裏尊前一笑歡。來晚尚餘三日恨，春風只得半醒看。

黄閣歸來緑野寬，諸生時得奉清歡。吴泉晉水皆名勝，正要先生次第看。衆以襄陵爲當時第一，吴寧庵謂義興家釀可以敵之，靳介庵復以鎮江五加皮爲勝，衆論未以爲然。

淮翁示獨酌二詩序云是日飲松江酒次韻奉謝

城闕非長往，山林是夙期。時開問字酒，不賦解嘲詩。緑樹停觴久，紅闌點筆遲。奚童斟酌慣，深淺自能知。

左掖文書静，西亭竹樹幽。幾時能獨醉，此日是真休。地遠陶潛社，人懷庾亮樓。賞音知有在，誰復步兵求①。

① 原注：「清辛未遷官，後未行，淮翁屢以書趣。癸酉四月至潞河，翁方與兩汪飲酒，聞之作一醉二首。」

清明日遣三兒奠李文正公墓時上疏乞歸未報

三年不拜先生墓，一滴尤傷此日心。古道曲村猶歷歷，舊松新檜想森森。周旋未敢遺言墜，閲歷空嗟往迹深。願乞明靈表衷素，早教藜葛返初林①。

① 原注：「前輩師友分誼如此。」

歲晚園居追憶史館容臺舊事有述 四首

石渠嚴秘許觀書，丈席清華選巨儒①。道術孔顔留至訓，文章典誥軼前謨。月毫霜札來天府，玉饌金莖出帝厨。回首十年空血淚，碧霄無路挽龍鬚。

① 原注：「傅文穆公瀚、李文正公東陽、程宗伯敏正。」

玉堂排日趨經幄，丹地分行拱御筵。龍躍九淵屏隔座①，鳳迴三殿闕中天。祥雲麗日瞻堯表，金尺瑶籤啟舜編。長憶講辰當國忌，素袍玄帶儼終篇②。

① 原注：「文華御屏彩漆龍水，日本貢物也。」

② 原注：「故事：忌辰多輟講。」

周官六典肇昇平，《魯策》《春秋》並《五經》。彤管後先參記載①，黄麻鄭重入丁寧。氓編不落涪陵險②，米傳羞聞晉史腥。獨卧煙江霜雪鬢，尚餘幽恨在丹青③。

①原注：「《會典》、《孝皇實録》。」
②原注：「《實録》成，追論《會典》事，謫南京兵部員外郎，尋復原秩。」
③原注：「書妖人李洛省事，有誣彭文思，附以得進者，書中官蔣琮逐科道事，有嫌而欲删節者，皆不敢從，聞後來頗有更定添入，不可知也。」

書生泥古自家風，曾職容臺念始終。所願朝廷有夷契，敢將休戚問窮通。紛紛尚憶盈庭語，鑿鑿誰收秉筆功。聞道初陽涣新命，不勝翹望五雲中①。

①原注：「初議稱號，同奉旨，及會議，以罷官不預，至是猶未定也。」

六言二首

園林日日春風，市喧不到墻東。大卧落紅籬下，鶯啼新緑陰中。
遊絲將墮復舉，好鳥急過遺音。總是少年光景，只多往事關心。

魯祭酒鐸四十七首

鐸字振之，景陵人。弘治十五年進士第一人，改翰林庶吉士。爲李長沙所重。以編修使安南。歷國子監司業、祭酒，請告家居。嘉靖初，刑部尚書林俊疏薦，請如孝宗朝用謝鐸故事，推卿佐者五，皆不起。贈禮部侍郎，謚文恪。振之沉潛問學，杜門斂迹，焚香危坐，日夜讀書。屢起屢歸，執持名節，爲翰苑師儒之官誠無愧焉。有《蓮北》、《使交》、《東廂》諸集。

讀李詩

天地獨長久，謂亦終銷熔。朝菌同一盡，何必論喬松。誰云李太白，曠達擅高踪。有酒不自飲，乃勸羲和龍。麻姑既霜鬢，誰能駐顔容。

送友人歸武功

庭皋鳴落木，遊人感秋風。援琴起中夜，鮮復襟期同。寒蛩響簷側，高雁翔雲中。鷄鳴戒行李，微日東窗紅。遊從集盤榼，酒盡情未終。行人難久留，矯首成西東。願言尺素書，歲歲常相通。

雜感三首

東村有松檜，西村滿楊柳。我家住村東，來往村西久。浮陽起郊原，遊衍及親友。取蔭東西村，常倒尊中酒。風霜倏摧厲，此意遂相負。吾廬翳松檜，摇落殊未有。

孟冬天氣肅，朝霜被蕪萊。寒泉細無聲，鶺鴒鳴何哀。遲遲歲華晚，芳意忽已摧。撫景生感傷，幽思何能裁。

城居苦塵事，去作邛上遊。驅車未及半，且復泛輕舟。峨峨五華山，杳杳三溢流。山水清且閒，俯仰見沈浮。愧無經世才，空有杞人憂。潦倒終宇宙，道廢何能酬。

添綫圖

寒日趁天無約摸，短長那遣忙人覺。漢宮相語驚翠娥，繡綫朝來添幾何。昭陽宮門在何處，歲晚無由通綫路。憑誰却問承恩人，遠近何如天度數。

漁　景二首

桃柳穠纖含曉濕，篷背晴曦曬蓑笠。汀洲草芳鳧雁飛，江風撲岸炊煙急。中湖布網却伊誰，作力包羅意恐遲。春深欲勸同休息，正是魚龍孕子時。

湖天映雪如銀瓮，湖水朝來欲成凍。潭底寒魚貴似金，高人夙約遥相送。推窗慰勞冰在鬢，仍敕僮奴辦早厨。隔汀爲問幾家住，曉爨都生煙火無。

丁丑至日寫懷

海内今多事，寰中又一陽。病常如影在，日未及愁長。法駕臨烽塞，人煙斷水鄉。登臺望雲物，風雪正茫茫。

出郭次爾錫韻宗易同和

城外韶光好，相將二月過。暖宜鴉乳早，春被柳争多。籠燭防村暝，簪花感鬢皤。詩須陶謝賦，吾爲楚聲歌。

觀鄭俠流民圖

旱風吹沙天地昏，扶攜塞道離鄉村。身無完衣腹無食，病羸愁苦難具論。老人狀何似，頭先於步足。無氣手中杖與臂，相如同行半作溝。中棄小兒何忍看，肩挑襁負啼聲乾。父憐母惜留不得，持標自售雙眉攢。試看擔頭何所有，麻籸麥麩不盈缶。道旁採掇力無任，草根木實連塵垢。於中況復嬰鎖械，負瓦揭木行且賣。形容已槁臀負瘡，還慶未了徵輸債。千愁萬恨具物色，不待有言皆暴白。熙寧何緣一至斯，主行新法王安石。當年此圖誰所爲，監門鄭俠心憂時。疏奏閤門不肯納，馬遞徑上銀臺司。疏言大略經聖眼，四方此類知何限。但除弊政行臣言，十日不雨臣當斬。熙寧天子寢不寐，罷除新法回天意。寧知護法有善神，帝前環泣奸仍遂。同時有圖常獻捷，贏輸事往圖隨滅。此圖世遠迹愈新，長使忠良肝膽熱。我因披圖間比量，唐宗王會空誇張。願將此圖繼無逸，重模圖本陳吾皇。

夜涼

止林足山水，五月能夜涼。江長船侵樹，雲疏月到牀。坐深心隕火，吟劇鬢增霜。近有勳堪策，新松翠作行。

西江别業贈同遊曾廷哲

清秋遊别墅，小艇溯西江①。水落洲全出，霜來葉預降。汀漁入野鱠，風笛度村腔。最荷鄰莊友，追陪載玉缸。

①原注：「即陸鴻漸《六羡歌》所云。」

清河次類庵韻

西望群山合，東來一水長。抱村行緩帶，激石動清商。畦潤人操甕，橋喧客護裝。晴波繞花柳，延佇未爲妨。

又次宗易韻

遲日未亭午，初程一舍過。村邊斜入市，橋腹暗通河。乳鵲鳴争樹，耕夫説種禾。行逢寒食節，最好是清和。

宿昌平次爾錫見憶韻

薄暮到山城，神疲耳欲鳴。拋書從葉亂，惜燭任花生。寶鋏寒留影，陶瓶細作聲。懷人不成寐，聽徹短長更。

閒　居二首

别墅仍書屋，閒居興頗奇。野山争入座，田水暗通池。鳥語花深處，魚游月上時。坐闌還散步，聊復有新詩。

遲日閒眠起，徐呼蠟屐來。徑從池上過，還繞屋頭迴。科斗隨魚戲，薔薇冒竹開。兒童更多事，從臾一登臺。

春日即事

暘谷東風起，春聲動地來。老懷驚歲邁，病骨愛陽回。碧澗看瑶草，清芳嗅蚤梅。厢人送春檳，一笑緑尊開。

田水南憲副寄題書院次韻

夢野臺東地，山人池上園。饌分魚食慣，衣礙果枝繁。鶯樹新簧發，鷗沙古篆存。水南題品在，野趣溢清言。

義臺爲婿郭廷貴作次舊韻

林巷仍逃俗，結茅池上臺。果花從牖入，巢鳥隔江回。徑僻苔全合，風徐荇半開。偶嗔雙舞鶴，曉踐菊滕頹。

孫懋仁沱西別業

屋邊沱水日淙淙，風物元應擅楚邦。蘭芷生連垂釣石，鳧鷖棲近讀書窗。城東曉色聞孤角，畦外春流帶九江。爲約扁舟他日會，狂歌來和郢人腔。

次韻徐原忠

篷門未款鶴先知，已有①園深出應遲。松徑路晞行藥後，藕汀風動納凉時。夜仍秉燭翻疑夢，春許看花更作期。休倚清時催病客，新文容有《北山移》。

①原注：「已有，公之園名，亦以名其詩。」

暮春即事

書簽藥裹近藜牀，睡起虚齋日正長。科斗池塘古文字，倉庚庭院沸笙簧。林陰坐久衣裾潤，花徑行多屐齒香。病得賜骸耽勝事，擬將芹曝報吾皇。

留别喬白岩王陽明次白樓韻

十年聚少别常多，緑鬢重看總向皤。勝地有招還遠赴，高軒無事亦頻過。離觴又對鍾山月，驛棹遥生漢水波。詩社盡收佳句在，相思隨處一長歌。

次韻虞司訓新秋夜坐

時序新權又蓐收，煩歊初散夜光浮。夢驚寥廓一聲笛，興在武昌千尺樓。南樹枝閒棲鵲定，内家屏冷早螢流。朝來喜得虞卿訊，新著書成病亦瘳。

涯翁母一品太夫人壽

龍門佳氣曉如虹，不與人間設帨同。天上貤封元一品，膝前稱壽是三公。玉桃歲久丹爲顆，萱草春長翠作叢。侍從諸孫歸較晚，北堂燈燭夜筵紅。

九日園亭用杜牧之韻

押翰題糕手欲飛，菊邊香霧正霏微。誰從今日仍辭醉，不道常年苦憶歸。短屐未妨逢細雨，殘尊還可待斜暉。官貧猶勝陶彭澤，剛得東籬有白衣。

九日東莊用前韻

丹楓零落白雲飛，別墅風長酒力微。坐待池菱炊飯出，行逢野菊戴花歸。沙鷗貪看臨秋水，林鵲從教亂夕暉。朝市久違疏散性，欲從漁父問荷衣。

中秋風雨有懷

節序無情鬢有霜，中秋風雨向昏黄。尊前舊社人千里，雲外新聲雁一行。病起未能携楚瀝，興闌何處據胡牀。諸孫僅慰而翁意，燈火西窗夜正凉。

許州風節亭次韻劉東之御史美之正郎

煩囂何處可披襟，風節亭中散竹陰。地僻本無塵俗氣，夜凉先見歲寒心。風傳遠笛情何限，月轉長梢坐益深。安得題詩更明日，滿墻揮翰學來禽。

憶爾錫西莊舊遊

下馬山堂犬亦迎，來遊年例近清明。杏花深處聞幽鳥，溪水東頭上古城。點筆欲題青竹遍，流觴時覺玉壺輕。不應全廢今年約，芍藥開時尚一行。

野望

東風吹雨宿塵輕，膴膴村原正曉晴。遠樹有花皆辨色，好峰無數不知名。雲開雁鶩橫長塞，草緑牛羊上廢城。欲向燕山還極目，夕陽時候更分明。

東莊

窗外群峰遠更佳，吾廬自可號山家。飛來好鳥尋常語，移種新叢次第花。木客每因求石蜜，販夫頻到送溪茶。不妨兼有漁翁樂，秋水東湖一釣槎。

暮春城西即事用少陵韻

春去春來失送迎，送春今歲到春明。絮辭官柳欲迷路，花戀御溝還出城。携榼未論燕釀薄，試衣渾愛越羅輕。蠶眠麥秀西原暮，記得農桑爲此行。

何湖東先生約社有作次韻

長安多病憶松筠，詔許還家感聖神。草閣枕書常謝客，花谿行藥或逢人。吟當未穩仍侵夜，飲但微醺不負春。慚愧耆英招入社，重裁野服芰荷新。

東溪小景 三首

閑溯東風去，溪頭千樹花。停舟偶然坐，日暮未還家。
清流意不淺，君須爲渠醉。莫遣醒時歸，猶解塵中事。
隔溪語農人，新禾脛尚短。車痕記水畦，莫灌東畦滿。

鳧洲即事

見説瓜堪摘，閒過洲上來。小船風打去，半日未能回。

薔薇下

獨酌薔薇下，花陰亂午風。有時殘露滴，剛著酒杯中。

散步

細草緣谿軟，晴朝步屧遲。往來深樹裏，啼鳥不曾知。

草蟲

淑氣濃薰芳草，晴絲不礙飛蟲。春色都堪描畫，無人畫得東風。

春日書院

門巷青苔隔路溪，小桃開滿磬池西。枕書眠着無人唤，花裏東風百舌啼。

桃溪

世路悠悠已倦遊，桃溪深處草堂幽。東風自解幽人意，不遣飛花逐水流。

墻隅即事

蝸利涎濡乘雨去，蝶懲弱質避風飛。雨晴剩有蝸粘殼，風定還看蝶曬衣。

即事

洞口桃花滿意紅，生憎蜂蝶太匆匆。山禽那更來捎蝶，打着穠枝半欲空。

秋日讀書西禪湖漲久未出新霽月明浩然放舟聊短吟

西風湖水漾秋痕，短褐殘編日閉門。忽見江城上明月，野船村酒弄黄昏。

何侍郎孟春一十首

孟春字子元，郴州人。弘治癸丑進士。長沙異其才，擬入史館，以父憂罷。授兵部職方主事。歷郎，出補河南參政，入爲太僕卿。以僉都御史巡撫雲南，召爲吏部右侍郎。世廟即位，詔議尊親禮，大臣相繼去位，子元率部院臺諫力争，泣諫於左順門，上疏，上撫諭再四，跪泣不起，左遷南京工部右侍郎。居無何，盡斥諸咈議者，削籍，錮不復用。屏居著述，有《餘冬叙録》行世。穆廟初，追贈禮部尚書，賜謚文簡。汝南趙賢序其集曰：「公之忠亮，出自天性，至於反覆駁難，援古證今，稽疑定是，批郤導窾，又非他議禮所可及也。」公殁後二十餘年，穆皇帝繼志，恤録諸賢，南歷洞庭，憑軾郴州，禮其廬而訊其後，泯然無有。古稱三不朽，子孫不與焉，豈不然哉！

送王伯安南都審刑

秋雨彌天來，秋風動地發。秋官方用權，暑氣掃七月。四牡復何之，時當奉天罰。黄紙下青冥，欽哉惟帝曰。罪毋脱秦黥，法勿加楚刖。三覆五覆間，務使事情核。宸衷一寸丹，載拜書之笏。年來民俗漓，肯長其告訐。年來吏事冗，肯聽其唐突。持此直如弦，何人行請謁。持此平如衡，何人得乾没。莫將五德鳳，擬以獨擊鶻。筆端有造化，還解肉冤骨。山川幾經歷，歲月去飄忽。簿書盈几席，肯作塵勞咄。夜分燈火孤，清興諒難汩。檢點紀行篇，浮踪徧吴越。歸朝擬何時，欲及衆芳歇。民物哀矜餘，轉覺心如齕。好爲萬言書，伏奏蒼龍闕。

東山草堂四首爲劉大司馬作以四字爲韵

唐朝緑野相，宋代獨樂公。起居候夷狄，姓氏傳兒童。古人不可作，誰是間世雄。我公後其人，德業正爾同。來爲下覽鳳，去若冥飛鴻。完名歸造物，一節見始終。區區漢兩疏，圖畫未足工。東山在何許，亦在東門東。

昔聞謝安石，栖迹會稽山。一爲蒼生起，功收談笑間。我公濟世才，舒卷有餘閒。吹律歲載成，遺榮身早還。東山楚猶越，千載相孱顔。末路士多拘，高風誰更攀。

嶽降不偶然，天將輔有道。廊廟逼臺斗，誰當致身早。我公立四朝，事業多遠抱。心增許國壯，鬢爲憂時槁。兹維大司馬，名位列師保。特受先帝知，聖治回熙皞。風雲非偶逢，日月有新造。用舍定由己，決歸非草草。林下見一人，維中配諸老。往事寧復論，清風播穹昊。舜日麗宸極，大明朝萬方。天下聞風聲，我公真棟梁。公有補闕綫，孤忠託衮裳。公有決勝籌，長才制畿疆。君子恃無恐，臨流公爲航。一朝辭禄去，士類何倀倀。青林舊盟在，白社始願償。其如本朝心，一飯不易忘。宇宙此東山，乾坤一草堂。請看出處間，斯文道彌光。

洮岷道中

景色來西徼，蕭條信遠方。水分羌部落①，山絶漢封疆②。幾處青稞熟③，深憂白雨傷④。荒城誰爲守，十室九逋亡。

① 原注：「洮河以南即番地。」
② 原注：「駝羅納郎諸嶺與番有定界。」
③ 原注：「青稞類大麥，地不生五穀，土人所食惟此。」
④ 原注：「夏、秋恒雹，土人謂之白雨。」

鎮夷道中

不謂來沙磧，還當渡黑河。時平疆埸廣，地重戍兵多。禹迹誰修復，天城鬼護呵。居延遥可望，無奈合黎何。

雜畫

莫道春風好，春風易白頭。君看花裏鳥，亦有世間愁。

送菊涯翁

山徑曾陪九日遊，數枝還爲一尊留。買從遠市聊供節，栽向名園合擅秋。漸老有人憐客瘦，乍寒無客替蜂愁。多情不用防吹帽，短髮猶禁插滿頭。

右録石熊峰、羅圭峰等六公之詩，皆長沙之門人也。華亭何良俊曰：「李西涯在弘、正間主張風雅，一時名士如邵二泉、儲柴墟、汪石潭、錢鶴灘、顧東山、陸儼山、何燕泉，皆出其門。」二泉、東江、燕泉，前六公中人也。柴墟者，儲文懿公巏，與邵文莊同出長沙之門。石潭者，汪文莊公俊，與其弟侍郎偉，皆長沙所舉士，《麓堂集》中所云「二汪」也。儼山者，陸文裕公深，有《題邵國賢哭文正公詩後》云：「重遊東觀真如夢，再過西涯定惘然。白髮門生思往事，每談憂國泪雙漣。」觀此詩，其師弟契分可知也。鶴灘者，華亭錢福與謙，與成都楊慎用修，皆以舉子授業長沙。與謙没，長沙表其墓。用修每有撰述，必稱「先師李文正公」。用修没於嘉靖中年，至是而長沙之門人始盡。他如喬莊簡宇、林貞肅俊、張文定邦奇、孫文簡承恩、吴文肅儼，名碩相望，不可勝記。鄞文僖《麓堂集後叙》曰：「操文柄四十餘年，出其門者號有家法，雖遐陬荒壤，無不竊模其詞規字體，以鳴于世，豈不盛哉！」自李崆峒倡爲剽擬古學，偭背師門，秦人康、王輩失職訾毁。

嘉靖初，山東李開先趨風附和，曰：「西涯爲相，詩文取絮爛者，人才取軟滑者，不惟詩文靡敗，而人才亦從之。」王渼陂爲詩喜之曰：「進士山東李伯華，相逢亦笑李西涯。」嗚呼！詩文且勿論也，熊峰以下諸公直道勁節，抗議論而犯權倖，砥柱永陵之朝，皆長沙所取之人才也，而以軟滑目之，其可乎？斯不可以不辨，固國論所繫，不獨文章升降之際也。庚寅十月初二日乙夜，蒙叟謙益書於絳雲樓下。

列朝詩集丙集第六

吴尚書寬一百五十九首

寬字原博，長洲人。爲諸生，蔚有聞望，遍讀左氏、班、馬、唐、宋大家之文，欲盡棄制舉業從事古學，部使者迫促，乃就鎖院試。成化八年，會試、廷試俱第一，入翰林。累遷至掌詹禮部尚書，司内閣誥敕。弘治十七年，卒於位，贈太子少保，謚文定。先生經明行修，頎然長德，學有根柢，言無枝葉。最好蘇學，字亦酷似長公。而其詩深厚醲鬱，自成一家。少壯好學，老而彌篤，所藏書多手鈔，有自署吏部東廂書者，蓋六十以後筆也。服官禁近三十餘年，前後奉諱家居不滿六載，風流弘長，沾丐閭里，迄於今未艾。吴人屈指先哲名賢，搢紳首稱匏翁，布衣首推白石翁，其他或少次矣。《匏庵集》七十卷，手自編緝。匏庵者，先生之自號，亦以老居臺閣不得大用，蓋用以自寓云。

次韻周原已懷石湖舊遊

上方高處共捫蘿，落木空山雨滿蓑。野寺推門黄葉亂，湖亭倚棹白雲多。向來行樂成陳夢，别後離愁繞緑波。滿紙新詩更清省，令人相對憶陰何。

送俞振宗南遊

手扶藜杖出南園，不向妻孥告一言。白髮被肩過浙水，青山回首隔吴門。平蕪客路何時盡，喬木人家幾處存。此去越中憐歲暮，綈袍應見故人恩。

雪夜憶友人宿伏龍山中

孤城鐘漏促寒鷄，風雪殘燈夢欲迷。静夜獨眠高榻上，故人遥在數峰西。空林松子時時落，絶澗梅花樹樹低。知是山中有佳興，柴門清曉候封題。

次韻啓南淫雨

陽氣涣不收，淫雨夜復晝。倒傾怪盆翻，併集疑輻凑。鳩婦頻見離，蛇醫頗遭詬。日月何道行，雷霆半空鬬。顧無大藥資，己彼太虚疛。下堂褰裳齊，出户縮頸脰。相忘魚圉洋，並坐鳥棲宿。不辨過河牛，時看挂樹蜼。乞漿歲在酉，祭社日惟戊。民謡適厚誣，神賜誠大繆。攸除荆室完，既潴白渠溜。叵將瓿甊盛，强把桔槔救。具棹防陸沉，移書緣屋漏。因之憫大田，豈暇念靈囿。荷蓑徒水耕，痔鎛休火耨。溪毛繞宅生，田稚幾家茂。黿沉或浮釜，墻覆乃失溜。湯湯咸其咨，蕩蕩孰能救。斯倉不成千，厥賦難至菁。空聞田畯喜，亦笑梄郎恂。積惡等貫盈，飲酒比多又。極備固有由，太甚不可復。往日害未消，今歲勢仍驟。槁項八口飢，疾首兩眉皺。神禹合胼胝，蒙莊念昏瞀。地志費推尋，水經慵句讀。出門一壺隨，俯井尺綆收。花姬首夜膏，石丈齒朝漱。彼蒼有聞知，下土敢陳奏。朝廷闢四門，刑罰謹三就。聽政厭衡石，祈年飾籩豆。誰召淮吴灾，復致川廣寇。居人廢鋤犁，行者耀甲胄。赤子困泥塗，蒼生脱衣袖。米價市上騰，錢神橐中走。寫帖顔腹空，題詩沈腰瘦。况兹雨再零，絶類人多疚。否塞求疏通，崎嶇戒顛踣。幸有客露冕，豈乏人衣繡。發廩在斯今，爲府合仍舊。首從芻蕘詢，急向膏肓灸。莫厚庶以寧，不備遂全覆。滂沱免月離，霢霂應春候。因地修厥利，自天獲多祐。漸墾千畝連，卒致萬家富。吴沼尚無虞，蜀天底須恒。頓如元豐間，不落貞觀後。永圖幸勿忘，膚見奚足狃。一挽康年回，吾邦即非陋。

題何刻工卷

女媧補天天不漏，卷石猶穿太山溜。郢工運斤風欲生，斫出難供孫楚漱。雲根可斷亦可轉，磨礱幾日方成就。梁州之貢天下無，忽然躍出東山袖。頌功載德絶妙辭，兩手不停煩刻鏤。丞相中郎字奇古，右軍率更筆深秀。東山雖老眼猶明，一一猶能論結構。空堂考擊聲丁丁，絲連鏤綴如絺繡。小或蠅頭大或丈，深必因肥淺必瘦。東山擇業何其賢，古人石刻今流傳。周宣中興文石鼓，李唐九成銘醴泉。延陵墓上止十字，薦福寺裏須千錢。行人淚墮峴山下，過客手摹江水邊。其餘諸刻難盡述，東山直視如無前。百年獨守三寸鐵，姓名與石同貞堅。回看巧技未旋踵，肆中野草浮荒煙。昌黎河東如可作，梓人圬者堪同編。只今東山既頽矣，子孫守之上慎旃。閉門一日白石爛，黨人之碑慎勿鎸。嗚呼！黨人之碑慎勿鎸，千載之美，無使安民專。

病項

人生自召百一病，傷彼六欲兼七情。我今有病出偶爾，開口欲説難爲名。幸非寒戰與潮熱，一痛却使心怦怦。籧篨戚施古人疾，二者一旦來相嬰。執書未暇矻矻坐，伏枕頓作呻呻聲。千鈞重負未容釋，更覺肩背遭笞榜。董宣不屈漢公主，徐積已見胡先生。昨朝向人忽作别，即欲回顧仍前行。昂頭莫肯少輕諾，側目欲就多歡迎。我生由來乏倔强，只今見者尤加驚。獨鶴引吭頻飲啄，大鷄盛氣相喧争。嗟吁元首本無恙，股肱何不思扶傾。端愁蔓延入骨髓，此病始知爲匪輕。軒岐醫經動盈卷，不識何藥堪煎烹。莫如閉户學導引，動蕩血脈方和平。未能痛定得思痛，把筆遣悶詩先成。

題朱澤民小景并詩後

睢陽畫癖不可醫，睢陽作畫真畫師。豈惟長絹善揮灑，只此短紙誰能爲。野曠天寒氣蕭爽，人坐茅亭絶塵想。階前舊雨客不來，天末晴雲心獨往。青山滴滴青於苔，平地忽見芙蓉開。秋聲似向耳邊起，石上喬松若箇栽。意長要在無多筆，餘墨淋漓綴唐律。詩中有畫畫中詩，百年再見王摩詰。

悼沈癯樵畫史

秣陵春色厭驅馳，投老吳門白髮垂。燈下解衣盤礴處，山中持斧嘯歌時。一貧比憲元非病，三絶如虔不數痴。落日高堂開障子，雲峰煙樹使人悲。

書句容丁溪僧舍壁

丁公溪上古招提，策馬來尋路欲迷。遠道黄埃臨水隔，當門緑樹與雲齊。山中地僻無人到，窗下僧閒鳥自啼。瀹茗焚香坐終日，不知林外夕陽低。

悼董孟珍

獨持古道作今人，白首峨冠稱隱淪。垂老不堪三月病，移家空是一生貧。篋中書帙悲遺墨，窗底棋枰積素塵。深巷東風花自落，扣門無復過西鄰。

濟寧夜泊

嗚嗚畫角語城頭，暝色蒼茫倚舵樓。古戍煙生人已散，長河月落水空流。異邦信美非吾土，他日重來是舊遊。千里鄉心孤枕上，可能今夜夢刀州。

過大姚陳玉汝宅飲散宿大覺寺追和趙與哲韻

月出平湖積水空，上方仙梵隱花宮。似聞蒼卜林間雨，總是芙蓉浦外風。有客題詩先我到，向僧分榻幾人同。敲門自怪來何莫，投轄傳杯惱孟公。

吴節婦

十八來溜灘，雙魚水中居。七年一彈指，水中有枯魚。妾身既無夫，妾心惟有死。婉婉錦綳中，奈此兩女子。白月照空閨，啞啞烏夜啼。天明不飛去，肯向西林棲。九泉望不極，莫化江邊石。化石石雖堅，可轉亦可泐。年年過蠶月，是妾紡織時。只將兩行淚，抽作千丈絲。生爲吴氏婦，死爲吴氏鬼。子不如我信，有如溜灘水。

題楊鐵厓墓銘後

泰定年間名進士，會稽山下老徵君。金陵不看三秋月，玄圃長噓五色雲。對客呼兒將鐵笛，從人笑我醉紅裙。風流盡付吴淞水，還繞劉伶四尺墳。

題院畫二首

翩翩白馬紫絲韁，馳過彎堤十里長。千樹桃花萬株柳，前頭宫殿是昭陽。

瓊樓金屋映丹霞，只把仙家比内家。落日美人秋水上，紅妝一面亂荷花。

鍾馗元夜出遊圖

終南老馗狀酕醄，虎靴烏弁鴨色袍。青天白日不肯出，上元之夜始出爲遊遨。鬼門關頭月輪高，烏犍背穩如駼騊。鬼婦塗兩頰，鬼子垂一髦，徒御雜沓聲嗷嘈。導以靈姑旗，翼以大食刀。荼壘左執鞭，質矯右屬櫜。方明前持漆燈，張若後擁牦旄。離未罔兩不可一二數，肩擔背負手且操。奇形獰色使人怕，一似貙駁梟獍兼猿猱。戰傷人血化磷火，各出照地點點如焚膏。陰風颯颯吹荒皋，百怪屏氣不敢號。汝輩遠遁莫我遭，我欲飲汝血，甘如飲醇醪，我欲啖汝肉，美如啖羊羔，肯容汝輩在世長貪饕。吁嗟乎老馗，真爲百鬼中一豪。所以唐皇想其像，詔令道子寫以五色毫。吾嘗疑其事，展圖不覺再把短髮臨風搔。憶當天寶年，左右皆鬼曹。林甫朝中逞狐媚，禄山殿上作虎嗥。當時設有老馗者，安得縱彼二鬼逃。便須縛以蒼水使者所捫之赤緣，獻於天閽，尸諸獸牢，寢其皮，拔其毛。效爾一日驅馳勞，坐令温泉生污泥，驪山長蓬蒿？上除唐家百年害，下受唐史千年褒。却來上元夜，任爾燒燈并伐鼙。

送胡彦超

年過四十不作官，還將短髮籠儒冠。平生一經已爛熟，胡爲挾入橋門觀。前年鄉書名始刊，曲江又避春風寒。重來橋門住三載，打頭矮屋聊盤桓。朝齏暮鹽不滿盤，何須故人勸加餐。日高對案笑捫腹，自有五色之琅玕。側身西北望長安，眼中一朵紅雲團。天門欲往澀如棘，若比蜀道尤云難。嗟哉出處誰得似，頗似吴下吴生寬。吴生作詩忽盈紙，送君還到春闈裏。春闈多士多如蟻，勿將老少分憂喜。君不見韓昌黎、張童子，同是陸公門下士。昌黎文章如皦日，童子聲名逐流水。人生傳世有如此，區區科第何難耳。

送張都水

幽燕建都邑，九鼎從而遷。八政一日食，仰此東南偏。歲漕四百萬，舳艫相後先。雲帆罷轉海，江淮達且沿。迤邐經齊魯，有渠昔人穿。噫此尋丈耳，譬若溝澮然。置閘以啟閉，相時爲節宣。巖巖魯山下，平地多流泉。泉流入漕渠，其始才涓涓。瀹淪惟自足，安知可浮船。疏導非人力，濟世嗟何緣。張君官水部，治水思昔年。往來相度之，滌源同九川。功成既歸朝，大臣慕其賢。封章始朝薦，行李仍夕旋。維此百泉眼，利博人争傳。入渠有餘瀝，可溉萬頃田。只今東方民，老幼咸顛連。槁項與黄馘，嗷嗷口流涎。瀦泄倘有策，旱澇何須憐。漕粟國用足，種粟民生全。他年司馬氏，載入《河渠》篇。

次韻顧天錫九日病起

重來不是舊劉郎，籬菊都從病裏黃。小院入愁雙杵外，故鄉歸夢一燈傍。詩家供給山當户，客鬢侵陵樹着霜。明日也須扶杖出，呼童已製錦爲囊。

與啟南遊虞山二首

我本不飲人，愛山如愛酒。春遊亦易事，出户即掣肘。決策爲此行，所幸得良友。譬彼足病弱，扶掖乃能走。虞山遥在望，豈意落吾手。側足亂石間，縱目平湖口。賞心雖云樂，弔古悵然久。丹井事有無，刻銘覆華構。如何梁昭明，書臺蔽林藪①。

① 原注：「山下有葛洪丹井，宋學士景濂爲銘。又有昭明太子讀書臺。」

斜日下嶺西，落霞滿川上。晚色催人還，輕舟復摇漾。佳山難爲别，持酒忽惆悵。悠然一回首，舟尾叠青浪。故人知我懷，捉筆寫其狀。懷土心未除，移山力何壯。便如王維詩，終南亦堪望。流觀入中夜，鼓枻起高唱。

謁韓蘄王墓

家國何多難，推尋爲蔡童。嬴秦方逐北，周室竟遷東。江左朝廷在，淮南驛騎通。天終憐宋土，時則有韓公。一劍横天外，諸酋在目中。南雲當箭鏃，黄蓋走艨艟。伐越期成霸，于潛耻會戎。蕭墻狼跋盡，野穴鼠群空。聚米籌三鎮，開門待兩宫。齊王真濟美，鄂國與争雄。有詔從中製，惟詩詠内訌。閑遊嗟我獨，和議約誰同。殉葬長弓勁，題銘片石穹。龜趺呈細刻，龍額表孤忠。草樹樵蘇斷，粢盛享祀豐。神靈懸皎日，生氣亘長虹。異代今全盛，當論保障功。

懷修竹書隱

春寒漠漠雨溟溟，假寐書牀午夢醒。十載客居便巷陌，一時鄉思繞園亭。繁花照檻知堪賞，亂石鈎衣憶所經。恰有古苔三畝緑，都來修竹萬竿青。當窗好鳥通人語，挂樹危藤學字形。日射韭畦朝可剪，香凝椶室晝常扃。鹿場舊築猶存號，鶴冢新封未刻銘。架上殘編歸擬讀，移文不待北山靈。

謝孔昭臨黄大癡畫

大癡道人避世士，移家舊隱虞山裏。早年能畫老入神，落筆虞山宛相似。深林依稀村塢重，水口近與昆湖通。高岡磈硊勢欲墮，此老前身黄石公。百年以後誰其亞，昔者吴門稱老謝。案頭臨畫似臨書，咄咄逼人真可詫。風流前輩杳難攀，謔語空傳謝叠山。窗中遠岫依然在，天際春雲仍自還①。

① 原注：「孔昭善寫山，自稱謝叠山。」

詠邵文敬所藏轉刀

鑠金巧思出工倕，獨抱機心展轉危。報主久知深自許，授人難辨倒相持。筆端字悟藏鋒妙，囊底錐嫌脱穎遲。詩社埋頭羞鋭進，吴箋一割尚差差。

詠湯媪

笑汝皤然似一公，窮冬相伴勝房空。三緘口不思援上，九轉腸應爲熱中。詩詠懷春同少女，禮云當夕稱衰翁。平生知足渾無辱，不恨孫弘布被蒙。

次韻答賓之作書戲效拙體

書家新様出眉山，若擬丰姿定玉環。硯沼百坡空對影，管城一孔但窺斑。臨模惡扎勞唐楮，結構奇材得魯般。此意亦知聊戲我，試看攙奪語尤頑①。

① 原注：「來詩小序有『勿怪攙奪蘇家行市』之語。」

答于喬次韻謝送冬笋

西郭清風棋墅開，門前俗物敢持來。聊供香飯抄雲子，爲想長鑱斸雪堆。空腹冷含金瑣碎，壯心未怯玉崔嵬。知君能畫非饞守，乞與鵝溪絹剪裁。

次韻謝凌季行送新釀六尊

寒掩蓬門午不開，東鄰新釀叩門來。黄封内法何從授，紅印他家自滿堆。飲量笑添清滄闊，吟肩醉聳玉山嵬。青州舊例今重舉，從事多能未减裁。

病目夜坐懷齋居諸公次前韻

布衾寒擁對床屏，鵲繞南枝月過庭。瞑目誰除子瞳障，齋心自比太常醒。花時漸好仍籠霧，燈節相催屢問星①。便有玉堂天上意，銅爐當案冷煙青。

① 原注：「俗傳元夕晴，初入夜看參星。」

次韻鼎儀世賢問予病目

藥裹長隨老杜居，全憑坐客誦方書。岩前激電空聞爛，屋上繁星頓覺疏。遥望未能知匹馬，不祥幸免見淵魚。詩家善謔坡應爾，旅館清齋澤也如。似説北門春色近，試分東壁夜光餘。煩君漫舉盧仝事，此事非予却是渠①。

① 原注：「時玉汝得子，誤以見戲。」

觀弈

高樓殘雪照棋枰，坐覺窗間黑白明。袖手自甘終日飽，苦心誰惜兩雄爭。豪鷹欲擊形還匿，怒蟻初交陣已成。却笑面前歧路滿，蘇張何事學縱横。

觀製雨篛

作軒未料宛丘長，簷下增修匠石良。坐倚前楹天忽遠，步當平砌午偏凉。白雲就宿看逾穩，急雨來催信不妨。敢與蘇家論擇勝，半間難遣十夫將。

壬寅正旦侍班

爐煙如霧藹彤墀，半啟金門複道危。只尺星辰華蓋轉，中間日月衮衣垂。普天鳳曆開寅歲，平旦鷄人報卯時。御座不勝袍笏近，侍臣偏識漢朝儀。

次韻答同年邵汝學約過園居

觸熱相過敢憚煩，會呼童子掃蓬門。俗流未許通車馬，年契長期到子孫。已擬置棋刓木局，旋教開酒擊泥尊。荒園半畝清風足，他日應消楚客魂。

二答李士英

堂成圬者更相煩，只尺墻東别置門。長願清風分故舊，獨尋芳草憶王孫①。楚人預約空詩帖，吴客難言乏酒尊。荒徑寂寥春去遠，倚闌還用弔花魂。

① 原注：「士英出唐宗室後。」

三答劉道亨

坐待劉義洗熱煩，雪車冰柱早臨門。自憐學圃空稱老，誰似登堂累抱孫。杜子刈葵蔬入饌，陶翁收秫酒盈尊。弈場莫謾誇能事，高着還當惱醉魂。

四答胡彦超

園丁頻遣愧勞煩，菜隴清陰已滿門。車過陳平多長者，官如胡質有諸孫。小堂定擬虚中席，内府初停給上尊①。不怪連朝風雨惡，暑天真爲洗詩魂。

① 原注：「翰林每歲五月至九月，例不給酒。」

五答李賓之

庵居聯詠舊曾煩，詩令嚴來豈棘門。欲繫苦匏同賤子①，每誇仙李得賢孫。過街莫放追風驃②，對影須開問月尊。不是葛洪川畔路，李源休覓舊精魂。

① 原注："李有詩云：『庵居如可惜，吾亦繫吾匏。』"

② 原注："李嘗墜馬。"

六答楊應寧

池上揮毫思不煩，忽傳詩句到柴門。官聯賈至稱中舍，字許楊修識外孫。西郭向人空折簡，東堂延客已開尊。杏園舊例推年少，風雨孤村莫斷魂。

雪中李世賢招觀東坡清虚堂詩真迹

茫茫巨海流銀沙，光分民舍并官衙。詩人説詩等説法，四坐繽紛天雨花。寥寥小巷絶人迹，誰肯柱杖過吾家。曲中合沓失《朱鷺》，谷口聯翩多白鴉。青葱摇落上林苑，一夜亂綴瓊瑶葩。故人相送定石炭，惡客好飲惟江茶。清晨忽報有蘇墨，折簡邀看門頻撾。形疑蝦蟆似曾壓，技癢蟣虱誰爲爬。料知刻本來廣右，醉筆漫滅猶堪嗟。坐當大雪發長笑，新酒正熱浮紅霞。

是日往觀果刻本蓋世賢招飲恐客不至故紿爾乃復次韻

出門騎馬踏雪沙，玉堂吏散成空衙。何人手剪吴江水，而我自眩梁園花。客居長至嘆寂寞，賴有東鄰仙李家。試開泥尊香潑蟻，却笑石本光翻鴉。清虚堂中事已往，妙墨零落隨風葩。空腸啖盡元脩菜，渴吻煎徹庭堅茶。詩成一紙來萬里，峒石至今椎密撾。濃書鐵把純綿裹，深刻蟹上潮泥爬。似人可喜非浪語，與客争觀還共嗟。莫言此幅字漫滅，夜久屋壁飛晴霞。

明日世賢持啟南雪嶺圖索題復次韻

小徑升堂新築沙，退朝無事還私衙。誰移雪嶺入我屋，老眼白日疑昏花。坐遊未覺足力倦，倏過野店仍山家。淺溪舟膠集凍鴨，空谷屧響翔饑鴉。狂風入林一攪動，零落玉蕊兼珠葩。此時誰掃林下白，急欲往煮僧房茶。忽然仰面見高寺，扣户還須持馬撾。長安十年走薄宦，對此似將塵土爬。西湖尋僧天欲雪，蘇子故事今人嗟。清虚舊韻更可惜，捧硯獨無王子霞。

偶見元李希籧提舉遺墨乞歸賓之蓋希籧其先世也因賓之作海月庵記爲謝以此酬之

遺墨持歸走僮僕，想見開緘重薰沐。百年珠玉慨沉埋，袖拂蛛絲光奪目。遂令短紙一尺餘，價壓書巢三萬軸。乞鄰與人真自慚，藝苑酬功百言足。夜歸解帶不成眠，海月亭亭當矮屋。琅然烏鵲忽驚飛，月下新篇已堪讀。湖湘文種傳一家，前有希蘧後懷麓。吴人再結文章緣，幾上分明留此幅。錦囊收貯莫教遲，俗子無知將手觸。後世諸孫更好文，還向吴人獲珠玉。

粉丸

凈淘細碾玉霏霏，萬顆完成素手稀。須上輕圓真易拂，腹中磊魂更堪圍。不勞劉裕呼方旋，若使陳平食更肥。既飽有人頻咳唾，席間往往落珠璣。

油䭔

膩滑津津色未乾，聊因佳節助杯盤。畫圖莫使依寒具，書信何勞送月團。曾見范公登雜記，獨逢吴客勸加餐。當筵一嚼誇甘美，老大無成憶膽丸。

題海虞錢氏所藏王均章虞山圖

均章名珪，號中陽老人。生元盛時，年未四十，棄官歸虞山之下，慕丹術，尤邃於醫。所著有《泰定養生主論》等書。年九十餘而卒，見吴思庵跋。

扁舟昆湖去，憶向虞山還。當時迫日暮，未得窮躋攀。至今三短章，寂寥不重删。安知六載後，依然見茲山。諒無愚公愚，賴有頑仙頑。頑仙隱居處，深林置柴關。丹竈火常伏，藥闌苗載芟。高情付縑素，丹青色斑斑。茲山卧平野，隱然不成環。透迤亦甚遠，攢蹙何其慳。只尺見百里，群峰互垂鬟。飛鳥歸易没，浮雲出偏閒。拂水最奇麗，空巖故漩澴。天風或稍定，石壁仍潺潺。仙宫對佛寺，妙境非人寰。獨憐仲雍墓，誰爲剪榛菅。短棹載書卷，浩歌水雲間。仿佛歸庵翁，往來寶巖灣。竊禄本無補，乞身亦多艱。卧遊畢舊願，坐嘯開塵顔。

題厓山大忠祠 四首

休指厓山弔戰場，忠魂久已過錢塘。三仁可少文丞相，一死如前李侍郎。毒霧漲天横沴氣，落星浮海散寒芒。孤墳最是無抔土，新廟依然有瓣香。

颶母誰懷國事憂，回看夜壑已無舟。山河滿地皆胡馬，潮汐常時自海鰍。空使讖書符四廣，不教宗社復東周。孱兵到此誰非死，名姓紛紛惜未收。

獨上高丘望大洋，晚風吹淚濕衣裳。何人忍耻修降表，當日臨危進講章。島國全身惟叛相，潭州無事却勤王。史家未識留燕意，便把祥興繫宋亡。

厲階千古恨遼金，戮力終成國步侵。鼎足一時撐海角，旄頭中夜到天心。間關豺虎魂空返，寂寞魚龍共骨沉。臣節屢書猶不盡，欲將遺事託碑陰。

次韻陸鼎儀讀文信公指南集

柴市遺祠凛若生，艱危當日仗忠誠。衣裁左衽慚相尚，纓結南冠死却榮。正氣自勝牢獄困，颶風偏使乘輿驚。從容取義真難事，淚落陳編此日情。

與諸友出城東散步水際

岸花汀草駐殘春，步逐漁郎更問津。側足岡巒渾不畏，會心魚鳥自相親。一灣已似江南意，半日都忘洛下身。西出郭門勞僕馬，青山真是誤遊人。

再次韻答時暘飲後見貽二首

散吏幸無事，合置荒園中。著書忘其詞，安復論異同。墻下棗垂實，颯然起秋風。感時忽搔首，五十真衰翁。投牒愧一出，束帶隨三公。晨趨揖東閣，夜夢遊南雍。鄉使來吴下，入門偶相逢。中懷不能語，倚壁如頹峰。南飛孰可繫，仰見青天鴻。

淙淙簷溜垂，此事久亦寡。移書防漏濕，矮屋初墮瓦。久旱雨固好，墊溺念郊野。况復南樓人，百步隔詩社。清池下幽禽，坐對共閒暇。妙墨尚在函，濁醪復盈斝。持此欲就之，泥深没羸馬。疏慵幸免朝，早謝鳳池賈。風低碧篠叢，悵望西窗下。

喜原輝弟至京時五月二日

遠道親携藥裹來，當門下馬拂黄埃。不驚舊日形容改，猶記前宵夢寐回。出巷親朋宜漸訪，上牀兒子欲相陪。平生四海尤憐汝，得向窗前笑口開。

大雨坐海月庵

即看池面水平橋，旋覺孤亭勢欲漂。老父得魚過別市，誰家移竹趁明朝。西陵下馬應難避①，北巷將書莫見招②。吾弟遠來能慰我，彭城今夜憶逍遥。

① 原注：「時世賢陪祀山陵。」

② 原注：「玉汝招飲。」

玉汝以予辭不赴次韻再約來日復和辭之

道上蹄涔接板橋，詩筒將去却愁漂。縱横燕市雲爲雨，仿佛巫山暮復朝。半舫若浮宜自繫，尺書仍至故相招。泥深我僕難忘蹶，莫使前瞻馬尾遥。

玉汝復次韻來速乃許赴再和答之

佳時已過鵲成橋，菰米榆錢忽亂漂。明月避人應此夜，烈風欺客更崇朝。須知木屐平生着，敢負皮冠舊日招。終勝李侯蹲馬背，披蓑兀兀路遥遥。

次韻濟之謝送決明

畦間香霧正氤氲，童子清晨荷鍤勤。不惜離披垂翠羽，端愁摇動落黄雲。藥名再得宣公注，書帶休從鄭老分。病目向來具有賴，凉風吹汝莫紛紛。

次韻時暘對雨喜晴

颯颯復霏霏，清晨坐掩扉。短籬垂豆角，破壁上苔衣。潤覺琴聲緩，凉驚酒力微。客樓詩句滿，未許沈郎肥。

題啟南寫遊虎丘圖

啟南初遊靈岩，遇雨，明日既霽，乃與海虞周景新遊虎丘，因寫此圖，并有詩記其事。李貞伯云是日亦在陽山，遇雨而歸，陳永之謂雨霽日獨以事在陽抱山，恨不能與啓南同樂也，皆有詩題其上。景新寄予，和之。

雲巖不減靈巖好①，昨者胡爲涉行潦。千人石上兩青鞋，日出深林歌杲杲。一時取樂能償勞，水西山北争探討。澗泉漱齒心亦清，石壁題名手親掃。西去陽山十里遥，冒雨有人歸不早。明朝見話入雲巖，扼掔捋鬚空懊惱。好山不趁晴時遊，此事已差何足道。安知猶有獨遊人，隔水相望在陽抱。何處移來此畫圖，我方起觀俄絶倒。詩情畫意各有在，歲月依然仍可考。蟲鷄得失不須争，泡影死生難自保②。再到京華住六年，匏翁頭顱欲全皓。江南歸計有時成，次第山行非草草。卧遊且把畫圖開，鶴澗松庵亦天造。翻嫌二客不能從，回望周郎與東老。

① 原注：「虎丘又名雲巖。」

② 原注：「永之已歿。」

送張兼素出知施宗州

歲暮移家赴遠州，南行誰復爲身謀。一章之死無他悔，六詔平生亦勝遊。科甲翻令吾輩重，史編應向古人求。都門持此聊相贈，不惜寒風透敝裘。

分題豐樂亭送文宗儒太僕

何處亭成樂歲豐，琅琊山在亂雲中。西南林壑誇尤美，六一文詞信獨工。幽谷泉鳴琴操古，石屏路轉酒船通。幸當歸馬滁陽日，此地來遊興不空。

送原輝南還 九月二日

清秋欲盡向南旋，别淚何堪重泫然。吾已行年當五十，汝今歸路又三千。亦知禁酒勝良藥，好爲修書附便船。舊業東城勞葺理，相期歲晚在園田。

原輝行後晚坐有懷

東望秋雲壓柁樓，晚來水宿定通州。却愁細雨行裝濕，還恨深溝送騎留。臨别題詩偏覺懶，坐來呼酒不忘憂。惟應後夜生新月，兩地悠悠照白頭。

渡沙河

橋下流澌玉一灣，六年從此照衰顔。疏林小店行厨到，落日平原獵騎還。韋杜南連多白草，居庸北距盡蒼山。天寒喜報王師轉，驛路無塵羽檄閒。

望昌平

脱轡能凌千丈岡，解裘還耐北風凉。迢迢古轍餘秋水，漠漠平疇又早霜。日隱峰巒天易暝，樹連城郭路何長。孤雲飛處粱公廟，猶似當時望太行。

入昌平學舍

繞簷蒼翠數峰齊，倦坐空堂意已躋。高處川原渾歷歷，晡時風日稍凄凄。行來假館先思睡，詩就還家各有賫。苜蓿滿盤供飯足，坡翁休愛搗香齏。

題劉諫議祠二首

懍然毛髮萬言危，嘆息名賢遠莫追。甘露翻成他日變，清流寧受北司嗤。古人爲鑒無如子，後輩登科又屬誰。深夜高眠頻夢見，孤峰殘月照新祠。

門傍高槐向晚開，忠魂長繞故鄉來。諸生入學供蘋藻，使者停車治草萊。展卷不平新史贊，贈官空繫後人哀。千年遺恨應難盡，誰念唐家有禍胎。

謝濟之送銀杏

錯落朱提數百枚，洞庭秋色滿盤堆。霜餘亂摘連柑子，雪裏同煨有芋魁。不用盛囊書復寫，料非鑽核意無猜。却愁佳惠終難繼，乞與山中幾樹栽。

送楊君謙

子有好學名，得之直從幼。矻矻忘其疲，每以夜爲晝。誰令不自愛，坐與簡編鬥。旋致心腹間，有病見脈候。鄉人嘗謂子，文筆真似舅①。舅也昔養疴，亦在掇科後。七日儀部官，在告月且又。服藥未見功，具疏遂入奏。昨朝獲愈音，顏面喜欲皺。西風作新寒，南去不可逗。相過一何疏，相別一何驟。子去固欣然，孰與箴老繆。惟子有書癖，舍書莫能救。譬如病酒人，戒飲貌愈瘦。何如稍飲之，病去漸復舊。子病偶類兹，簡編實醇酎。茹多仍吐之，紙上發奇秀。三年當復來，覿子所成就。

① 原注：「欽謨。」

謁陵宿昌平學舍

閉門無事謝諸生，西舍支牀睡未成。樹老不禁風勢急，山高空負月華明。連槽疲馬時相嚙，隔屋群鷄忽亂鳴。安得故人來此宿，壁間持燭共題名。

還宿學舍

夜深踏月到孤城，塵土衣裳一振輕。諫議祠空凡再宿，廣文官冷又前迎。思家不覺心旌動，紀事誰將腹稿呈。肯信身逢長至節，三年南望是神京。

次韻任太常過園居四首

暑氣鬱蒸知懶出，肩輿只許到寒家。元脩席上能供菜，康節車前慣看花。尊酒長空非北海，册書相對是南華。醉鄉不識茫茫路，始信吾生亦有涯。

出土尚嫌瓜蔓短，灌畦方愛井泉深。門前有客馬長繫，墻外誰家屋俯臨。未必市朝生俗狀，只應魚鳥識閑心。好山移得聊相款，階石累累總碧岑。

卓午風來特地清，槐花落處入檐輕。高荷久待蓮生子，香草不甘梅是兄。倒屣出迎翻失禮，解衣留坐更忘情。玉延自是吾家物，欲學盧公也爛烹。

休笑吴儂故態狂，小園日涉步能量。閒憑却愛琴徽冷，連飲惟誇茗碗香。何日歸田成老懶，終年學圃覺清忙。乘凉莫惜重相過，只待籬邊雨一場。

對雨

清池水長欲平橋，雨勢渾如上晚潮。泛泛漸於亭礎近，淙淙真是筧泉遥。即看並浴鵝群戲，却恐新生魚子漂。東望菱濠歸去好，吴儂家有木蘭橈。

次韻任太常致仕留别五首

歸去如公未當貧，清溪碧嶂自爲鄰。地偏易覺柴門晚，室暖先知布被春。書爲長觀成故紙，衣從新浴少浮塵。集雲山下吾廬在，得向今朝置此身。

此身真喜置吾廬，尚有牀頭一束書。海口潮生知進退，天心月到識盈虚。已辭朝士還通訊，欲就漁翁更卜居。百里好山俱在眼，只教童子導籃輿。

籃輿朝出看山初，懶學陶潛去荷鋤。新法不行誰執拗，舊書無用是潛虚。俗人自詫才名盛，老態終嫌禮法疏。三月柴門無客到，日高閒把白頭梳。

濯足梳頭舊有緣，更教午睡學坡仙。一身自足三間屋，百歲誰增半畝田。遇壑便回憂險地，看雲高坐愛晴天。朝鷄官馬俱無用，贏得工夫是晏眠。

晏眠不覺過殘冬，枕上哦詩彷鮑溶。猶喜形骸從小隱，肯將名姓入斜封。日中塵滿争爲市，樹底陰多獨課農。應笑丁公偏差異，夜深腹上夢生松。

劉文安公輓章

裕陵初策士，高步入詞林。科第前無幾，聲華直至今。唐人當陸贄，漢代失劉歆。碧海瀛州遠，青藜夜閣深。羲經千古學，宋論一生心。制虜無三表，匡君有六箴。紫垣初秉筆，白髮未盈簪。自負心如水，曾期汝作霖。瘁躬方幾幾，盛世已騤騤。俄作前楹夢，難將惡石針。禮官公謚議，士類雜哀吟。墓有新題石，家餘舊賜金。斯文成落莫，吾道付浮沉。後輩夫何恃，先民最所欽。玉堂嘉話在，談者欲霑襟。

清明日園中見杏花初開

疏花寂歷似殘紅，病眼摩挲望欲空。已恨浥開無細雨，却愁吹落有狂風。物華又報清明節，人世真成白髮翁。爲語天工須索性，剩將春色慰人濃。

懷林亨大謝鳴治謁陵遇風

天外狂風盡日吹，朝陵有客正驅馳。冥冥花樹春難見，颯颯塵沙晚更隨。官馬不愁迷古轍，奚奴應恨挈新詩。歸來尚可誇寮友，沾濕猶勝冒雨時。

午朝次韻鳴治

衛士成行總面東，朱門傳蹕静如空。高飛海燕紅雲近，暖入宫花白日中。華蓋逼時瞻北極，袗衣垂處詠南風。銀臺奏罷諸司事，旰食多勞念聖躬。

和陸廉伯晝寢次老杜韻

杜老當時句宛然，况逢四月稱高眠。緑池芳草紛紛積，白日遊絲冉冉牽。史館何人仍傫直，睡鄉無事莫開邊。爐熏已冷茶烟起，自笑閒官可質錢。

早起次前韻寄廉伯

月黑頻將蠟炬然，翻因夜短不成眠。趨朝何補君恩渥，出舍聊將吏役牽。馬秣未看騰櫪上，鷄棲誰聽語塒邊。江南一枕無殘夢，欲向司農謝俸錢。

和廉伯復次前韻斷夜坐

衰年視物更茫然，日落尋常索枕眠。久坐誰言才斷絶，細吟翻喜忽聯牽。薫風作暑如初伏，海月生明又半邊。却恨連墻稀宴集，挑燈那送酒家錢。

過西苑

松偃瓊臺不受塵，虹橋綽楔記通津。瀛洲水滿分裨海，靈囿垣長接禁宸。虎圈久關空獸簿，龍舟稀泛静魚綸。賞花未許陪遊幸，誰羡賡歌作宋臣。

爲厝大理題石田畫

生絹丈許畫者誰，石田老人今畫師。年來都下家家有，此幅吾知出親手。筆意縱横信所之，夾岸翛然已疏柳。溪陰欲渡無舟楫，萬杙成橋遠相接。何處詩人跨瘦驢，破帽欹風粘落葉。兩山對峙開高闕，谽谺梵宇容千間。半空丹雘勢突兀，雪竇天台真等閑。老人昔共遊虞山，此景仿佛曾躋攀。昆湖蕩漾臨幾席，水繞漁莊凡幾灣。京華十年走塵土，看畫分明能破顔。山林在望鳥飛倦，春到江南吾欲還。

送李貞伯致仕

引去誰謀及故人，買田陽羨遂成真。張公洞口終期我，金母橋邊早置身。郡志續修知舊事，鄉筵初會得佳賓。百年風節人争仰，笑對秋波白髮新。

送楊君謙致仕

公署席未暖，求去何嗷嗷。濟河先焚舟，預賣冠與袍。我不更勸子，知子意殊牢。昨者見章疏，陳情欲長號。謂臣心腹間，有疾刺如刀。自宜針石惡，不任簿書勞。蒙恩賜封典，父母喜俱叨。雨露不知感，臣豈如蓬蒿。壯年可驅策，正合從時髦。臣實自知愧，奈緣病相遭。當道奬恬退，幸爾遇山濤。九重遂俯從，孰謂天居高。郎官信美秩，視之等秋毫。未論子所能，此足稱賢豪。紛紛投牒者，群然赴儀曹。其間或衰邁，虚名尚貪饕。如子真難得，識者争嘉褒。而我復增愧，頭顱已霜毛。歸心覺愈急，如索更加綯。子歸免羈絆，檻獸初奔逃。卬首不回顧，跳舞向林皋。歲暮多冰雪，長河阻輕舠。河神不世情，助子水滔滔。舊宅傍吴市，門前是南濠。性不耐居處，志惟嗜遊遨。南指天目山，誓將友猿猱。歸來必自得，有樂斯陶陶。發泄胸中奇，文場戰當鏖。多事反自今，筆墨肯停操。已忘虞卿愁，且著屈子騷。

閲周原已書札

斑斑遺墨宛如新，安得交親更此人。信矣行間渾茂密，翛然物外最清真。世家傳菊根初斷，公署聽鶯語自頻①。扶病玉延亭上坐，槿花殘照獨傷神。

① 原注：「南京太醫院原已作聽鶯軒。」

記園中草木二十首

槐

東園憶初購，糞壤頻掃除。墻下古槐樹，憔悴色不舒。况遭衆攀折，高枝且無餘。愛護至今日，濃陰接吾廬。數步已仰視，偉哉巨人如。非藉此蔭庇，誰結幽亭居。立爲衆木長，奴僕樫與榆。

榆

始我種三榆，近在亭之左。西日待隱蔽，陰成客能坐。七年長漸高，密葉已交鎖。生錢聞可食，貧者當果蓏。其一忽憔悴，嚙腹緣蟻蜾。持斧欲伐之，材未中船舵①。藤蔓方附麗，不伐亦自可。古人無棄物，守圃常用跛。

①原注：「榆性堅，可爲舵。」

檉

讀《詩》識其名，誰謂材無用。西戎每渡河，此木能載重。所以人字之①，豈在作梁棟。兩株倚東籬，計亦七年種。相對垂青絲，驀地來二仲。

①原注：「一名西河柳。」

棗

荒園乏佳果，棗樹八九株。纂纂争結實，大率如琲珠。此種味甘脆，南方之所無。日炙色漸赤，兒童已窺覦。剥擊盈數斗，鄰舍或求須。早知實可食，何須種檉榆。此木頗耐旱，地宜土不濡。所以齊魯間，斬伐充薪刍。近復得異種，攣拳類人痀。曲木未可惡，惟天付形軀。良材却矯揉，不見笏與弧。

檜柏

檜柏性相似，安論不同形。城南久移植，用以護幽亭。檜也漸生粉，柏兮復垂鈴。幸非兩石間，自足全餘齡。古槐雖老大，秋到即凋零。園空霜雪冷，見此獨青青。

槿

南方編短籬，木槿每當路。北地少爲貴。翻編短籬護。要知一物耳，貴賤以地故。夏末蕊累累，生意含曉露。花開亦可觀，别種更相妒。獨憐一夕間，顏色已非素。蕊多固應爾，此理真自悟。不見萱草花，開落只朝暮。

榴

團團復亭亭，園子巧相競。都下朝千盆，花市此爲盛。我獨解其縛，高枝遂其性。參差花更繁，緋緑錯相映。安石名已蒙，休從謝公姓。

竹

翛然數君子，落落俱長身。東家每借看，步去不嫌頻。移栽幸許我，已自前年春。自我得此輩，園居豈爲貧。但憂積雨霽，日暴少精神。終然勤灌漑，枝葉還如新。因兹悟爲學，黽勉在斯晨。

丁　香

花開不結實，徒冒丁香名。枝頭綴紫粟，旖旎香非輕。乃知博物者，名以香而成。或者樹相類，惜未南中行。初栽只一榦，肥壤枿争萌。分移故園内，不知枯與榮。終當問來使，亦欲如淵明。

馬檳榔

有樹吾不識，人云馬檳榔。檳榔産南海，結實因瘴鄉。平生冒其名，豈亦如丁香。白花細而密，實甘翻可嘗。其葉與麻同，沃若澤且光。麻馬音或訛，欲問郭駝亡。

酴　醾

酴醾發長條，叢生類蓍草。每記衆花開，此種開獨早。南方色多紅，黄色見者少。但嫌易零落，蜂蝶食不飽。曲闌强遮護，童子日必掃。花落當復開，豈似主人老。昔枉詩客來，覓句步頻繞。載誦成感傷，誰來慰幽抱。

刺醾

酴醿有數種，同名而異字。花開欲折難，銛鉤如棘刺。白者榦獨長，紅者香更膩。種之小徑旁，所恨罥衣袂。插竹加編縛，步障差可類。石家金谷園，恐乏此佳致。

葵

託身北墻隅，幸免人所踐。苗長已過墻，入土根不淺。葉間蕊何多，溅溅滿圓繭。此種覺尤佳，觀者盡云鮮。傾心識忠臣，衛足存古典。作羹諒非菜，名同亦須辯。

决明

黄花隱緑葉，雨過仍離披。不爲杜老嘆，未是凉風時。服食治目眚，吾將採掇之。不須更買藥，園丁是醫師。

黄連

花細山桂然，階下不堪嗅。野人斸其根，根長節應九。苦節不可貞，服食可資壽。其功利於病，有客嫌苦口。戒予勿種兹，味苦和難受。豈不見甘草，百藥無不有。

紫芥

惟芥本菜類，秋深掇而藏。此種乃野生，已向春初長。紫花布滿地，葉嫩亦堪嘗。氣味既不辛，却與芥同行。北人無不食，木杴與草芒。入盤以油和，齒頰流肥香。

馬藺草

薿薿葉如許，豐草名可當。花開類蘭蕙，嗅之却無香。不爲人所貴，獨取其根長。爲帚或爲拂，用之材亦良。根長既入土，多種河岸旁。岸崩始不善，蘭蕙亦尋常。

朱藤

裊裊數尺藤，往歲手親插。西庵敞短檐，藉爾兩相夾。歲久終蔓延，枝葉已交接。有花散紅纓，有子垂皂莢。赤日隔繁陰，偃息可移榻。但憂風雨甚，高架一朝壓。霜雪却不妨，忍冬①共經臘。

①原注：「亦藤名。」

牽牛

《本草》載藥品，草部見牽牛。薰風籬落間，蔓生甚綢繆。誰琢紫玉簪，葉密花仍稠。日高即揪斂，豈是朝菌儔。陰氣得獨盛，下劑斯見收。便須作花庵，誰與迂叟謀①。

①原注：「司馬温公獨樂園有花庵，公自注：『以牽牛瓜豆爲之。』」

蘆

江湖渺無際，彌望皆高蘆。蘆本水濱物，久疑平陸無。移根偶種植，溝淺土不污。縱横勿遍地，葉捲多葭莩。白花可爲絮，長榦須人扶。每當風雨夕，蕭蕭亦江湖。宛如扁舟過，榜人共歌呼。浩然發歸興，豈爲思蓴鱸。

沈石田追仿黄大癡長卷爲林御史舜舉題

大癡道人顧長康，平生癡絶仍畫絶。長卷當年我亦觀，大略猶能爲人說。山川歷歷百里開，仿佛扁舟適吴越。平林曲岸客共遊，復嶂重湖天所設。漁工樵子互出没，定有高人在巖穴。墨沈淋漓拾未能，信得畫家山水訣。爲人説此亦徒然，把筆安能指下傳。對本臨模未爲苦，運思想象誰能專。晴窗設色手自改，輸與吾鄉沈石田。

題許道寧秋山暮靄圖

遠山近山翠浪傾，愛此萬叠秋初晴。已多浮雲巖下宿，只有暮靄空中生。草樹紛紛縱復横，風回落葉二圖作配實相稱，品格豈待宣和評。嗚呼！人言名畫真是名，一笑頓覺千金輕。

填澗坑。哀猿啼處日將暝，谷口不見樵夫行。重洲複渚望不極，漁舟獨出沙鷗驚。三山二水昔人句，仿佛當時登石城。何如攢蹙尋丈里，一目千里當前呈。畫家意匠勞經營，墨氣濃淡皆有情。平生見此真有幾，不負長安許道寧。殘山豈合推馬遠，寒林亦宜矜李成。世間神品吾所遇，沈老舊藏高克明。

恭題宣廟畫所翁畫龍圖

黑雲作雨初收脚，似有飛龍露頭角。恍然拈筆欲寫之，目眩金鱗仍走却。所翁好龍非好真，真龍自爲龍傳神。小臣稽首不敢視，龍去鼎湖經幾春。

題赤壁圖

江流東繞千尺堤，山鶻上結危巢棲。遊人夜半放舟過，舉酒試説曹征西。征西當年下江滸，八十萬軍盡貔虎。眼中見慣劉琮徒，吴蜀區區何足數。舳艫相銜千里連，氣吞孫劉欲衝天。豈知策士已旁笑，笑彼遠來非萬全。長江之險人能共，不獨阿瞞兵可弄。東吴會獵尺書馳，權也難將首親送。帳底拔刀軍令行，如此姦雄安足驚。周瑜早已借前箸，黄蓋何曾論五兵。五兵爭如一炬火，北軍敗走南軍坐。紛紛燥荻與枯柴，乘取便風纔十舸。波濤起立半天紅，强櫓灰飛一夕空。平生親手注《孫子》，未信水軍能火攻。誰云此行才足耻，更聞裹瘡歸淯水。玄武池頭計已疏，銅爵高臺墳上起。當今四海爲一家，三國争雄真可嗟。尚想綸巾巡壘堞，猶將折戟洗泥沙。武昌夏口東西路，畫史分明入毫素。空餘赤壁付遊人，贏得坡仙作詞賦。

春溪聚禽圖

春溪遠發春山中，一夜好雨溪流通。緑波泛漲渺無際，但見桃花千樹紅。鴛鴦鸂鶒何容與，散亂中流錦爲羽。倉庚獨似避遊人，去踏花枝落紅雨。草深哺子芳洲晴，葉暗仍聞求友聲。展圖便有會心處，放棹欲作春溪行。玄裳縞衣彼何者，爲戀高松倚平野。莫論鴻鵠志安知，名字俱摽在《埤雅》。

登故友史西村小雅堂

路繞黄家溪水長，春風灑泪復登堂。草荒求仲常來徑，塵滿元龍舊卧牀。分手死生嗟契闊，傷心聚散覺凄凉。高丘數尺栖神地，碧樹争凋不待霜。

題陳憲副賣書圖後

過門作别意何如，爲説嘉禾去賣書。倏過驛程輕是舸，久知家具少於車。古人糟粕猶酣甚，舊日筌蹄豈棄餘。莫把賣書圖也賣，要看清節正須渠。

渡口驛遇風

黄沙障天天半昏，炮頭風急萬馬奔。何人去塞土囊口，天與河流一色渾。曠野麥苗才尺許，只見風來不見雨。雨師風伯不相能，彼蒼高高奈何汝。

嘆右廂前枯梨樹

庭院陰疏日又西，翛然相對有枯梨。霜前少葉遭蟲蝕，月下無枝借鳥棲。不及蒹葭猶倚玉，争如桃李自成蹊。吾生老態還同此，秃鬢臨風句强題。

詠吏部後園草木與屠公倡和

桃

城南春色曉移來，妝點園林錦作堆。嫩緑不須將葉認，淡紅已是當花開。玄都自發劉郎詠，幽谷還教謝判栽。此日公門深似許，晝長高鎖正掄材。

梨

名果先從張谷來，紛紛碎雪欲成堆。淡妝自把娥眉掃，巧笑誰將瓠齒開。園子豈求他種接，主人能使及時栽。夭桃灼灼驚凡目，縞素應甘自不材。

李

蕭森何處爲戸來，曾帶荒園宿土堆。燥壤豈勞長甕灌，低枝不礙短籬開。敢將艷色誇桃樹，勝要清陰乞柳栽。賴有當時仙種語，爲薪莫漫比樗材。

竹

種處能招鳳鳥來，月明清影拂書堆。笋鞭遇石猶斜出，花米逢春莫亂開。此物似賢今合薦，吾家醫俗舊曾栽。若從後圃論高節，梨白桃紅孰取材。

杏

花信風寒已早來，隔墻俄見赤雲堆。並頭兩樹長相倚，屈指三春始得開。曲水少年誰復採，公門今日要兼栽。莫言結實供人啖，破核還堪作藥材。

馬藺草

難呼童子上階來，頭髮鬔鬆亂作堆。豐草舞風真錯認，繁花浥雨欲争開。長鑱荷處休教斸，高岸崩時合用栽。誰擬棕櫚爲拂子，杜陵詩裏獨憐材。

紫芥

滿目斕斑布地來，春風驚見錦灰堆。菜根作苦終嫌咬，茗葉浮香爲拔開。何處兔葵嗟競掇，昨朝馬藺悔多栽。傳聞此種番邦致，用向中華亦楚材。

酴醾玉簪

春色秋光遞往來，憑闌數尺土高堆。翠搖釵股風吹墮，玉削簪頭露濯開。山谷詩中那忍摘，唐昌觀裏合求栽。花容清麗人争愛，誰向周書問梓材。

牡丹

嫣然國色眼中來，紅玉分明簇一堆。最愛倚闌如欲語，緣知舉酒特先開。洛中舊譜頭須接，吴下新居手自栽。若向花間求匹配，揚州瓊樹是仙材。

芍藥

品高真自廣陵來，舊譜空憐壁角堆。千葉連雲如並擁，兩枝迎日忽齊開。詩中相謔何須贈，擔上能賒也用栽。記取今年才看起，醉吟多藉曲生材。

太廟侯祭復遊東園

百畝園依清廟開，去年初夏憶曾來。繁花落盡留紅葉，新笋叢生帶緑苔。北闕倚雲通劍佩，南宫隔水見亭臺。令人頓作山林想，况有蕭蕭白髮催。

哀文宗儒

吾鄉沈衢州，遠致尺書在。發書報文侯，有疽發於背。我憂體肥人，此疾恐爲害。猶冀有良醫，或倚以致瘥。憂懷適浹旬，浙疏馳獨快。乃六月七日，死期特兼載。哀哉此良牧，天奪真可怪。念昔爲永嘉，勤政略不懈。豪民户先鋤，淫鬼祠必壞。撫下自有術，百里免凋瘵。及此領郡符，先聲過疆界。窮谷争出迎，耄倪總羅拜。君初聞再起，仕路厭行邁。因察民情歡，下車始無悔。爬梳積弊源，一旦决欲潰。坐堂日孜孜，訪問及細碎。孰爲狼所貪，孰爲蚊所嘬。犴獄滿冤囚，親手爲破械。去歲東海涯，光氣作妖怪。横飛類鬼車，數丈無首戴。具疏即自劾，遂及弊事概。謂此如許除，吾寧自引退。有司格不行，當道有窒礙。公退長太息，空負民所愛。吾惟盡恥業，庶償爲守債。使民自按堵，守法勿就逮。百家立爲約，禮義相告戒。民曰賢侯言，敢不各敬佩。君終抱憂思，弊事卒吾敗。大者如鹽鐵，骨髓竭稱貸。彼力固已窮，吾體亦真憊。遥遥走一使，求去乃至再。知己總愛才，不使投匭内。孰知今日事，俄有此變態。凡君求歸休，民輒嘆無賴。群情達銓曹，以及寮與寀。今也魂茫茫，棺歸只空廨。豈惟民無依，失侶嗟我輩。久爲晚年期，几杖作鄉會。對酒乏清言，臨事無善誨。城西多舊遊，山色愁晚對。有穴未及臨，淚盡繼以慨。

刻李貞伯篆書海月庵扁

篆法久欲絶，李公得真傳。近時鄉先輩，仿佛如滕權。昔爲我題扁，握筆指腕懸。顧盼張髯鬚，起立竦背肩。俯仰爲陳迹，屈指十五年。破屋垂雨溜，庳墻上蝸涎。三字被侵蝕，黑黖猶高縣。海月夜照之，墨光却新鮮。正如公性氣，精悍老猶然。見物不見人，吴山隔重泉。惜哉不可作，手迹忍棄捐。壽以西川木，良工善雕鎸。庶幾如坐對，仰面在屋椽。

題高房山山水

燕南蹙翠維房山，高公昔者生其間。戲拈畫筆少明豁，玉女峰亞垂煙鬟。積雨初收隔春樹，望見人家嗚邊住。亦知中有王維詩，行到水窮無覓處。

送李世賢赴南京禮部侍郎

都門無計可留公，况是秋來有便風。尚憶陸機遊洛下，莫疑張翰向江東。詞林前輩晨星少，鄉社無人海月空。定有天書還召入，暫將留務託南宮。

園中即景

蘋藻多從雨後生，緑波常共小池平。朱藤覆滿休輕剪，待看繁花映水明。

新製方竹杖

紫玉新裁恰過肩，斑斑四面帶湘烟。病軀藉爾能扶直，巧手煩渠莫削圓。世事固知方則止，時人應道曲能全。此生得免模棱誚，晚節相依尚挺然。

夜坐聞砧

何處疏砧隔短墻，東鄰有婦搗衣裳。風林落葉秋聲動，露草鳴蛩夜氣凉。久别官寮忘館閣，每從兒子話家鄉。强扶筇竹歸深院，半壁殘燈獨上牀。

招曹良金飯

曹君履憂患，顔色何欣如。學道想有得，委命心常舒。屬以公事至，儵然寄僧居。行裝止詩卷，一僕身與俱。西城隔風雨，遥念夜堂虚。自剔長明燈，開函看佛書。蹇予負老病，秋至嘆歸歟。坐上無清言，何人能慰予。明須就我飯，已摘園中蔬。

登廣福寺佛閣望西山

城中過坊口，時見山一面。車塵半空起，忽復不可見。今日出城西，初喜見山便。恨當長夏時，草木更葱蒨。遮胸如執圭，隱首或側弁。行行七里餘，勝地得僧院。仰瞻何突兀，杰閣俯高殿。百級躡層梯，身向西闌轉。横絶曠野中，蒼翠争自衒。已將目力窮，却任脛骨顫。群山不知名，起伏端可辨。勢從西南來，遥向西北旋。萬馬如馳逐，陣列如鏖戰。白雲與碧靄，巖姿陡然變。誰倩丹青人，爲我展畫卷。老至客京華，宦遊真已倦。若使入山行，所歷豈能遍。一覽青可了，無如此中善。

寄壽施焕伯七十

幼從鄉校託交遊，束髮相看到白頭。我愧濟南非伏勝，人言吴下有施讎。高懷已見開三徑，遺愛猶聞在兩州。少待登堂成一笑，手持春酒獻還酬。

齋居謝屠元勳送解家香

坐來齋閣欲清心，忽對名香到夜深。已似古人頻掃地，更無俗客共鳴琴。暖煙盤曲絲縈碧，細屑圓成箸削金。始信解家真得法，清泉餅莫送詞林。

偶讀司馬温公詩集有和邵堯夫年老逢春三首各以本題四字起句有感於中輒仿而和之

年老逢春人共咍，小園日涉去仍回。墻邊槐樹誰家種，籬外桃花特地開。冰到泮時終在沼，石依陰處自生苔。折腰最苦無筋力，欲和淵明歸去來。

年老逢春人更狂，不登高阜即平岡。忘懷每怪言非淺，好睡還驚夢不長。過市塵多如觸霧，臨窗花少勝焚香。長將短髮清晨理，又聽鐘聲謁未央。

年老逢春人自驚，春寒不飲負良朋。江南報到猶深雪，都下聽來無早鶯。司馬慣將筇杖策，堯夫來挽小車行。詩成却怪昌黎語，凡物鳴因不得平①。

① 原注：「温公遊園常策筇杖。」

夏夜起坐

病首棱棱卧未便，坐臨風露小堂前。娟娟缺月初離海，隱隱明河欲亘天。憂旱有詩歌倬彼，還家無計嘆茫然。夜深童子垂頭處，獨聽城樓刻漏傳。

病中

勉起難將職再供，庵居長夏稱疏慵。聊將消遣千行帖，全仗扶持八尺筇。天上雨來蘇病骨，溪頭水長滯行踪。夜凉忽作江南夢，聚塢靈巖紫翠重。

次韻世賢和供字韻之作約顧良弼携酒來慰

久擬盤餐爲客供，病中百事嘆俱慵。髮稀自落如枯葉，病骨難支抵瘦筇。老者安居猶費力，諸公健步敢追踪。黄花酒熟須邀飲，佳節遥期九日重。

病後獨遊園中

八尺筇枝在手中，小園遊處擬温公。離奇不合翻多壽，傴僂安能更直躬。足弱敢臨階石亂，眼昏渾覺□花空。緑陰滿地聞啼鳥，此樂何如與衆同。

謝顧良弼李世賢攜酒過訪 五月晦。

初伏將臨日正長，肩輿同約到茅堂。遠林忽辱來公子①，小圃翻能致辟疆②。花下扶筇臨亂石，藤陰移席避斜陽。幽居無物相延款，緑樹成行晚更凉。

① 原注：「老杜《夏日李公見訪》詩：『遠林暑氣薄，公子過我遊。』」

② 原注：「吴中有顧辟疆園，王獻之徑造。」

再答世賢過訪之作

病卧空園兩月長，何曾延客一升堂。忽看棗實真成果，亂插榆秧已作疆。自喜清陰消伏暑，誰期佳節到重陽。酒酣碧碗深如許，不厭冰漿沁齒凉。

謝顧良弼送甘州枸杞

畦間此種看來無，緑葉尖長也自殊。似取珊瑚沉鐵網，空將薏苡作明珠。菊苗同摘憑誰賦，藥品兼收正爾須。曾是老人宜服食，只今衰病莫如吾。

王少傅鏊 三十八首

鏊字濟之，吴縣人。成化十一年進士及第。自編修歷官吏部右侍郎。正德元年，入内閣，進户部尚書、文淵閣大學士，加少傅，改武英。四年，致仕。嘉靖初，遣行人存問，將召用而卒。謚文恪。先生經學通明，制行修謹，冠冕南宫，回翔館閣。弘治間，文體春容，士習醇厚，端人正士歷文學侍從之列，如金鐘大鏞之在東序，而中吴二公爲之眉目，何其盛也。鮑翁既不得大用，先生在内閣未久，困于逆瑾，不得志而去。嘉靖初，遣行人存問，曰：「朕行且召卿。」未及起而卒。有《震澤稿》若干卷。文章以修潔爲工，規摹韓、王，頗有矩法。詩不專法唐，於北宋似梅聖俞，於南宋似范致能，峭直疏放，於先正格律之外自成一家。

春日應制

奉天朝罷曉曈曨，敕使傳宣籞苑東。好雨晴時三月里，鑾輿遥過百花中。東皇默運無言化，南國新收不戰功。歸坐明堂還布德，豫遊分與萬方同。

夏日應制

水晶宫殿晝沉沉，别院春歸碧樹深。南陸迎長欽馭日，東皋旱久望爲霖。曆中星火修堯令，絃上薰風識舜心。幾務了時多暇日，試開黄卷一披尋。

三十五初度

人生七十古來少，嗟我如今已半之。來日更添如許久，餘生能得幾多時。功名似鷁長遭退，學問如船逆上遲。萬事悠悠只如此，青山能負白雲期。

遼城懷古二首

並馬尋涼過遠郊，偶從野叟問前朝。雨摧故壘逢遺鏃，月暗荒臺夢墮翹。千古河山還王氣，一時胡虜亦天驕。如何宋紀年三百，獨讓周師過瓦橋。

小橋濺濺空流水，往事悠悠只斷垣。冠蓋六州皆石晉，河山百戰又金源。黍離不盡行人恨，木葉空歸杜宇魂。千古登臨成一慨，幽燕今日是中原。

送戚時望僉憲之湖廣

逢君未久送君行，十載同窗幾日情。平獄舊推于定國，按刑新過漢陽城。雁回千里書須寄，春到三湘草自生。收拾楚材歸藥籠，湖南賓客總知名。

送楊侍讀維立之南京

二月南宮看柳條，知君已上秣陵橈。楊家製作多傳後，蘇子文章合在朝。夢草池邊歌郢雪，雨花臺上望江潮。誰知東上門前路，此後行來分外遥①。

① 原注：「時予與維立同在内書館。」

海蝦圖

茫茫大海浮穹壤，日月升沉鰲背上。其間物怪何所無，海馬天吴大如象。有魚如屋鬣如帆，蝦最細微猶十丈。髯髯怒氣須如戟，力戰洪濤欲飛出。江湖魚蟹總蜉蝣，畜眼平生未曾識。畫工何處寫汝真，夢中曾到長鬚國。黑風吹海浪如山，魚龍變化須臾間。從龍願作先驅去，去上青天生羽翰。

昌平劉諫議祠

荒灣野木古城隅，何處昌平是舊廬。氣帶幽并多感慨，策如晁董亦迂疏。同時下第誰云屈，此外求言總是虚。不盡懷賢千古意，執鞭無路欲何如。

胡人歸朝歌

兒胡兒，女胡女，女嫁胡兒娶胡婦。唯有老身從漢來，椎結氈裘作胡語。當時從駕土木間，匈奴驅我不得還。朝看鷄兒嶺，暮宿木葉山。昔聞青冢今始睹，幾過蘇卿持節處。胡風獵獵胡霜飛，聽罷胡笳泪如注。胡中洵樂漢自親，呼韓猶作南朝賓。款關不用通事語，三十年前我漢人。奉天殿前拜天子，封爵歸來認鄉里。南街北巷争聚觀，家人見我還驚起。男襲冠裳女繡襦，今日漢入昨日胡。回思李陵并衛律，漠北高墳空突兀。

送趙栗夫歸省吴江

秋入吴江一葉飛，歸來遊子着朝衣。鄉人始識文章貴，仕路休嫌定省稀。寶帶橋邊舟泛泛，白雲司裏樹依依。路經震澤人應問，太史周南胡不歸。

送劉御史還蜀 規

浮世功名何有哉，茅齋元住少城隈。逢人老去腰難折，念母秋來首重回。古柏祠前傷草色，浣花溪上覓榿栽。臨邛父老如相過，不似當時負弩來。

次韻楊維立初入史館

東角門前十館開，史家自昔總難才。病容野客隨行入，遠喜諸公取次來。氣合每聯朝食坐，事多長後午朝回。揚雄識字今誰及，疑義須煩一一裁。

贈河南巡撫楊貫之

墣災横被十三州，百萬蒼生手撫柔。憲府乍臨新邑洛，宣房已復舊河流。衣冠南渡仍餘宋，瀍澗東來尚自周。列郡分明望丰采，安危須共主分憂。

送高良新知歸州

江上青山識秭歸，江邊吊古駐岩騑。夢中馬耳先曾到，行處人烟亦已稀。屈子宅空江渺渺，昭君村在雨霏霏。使君撫字知多術，夔府如今正阻饑。

朱天昭始第進士主余家至明年移居西鄰

兩年不厭草堂低，頗愛晨昏出入齊。長日經過無主客，只今相見有東西。濁醪尚可墻頭過，歸院那愁柳下迷。厩馬似知人意思，臨歧回首再三嘶。

朱天成寄酒味變

橘林細搗洞庭霜，風味清甘早自將。小甕紅泥緘遠意，舼船玉粒饋餘香。督郵有郡還能至，宰相何知合備嘗。猶勝先生號烏有，車輪夜夜轉枯腸。

贈梁都憲巡撫四川

赤甲白鹽雄作鎮，鐵冠繡斧凛先聲。雪山已爲來時重，黑水應聞去後清。殿上位虚中執法，邊頭人散小團營。憑誰説與蘇明允，畫像無煩記姓名。

送吴大章還宜興　編修克温父。

試罷彤廷便乞還，不教名字落人間。小團龍鳳春前雨，罨畫樓臺水面山。文彩傳來多似舅，功名老去只如閑。洞庭東望無多路，楚頌亭成有舊顔。

陳朝舊城

江東天險天削成，長江爲塹山爲城。南朝天子慎封守，城外築城隨地形。盤盤青山出復没，築城密補青山缺。龍潭起至金川門，百里綿延城不絶。青山四繞城四周，雁飛不過神鬼愁。北兵縱健無羽翼，禮樂兵刑何用修。益州樓船夜飛度，雖有金湯没人戍。

送倪尚書之南京

暫携堂印過江東，冢宰權分位望同。留守地當分陝重，爲官誰在故鄉中。家傳舊有尚書履，保副新加太子宫。半世趨朝今少憩，鍾山閑對黑頭公。

避暑傅氏山莊次陸學士廉伯韻

偶然携酒作郊行，才出塵中眼校明。歲月幾何新景象，河山百二舊神京。初凉道上行人影，斜日村中打麥聲。一片渴心何處寫，轆轤金井上銀瓶。

送鍾欽禮還會稽

會稽山人其姓鍾，丹青之外詩仍工。若耶溪上弄雲水，推將姓字徹九重。文華殿前見天子，受釐三日居齋宫。東厢落筆風雨疾，指盼屢得迴重瞳。重瞳一一分甲乙，御筆親書爲第一。峰巒慘淡李營丘，煙雲滅没王摩詰。詔令内府賜麟䴏，又向邊城落戎籍。山人拜舞前致詞，草茅何幸逢明時。金坡玉瑣天上見，惜臣老矣無能爲。鑒湖一曲臣所好，細草幽花夢中到。敕賜烏紗作外臣，白石清泉恣遊釣。雲浩浩，江悠悠，山人去矣誰爲留。人生雖云故鄉樂，大隱金門亦不惡，君不見東方朔。

五月七日陪祀泰陵

星樓月殿夜沉沉，燭影爐煙儼若臨。北極紫微尊自在，西清黄傘夢難尋。蒼梧天遠孤臣泪，玉帛星馳萬國心①。十九年中遊幸絶，仰思王度式如金。

① 原注：「是日天下王府俱來祭。」

酒熟志喜

常年送酒愧諸鄰，斗覺今年富十分。水法特教擔柳榖①，曲材先已謝桐君②。牀頭夜滴晴階雨，甕面香浮暖閣雲。莫笑陶公巾自漉，年來正策醉鄉勛。

① 原注：「特汲柳毅井泉。」

② 原注：「曲不用藥。」

徵明飲怡老園有詩次其韻

吴王鎖夏有殘闉，特起幽亭據要津。剩水繞時傷往事，短墻缺處見行人。緑楊動影魚吹日，紅藥留香蝶護春。爲問午橋閒相國，自非劉白更誰親。

夜過西虹橋

破楚橋邊步偶停，夜船燈火散如星。館娃歌舞今何處，留得吴歌與客聽。

十一絶句

白草茫茫走亂沙，邊風獵獵動胡笳。燕山臺殿雖然好，宣府元來我是家。

少年天子重邊功，烏帽戎衣手角弓。行編漁陽并上谷，並無虜騎到雲中。

安化跳梁即日平，中原群盜敢縱横。鴻都造亂誰堪使，除是君王自領兵。

彭蠡風帆一箭收，九江安慶是安流。説與藩王徐送款，親臣無數要封侯。

縛得踪王氣轉雄，凱歌聲裏擁元戎。發縱不用蕭丞相，合與官家第一功。
燕雲漠漠鎖重樓，八駿驅馳正未休。莫道十旬猶不返，金陵原是帝王州。
二水三山入豫遊，八方無事更何憂。秦淮流水悠悠在，好與官家造酒樓。
三顧頻繁亦未閒，金陵東下是金山。分明鐵甕頭邊路，載得賢人與共還。
趙普元爲社稷臣，君臣魚水更何人。難虛雪夜相逢意，海錯猶堪佐酒巡。
北固山前駐翠華，殷勤來訪相臣家。太湖怪石慚多幸，也得相隨載後車。
賡歌千載盛明良，宸翰如今更煒煌。漫衍魚龍看未了，梨園新部出《西厢》。

程侍郎敏政四十二首

敏政字克勤，休寧人。尚書襄毅公信之子也。十歲，以神童薦，召試《聖節》及《瑞雪》詩并經義各一篇，援筆立就，詔讀書翰林院，官給廪饌。李南陽以女妻焉。逾冠，舉成化丙戌進士一甲第二，授翰林編修。歷官至詹事府少詹事。先是臺臣論奏，請退姦進賢，克勤在所進中，用是見忌。會雨灾，言官遂指摘及之，請罷免以塞天變，詔致仕。沈啟南贈詩云：「人從今日去，雨是幾時晴？」海内傳誦。久之，用師薦詔還，歷遷禮部右侍郎，掌詹事府。己未主考會試，給事中劾其鬻題賣士，請與廷辨，事得白，乃再請致仕，詔許之，而盡斥言者。未行而卒，贈禮部尚書。殁後闡事益白，刑部主事鍾祥沈文華抗疏伸雪，士論歸焉。克勤修眉長髯，風神清茂，考證古今，精詳博洽，追配其先龍圖大昌，近儒莫及也。《篁墩文集》九十餘卷，李長沙爲序。他所撰輯《宋紀受終考》、《遺民録》、《新安文獻志》，皆可觀。惟著《蘇氏檮杌》力詆眉山，以報雒蜀九世之仇，則腐而近愚，且比於妄矣。爲賢者諱，君子略之可也。

四月五日微雨免朝與李太史世賢步出皇城門喜而有作

輕陰小雨夜連晨，中使傳呼散紫宸。天氣薰蒸疑作暑，風光回轉欲留春。班分輦道花迎佩，仗出宫墻柳映人。獨喜聯鑣歸去早，六街消盡馬蹄塵。

輓張世璉舍人

去年君家會鄰曲，芙蕖花紅池水緑。今年君死藤束棺，芙渠花落池水寒。明年花開對新主，太息人生幾何許。楚些招君君不來，斜日虚堂淚如雨。

聞南都新開池館之勝漫摘坦侄二屬對成詩二章

一川新緑板橋通，更起盆亭著鏡中。杜曲兒孫供酒盞，謝家兄弟走詩筒。草鞋半濕莎庭露，蒲扇輕回竹埭風。勝日無因陪勝賞，只憑春夢到江東。

別業新開水竹居，遊塵全不到庭除。楝花臺榭聞幽鳥，荻草盆池種小魚。翁醉不勞方竹引，客吟多借古藤書。何時罷直金華省，日日江頭奉板輿。

卧病七旬方起試筆作字適世賢有詩見慰依韻奉酬

獨卧空房思有餘，茂陵憔悴舊相如。病來自覺逢迎倦，客至從嗔禮法疏。風約黄塵凝硯沼，雨催青草上階除。讀君詩罷還成句，棗筆藤箋試手初。

朔州行送王汝璧太守述職西還

朔州城頭塞雲結，朔州城下沙如雪。赫連古戍白草枯，一路角聲吹不歇。居民半是防秋兵，十里五里屯軍營。偏師夜坐烽火息，飛挽小兒歌太平。王郎家世本靈武，明目張髯氣如虎。羽林驕將不敢欺，磧里人耕好田土。窮州十年多苦辛，奉檄東來覲紫宸。長官知名聖君喜，邊吏有才能幾人。遥遥朔州城，勸子一巵酒。馬蹄明朝向山後，女墻孤月重相思，定倚危樓望南斗。

題安城彭學士山水圖

何人結屋青山裏，終日開窗見山喜。近峰錯落走簷牙，遠岫蜿蜒插天嘴。澄江一道山前過，短棹平分浪痕破。船頭水氣緑侵衣，載酒高人面山坐。石泉下衝沙渚渾，桑榆接地成深村。柴扉欲扣不可到，或有細路通雲根。竹鶴老人名畫手，半幅生綃大于斗。水分山斷意無窮，目送飛鴻渡江口。安城先生塵慮脱，南望鄉人楚天闊。高堂永日對山歌，肅肅凉風起蘋末。

傅家麵食行

傅家麵食天下工，製法來自東山東。美如甘酥色瑩雪，一由入口心神融。旁人未許窺炙釜，素手每自開蒸籠。侯鯖尚食固多品，此味或恐無專功。并洛人家亦精辦，斂手未敢來争雄。主人官屬司徒公，好客往往尊罍同。我雖北人本南産，饑腸不受餅餌充。惟到君家不須勸，大嚼頗懼冰盤空。膝前新生兩小童，大者已解呼乃翁。願君飣餖常加豐，待我醉攜雙袖中。

涿州道中録野人語 良鄉役夫。

我行范陽道，水次遇老叟。時當孟冬盡，破褐露兩肘。邂逅一咨諏，向我再三剖。哭言水爲沴，天意苦難究。今年六月間，一日夜當丑。山水從西來，聲若萬雷吼。水頭高十丈，没我堤上柳。手指官路旁，瓦礫半榛莽。昔有十數家，青帘市村酒。人物與屋廬，平明蕩無有。水面沉沉來，忽見鐵樞牖。數日得傳聞，水蝕紫荆口。老稚隨波流，積尸比山阜。遠近皆湯湯，昏墊弗可救。如此數月餘，乃可辨疆畝。下田盡沮洳，高田剩稂莠。農家一歲計，不復望升斗。官府當秋來，催租不容後。嗟嗟下小民，命在令與守。更有觀風使，仰若大父母。見此如不聞，恐或坐其咎。我民千餘人，血首當道叩。始獲免三分，有若釋重負。奈何急餘徵，日日事鞭毆。夫征又百出，一一盡豪取。悲哉一村中，竄者已八九。老夫家無妻，一兒并一婦。兩孫方提携，盡可慰衰朽。豈期天不吊，一旦遂窮疚。一兒水中没，一婦嫁鄰某。兩孫鬻他人，償官尚難勾。老身自執役，有氣孰敢抖。反羨死者安，苦恨生多壽。詔書開賑濟，奉者有賢否。終爲吏所欺，此食亦難就。與其餒填壑，不若舉身走。一飽死即休，寧復念丘首。呼天一何高，呼地一何厚。我聞老叟言，垂涕者良久。恭惟天子聖，化澤被寰囿。聲色弗自御，游畋敢誰誘。稼穡深所知，真如古明后。庶徵豈不諳，一變故非偶。無乃諸皋夔，此責當敬受。誰謂斯民痛，不可事爇灸。我亦食人禄，深慚結朱綬。豈無致澤心，無地可藉手。立馬野踟躕，悲風動林藪。

過石門橋鋪

道上人稀日出遲，弊裘風起不勝吹。馬行冰地如臨鏡，鴉啄霜田似閱棋。野寺飯時鐘隱隱，誰家耕處冢累累。晨門一去無消息，佇立河有梁所思。

嚴州道中

山遠沙平水似烟，蓬窗贏得枕書眠。暖風一日初黄柳，好雨連宵剩緑田。傍岸鳧鷖如送客，隨家鷄犬不驚船。相看便有江湖戀，耕鑿娱親在幾年。

度東山嶺

石橋駐馬問田翁，一塢深深隔樹東。帝子閣前沙似粟，野神祠下路如弓。疏松古澗風微動，細草陰厓雪半融。回望紅塵才數里，不知身在亂山中。

宿資勝寺與王文璵進士夜談

載酒朝相過，論心夜未中。卧殘禪室冷，談徹講堂空。香篆銷輕縷，燈花落小紅。好懷攄不盡，鐘起院墻東。

古城驛遇南京參贊機務兵部尚書薛公詩以送之并謝惠粲二首

樓船三月下江東，獵獵旌旗暖受風。林壑有情歸謝傅，廟堂何意起裴公。貔貅作隊迎新詔，龍虎分疆擁舊宮。幕府勛勞應日盛，軍儲曾贊幾元戎。

賤子乘春上石渠，喜逢先達艤舟餘。當牀幸展梁生拜，乞米寧工魯郡書。岸雨緑苗方净好，水風黄柳共虚徐。相逢無限通家意，請向諸郎報起居。

莫雨夜泊

黑風摧山雨如注，未到下邳無泊處。暗中雜遝人語聲，且逐淮南漕舟住。淮南漕舟三百强，粉字舵樓成堵墻。輪更轉箭鎮相續，似覺人人嫌夜長。滅燭悠然倚牀坐，遠村曙鷄聞一個。前途早有役夫來，岸東相呼岸西和。

徐州飯管洪尹珍主事家有懷亡弟

去年過彭城，朔風蕭蕭征馬鳴。今年過彭城，東風渺渺扁舟行。漸覺此身爲客慣，才見花飛又花綻。南去北來曾幾時，隨陽却似雲中雁。九里峰前春草芳，百步磯頭春水長。偶然一飯剪銀燭，行河使者尚書郎。逍遥堂空誰作主，感慨當時對牀語。歸來展轉不成眠，獨倚篷窗聽風雨。

夾溝道中

獵獵風帆水滿塘，明明春岸柳成行。連村犬不驚薪女，傍渚鷗全識棹郎。官閘聚舟多漕運，野田空屋半逃亡。推篷不見青山色，始覺風光是異鄉。

題蔡揮使所藏林良雙鵲

老木長梢半空起，影落君家素屏裏。枝間雙鵲不飛去，似向高堂報君喜。涼風曉入庭户清，主人坐對宛有情。眼前豈獨惜珍羽，耳畔忽疑聞好聲。亦有娟娟白頭鳥，相顧裴裒若相保。廣東畫史深可人，生態無窮意難了。主人堂堂真壯夫，喜受文士相追呼。征蠻不帶嶺南物，衣衾之外惟此圖。堂下有兒堂上母，客至矜圖飲醇酒。呀然一笑共平生，崔白邊鸞竟何有。鵲兮鵲兮不可求，願君身共張梁州。不須椎石取金印，看爾生封忠孝侯。

古箭渡

古箭渡頭春水急，古箭鋪下春泥濕。風吹一道雨微收，黑壓四山雲未入。郵亭飯罷聞竹鷄，肩輿扶過蒼崖西。行人道側亂相指，雨陣復來雲脚齊。

黄鶴山樵爲沈蘭坡作小景蘭坡孫啓南求題

在昔蘭坡翁，結屋斷塵鞅。俯聽溪閣邃，仰眺巖扉敞。天機久已熟，真趣可誰賞。頗聞黄鶴山，樵斧隔林響。居然駕小彴，來趁夜潮長。相對喜忘言，欲去愁孤往。揮毫意不極，縑素大于掌。高松發天籟，哀壑生夏爽。撫景尚如昨，斯人已黄壤。逆旅開畫奩，斜陽落書幌。高風邈難扳，題詩寄遐想。

題蒙泉岳先生葡萄 先生在謫時所寫。

劉郎未撤輪臺戍，使者年年向西去。宛國傳將馬乳來，漢宮始識葡萄樹。茂陵石馬秋風寒，玄香冷落黄金盤。後來尚食不到此，當時價抵千琅玕。鎮夷城頭初罷鼓，謫仙揮毫氣如虎。一番風味眼底生，萬斛驪珠手中吐。鐵面長髯誰比倫，慷慨便作凉州春。兔起鶻落總天趣，日觀之徒空逼真。願子珍藏無草草，謫仙已逐秋花老。臨池不覺三嘆嗟，前輩風流到今少。

周德章駙馬府賞海棠

冥冥花霧擁回廊，冉冉猩紅隔畫墻。按譜更誰争有韵，失評空自説無香。莫燒銀燭驚春夢，好障丹紗護曉妝。仙種北來初識面，臨風拚醉九霞觴。

遊王司言國賓郊園

風逗黄雲漲麥川，井分新緑繞瓜田。童穿墻缺携壺到，客趁堂虚借榻眠。樂憩午陰憐困馬，預傳秋律愛鳴蟬。城樓咫尺忘歸晚，多少詩情落照邊。

功臣廟下作

雞鳴山側英雄坊，朱門半掩青松長。功臣廟食自洪武，下車進謁開中堂。元勳佐命推六王，儼然並坐徐與常。左李右鄧沐再少，霜髯獨見東甌湯。秉圭服冕垂衣裳，異姓聯翩如雁行。公侯十六分兩傍，金貂玉帶相輝光。瓣香一炷三嘆息，却走苔階觀畫廊。揭從真主興濠梁，材傑奮起驂龍翔。長江飛渡入建康，血戰往往皆鷹揚。當時陳虜號最强，屢仗左纛乘飛艎。諸軍一衄番水陽，不日降旗來武昌。神威自此若破竹，僭竊次第歸天亡。按圖未取東海方，下令先縛鹽城張。遠清閩廣服蠻徼，繼下滇蜀連氏羌。東南略遺瘡痏息，中土久作腥膻場。臨江發兵二十萬，直指幽都驅犬羊。裔戎豈敢敵王旅，氈裘北遁居龍荒。乾坤一統成帝鄉，九州入貢紛梯航。文孫繼承萬億載，諸將之功何可忘。禮官四時奉蒸嘗，令典與國同無疆。錫封賜履遥相望，山河帶礪分天章。至今一二傳世芳，餘者中微殊可傷。安得司勳徹聖聽，兩漢故實芸編香。摩挲丹青落日黄，一時際遇思明良。陸機有頌愧莫續，風雲颯爽天茫茫。

發昌平

出郭先登亂石岡，凍雲垂野日蒼凉。田蕣冬盡猶慳雪，陵樹年深總奈霜。寢殿四圍山色近，御橋横截澗聲長。齋居依舊西風下，鵷鷺相聯第幾行。

錢舜舉清暉堂所寫戲嬰圖爲臨淮顧謙賦

海榴花開白日長，綉屏十二雲錦張。沉沉午漏下初刻，搔頭不整慵來妝。一姬南面金縷裳，兩姬夾侍相頡頏。頎然圍坐看兒戲，斑管雕弧堆象牀。三姬鼎足如雁行，玉階隨步鳴雙璫。以口撫嬰愛入骨，笑語彷彿聞昭陽。一姬下坐收錦襠，洗兒自與澆蘭湯。娟娟秀若化生子，銀盆水暖芙蓉香。一姬轉盼殊未央，試巾在手明吴霜。小鬟兩兩意閑適，紈扇不動薰風凉。苕溪畫史推錢郎，柔思獨步丹青場。摩挲舊本豈易得，流傳遠自清暉堂。才人不説顧長康，鑒賞欲博千金强。《螽斯》《麟趾》尚可作，爲君擊節歌周王。

四月二十八日起屢賜鮮笋青梅鰣魚枇杷楊梅雪梨鮮藕

都城三伏暑方炎，天上分鮮我亦霑。緘發紫泥留榼筥，香生青箬帶冰鹽。南舟遠貢來何數，北客初嘗味更添。爲感歲時翻賜帖，不知殘日下疏簾。

題陸廉伯庶子所藏墨梅

宋人寫梅工染地，染出疏花得花意。寒枝點綴縱復横，宛在江村立煙際。元人寫梅鐵作圈，千玉萬玉相聯拳。天機淺深各有態，三昧定屬何人傳。忽拭此圖真宋手，入眼丹青未能有。凉風未覺生衣襟，古月猶疑照窗牖。斷縑殘墨驚海棠，當時價抵千金强。幾人豪奪幾懸購，完璧乃歸君子堂。多君家在毗陵住，高潔平生似梅樹。秀餐亭上歲寒盟，時約花神共來去。我今歸卧新安山，暗香正繞清溪灣。北河冰堅未成往，春夢夜落松筠間。補之不作林逋老，紅緑紛紛競妍好。愧無佳句慰幽芳，三復莓苔被花惱。

任月山五王醉歸圖

何處離宮春宴罷，五馬如龍自天下。錦韉蹀躞摇東風，不用金吾候隨駕。綵策烏騅衣柘黄，顔赬不奈流霞漿。手戮淫昏作天子，三郎舊是臨淄王。大醉不醒危欲墮，雙擁官奴却鞍座。宋王開國長且賢，誰敢尊前督觴過。申王伏馬思吐茵，絲繮側控勞奚人。可憐身與馬鬥力，天街一餉流香塵。岐王薛王年尚少，酒力禁持美風調。前趨後擁奉諸兄，臨風仿佛聞呼召。夜漏歸時嚴禁垣，花萼樓中金炬繁。大衾長枕已預設，帝家手足稱開元。我聞逸樂關成敗，狗馬沉酣示明戒。二公作誥五子歌，此意當時可誰解。仙李枝空人不還，王孫一日開真顔。鴒原終古存風教，珍重丹青任月山。

春社謡

我家社公耕鑿主，求晴得晴雨得雨。今春作社神更歡，值我一年新病愈。墻下小桃紅滿枝，塘東弱柳垂金絲。社飯炊香出茅屋，臘酒一傾連數卮。土鼓逢逢過林際，醉插山花共神戲。隔鄰鷄犬喜欲狂，接席兒童相笑詈。滿爇爐香焚紙錢，大家再拜祈豐年。放臣敢道金馬客，明日扶犁同下田。

訪進士何斯復於歙北黄荆渡不值時斯復方以養親告歸

問路尋君徑出城，過橋自得繞溪行。小翻翠柳東風軟，返射青山夕照明。爲就江魚長供母，暫容沙鳥一尋盟。前村種藥歸應晚，欲話心期恐未成。

沈啟南畫障爲張通守題　啟南自題《楚詞》一曲。

石田老人非畫師，胸中丘壑天所私。揮毫便覺真趣發，意到豈借丹青施。通守張君畫成癖，半幅生綃比全璧。望中謂作雲門山，遊人擬辦登山屐。峰迴路轉溪流長，誰向石林開草堂。風檐舉手欲相問，扁舟載客來何方。老人畫出今人上，鄉評未數黄公望。一石俄成斧劈痕，不類群羊更奇壯。石田隱處輞川，秀句却是王維傳。吳歌一日變楚語，幽芳懶鬥春花妍。我從胥門八回過，古寺長邀聽經坐。老人不惜與畫山，擊節詩成幾人和。尚方有詔徵遺才，白髮蒼顏能一來。還君此圖意無限，停雲正繞姑蘇臺。

題罷獵圖

沙磧風高樹鳴葉，馬放平原人罷獵。解裝散出青草間，兩兩胡姬映桃頰。酪漿滿注金叵羅，侑飲似唱陰山歌。雪鷹離絛犬噬肉，穹廬到處皆行窩。大旆揚揚出烟表，不覺殘陽過林杪。健兒自許力未疲，翻身欲射雲中鳥。打圍之樂樂未央，挽弓握矢心茫茫。嶺陰直接賀蘭道，馬上終老單于鄉。當今聖人制諸夏，八方無塵羽書寡。但願胡雛似畫中，莫近三邊古城下。

題田家娶婦圖

徑草如煙柳如幕，日上茅檐鼓聲作。田翁遣女不出村，東舍西鄰隔墟落。新婦駕牛兒跨驢，家人後擁翁前驅。兒家舉酒攔道勸，舅甥幾世同桑榆。耳邊阿嬰私屬父，肩上驕嬰肯離祖。歡聲一路到柴關，野伶山歌《柘枝》舞。兩門仿佛朱與陳，鄉儀簡古民風淳。華筵肆設競珠翠，想見紛紛京洛塵。婦饁男耕罷征戍，安得移家個中住。長因擊節頌年豐，不作催租打門句。

題戎馬出獵圖

黑山之北青海頭，草木搖落風颼颼。平原一望渺無際，獵騎四踏黄雲秋。戎王小年面如玉，仿佛當時李存勖。錦袍白馬彎雕弧，一箭直應倒蒼鹿。蒼鹿却走青羊奔，沙磧霜中餘血痕。相隨兩兩奉驅策，氈裘辮髮皆羌渾。一犬騰身逐驚兔，後騎韝鷹笑相顧。大家賈勇各忘疲，倒載争多不知莫。健兒獨往先著鞭，自期百發無虚弦。何物霜蹄忽星迸，脱手落地仍欣然。幾輛氈車駐山口，應待歸來勸胡酒。共燖熊掌炙駝峰，《敕勒歌》長出林藪。歌長晝短樂未央，皂旗閃爍天蒼凉。明朝移帳定何所，擇地還開新獵場。方今聖人居大寶，烽燧無烟罷天討。胡雛長作畫中看，莫近飛狐塞垣道。

弔劉竹東後賦此

春泥半擁蓬扉開，蕭蕭翠竹如新栽。百年老友不復見，舊雨故人空一來。南郢歌工罷瑶瑟，西湖詩板生青苔。感懷欲去重回首，黄柳白鴉增莫哀。

拱北樓 在天津城上，劉憲副所建。

危樓突兀中天起，雄峙高城壓諸壘。登樓北望空濛間，正距皇都三百里。直沽東去當海門，九河下瀉鯨濤奔。一道科徵比州縣，十連虎豹分營屯。天子端居不忘武，勅遣提刑此開府。眼中壯觀忽巋然，緩帶時來閲干櫓。四方玉帛趨神京，千車萬舶無留行。題品休歌太行路，麗譙却數天津城。憶昔文皇曾駐蹕，父老相傳至今日。憲臣初下新條章，宿將誰諳舊軍律。城頭大旆翻晴紅，城邊細柳摇薫風。我來徙倚不能去，宸居宛在紅雲中。畫角悠揚鼓聲壯，雉堞嵯峨日初上。掀髯聽講《陰符經》，誰道儒生不堪將。檻外滔滔河水流，酒酣擊節歌新樓。盛年相與赤心在，范公敢謝蒼生憂。

瓊花

貪看江都第一春，龍舟元不爲東巡。閑花亦自能傾國，何况當時解語人。

驅車上東門行

雉堞連雲起，秦城屬漢家。更無丞相犬，猶有故侯瓜。

迎駕次亨父韻

一聲清蹕下郊壇，閶闔齊開敞玉闌。十二鑾鈴陳路馬，三千犀甲擁材官。御爐煙裊流①香霧，宮扇雲移②護曉寒。最是詞臣偏近輦，龍顔春色有餘歡。

①原注：「一作爐煙散彩，疑。」

②原注：「一作扇影屯雲。」

元日早朝

宫鴉集曙彩鞭揮①，劍珮森森拱太微。日晃②御牀明繡衮，雲回鑾輅見青旗。鴻臚立仗傳三呼，馬監隨班控六飛。喜值芳年叨侍從，起居長許近皇闈。

①原注：「一作彩鞭聲裏曙鴉稀。」

②原注：「一作射。」

儲侍郎巏六十二首

巏字靜夫，泰州人。成化二十年進士第一，除南京吏部考功主事，改吏部考功郎中。歷太僕卿、左僉都御史、户部侍郎，再起爲南京吏部左侍郎，卒於官。謚文懿。無錫邵寶爲《柴虚集》序曰：「公性行淳謹，風度詳暇，義色法言，不可犯干。博通古今，自宋、金、元季及國初遺言故迹，旁詢博訪，歷歷能道，欲採輯爲一書，病未脱稿。其言曰：『知古非難，知今爲難。通達國體者，古難其人，而况今乎？』其所述作託諸縑楮金石者，皆公之餘耳。」邵公與公同舉進士，同出於西涯之門，並以名德見稱，詩文爾雅，亦略相似云。

送劉東山先生行邊三首

七月秋已肅，北風捲黄埃。欻兹數百騎，夜過長城來。我公調兵食，慘淡旌旗開。前驅初出塞，黠虜驚且猜。平生職方略，聲徹單于臺。况兹仗忠義，山嶽可使摧。乃知折衝具，廟勝先掄才。吁嗟秦漢時，無策良可哀。

司徒來何遲，胡馬已無迹。傳聞夜來雨，虜窟水三尺。皇靈暢無外，嗟爾忍爲逆。豈無嫖姚將，不殺乃奇畫。常憂六月師，須令十年積。

天驕未能絶，古人重守邊。刍粟既飛挽，士卒仍屯田。何爲肉食人，此法日棄捐。玆行理軍實，重見洪熙前。吾聞塞下議，詔許司徒專。得志貴一時，成功論百年。丁寧誡邊吏，中國方晏然。

磨臺山中

墻低林木疏，馬上見山麓。朝陽曬我背，蹊徑紆且復。徐驅喜崖豁，稍上驚峰獨。何當陟其巓，一騁遠游目。閬風眇崑丘，萬里疑可縮。翻思下土人，誰與洗炎燠。歲旱不爲霖，白雲滿幽谷。

靈山

靈山慕名勝，曦午停徵軺。倒裝换冠幘，徑往凌岧嶢。手披茂草開，思逐浮雲飄。迢迢詣白塔，獨立吹清飆。迴旋休緇廬，老屋依山椒。野僧三四輩，衲破形容憔。共言山中貧，菽水聊今朝。問渠何所戀，且得避徵徭。

白巖扇頭次泉齋韻

黄塵走名都，白日觸隆景。雲山忽當眼，便自出人境。翛然蹇驢翁，細路轉巖嶺。疏林劃空明，一笑得人影。我家柴墟旁，南望長引領。煙蘿繞茅屋，江月閑漁艇。栖栖恐無成，題詩聊自省。

登雄縣城樓二首

高秋愜登眺，平楚動悲歌。樓櫓何年廢，前朝争戰多。雲閑青海戍，塵净白溝河。翻笑咸平際，金繒滿塞駝。

雉堞倚雲平，闗河控古城。獨憑秋閣迥，千里暮山横。灑落平戎策，凄凉款塞盟。瓦橋遺石在，覽古若爲情。

涿州分司夜坐

簿牒相仍急，沉迷眼欲花。籠燈猶閲馬，廳樹已棲鴉。强半春爲客，饒多夢到家。却嫌塵土涴，無地泛仙槎。

武清院中睡覺

騏驎歸苑寂，蟋蟀近床鳴。往事夢中復，暗愁閒處生。篝燈留掩映，城柝遞分明。此地還追憶，秋窗曉月情。

彭城有懷

清夜棹歌發，高秋客思生。綿綿鄉國夢，歷歷水雲程。老樹危蟠石，衝波怒囓城。白門樓上月，偏傍海東明。

涉　濟

河曲風無定，船扉掩復開。岸花衝絮落，沙燕掠波迴。詩思逢春亂，鄉心苦病催。分流從此去，欲渡且徘徊。

春晦連日風雨贈別 四首

風雨彌昏旦，韵華暗去來。病多空意氣，事往半塵埃。西郭園初筭，南湖水盡苔。今朝覽明鏡，更覺老相催。

春去年年別，顏衰日日侵。稍期全晚節，已愧負初心。江郭行雲暗，湖田冒雨深。柳陰晴處坐，聊和老農吟。

病較芳時晚，春含晦日陰。曉鐘人不寐，舊雨客難尋。院濕蛛絲重，庭虚鳥迹深。平明添好況，移竹滿西林。

殘春猶兩日，欲去且相留。脈脈難爲別，匆匆可自由。天涯芳草路，花外夕陽樓。誰道文園客，新來賦倦遊。

懷舊何處觀燈好四首

何處觀燈好，分曹建業年。春星低觀闕，晴雪映山川。鄰曲筵長接，城隅騎每聯。憶同江水部，終夕詠紅蓮。

何處觀燈好，臺城並騎時。酒邊看夜戲，花下聽春詞。火樹璇霄發，松棚彩市移。遲遲南陌上，明月鎮相隨。

何處觀燈好，琳宫禁籞西。星橋通碧落，雲網綴丹梯。梅畔春猶寂，松梢月漸低。傳柑誰得句，痛飲憶宣溪①。

① 原注：「王世賞號宣溪。是夕予同希大、邦亮飲朝天宫西院。」

何處觀燈好，風光帝里多。鮫屏圍寶炬，鰲駕灎金荷。列第珠垂箔，長橋蝀枕河。誰家吹鐵笛，月午更相過。

遇雪將訪涇川

共抱王猷興，相將訪剡溪。五更千里雪，殘月滿城鷄。戴笠人堪畫，移庖酒自携。主人聞客至，應掃竹間泥。

再答

宦邸聊堪隱，危峰枕曲溪。人情疑夢鹿，時事怕聞鷄。夜枕牽詩臥，寒枰罷酒攜。只愁門外雪，客至踏成泥。

謝病久不出，何時過虎溪。解空忘塞馬，卧穩却朝鷄。畫槳江春發，青藜閣夜携。雪堂他日客，阪步自黄泥。

良鄉察院夜次壁間韻二首

不眠疑漏盡，獨坐愛燈明。好夜春連市，微風月滿城。凝香清燕寢，落筆得蠶聲。無限懷人意，迢迢到玉京。

徘徊沙苑夕，更喜駟星明。雜虜猶遮塞，王師未築城。春田榛莽迹，夜枕鼓鼙聲。宛種雖神駿，何須慕漢京。

次吴侍郎克温天界寺别春二首

病裏逢春去，持杯奈酒何。空山花事晚，晦日雨聲多。謾誦劉郎句，疑聞穆氏歌。長干舊僧在，應記客曾過。

江東朋舊少，詩裏得陰何。行輩皆稱老，追隨不厭多。香臺供燕坐，花院聽鶯歌。共算餘春日，還期載酒過。

悼光孝寺然僧

老愛屏山律，閑參洞室禪。幽居惟種竹，净社不名蓮。院日留殘局，牀風掩斷編。西林耆宿盡，懷舊一凄然。

雨中寄興

范陽豪俠未銷沉，總爲燕歌動楚吟。白草金陵迷馬迹，秋風賈峪隔巖陰。十年未洗塵隨脚，萬事還經雨到心。欲爲房山留半日，簿書明發正駸駸。

大城院夜思

渺渺孤城入莫笳，坐深遊思轉無涯。風高明月還生暈，夜久青燈自結花。雁鶩登堂愁吏簿，驊騟遮路擁奚檛。長安兒女應懸念，過盡清明未到家。

大房金源諸陵二首

奉先西下亂山侵，澗道迴旋入莫林。翁仲半存行殿迹，莓苔盡蝕古碑陰。秋山春水風流遠，大定明昌德澤深。却是宣和解亡國，穹廬黄屋恐非心。

長白山高朔漠連，金源風致故依然。千秋魂魄猶思沛，萬里丘陵却到燕。感事重翻江統疏，傷心莫問靖康年。幽蘭一燼雄圖歇，汝水悠悠入墓田。

宿吕梁有感

赤石奩緣宿吕梁，黄茅轉盼失前岡。百年身世如秦贅，一髮功名媿楚狂。投老計應吾土好，懷人情與莫雲長。夢回多少關心處，清鏡朝來有鬢霜。

歲晚病懷二首

園居瀟灑復何求，天際浮雲任去留。病枕夜長妨穩睡，吟箢冬暖散閒愁。支離未就歸田稿，汗漫虚疑駕海舟。五十五年成底事，春風依舊屋東頭。

海國棲遲歲又殘，將心此日向誰安。稻粱謀拙空垂翼，松菊情多穩挂冠。社遠漸驚詩思減，身閒聊得病懷寬。清時事業諸公在，群盗中原莫謾看。

穀日迎春

共舉春風第一觴，東郊春到已韶光。晴占穀日傾城喜，暖近花朝滿路香。寶字垂雲天上帖，青旗拂曉殿前行。滄洲卧病何年起，記得東華待漏霜。

立春日

未試春盤且洗觴，吹葭五夜待春光。催花謾剪隋宫彩，賜酒曾沾漢署香。白髮銀幡聊作戲，青衫竹馬自成行。凌晨便有名園興，獨喜喬松不受霜。

十四夜小飲

病酒年來已覆觴，清光今夕共燈光。金床花散千門雨，華屋相傳滿座香。準擬垂虹追輦步，偶看走馬憶戎行。飲闌欲借陽春曲，消盡征人幕上霜。

上元夕飲客二首

愛客曾留臘底觴，晚筵絲竹瀉寒光。淡籠明月饒春麗，小浥輕塵覺雨香。何處風來花作陣，誰家燈好妓成行。開年共説逢佳境，碧碗嘗新有蔗霜。

佳辰留客競浮觴，一飲先判盡曙光。雲葉弄晴翻桂魄，燈花烘夜吐蘭香。盆瓊錯落筵前令，箏雁參差曲裏行。莫訝東君扶病坐，故人投分比明霜。

次克温南宮賞魏花

南宮花發滿朱欄，對酒先判十日看。綵筆舊傳才子夢，青綾誰道主人寒。明妝向晚圍紅燭，妙舞回春試翠盤。空嗅花枝無好句，東風應笑客衰殘。

謝希大虎皮

風檐短札墨淛開，多謝皋比撤送來。食肉我非投筆相，寢皮君有控弦材。毫端擬畫真難類，座上聞談只謾猜。却笑病餘還戀闕，車茵穩稱不須裁。

白燕次希大韻

歸來海國幾陰晴，顧影翻疑夢未明。莫渚掠回宜月淡，秋林辭去著霜輕。却愁太潔還多忌，所幸同群不異聲。十載長安衣化盡，爲渠搖曳轉關情。

次東園贈舍弟韻奉寄

南村露飲坐秋旻，争席翻憐父老醇。把蟹醉時忘左手，《飯牛歌》闋悟前身。夜聞玄雁初驚歲，老共青山不受塵。明日客來還對飲，床頭新漉滿烏巾。

送馬侍郎歸故城

西掖東曹疏幾封，秣陵回首寄行踪。懷歸當擬瓜期及，算老誰能蔗境逢。去國衣冠非寂寞，過江舟楫且從容。攀援欲詣三山別，閒看浮雲結晚峰。

再答王掌教

舊築郊居傍水涯，修門回首望來賒。枯腸戒酒因行藥，老眼耽書故著花。便整冠裾趨紫禁，只慚名姓污黄麻。北山猿鶴應相笑，早晚移文到爾家。

答夏郡博

夢裏仙居接兩涯，海門山好向誰賒。丹霞掩映千年樹，碧澗縈迴十里花。雲外聽人吹楚竹，洞中留客飲胡麻。醒來忽捧堯天詔，憶在臺南第幾家。

答李郡博

懶慢吾生亦有涯，市粳村酒未須賒。閑消永夜詩還草，暗喜豐年雪又花。抱病敢祈同犬馬，掄材直擬到桑麻。只愁屑屑煩來往，貽笑東京博士家。

陳情奉旨仍許病痊起用感愧之餘再次前韻

數行濃墨灑天涯，未許爲農去國賒。老病三年南楚艾，春晴二月上林花。每慚左轄頻虚席，已幸西垣不毁麻。温詔拜看重感激，微軀何以答皇家。

再答寫懷

臘酒初封半坼泥，惜春連日醉芳溪。鶯林歌斷停杯待，花陣香來滿袖攜。榻遍彩箋多詠蜀，調成錦瑟肯干齊。南遊暫借江山助，未必青冥羽翼低。

又分韻得多字送杭東卿

飛樓突兀挂明河，西北雲山入檻多。絶頂危巢欹鸛雀，夾城流水帶蒲荷。清商掠樹驚秋到，明月看人奈别何。坐撫佳辰懷遠道，送君須待醉時歌。

效古意仍紅藥韻

粉壁紗窗隔樹看，儂家門户近長干。錦機文字縈心苦，青鏡鉛華駐景難。滿地梨雲供夜寂，一簾蕉雨閉春寒。吴舲見説歸來穩，水長横塘昨夜寬。

張道士山房

正月九日，冒雨過張道士碧雲山房，蓋别十有五年矣。剖柑命酒，酌予夢鶴小樓。追念舊遊，凋謝殆盡，道士今年八十有一，而康强如曩時，奔走塵途者固不如閒居之佚也。感嘆之餘，爲賦四絶。

不到青林十五年，長松垂鬣鶴成仙。江東舊事憑誰話，坐盡銅盤一穗煙。

芳樹青青二月時，林扉衝雨記吾詩。紅塵消盡長安客，留得雲房老煉師。

十日連江雨不休，雨聲隨處種閒愁。搴簾欲待晴時去，不爲春寒不下樓。

徙倚詩成午照餘，仙家宫府半樓居。醉來也有回仙興，自擘黄柑蘸酒書。

舟中題畫贈錢員外仁夫致仕歸吴中

清泉白石舊成鄰，謖謖松風灑鬢新。行過溪橋須稍待，長安恐有拂衣人。

三月晦前二日晚出城

爲惜年光自不支，西樓誰唱送春詞。出門何處無芳草，欲倩東風住少時。

郊　行

凌兢瘦馬踏春泥，雪後郊原緑未齊。一抹午煙風隔斷，野鷄聲在竹林西。

七日寶應有懷

湖雨吹風洗莫烟，渚禽驚浪逗行船。舊時酒伴飄零盡，莫怪春愁到客邊。

古城驛

野水微茫斷岸平，幾家相對掩柴荊。不須候吏沙頭報，驛站懸知是古城。

北　風

一路輕寒二月中，水南桃李不曾紅。怪來河朔春光晚，吹過花時尚北風。

吴尚書儼三首

儼字克温，宜興人。成化丁未進士，選庶吉士，除編修。歷官侍講學士，逆瑾中傷，罷歸。瑾誅，召用，終南京禮部尚書。謚文肅。性方嚴清慎，文章莊重，詩詞清麗可諷。

次匏庵先生板屋韻

達官宜高居，胡爲喜卑下。豈是三命餘，動欲循墻者。天予固甚豐，自取恒欲寡。何必大厦成，而後虚三瓦。無梁架榱題，無牖飾丹赭。惟有窗隙中，尚能通野馬。鬼瞰非所憂，客來可延坐。看雲數捲簾，看月疑乘舸。温燠不知冬，通明復宜夏。有書常滿牀，有酒常滿斝。自讀仍自斟，高情還自寫。豈無數仞堂，得志弗爲也。

齒落

我年六十一，已落第三齒。若更活數年，所存知有幾。剛風著唇吻，利與劍戟比。豈待入腹中，而後疾病起。譬若建重門，一扉常自啓。外侮窺其間，孰禦而能止。又若築長堰，隙穴不容蟻。今已决尋丈，不竭安肯已。或言死與生，其機不在此。不見張相國，齒盡乃食乳。髫齔若編貝，或有短折死。此雖釋吾憂，終焉非至理。齒落竟何悲，不落亦何喜。但願不腫痛，叫號動鄰里。食物有所妨，肴核宜棄置。朝夕啖粥糜，其味固自美。出言有所妨，對客宜少語。况我之所病，正在傷煩易。憶我初落時，掩口含羞耻。只今落已慣，與不落相似。作詩記歲月，亦漫戲云爾。

聽鄭伶琵琶

鄭伶名價重江東，五百梨園伎盡空。子夜猿啼殘月白，上林鶯老落花紅。江頭商婦愁無限，塞外明妃恨不同。可惜曹綱今去遠，何繇兩市鬬西風。

陸詹事深九首

深字子淵，上海人。弘治乙丑進士，繇庶吉士授編修。以祭酒充講官，講畢面奏：「閣臣改易講章，令講官不得盡職。」左遷延平府同知。歷副使布政使，召還，以太常卿兼侍讀學士，扈從世廟南巡，掌行在翰林院印，御筆抹去「侍讀」二字，進詹事府詹事，致仕。謚文裕。公少與徐昌國善，切磨爲文章，有名於時。工書，仿李北海、趙承旨。品騭古今，賞鑒書畫，博雅爲詞林之冠。遺文百卷外，有《河汾燕閑録》、《玉堂漫筆》諸書傳於世。

夜坐念東征將士

長河乘夜渡貔貅，兵氣如雲擁上游。大將能揮白羽扇，君王不愛紫貂裘。十二關山齊故國，百年疆域漢神州。不眠霜月聞刁斗，自啟茅堂望斗牛。

五七哭桴

六齡携汝即辭家，能變南音語帶華。時向西雍觀振鷺，遥從北闕認朝鴉。乾坤有恨容啼鳥，風雨何心妒落花。莫向故園傳此曲，年年寒食海西涯。

秋　懷四首

碧草幽花滿故園，南山卧對久忘言。年來行李書千卷，老去生涯水一村。已辨弓蛇還石虎，毋煩怨鶴與驚猿。秋光更比春光好，蜂蝶紛紛不到門。

斗帳香消病骨輕，少年憶得賦秋聲。青藜火暖西風勁，白玉堂深晝漏清。上帝雲霄陪絳節，仙人星漢濕金莖。高山流水空瞻溯，只恐涓埃報未成。

六代三吴業已荒，英雄遺恨水茫茫。試量秋與愁多少，始信年隨鬢短長。江上野梟争得食，山中叢桂早含霜。長門本爲黄金賦，賦就《長門》却自傷。

一翻風雨報園林，岸柳汀蒲半不禁。兔魄漸隨華月滿，鳳栖應戀碧梧陰。清商律應笙歌細，白苧功多篋笥深。起向推移占物候，爲誰先有歲寒心。

山堂晚晴觀楫兒作字

論文説劍更争棋，五十年來兩鬢絲。無事可爲甘袖手，有山如畫且題詩。望中禾黍秋風粒，夢後芭蕉夜雨枝。小几映窗承落日，雙鈎古帖坐教兒。

和汪有之園亭之作

一區猶愧子雲才，薄有茅堂傍水開。遠訊經秋憑雁到，問奇長日有人來。好花隔岸飛紅雨，新笋穿籬迸緑苔。同上玉堂俱出牧，却從郊野望蓬萊。

途　中

曉行不知程，夢醒聞細浪。曙月逐鷄聲，棹歌來枕上。

李少卿應禎四首

應禎名甡，以字行，更字貞伯，長洲人。景泰癸酉鄉舉，入太學，中官牛玉請爲塾師，固拒之。選授中書舍人，詔命寫佛經，抗疏上言：「臣聞爲天下國家有《九經》，不聞有佛經也。」陞兵部郎中、尚寶司卿、太僕寺少卿，皆在南京。引年致仕。貞伯好古博學，篆楷俱入品格。卒之日，無以斂，友人文林、史鑒買地以葬焉。

東禪寺

松杉滿院風，瓜豆一籬緑。不聞車馬過，時得高人宿。日暮還獨歸，悵望城東曲。

和丘時雍太守

解印歸來草結庵，逢人便欲口三緘。鬢將半禿寧忘世，骨未全消尚畏讒。別墅貯春常載酒，晴湖泛月不張帆。年時種得梅千樹，要看花開雪滿巖。

春日山村晚步

寂寂柴門草色新，深深雲樹鳥啼春。夕陽西下東流急，不見沙頭喚渡人。

成化戊戌十二月十六日與吴原博史明古張子静遊陽山入雲泉庵觀大石聯句

巖巖者大石，（李）奇觀人所誦。遐想十載餘，（吴）初遊四人共。舍舟始登陸，（張）杖策不持鞚。是時日當夕，（史）兹山氣逾滃。入門信突兀，（李）拾級駭空洞。落星何破碎，（吴）靈鷲宜伯仲。仰觀神欲飛，（張）俯瞰心屢恐。鱗皴苔蘚剥，骨立冰雪凍。（史）神驅道揭呵，（李）鬼劈文錯綜。尊嚴凛君臨，（吴）張拱儼賓送。環列盡兒孫，（張）擁護等僕從。欲假愚公移，（史）諒匪雍伯種。卧鼓慨桴亡，（李）對臼怯杵重。猊吻訝未收，（吴）龍鬣怒難控。凝血疑痛鞭，（張）立肺詎冤訟。上漏還啓窗，（史）中通自成弄。大惟補天功，小可砭肌用。分矢肅慎來，（李）浮磬泗濱貢。（張）廉利並攢劍，兀陧側倚瓮。嶧山辱嬴秦，（吴）艮嶽遺汴宋。截彼民具瞻，（張）壯哉客難奉。（史）落照紅抹赭，歸雲白流汞。（張）僧講點頭應，（李）將射没羽中。塵緣契三生，（吴）陣圖懷七縱。（張）在懸太師擊，攻玉詩人諷。仙煮充腹飢，（史）俗揞免腰痛。瑶琨産維揚，（吴）琅玕出乃雍。高題少室名，（李）怪作東坡供。半空見玉蝙，千仞附青鳳。（張）棲禪餘百年，問僧僅三衆。憑虚圍曲闌，（吴）架壑出飛棟。（史）竹幽補堂坳，樹古嵌厓縫。竇黑炊煙熏，（李）坎平鐘乳壅。盤盤棧道危，（吴）瀧瀧水泉動。（張）登頓足力疲，眺望眼界空。（史）松露發欲濡，潭月手可弄。（吴）窮攀任生皸，（李）醉吟微帶齆。列坐對彎跧，（張）大呼應鍠硿。嗜癖牛李愚，（史）詩戰鄒魯哄。（吴）拜奇得顛名，（史）憂墜成噩夢。（吴）試與扣山靈，儻售捐薄俸。（李）

文温州林一十首

林字宗儒，長洲人。成化壬辰進士。父洪，字公大，成化壬辰歲，與宗儒偕爲舉子。宗儒舉進士，而公大得乙榜，官淶水教諭。宗儒知温之永嘉縣，後改博平，陞南京太僕寺丞，告歸。數年，起知温州府，卒於官。宗儒居官廉平，所至見思。在滁及守温，多所條上。好交遊，爲詩文明暢不蹈襲。居鄉，與遊君謙、李貞伯、沈啓南善。而其子徵明，所與游唐寅、徐禎卿諸才士，皆慰薦之。戊午春，將赴温，君謙出餞虎丘，沈啟南爲之圖，啓南、韓克贊襆巾杖藜，昌穀、子畏舉子巾服，朱性甫、韓壽椿青袍方巾，而君謙、宗儒紗帽相對。圖爲文氏世藏，余從文起閣學見之。前輩風流，迄今猶令人慨慕云。

舟中有懷林待用

渺渺長波映遠空，依依新柳揚春風。相思人在青山外，盡日舟行細雨中。汲黯身爲漢廷重，杜陵詩到錦城工。天王明聖江湖遠，贏得驅馳兩面蓬。

宿青陽驛

市冷人家静，途長客思增。夜潮舟浸月，寒渡水流冰。破驛沈高岸，疏林見遠燈。空囊寒食近，瀚海一浮僧。

静海驛

深夜驛途静，長河瀚海通。舟明沈水月，燈暗落潮風。暝色浮煙外，春光欲雨中。年年苦行役，踪迹任飄蓬。

寺中春

野寺沈深門半扃，午窗慵起晚風輕。雲開半壁夕陽出，花落一庭春草生。鳥掠池中得魚去，鶴歸雲外傍僧行。馬曹散吏真如隱，咫尺山田帶雨耕。

荷花蕩夜歸次吴水部德徵韻

採芳日暮未言歸，處處村家掩杼機。水漫蓮洲愁路斷，月明莎渚覺鷗飛。高歌小海風波急，回首横塘煙火微。蘭棹屢移樽屢倒，不知露下已霑衣。

永康

畫舸乘風入永康，疏花緣岸一溪長。山淘麥浪青重叠，雲覺魚鱗白渺茫。王事有程行作吏，勝遊無侣夢還鄉。直輸漁父蘆汀畔，斗酒渾家醉野航。

金華道中憶君謙

遠别輕千里，經行歷萬山。思君終夕坐，出守幾時還。堤柳吹花盡，溪雲過雨閒。南峰著書處，夢裏更躋攀。

寄壁

種菊庭中花有無，小山松竹近何如。癡拋獨樂了公事，悔拾浮名别故廬。伏臘正懸歸老計，經秋不得寄來書。眼昏頭白今如許，料理而翁正在渠。

歲暮客錢唐邦彦徵君以詩招飲席間因次其韻

隱君瀟灑有高齋，徑造何煩折簡催。雪砌宜人寒不掃，溪門待客夜還開。離離燈火分春色，奕奕梅花照酒杯。笑殺山陰王長史，不逢安道爲誰來。

後三日雪晴同邦彦遊西湖再疊前韻

雪後孤山共探梅，便乘清興不須催。林邊細路和橋斷，湖上疏花傍竹開。雲影分明披絮帽，蹄涔仿佛散銀杯。酒寬新量詩盈卷，不負凌寒此度來。

吕太常愨三首

愨字秉之，嘉興人。文懿公原之子。中書舍人、禮部主客司郎中。累官太常卿。讀書賦詩，至老不倦。有《九柏集》。文徵仲嘗贈詩曰：「太常名家子，英英蒼玉玕。文章足華焕，秉志亦堅完。禮曹肅供奉，弱冠已騫摶。不受蔭補郎，自致青雲端。滁山詠列錦，銀臺達糾彈。所志必宣秉，云胡不終安。只應千首詩，終古無能刊。」

次韻文宗儒感懷

靄靄山雲載雨濃，雨收還對兩青峰。隔林幽鳥如相語，照水孤花只自容。南陌春歸驚短夢，西窗酒醒見高春。擬參玉板禪師去，連日東風長籜龍。

十月寫懷

淮南十月類清秋，最愛山扉霧雨收。時事向人慵側耳，晏眠如釋但梳頭。將陳病狀求終養，敢負王官傍此州。記得先朝年弱冠，殿中時引翠霓裘。

己酉元日

三於郡國閱春正，二載龍飛戴聖明。北極紅雲香篆暖，東風金水柳絲晴。江湖卧處驚垂老，禮樂興期問兩生。爲負涓埃未歸去，敝廬元有薄田耕。

陸參政容三十三首

容字文量，太倉人。少與張泰、陸釴齊名，時號「婁東三鳳」。成化間，由進士授南京驗封主事，改兵部職方郎中。貫胡進師子，奏乞大臣往迎，諫止之。奏奪二武弁夤緣中貴陞都督者，當道不悦，出爲浙江右參政。復條奏兩浙不便者八事，後以浮議罷歸。文量好學，居官手不釋卷，家藏萬餘卷，皆手自讎勘。所著《式齋集》三十八卷、《菽園雜記》十五卷。子伸，字安甫，亦舉進士，能讀父書，撰《式齋藏書目録》，桑悦、祝允明、徐禎卿爲之序。

感寓

松栽青鬱鬱，冬夏不改顔。園工徇時好，移栽盆盎間。屈爲虬龍形，束縛苦不閒。豈無培養恩，適性良獨難。吁嗟梁棟材，誤爲花草看。愛之不以道，何如老空山。

病中無寐用陸放翁韻

愁來失却睡瞢騰，坐此蕭條昔未曾。傾耳有聲疑墮葉，委心無物似枯僧。風回別院聞鷄唱，塵落空梁見鼠登。數盡殘更誰是伴，半窗寒雨一檠燈。

嘗酒用前韻

飲盡君家碧瓮春，香痕狼籍上羅巾。詩壇不遣前盟負，郎署應憐此會新。歸騎已聞珂撼玉，留人莫待燭銷銀。步兵故有風流在，傲殺金貂買醉人。

次韻鼎儀東郊見寄

歸來無計買青山，身在從渠兩鬢斑。朝退已忘迷柳院，夢回猶憶度榆關。衰年坐我書千卷，別墅無君屋數間。小巷閉門心自遠，也知隨處有商顔。

和矢庵來韻二首

百歲光陰已半過，更無英氣可消磨。心粗自不容機事，耳熱寧須託浩歌。世味近知閒處好，宦情終覺少年多。東橋有路通三徑，奈我才非二仲何。

功名適意片雲過，措大風情老未磨。斗酒盡時謀婦得，小詩成後喚兒歌。江湖萍散愁雲隔，門巷苔深舊雨多。高調數來吾已怯，春風花鳥奈愁何。

留天宫寺

閒游幾日住天宫，窘步西齋雨又風。睡起牀頭書帙亂，興來墻角酒瓶空。冥蒙野色迎寒碧，狼籍春痕弔落紅。别後只應如杜老，袈裟棋局念旻公。

再至和前韻

此度停橈入梵宫，橘花香裏坐薰風。閒心頗爲江山奪，實理元非夢幻空。雲隱小窗禪榻静，日斜深殿佛燈紅。留題欲和鴻泥句，誰復才情似長公。

和彭性仁雜興三首

午夢纏綿臥起遲，晚山相對一支頤。飛花欲盡春歸後，啼鳥不驚人靜時。好雨每遭風廢閣，夕陽仍受月侵欺。同曹尚憶劉郎在，曾爇銀鐙夜賭棋①。

① 原注：「劉郎時雍，舊寮也。」

一榻無塵四顧清，晚風凉似雨初晴。庭花解笑升沉事，梁燕疑諳故舊情。疏瀹此心臨水近，卷舒隨意看雲行。清談莫是清吟好，不誤蒼生自瘦生。

小巷閒門似隱居，曾勞長者駐高車。清風每至元非約，舊雨仍來亦未疏。廣厦萬間真欠缺，起樓無地已多餘。長安盡有潭潭府，只貯笙歌不貯書。

夜酌不能成趣輒命兒輩出韻引杯得二首

白雁南來送蚤霜，江楓一夜換新妝。風緣吹萬空人籟，月欲成三過女墻。秋蟻抱香浮暖液，荷蜂含蜜褪枯房。茶鐺泣處聲如櫓，錯認書齋是野航。

四郊豐稔聽歌農，尊俎無勞爲折衝。且向座中成落魄，肯將天下議中庸。滿衣柑霧香分飣，百甕梨雲暖破封。華髮醉來搔欲短，燈前披影看鬔鬆。

用韻酬若庸

未有閒情學圃農，醉鄉吟社敢當衝。守官郎署成遺老，託去詞林擬附庸。玄圃不遥當徙舍，酒泉無恙願移封。聞君近日緣詩瘦，華髮星星革帶鬆。

舟中閱送行卷次韻

海上東風送早潮，孤舟回首故鄉遥。江村雨候瞻山色，客路春痕看柳條。未有文章裨衮職，擬將涓滴助天瓢。逢人又喜聞新事，近日君王視午朝。

與徐廷緯話舊

春風一醉故人樓，轉眼重來十五秋。酒博明瓊談故事，畫傳昌歜記曾遊。泉臺二子空遺恨，竹馬諸郎盡裹頭。此去又成千里别，玉驄臨發更遲留。

邠寧書事

驅馬邠寧道，蕭森值莫秋。侵星勞跋涉，入境遍咨諏。土俗猶遺古，民風近不偷。圖存思亶父，開國重公劉。鄉語多彈舌，成人未裹頭。土窑連板屋，皮服混氈裘。賓饌供狐兔，家貲視馬牛。採薪拾峻阪，汲水自深溝。原隰無餘利，丁未少暇休。城隍依險設，禾黍藉天收。訟獄公庭簡，逢迎驛傳周。兵戈幸未及，芻粟苦徵求。庠序衣冠陋，閭閻賈衒稠。有司相慰勞，旌節暫淹留。觸眼傷民瘼，縈心病客愁。遒人今斷迹，聊爲紀行謀。

夜聲

微醺醒中夜，獨寤當逆旅。心清聽思聰，聲動臆可舉。輕噫疑林飈，斜侵覺窗雨。琤琮僧塔鈴，幽軋鄰家杼。柝擊暄邏兒，剪擲鏗縫女。隆隆暝行車，槖槖宿舂杵。鼾睡人已酣，嬌啼兒欲乳。悲酸或孤嫠，咳咯將病嫗。布裂僮褫衾，釜泣奴爨煮。梁泥落棲燕，槖果嚙饑鼠。拂樹烏驚移，含芻馬噴咀。火煎蘭檠膏，槽涓玉缸醑。腹枵雷殷春，耳眩蟬吟暑。宮壺沉此時，巫鼓來何許。趨朝傳鳴騶，話舊接偶語。百蟲薨然飛，靈鷄振其羽。衆音等天籟，真韻諧律吕。賦愧擬歐陽，聊以詩自叙。

次韻楊考功雪中見寄

后土承天變，司寒應候嚴。同雲低布野，密雪亂迴簷。蕩漾侵池滅，蒙茸拂樹黏。陽和雖不競，膏澤已冥霑。色眩將迷鶴，光遥欲妒蟾。渭溝秦棄粉，猗澤晉堆鹽。頗愜瑶階迴，仍愁蔀屋淹。獵原紛氄羽，織室漾輕縑。持節飡應苦，扃門卧實廉。紺園驚改觀，碧嶺訝頽尖。窘兔留新迹，多魚伏有潛。入歌難和曲，愛舞漫窺簾。屑下粳辭碓，灰飛楮就炎。軟紅連日净，漲緑與春添。歸騎銀垂鬣，行人玉綴鬚。微聲疑霰雜，細轉覺風恬。照晚分燈力，傳更錯漏籤。六花千里遍，三白一冬兼。擬絮憐才逸，充茶覺味甜。熾爐身喜近，凍筆手慵拈。螟螣當深入，來牟預可占。冷魂馮酒喚，寧避老饕嫌。

登太倉衛樓

丁未六月十四日，盛暑，同監判用光、揮使德昭二張君風乎衛樓，二君舍酒而弈，予不能，徒飲。因命仲生疏韻，次以引杯，始以壬字梗押，構思久之。既而撿曆，適是日壬午，不覺欣躍，乃浮白自慶而成之，亦閒適中一樂也。聊書此以識歲月云。

炎歊何可避，爽塏自應尋。樓閣新兵衛，觀遊愜士林。月同年在未，日遇望前壬。地勢環江海，星纏右昴參。堂廉離地遠，宇隙受雲侵。百里歸遐矚，千家屬俯臨。半空能拔萃，寸木敢加岑。天近青垂幕，峰遥碧露簪。石闌圍結蜃，金鐸送鳴琳。埤堄南闉值，牙旗北壘深。彩旌縣雉尾，畫鼓靜鼉音。廢址傷伊昔，宏規復自今。折衝增武氣，拱極寓忠忱。暑鬱方騰甑，秋聲未起砧。魯戈堅兀兀，羲馭吝駸駸。畦病拋耘耨，途休駐輦任。蝸螺枯井藻，龜坼燥蹄涔。欲聽檐瓴建，須占礎汗淋。浴波知馬樂，嘩樹冀蟬瘖。世苦乖龍匿，誰將旱魃擒。徯蘇紛病草，投蔭集呀禽。播水終非雨，移牀且就陰。滌煩思嚙雪，瘳暍幸霑霖。大火從銷石，消風抵獻琛。乍來驚敞豁，久坐覺蕭森。緩晝忘揮扇，良宵擬抱衾。几筵司赤老，筆札侍青襟。飲榼流香茗，薰爐點細沉。水芽鮮薦藕，冰果脆嘗檎。飛肉收弦木，潛鱗上曲鍼。老饕慚入賦，先酒願來歆。賢已聊馮弈，將歸謾託琴。萬錢虛大嚼，一榻滯孤吟。韻險偏凝思，醪醇特費斟。醉眸昏易暝，便腹飽如妊。偶遂登高約，因償眺遠心。飲餘童子倦，詩就主人欽。河朔淪無節，周南重不淫。未須謀秉燭，只此勝懷金。壑谷貽公笑，瓊舟示我箴。晚凉無限好，歸興已難禁。

送張企翱之廣東提學

天語遥將度嶺南，一方師表羨君堪。潛回風俗觀新政，樂育英才副昔談。愛護襟期同鄭老，能詩標格近羅含。少年科第曾誰負，大好文章每自慚。好士一生心耿耿，閱人多中目眈眈。芹宫會講晨留榻，柏府程書晚駐驂。道路漫從瀧吏問，姓名先得峒民諳。蠻音啁哳初難辯，海味珍奇素所甘。畫鼓發船馴巨鰐，青衿擁座聽春蠶。文身俗在能無教，可語儈來不放參。龍墨污唇閑吮筆，鷹冠籠髪老勝簪。敷文聖代今同契，典禮儀曹夙陋聃。逢石只應呼丈拜，歃泉寧復似渠貪。花明蕉荔供行色，味雜檳蔞當酒酣。故國乾坤惟欠雪，莫年山水定工嵐。清風入誦炎蒸散，化雨隨車槁瘁覃。駿骨收時忘牝牡，色絲成後看青藍。贈行已乏金兼百，餞飲何妨爵過三。往事莫言温室樹，殊恩還憶上林柑。鸞墀寶玉留情獻，蜃窟遺珠借手探。轉眼又期歸報最，坐移鄒魯到瓊儋。

得鼎儀書口占答之

備數郎官未合遷，校文太史亦虚傳。邇來一事真堪喜，皇子龍潛已六年①。

①原注：「鼎儀聞予陞郎中、亨父與修《續通鑒》，以書爲賀，然皆虚傳也。『龍潛』云者，時方有立儲之議，人未之知，故喜而報之。」

送茶僧

江南風致説僧家，石上清香竹裏茶。法藏名僧知更好，香煙茶暈滿袈裟。

早過午橋口占二首

下馬金門步曉凉，海雲開白看東方。君王自有興居節，不遣微臣一倒裳。花影西偏半月高，不妨清夢起趨朝。金烏未促龍樓鼓，次第哦詩過午橋。

南郊雜韵六首

兵衛森嚴萬幕屯，馬嘶人語静中聞。天垣咫尺鑾輿近，望見龍光入夜雲。

卧擁明衣席未安，齋郎早已報登壇。君王行處陽春在，不用靈犀辟夜寒。

金鑰重門暫啟扃，臘燈如晝辨人行。象牌分得清班賜，軍將無勞問姓名。

竹宫幽邃寂無聲，風静空懸五色旌。月色照人清沁骨，萬松深處數寒更。

紫壇雲霧切三臺，玉趾將臨畫鼓催。列炬照天馳道遠，佩聲遥自半空來。

仙《韶》隱隱落空蒙，壇下傳呼拜啟同。知是燔柴禮初獻，沉香火起燭天紅。

寄亨父二首

金馬門深晝漏遲，石渠新草漢文辭。絲綸世掌多君在，竹帛名傳爲爾期。匏葉颭墻風起處，土花生砌雨晴時。革除舊恨成新樂，木榻清樽頗費詩。

金閨予告免趨朝，石枕孤眠病未消。絺布不帷蠅不障，竹枝團扇暑仍摇。匏壺汲水添森爽，土盎栽花伴寂寥。革故題詩寄張敞，木瓜應擬愽瓊瑶。

附見　陸伸二首

仲字安甫。

四月五日遊淮雲寺儀上人限韻求題

得見支郎半醉中，相將高閣詠南風。豈緣避暑追河朔，自爲傷春到瀼東。説法竿頭慚未會，談經注脚喜能同①。何年許入雲門社，辦取青鞋出軟紅。

① 原注：「昔慧琳嘗注《孝經》、贊寧嘗陳説《論語》，而師方開門以儒書授童子，故云。」

題武氏畫鵲

聞道清時有寶申，榮途送喜故能頻。如何只在蕭墻外，不遇雕陵挾彈人。

楊儀部循吉三十一首

循吉字君謙，吴縣人。成化甲辰進士，除禮部主事。善病，好讀書，每得意，則手足踔掉不能禁，人呼爲顛主事。在郎署，每稱病不出。浹歲中促數移病，長官厭而訶之，即疏請致仕，年才三十有一。居家好畜書，聞某所有異本，必購求繕寫。結廬支硎山下，課讀經史，以松枝爲籌，不精熟不止，多至千卷。作文淫思竟日，不肯苟。性狷狹，好持人短長，又好以學問窮人，至頳赤不顧。正德庚辰，武廟幸南都，問伶臧賢：「南人有善詞曲者乎？」賢以君謙對，武廟立召之，命賦《打虎曲》，稱旨。每扈從，輒在御前承旨，爲樂府小令，然不授官，與優伶雜處。君謙耻之，謀於賢，爲請急放歸。嘉靖中，上《九廟頌》、《華陽求嗣齋儀》，報聞而已。晚節落莫，益堅癖自好，寄食以卒。自爲壙志。年八十有九。其詩文總自定爲《松籌堂集》。會粹諸總類書曰《奚囊手鏡》，多人間未見之書，最爲該博，劉子威、王元美分得其稿，今散佚不存，可惜也。君謙序國初朱應辰詩曰：「予觀詩不以格律體裁爲論，惟求直吐胸懷，實叙景象，婦人小子皆曉所謂者，然後定爲好詩。其它飣餖攢簇，拘拘拾古人涕唾者，亦木偶之假綫索以舉動者，吾無取焉。大抵景物不窮，人事隨變，位置遷易，在在成狀，古人豈能道盡不復可置語？清篇新句，目中競列，特患吟哦不到耳。」君謙爲詩，傲兀自放，多闌入盧仝、任華諸家，不屑屑規摹三唐，故其持論如此。近代崇奉俗學，以剽賊摸擬爲能事，君謙斯言真對病之藥也，余故表而出之。

都下將歸述懷

鄙人自從三月來，腹心久已病癥瘕。晨興至午尚不食，夜枕呻吟睡尤寡。蕭然一榻但高卧，雖有心曲誰與寫。有人謂我病如此，何不抽身向林野。一聞此言即再拜，誰有愛人如此者。久知山水淡有味，漸覺功名輕可捨。況今一病已到骨，兼與世事多痄疨。病人自合卧活命，安能奔走還騎馬。大凡決事在己心，謀之朋友惡乎可。乘今秋至天漸凉，定買扁舟向南下。請君請自各努力，余非引高毋誚駡。

答王君

王君憫我將南歸，贈我以詩兼以酒。忽言我實無所病，託以圖歸詒朋友。謂君知我不易逢，乃此相疑一向否。君以我樂山林耶，我非忘世愛隴畝。衙門晨入酉始出，力不能支空嘆愀。上章得請誠幸甚，向天再拜頭屢叩。小臣蒙擢布衣内，第以進士恩太厚。儀曹四月百無補，空食廩禄顔可醜。不因抱病無奈何，豈敢飄然去官守。君言我意在爲文，安欲求閑營不朽。人生奇偉在事業，自局儒酸亦何有。

我今且去君亦行，凄風枯林月當九。君有高幢盛僕馬，我有空車載鷄狗。出城分路兩不同，一就官途一林藪。恐君謂我非病歸，不惜叨叨爲君剖。

初食楊梅

楊梅本是我家果，歸來相對嘆先作。往來南北將十年，久不餐汝幾忘却。憶從年少在吴中，食以成傷難療藥。年年端午即有之，街頭賣折先附郭。初間生酸帶青色，次見熟從枝上落。吴儂好奇不論錢，一味纔逢傾倒橐。生時熏蒸喜烈日，所怕狂風陰雨雪。有紅有白紫者佳，大如彈丸圓可握。生芒刺口易破碎，到牙甘露先流腭。黄船奉貢晝夜走，數枚出賜惟臺閣。其餘官小那得預，説着江南懷頗惡。吴人鹽蜜百計收，不知本味終枯涸。肉存液去但有名，奪以酸甜無可嚼。我今到家又遇夏，正是高林雨方濯。滿盤新摘恣狂啖，十指染丹如茜着。細思口實亦小事，其來乃以微官博。使余不有故山歸，安得香鮮列惟錯。人生百年有適意，忍口勞勞何所樂。

寄賀故人新受河間學職

别君無幾聞君選，知在河間更喜歡。花繞郡城皆芡藕，味多鄉物是魚鰻。在京故舊通書易，按部尊官責禮難。請得俸糧休别用，多抄經籍老來看。

新治小軒成

費將心力治齋居，細竹移來葉尚疏。雪白蠣光鋪槅眼，鵶青布色染簾裾。規模别出經營外，景物新呈晦没餘。髹壁正防童稚污，粉墻還待友朋書。今宵才是題詩起，此席方爲宴客初。前郭後村無曠地，相過莫怪不寬舒。

金山寺避暑望雨作戲效玉川子體

山中日日望雨至，立向山頭看雲氣。今朝且喜雨果來，陰雲成片當天墜。雲之來兮奇且特，有如推山而至遮盡半天黑。黑雲上有白雲行，白白黑黑兮重復輕。不知黑雲是風白是雨，白雲多處先沾注。雲中雨脚略可觀，數條當天大如柱。此雲先自北方起汗漫，只謂太湖中來返頭看。忽然風自東向來，却把西方之雲盡吹散。衆人觀者都言苦，日日望雨又不雨。幸得一片雲，推來自天北。須臾變作大雲，有黑亦有白。令人觀之恐怖生，若要作雨不如此不得。雨未至兮雷先鳴，驚人不須用多，只一聲魑魅鬼膽不知在何處，世上亦有奸人立不住。樹頭蕭蕭風作鬧，如今却是雨真到。吾且閉門高坐看汝落，落到三日五日也不惡。

鵝湖口大風雨

溪風惡如虎，力與林木鬥。其聲一何猛，掩耳不敢受。兼以疾雨至，昏黑迷白晝。偶然在中途，非前亦非後。重重加覆蓋，舟小還易漏。自晨直至暮，不容一伸脰。昏昏蒙被眠，一任蓬且垢。村墟斷往來，酒食無可售。幸有二三子，清談首相輳。不然獨高卧，愁寂誰與救。古人曾有云，終朝不飄驟。何爲連日夜，啟緒乃弗收。客子何足道，田間稻方秀。三嘆不可言，只恐明日又。

次日風不止

風乃天之威，可有不可弄。如何兩晝夜，赫赫操柄用。小舟亦何力，乃欲當鼓動。況在四野間，號怒聲亦縱。蓬苫盡翻飛，撈摘疲僕從。客子不敢起，卧久筋骨痛。衾裯冷如潑，雙脚盡僵凍。早炊告將及，乏米自探甕。幸有文字攜，曾不廢吟誦。晴明坐可待，日影來隙縫。人居忘道途，於兹復淹壅。因憶向所經，一一皆成夢。

除夜雜詠

歲除當此夜，灑掃事匆匆。井上皆封草，門前盡畫弓。祠堂神影挂，客座佛筵崇。撒豆祈兒疾，存炊忌釜空。辟瘟燒朮暖，承俗燎柴紅。啟篋新衣振，除塵舊室攻。買錫迎竈帝，酌水祀牀公。春帖題鄉究，年書誦學童。插籩皆柏葉，戲火有梨筒。殘曆收年盡，深缸洗臘終。市闤驕物貴，鄰里饋糕通。未識他州節，於斯異與同。

殘　雪

殘雪經時久，常聞簷溜聲。謂晴階又濕，疑雨日還明。地背融偏後，宵寒凍復成。不妨留莫泮，借爾照書楹。

抄　書

沉疾已在躬，嗜書猶不廢。每聞有奇籍，多方必圖致。手録畏辛勤，數紙還投棄。貿人供所好，恒輟衣食費。往來繞案行，點畫勞指視。成編亦艱難，把玩自珍貴。家人怪何用，推却從散離。亦蒙朋友笑，既宦安用是。自知身有病，不作長久計。偏好固莫捐，聊爾從吾意。有子雖二人，未知誰可遺。我但要披閲，豈復思後世。逢愚聚亦散，賢必能添置。區區慮遠心，何其錯爲地。不如供目前，一卷有真味。

題書厨上

吾家本市人，南濠居百年。自我始爲士，家無一簡編。辛勤一十載，購求心頗專。小者雖未備，大者亦略全。經史及子集，無非前古傳。一一紅紙裝，辛苦手自穿。當怒讀則喜，當病讀則痊。恃此用爲命，縱横堆滿前。當時作書者，非聖必大賢。豈待開卷看，撫弄亦欣然。奈何家人愚，心惟財貨先。墜地不肯拾，壞爛無與憐。盡吾一生已，死不留一篇。朋友有讀者，悉當相奉捐。勝遇不肖子，持去將鬻錢。

詠陽山雲泉庵大石奉和諸公同遊聯句之作

偉哉此陽山，有石俟歌誦。形將冰塊截，勢與蓮花共。仰觀一何高，登涉不可鞚。鳥飛必徊翔，雲出自騰滃。孤圓外成嶠，空朗中含洞。瘦如辟穀良，清若食蚓仲。深思殆天設，乍至令人恐。濃蘿作垂陰，寒泉滴爲湅。戴庵亦顛危，携觴更交綜。耳脅或駢攅，勤拳時獨送。巍巍上少並，森森下多從。荒厓始誰開，倒樹諒非種。在兹三吴間，當以九鼎重。崇岩借冠冕，卑巒聽提控。勞呼猿固匿，被壓松堪訟。曲躬始得門，側身還入弄。拂苔劣容眠，收乳兼資用。志猶記秦餘，材曷遺禹貢。立久氣濕袍，嘯高聲答瓮。論年越殷周，言時晦唐宋。一爲佛者居，永作遊人奉。病宜謚著史，寐稱搏養汞。四方傳不誣，諸公評切中。臨谷足還酸，乘巔目偏縱。支頤詎厭看，極口難竭諷。鬼鑿手須胼，鯨負背應痛。東岱徒小魯，西華繆推雍。懸磬風發明，香爐煙結供。曝沙伏靈黿，食崗停遠鳳。是知隆拔群，所貴秀合衆。偷餘殿容榱，就隙亭閣棟。枯藤蔓穿竅，長蛇舌撩縫。輕盈受指彈，玲瓏脱泥壅。芾拜本無忝，羽撼争得動。栽培稀尺閑，構架靡寸空。炎伏凉自生，清秋月堪弄。林深必賴燭，嵐酷能作鼽。星光猶立芒，龍吟殊葉碚。嶺獅馴已賓，阜獰敢與哄。久嗟隔勝賞，頻勞落清夢。即欲營終棲，其奈懷微俸。

見白髮

料應白髮有來時，三十登頭似未宜。愁已生根從汝摘，老先呈態要人知。莫勞曉日梳千下，終見秋霜起一絲。若道只因詩故白，鄰翁元不會吟詩。

秋夜雨中

一陣復一陣，蕭蕭忽然至。空堂燈火昏，卧聽惟獨自。何哉人世間，有此惡滋味。能令伏枕人，百計不能寐。一般聽雨愁，天下無可譬。鬱鬱沉沉然，探懷却無事。

松江道中紀事

余生信多厄，浩嘆命可嫌。二年不出門，日白夜有蟾。云何此舉棹，風雨隨相淹。嗟人孰無友，錢子吾所欣。遥遥松江道，勞苦亦已厭。始自發松陵，赫赫晨飆嚴。橋門水西吸，吸舟向堤粘。舲人紛運篙，墮者幾欲殲。心驚不得坐，起視衣皆沾。幸矣免亡失，私慶自理髯。顧此皆宦夫，一死事豈纖。人間列法網，更乃議口僉。無端負重責，何苦傷吾恬。自從入舟來，夢怪神不懕。况乃四多風，窗破紙若搿。薪爐向榻置，聊以充帷幨。于征既七日，雲間堞方瞻。言歸一何速，墨突信未黔。曉邁三十里，仰視日已晻。風顛浪如馬，纜斷猶揮銛。中流去飛疾，冰楫人争拈。北牽返南騖，似拔蛟尾潛。役吒盡逃散，蔽彼村宇覘。支吾不可使，遺棄空牌籤。因之發長喟，俛然理有占。此固鞭撻齊，乃費口語譫。但我既嗜逸，早識藜藿甜。所獲良已多，貴勢寧得兼。此心甘無尤，終不撼冷炎。田溝水嗚咽，助我鳴漸漸。朱涇暮雪下，凄風刮剛鐮。啁啾集饑烏，蕭瑟敲枯蒹。冬温乃愆候，霰雹真良砭。晨興肆遠望，縞野皆堆鹽。三泖凍無波，九峰高没尖。清冷乏灝氣，貯此天地奩。掬來與人吃，亦可療久痁。窮遊不終否，果見日色暹。經墟復歷鎮，時或矗酒帘。船將鼓笛具，缶有鵝鴨腌。尚可供一醉，醉倒酒可添。貧賤固多役，未得安閭閻。近遊亦不易，平溪藏險憸。蘇松路何有，棘若行陸鮎。賦造合爾薄，辭禄誠非廉。園居近修築，草屋新始苫。殘冬積蒼翠，松竹粗滿檐。歸歟誠遊歷，請下君平簾。

初春山居還城却寄支硎僧院

好山不著詩人句，辜負浮嵐翠滿空。梅子蜕花春事半，雨聲追冷昨宵中。來尋茗碗梯幽閣，却上籃輿别遠公。白髮漸添身老大，何緣佳興逐東風。

湖上

湖上魚吹細沫行，湖邊花草足風情。田分日影陰晴别，水合天光上下清。頗怪病身逢酒健，久留眵眼待山明。農家識是遊人過，競擁籬頭送櫓鳴。

榮公還金山

十年不出山，一遊即千里。問師何處來，固亦偶然耳。人言人間好，自愛巖谷裏。紅塵日撲面，洗眼無清水。孤身本何將，一鉢乃生理。來既無所牽，去亦誰能止。昨聞檀越船，風帆欲南指。別我從此逝，飄飄白雲履。我觀世間人，孰不爲身使。唯師乃不然，來往由自己。歸及枇杷熟，憶我青林底。

瓊上人還萬壽寺

京國幾時留，匆匆兩月周。禪從逆境打，衲到暑天收。作禮辭僧伴，挑包上客舟。將何償此役，速揀好山遊。

旦公往寶積寺

古廟石湖邊，爲僧今幾年。開堂小遊戲，出世大因緣。生死一夢耳，江山常熾然。遥知末句子，不肯向人傳。

果前堂南歸

雲水飄然一老僧，頭顱種種貌棱棱。人間正果修將滿，天下名山遇即登。向外見來終不實，從前學得是無能。此歸莫向舟中結，且卧隨身七尺藤。

送楚巖往支硎山

昔有支公者，曾爲此山客。至今石磴上，猶存馬蹄迹。寒泉出傍澗，散漫流不息。何人作大字，筆勢甚奇特。岩岩圓通殿，飛構爛金碧。春來香火盛，傾城出遊適。施錢日滿鉢，來往恒絡繹。世人競刀錐，於此乃不惜。我當少年時，一歲嘗一即。提携隨父兄，娱覽常至夕。别來已幾時，何啻十年隔。此山是名山，先從晉時闢。非有高行僧，何堪主其席。今師遂當往，遠續前人迹。我今何以贈，小偈聊塞責。切煩大士前，我爲啓胸臆。慧眼無不觀，是物皆潤澤。如何不見我，困此塵俗役。願垂楊枝露，灑我一點滴。不願官禄高，不求財寶積。但願塵勞中，早脱奔走厄。無災復無難，居家作禪伯。保此清净正，永離種種色。與師結晚交，來著登山屐。

鄂首座還山

病中承數過，清話一爐香。對食同甘菜，忘形不下牀。壁間懸笠破，門外倚藤方。惆悵明朝别，何人訪悶鄉。

嚴長老歸寶積寺

黄蘆寶積寺，創自鏡禪師。佛殿已百歲，僧房今六支①。洞庭山入牖，笠澤水通池。他日吾將到，來題壁上詩。

① 原注：「寺有六房，房各有名。」

净公住東隱

山水誰不愛，顧乏能遊人。浙中本多勝，石秀而泉淳。向者雖一到，終是居官身。抱官遊山水，味自不相親。今子遂當往，我亦解朝紳。相從巖谷裏，以子爲依因。子有舊草履，我有新葛巾。滴泉與片石，務搜天所珍。

政公虎跑開堂

人生何事大，惟有生與死。此事苟不明，枉作真男子。政公自吴來，其目定如水。我以爲有道，延入禪室裏。朝談復暮説，句句堪入耳。相知豈獨我，亦有吴太史。及今當南還，虎跑其所止。我作送行偈，且依世人禮。伏請石田翁，證明吾與爾。

吴中普門長老乞語

普門在何處，莫向海門尋。只此吴城中，便有紫竹林。古以水與月，而贊白衣士。舉頭即見月，掘地即得水。樸哉明長老，今往住普門。濟度説已盡，我復將何言。雖然無可言，願且舉水月。月在水中明，此理分明説。

百花庵主見訪

一春高卧只垂簾，説著浮名病又添。聞道百花庵可住，他時借我讀《華嚴》。

先舅大中府君己亥歲嘗製十四詠壽寶林聚老師八十今八年矣此老師尚無恙其法孫定惠持此卷至都下敬作二偈以爲師壽法鼓

維此鼓聲何所起，擊之則有本寂然。此聲既以擊乃生，當其不擊聲何在。用手執搥以擊鼓，三者和合始有聲。如是究竟聲所緣，非手非搥非鼓義。智人在在勤修習，於一擊頓證菩提。觀彼鼓聲成立相，本自不生那有滅。我願仁者亦如是，不以聲觀一切聲。晝安夜安隨在安，長享耳根清净樂。

禪燈

法體光明無障礙，譬如燈火破群昏。一燈能作百千燈，百千燈自一燈化。自百千燈照一室，其光無壞亦無雜。如是乃至一燈照，一室所見光亦然。百千燈多一燈少，而其光體實不異。是故我今持此燈，願獻寶林尊者前。長令獲此大光明，與彼迷生作前道。

君謙儀曹幼時讀書吴城西金山中，倦則取釋典閲之，久而自謂恍然若有所得。故其與佛者遇，輒作佛語投之，雖率爾韵語，亦歸於是，殆今日之宋承旨也。丙午秋八月，吴寬書於春坊朝房。

趙按察寬二首

寬字栗夫，吴江人。成化辛丑進士第一人。歷官刑部郎中，出爲浙江提學副使、廣東按察使。栗夫少有聲場屋，會試出吴文定之門，開榜日頗以吴士爲嫌，主司召試詩賦，下筆數千言，葩藻奪目，論者乃服。有《半江集》行世。栗夫常語楊君謙：「讀書了了見古人著述意，自恨下筆不及。」君謙極賞其言。

行臺日暮偶成

何處蕭蕭暝色侵，海雲將雨過寒林。間關旅雁天涯路，寂歷啼螿歲暮心。槁木嗒然聊隱几，飛蓬搔盡不勝簪。松垣深掩黄昏静，惟有爐熏對苦吟。

題盧溝曉月圖

銀河半落長庚明，城高萬户皆鷄聲。長橋卧波鰲背聳，上有車馬蕭蕭行。蒼煙淡接平蕪迥，沙際朦朧見人影。舉頭一望天宇高，殘月蒼蒼在西嶺。

王興化弼三十三首

弼字存敬，黄巖人。成化十一年進士，除溧水知縣。入爲刑部主事，出知興化府。興化多豪，郡稱難治，存敬律身端潔，仿古循吏教化，式鄉人劉閔之廬，旌其節孝，延至郡庭，設賓榻尊禮之，行之期年，郡中大治。旦日視事，日中則郡無留人，坐公堂讀書竟日而已。病作，民争走禱。没，群聚哭甚哀，立祠祀之，請衣冠葬焉。存敬爲郎時，與楊君謙爲詩社，君謙稱其忠信醇實，神凝目定，早有詩名，才思豪逸，後師山谷，故多拗句，造思甚苦，與初詩骨格稍不同。

贈龐生吹簫

寒星點點秋雲薄，白日離離映寥廓。哀商怨徵動高堂，想見梧桐滿城落。青年白皙吹者誰，龐子風流妙音樂。自從五月來長安，久別吴湘舊江閣。吴湘江上曾一吹，江水江煙青漠漠。孤舟嫠婦不得眠，四顧長風起蕭索。紅塵向來聽者稀，鳳喉龍呴如扃鑰。秋來見月苦思歸，不覺悲凉指間作。此曲本自仙家傳，掠舟曾送西飛鶴。燈昏夜静初聽時，小雨先來洗城郭。明朝却上東坡船，此地憶君成寂寞。縱有新聲何處聽，蘆花月暗楓橋泊。

二馬圖爲陳明之題

壯哉陳明之，有此兩玉驄。一驄色作葡萄錦，一驄雪尾雲爲鬃。咄哉明之此非畫，兩胡碧眼睛相射。手中緑繩三尺捶，人馬意態俱閒暇。燕郊二月沙草春，淡風艷日開煙塵。兩龍浴罷桃花水，迥視八極生精神。十年侍朝未央殿，西北貢馬尋常見。駑駘豈有仗下材，空勞萬乘臨軒看。有如此圖誠不多，舉足萬里無山河。試令放馳九折坂，定與飛鶻争先過。神物不受人間役，冥冥天意應相屬。明朝卷軸送還君，莫使春雷驚我屋。

次栗夫韻答一夔招飲

聞君東籬把寒菊，對酒高歌霜滿屋。尋常閉門嗔索詩，此時下筆皆神速。想爲悲秋發豪興，十斗九空驚侍僕。不然浩蕩凌雲句，豈是枯腸泥饘粥。余時遠客范陽西，土醞作酸那慣服。廨舍冷落幸無花，若使見花增感觸。紛紛胥吏羅我前，縱有清吟誰採録。興來只據小胡牀，仰視天際飛鴻逐。今日歸來眼始開，君有新詩盈卷軸。況逢新條急卯酉，何得抽書清案牘。我觀官府束縛人，雖有良驥無逸足。君於世事常超然，此意要是天下獨。垣西往事花底尊，何事猶煩致書促。百年之内良可知，日月如梭走相續。看我面如秋葉黄，愧君鬢似春條緑。嗟我兹行亦跬步，節序何嘗異風俗。如君此詩極可賞，已自不及花前讀。世故相尋恒萬端，正似河沙難計斛。後來離别那可量，風塵悠悠恨川陸。我今作戒非爲花，十事九不如人欲。古人嗜酒稱酒聖，任渠嘲謗吾何辱。

過半江庵觀鐵崖樂府花遊曲次韻

花氣作陰春晝蒙，蜻蜓鬬影蘭苕風。鐵笛老仙石湖裏，雪色長髯映湖水。美人搴芳度水門，硃紅藕絲新染裙。蹋歌採採不成步，歌聲下徹吴王墓。蛺蝶隨香花底來，白蓮掌上真珠杯。清音震落碧瑶碗，亂泉捲入銀星板。老仙起舞山日西，彩雲落筆留春題。酒醒不見玉堂使，檐竹敲風僧壁西。松香濕透小銀箋，風流盡付瓊瑛篇。

奉使保定諸公餞别屬予爲倡

平居雅愛重九名，西城乞花過東城。眼中一壺又長滿，花開萬事余不管。詩情酒量雖不同，冷淡竊比陶家風。婦亦忍貧無誶語，手壓糟牀響秋雨。諸君來尋意叠重，舉杯浮白不相容。屈指算我行色近，只恐歸來花已盡。我醉突兀如堵墻，請君作歌歌襄陽。

戲窗前小桃

小桃甚小能芬芳，乃在主人廳柱傍。忽然見此婉清揚，使我廢書典衣裳。去年柔弱風中狂，樊姬癡小未解妝。緑羅衫袂紅錦襠，一笑伴我窗風凉。一春寂寞卧桁楊，花氣撲簾聞晝香。水瓢竹格小匡牀，主人乃是江左王。小桃小桃弗爾傷，坐看明年廳柱長。

遊豹突泉

濟南歷下多白泉，白沙幾處涵風煙。郭西豹突更神異，平地一朵白玉蓮。浪花滚起千層雪，此中疑是蛟龍穴。靈藏歲久變妖怪，精氣上湧成涎沫。餘波散漫淵復渟，溪風冷冽山雨青。微霜初下雁秋浴，落月漸低猿夜聽。窮源我欲溯川陸，舊志虚傳自王屋。冥茫難測造化情，聊寄泉亭漱寒玉。

送楊儀曹養病歸東吴

楊君文如雪溪竹，清圓瘦勁無不足。筆牽萬牛又神速，顧視餘子誠碌碌。儀曹官好有拘束，神駒受控翻局促。以兹氣鬱不得舒，三月卧牀手捫腹。我知君病乃非病，兩度謁君呼起沐。君言吾疾殊可怪，合眼常見吴山緑。即日上書謝至尊，臣身頗類罝中鹿。得報欣然心自賀，明珠出泥還故櫝。丈夫落落期千載，不必紛紛空食粟。

草堂對月分韻

明月轉西壁，歌筵漸徙東。一尊貧對客，百事懶如翁。雁噭霜華外，蟲棲露草中。今年秋更好，才得此歡同。

出　城

今晨不爲閑遊出，不爲閑遊興亦嘉。帶雨青山十餘里，傍雲茅屋兩三家。斷流已作方塘水，舊雨猶殘半樹花。欲借蘆根安釣石，不知誰管碧溪沙。

古　意二首

莫作河中水，願爲水上舟。舟行有返棹，水去無迴流。
蜘蛛結網疏，春蠶成密織。密織不上身，網疏常得食。

古　詞二首

妾泪如長江，不灑陌上塵。留取雙轍迹，得認君車輪。
君行轍不返，妾淚長在眼。試將眼中痕，與轍較深淺。

惜　梅

獨樹墻西老更繁，幾回相伴月黄昏。東風只爲芳菲計，不道飛花已滿園。

次韻答蘇延平

百五又當寒食邊，黄風濁浪滯歸船。去年細雨梨花外，記得江南中酒眠。

次韻王袁州

獨抱餘酲似病眠，急呼三百舊青錢。緑楊影裏蕭蕭雨，望斷同時載酒船。

次韻陰僉憲夢遊桃源

盡説仙源隔片塵，誰知枕上是通津。武陵太守無仙骨，只見桃花不見人。

便　面

竹裏幽亭是我家，門前白水浸平沙。釣船順放中流下，袖手船頭看浪花。

胡　馬　圖

夜醉葡萄倚壁眠，眼中胡騎忽翩然。誰知慘淡寒綃裏，中有黄榆萬里天。

船　上　謡

千艘飛過石頭城，獵獵黄旗發鼓聲。中使面前傳令急，江南十月進香橙。

書所見

水明烟碧萬條絲，短岸斜風晚更吹。紅面小奴牽白馬，爲誰來繫斷腸枝。

見素小畫次西潭韻

素公作詩故奇特，石鼓聱牙字難讀。素公作畫如作詩，峭石插天松壓屋。

項進士便面

天光低碧暮寒浮，峰色紆青晚入樓。長憶清秋過上竺，歸來明月滿湖頭。

次韻范寧國戲答林憲長索酒

六年南海逐流萍，不見天邊舊酒星。聞道澄江皆鴨緑，敬亭那放謝公醒。

次韻吴諭德先生共月庵賞花二首

城市看春總未真，縱無車馬亦紅塵。醉翁獨有閑風味，管領東園樹底春。

未從花下醉清曛，忽憶東風動茜裙。已按公詩知節候，來年相訪在春分。

柳中書山水小景次王修撰韻

永嘉山色秀成堆，曾憶前年訪舊來。何處最牽東閣夢，一林松影覆春苔。

次韻答李搢之二首

昨夜追歡一哄堂，醉歸山月已無光。朝來中酒無人問，卧聽春鶯不下牀。

榾柮爐頭擁薄綿，嫩寒微雨暮春天。不知詩思能多少，榆葉梨花已滿前。

次韻匏庵先生共月庵賞桃花二絶句

斜月枝頭照返魂，先生扶醉倚籬門。花應欲識蒼然面，莫遣風前絳燭昏。

墻底芳尊歲合開，杖藜歲約爲花來。醉翁慣作頹然醉，先報東風掃緑苔。

陳高州章三首

章字一夔，華亭人。成化十四年進士，授刑部主事，歷郎中。明習法比，尚書何喬新重之。坐原從卒犯法，降瑞州同知，遷高州知府，移黄州。以勘事詣雷州，病瘴卒。出不以罪，又投荒以歿，時論惜之。一夔作詩，醖籍典則，時有真詣。《秋懷》詩云：「人老漸驚生白髮，家貧未辦買青山。」楊君謙以爲自然妙句。君謙移疾得請，諸公攜酒餞别，日暮雨作，有七人聯句詩，七人爲古直老人黄巖王仁甫、海寧徐寬栗夫、松江陳章一夔、黄宕王弼存敬、華亭侯直公繩、吴江趙寬栗夫，皆爲君謙詩友。而一夔、存敬、栗夫皆出吴原博之門，時時過從東園，相與酬和者也。詳見君謙詩記中。

即席贈趙栗夫

萊市街西新卜居，豆棚瓜蔓共蕭疏。胸中富有書千卷，誰信家無儋石儲。

答王存敬見贈

梅黄詩句可争能，素操兼看冷似冰。他日期君何處是，龍門寺裏一枝藤。

雨中過匏庵先生園居

海月庵前景自清，更看疏雨快吟情。紅芳落盡還堪賞，緑樹黄鸝三五聲。

王山人佐三首

佐字仁甫，自號古直老人，黄巖人。善草書，作詩。旅遊京師，客公卿間三十年，不置釜甑，無僮僕，意度率直，不爲厓岸，遇所會意，欣然忘去。李西涯作《王古直傳》，又贈詩曰：「長安信脚自來往，醉醒不信東君誰。」其風度可知也。《麓堂詩話》云：「王古直作詩亦有思致，《題嚴陵》曰：『天地此生惟故友，江湖何處不漁翁。』《遊西山》曰：『舊時僧去竹房冷，今日客來山路生。』《述懷》曰：『窮將入骨詩還拙，事不縈心夢亦清。』餘不盡然。嘗與予和雪詩蒸字韵，數往復，時出新意，予頗訝之。久乃覺其爲方石所助，蓋古直時止謝家故也。因以一詩挑之，謝乃躍然出和，遂成巨卷。古直藏而失之，懊恨累歲，邵郎中國賢購而歸之。古直客死，方石盡鬻其書畫爲棺殮費，而獨留此卷云。」

畫竹

瀟相緑玉崑崙石，移向高堂之素壁。四座涼風帶雪吹，半窗疏雨和煙滴。九疑夢斷瑶瑟寒，貼雲影落雙飛鸞。霓旌掩冉欲歸去，美人持贈青琅玕。也曾拂拭蒼苔色，坐弄參差楚天碧。曲終日暮山鬼啼，自寫幽情寄相憶。

己丑元旦過承天門作是日大風

淡日泊在扶桑邊，四山浮雲來蔽天。本是陽和變殺氣，發出燥土如雲煙。吾皇神聖來赫怒，諸公飽飯日晏然。去年五月南海翻，九月三邊烽火連。旅人潦倒衰暮年，有懷明主徒拳拳。袖中常懷書一編，不得上陳徒自憐。有時問天天不語，仰天大笑龍樓前。不如回去長安市上酒家眠，明日收拾東歸理釣船。

中年

才過中年百慮輕，獨于尊酒未忘情。窮將入骨詩還拙，事不縈心夢亦清。萬卷豈圖金馬貴，一竿當與白鷗盟。灞陵賣藥原無意，女子何從識姓名。

謝省一首

省字□□，黄巖人。景泰甲戌進士。有《謁侯城里》詩。

答編修侄次韻

江湖飄泊二毛初，半世謀身智亦疏。春意欲歸彭澤柳，年華未盡茂陵書。孤桐自覺非時調，尺牘誰能問客居。須信人生身外事，落花殘雨向春餘。

列朝詩集丙集第七

桑柳州悦七十五首

悦字民懌，常熟人。讀書一過，輒焚棄之。敢爲大言，銓次古人，以孟軻自況。問翰林文學曰：「虚無人，舉天下亦惟悦，其次祝允明，其次羅玘。」爲博士弟子，謁部使者，書刺曰「江南才子」，使者大駭，延之校書，預刊落以試，悦校至不屬，即索筆請書足，使者乃敬禮焉。年十九，領成化乙酉鄉薦，會試春闈，策有「胸中有長劍，一日幾回磨」等語，爲吴檢討汝賢所黜。又作《學以至聖人之道論》，有「我去而夫子來」等語，爲丘學士仲深所黜。三試，得乙榜，年二十六，籍誤以「二」爲「六」，用新例辭不許，除泰和訓導。仲深嘗召令觀所爲文，紿曰「出某集」，民懌心知之，曰：「明公謂悦不怯穢乎？何得若文而令悦觀？」仲深爲屈服。民懌既之官，仲深屬提學掾，令物色善遇之。掾至，問：「桑悦今何在？豈有恙？」長吏素遭狎侮，皆銜之，曰：「無恙，自負不肯來。」掾使吏往召之，曰：「連宵旦雨淫，傳舍圮，守妻子不暇，何得候掾？」掾坐久，益兩吏促之。民懌怒曰：「始吾謂天下未有無耳者，廼今知有無耳者掾是也。與若期，三日後來，復則不來矣。」掾聞，欲收之，緣仲深不果。三日後，詣掾，長揖就列。掾厲聲訶之，民懌前曰：「昔汲長孺不拜大將軍，至今兩賢之。明公奈何以面皮相恐，薄待寥廓之士耶？」因解綬請去，掾不得已，下階留之。御史聞悦名，召令説《詩》，請坐講，講未竟，即跣足爬垢，御史不能耐，乃罷講。遷長沙通判，調柳州，意不欲行，人問之，曰：「宗元久擅此州，名不忍遽往奪之耳。」會外艱，歸遂不出。居家益任誕，褐衣楚製，往來郡邑間。民懌在燕市，見高麗使臣市本朝《兩都賦》無有，心竊耻之，作《兩都賦》。慕阮公《詠懷》，作《感懷》五十四章。居長沙，著《庸言》，自以爲窮究天人之際，非儒者所知也。吴郡閻起山秀卿作《二科志》，以民懌首列狂簡，曰：「狂者未嘗無人，至如民懌，可與進取者也。」余少嘗著論，以秀卿爲深知民懌云。

感懷詩四十首　有序

予自薄宦以至歸山，其間幾三十年，凡有所見及有感觸皆形於言，共成古詩若干篇，立意頗深，寄興頗遠。苟經平子，復遇子雲，不求牝牡之間，索之酸鹹之外，則有得矣。

侯巴愛鼓瑟，伯牙解鳴琴。師曠聰可塞，史妠聲宜瘖。齊人適寰宇，耳愜臨淄音。休哉大方士，宅心冥古今。

子牙釣渭濱，不能結網罟。智哉孫叔敖，乘馬忘牝牡。庭除斬鮮新，山林委蒼莽。圓通應世士，迂疏笑千古。

嶺峻波深深，世路多險巇。推山塞溟渤，大地無成虧。闊步任所適，萬里皆平夷。古道本如此，夜夢隨軒羲。

神女隱巫山，重幃罩煙霧。咳唾墮珠玉，雲雨隨矩步。渚宫積妖冶，恩幸怨遲暮。襄王無正夢，宋玉虚成賦。

昨日去何之，今日還復來。寒暑相首尾，年華挽難回。吾身與造化，拈弄兩徘徊。安能嬰世網，胸次生塵埃。

游氣日氤氳，人物生楚楚。陰陽易之馬，天地道之府。吾身從何來，造化戲劇我。有我期自喪，欲與未生伍。天胡鑿吾竅，能解樂與苦。苦樂兩相紐，心緒遭織組。吾生亦錯誤，錯誤送千古。勤除將懶乘，智闕以愚補。天機自裁斷，萬象得安堵。日晴鳥樂奏，風動花姬舞。結交一歡伯，氣味投肺腑。逍遥隨化遷，建德非吾土。

勾踐軾怒蛙，鉏商脚祥麟。萬物貢所遭，通遏非緣身。周禮盡地利，羲經發天真。拯物有餘資，寸璞山嶙峋。君看乘輿者，進退皆由人。

盎盎臨春閣，盈盈珠翠妝。桃李滿庭除，東風有餘香。更衣間羅綺，撫瑟雜宫商。艷陽好天氣，歡樂殊未央。一朝秋節换，凄雨生洞房。緬懷素心人，風波隔瀟湘。磨磚作明鏡，黯淡無晶光。照鬢向清水，玄雲忽成霜。蘭枯蕙亦槁，芳菲轉萎黄。誰爲禦寒計，當春獨悲傷。

東方有佳人，靚妝不逾國。蹇修孰知名，矩步依内則。行思飛蝶幸，坐受細蟲惑。豈如臨江花，落水送春色。

梧桐片月墮，裊裊凉風生。日中轉炎燠，霜雪凝暗零。手摶初月光，遥寄千里情。天晴三五夜，是妾寸心明。

老聃良不死，昨日始著書。居今茍閱世，臨淵語非虚。吾師有屈伸，任道爲卷舒。薄陰蔽明月，千古清光垂。

織女望牽牛，銀漢一水遥。天緣許會合，秋清正良宵。張騫取星槎，吴質伐桂橈。安用人間鵲，腥羽編成橋。

浮雲飛不盡，江水流不止。萬物暗禪續，千古盡如此。孰能初造物，我欲觀太始。天地猶一丸，請問無名子。

逝水激飛輪，灘碓日夜舂。爨宫養修翰，一息天池通。鼎食窮水陸，羅衣舞春風。誰知殷浩廢，咄咄能書空。

藤蔓附高樹，宛轉尋柯條。無心若有知，蔑目見自超。稚松植盆盎，自約幾許高。久安色菁鬱，何意干雲霄。我生絶巧識，長大隨所遭。鵬鷃各自足，小大隨逍遥。

飛泉出高壑，得地散漫流。默循河漢矩，到海方盡頭。大人無繩矩，出處心休休。億變不同揆，曲折與道謀。正如陰陽化，玭參不自由。時至自生殺，何意爲春秋。請看一隅士，畜水如泥溝。

攸緒親外戚，袁閎世三公。家門正豪盛，薄視如苓通。鈞天茅椒内，閬苑土室中。至今高蹈處，穆穆生清風。

天運有興廢，勝國封諸侯。不見殷微子，白馬來朝周。曹丕既竊據，茅土胙炎劉。一善良可進，吾思法春秋。

天地運陰陽，翕翕降甘澤。孤雲一飛揚，民思纏雲德。三事匪酬畀，堂蔑桂薪客。我有一寸心，煉作補天石。憑誰激火生，當道焚荆棘。靡靡行邁人，俟衆與相識。欲倩彼筋力，載營我家室。徘徊重徘徊，嘆息復嘆息。

我性亦愛水，滔滔流古今。生物稟津液，潤地功澤深。瀦之深潭中，養龍解成霖。静定謝流動，終具朝宗心。

仙都鼎湖峰，特立千萬丈。平原遠環侍，高嶺争揖讓。結廬臨絶頂，四海一騁望。至人騎元氣，遊戲青冥上。

漢武夢舟碣，溺志尤荒淫。幻術致妖魄，悲歌痛鎸心。輪臺轉深悔，茂陵樹成陰。聖君育萬民，殁祭爲明神。

異域有海水，一飲人皆狂。舉世何爲者，役役日夜忙。何時騎元氣，瑶池覽秋光。饑餐白鵠血，渴飲蟠桃漿。

劍氣衝斗牛，茂先能暗識。如何迷大權，不見台星坼。人事既窅冥，天象焉昭晰。我既乏世用，膴膴安卑職。天高無厚風，卑棲羽翰戢。平生經世念，直與日月息。他時明經中，幸免書隱逸。

嶰谷有奇竹，能中虞廷管。九奏鬼神格，陽舒寒谷暖。新裁作長笛，杳眇傳新聲。曲終風不吹，秋色滿空庭。

大家有廣厦，巍巍切雲霄。梁棟飛浮蟻，風雨時漂摇。平原土肉厚，甘露春如膏。松榆鬱成林，中有百尺蕉。

長風合瀨水，浩浩同一聲。餘音入松竹，又作竿籟鳴。文章同元氣，隨物能賦形。變化莫可測，劉累難持衡。

我思翟公門，冷落休張羅。客去復還來，雀意良足多。朝朝蒼梧雲，日日洞庭波。豪勢却無恒，夢覺將如何。

凄凄重凄凄，棘路馳輪蹄。高樓爍千仞，雕檐與雲齊。夫君獨高據，有路難攀躋。飲泪與君别，留泪背後啼。金烏刷炎羽，朝東暮奄西。一語不得語，相思徒爾爲。

東風扇郊原，天和本無迹。真宰善調春，醖釀成五色。萬物隨質染，化工猶戲劇。云胡又薄相，間出藍與碧。我思白黑帝，鄙吝似無匹。收藏寶府庫，掃蕩空山澤。青帝喜爲主，外逞又喪質。稽首訴晴昊，反賁當用白。

逝日不可追，誰能駐光景。春陽媚花草，荏苒歲華冷。玄鳳德未成，颯下丹山頂。路逢清泠泉，徘徊照孤影。

牢落三家村，薜荔垂疏陰。墻草藉卧犬，庭樹棲鳴禽。深山鹿懷玉，異域鳥吐金。局促一隅士，可與論高深。

鸚鵡囚於舌，正平累於賦。瑣籠知暗哂，能言君再誤。不見孔穎達，善講伏深禍。皇天祚聖明，儒紳縱高步。

長江有魚目，圓明映清秋。穿綴作環佩，映帶珊瑚鈎。北海波浩蕩，風逆無行舟。鮫人數行淚，滴滴沉中流。

伊尹任烹鵠，神堯責牽羊。置隼蒿棘下，俯看尺鷃翔。人生各有能，經世屬賢良。欲泛瑶池駕，笑舉王母觴。輕車駕駃騠，庶以周八荒。

仲堪昔行役，夜宿岐山岑。明月照梧桐，上有蟋蟀吟。何幸兩塵耳，聽此垂天音。鳳凰噤不語，滅影扶桑陰。重華去已遠，寂寞千仞心。

滄海無淫秋，縣圃無陽春。閉關有餘輝，素心懷美人。佩以干霄蘭，太階綴爲紳。積孚動盈缶，下女不可親。丹朱憑房后，夷羿妻洛神。一笑送今古，只用銜悲辛。

東園有奇花，容姿鮮灼灼。雖是春風開，亦是春風落。甘霖被郊原，蔓草輕蘭藥。所以高岡松，無言樹寥廓。

深山有巨樗，魄旄附生身。兩氣合長養，危柯切層雲。王爾棟清廟，貞腐迷贋真。爪深未窮底，摧折俱爲薪。荀卿依黄歇，宗元厚叔文。面風運長帚，身豫蒙塵氛。登天苟無階，碧海垂絲綸。

獵獵朔風急，吹塵雜沙礫。孤雁聲嗷嗷，土墓無行迹。聖主勞遺鉞，推車度遥域。制勝在幃幄，接刃豈中策。四郊正蕭索，墻下草如織。色乾在俄頃，群陰方用職。逆推離子遠，順數逢亥極。陽剛恒用事，所守在夷狄。只消舞干羽，能使有苗格。

游仙二首

月朔衣文繡，長夜遊禁苑。列宿吐微鋩，乘昏造虚館。瓊樓足清寒，欲進更蹇蹇。聞説九霄上，皓魄四時滿。黄文邀我遊，蘭路肅吹管。何愁失照灼，弦望諒不遠。時去莫我留，更盡更展轉。

少年負奇氣，仗劍行九州。日月委菁鬢，風霜粘紫裘。湛湛清泠淵，日暮思回舟。幾宿山水窟，夢寐鈎天遊。路逢龐眉翁，云是古許由。相攜眺荒冢，迷骨高於丘。箕山乃蓬島，潁水即弱流。凡胎杳難升，路絶三千秋。吾名在玉簡，塵世那能留。寄語玄真子，迅速馳素虬。

和陶雜詩六首

江深深爲淵，山高高作嶺。江山有定名，淵嶺非外景。兼命體俱温，單性形自冷。萬物易銷鑠，獨有理氣永。忽然幻吾形，何處來此影。形影共出入，鞍轡隨馬騁。欲遊造物初，取路在閒静。

薄宦難展拓，乞身須未老。素質離染肆，皓皓自堪保。扳援青雲駕，此心如火燥。醜顔向東市，悔不臂鷹早。梧桐生夕陰，白月在懷抱。休嗤應世拙，用以存吾道。

雲布始成雨，事立在能豫。厚風催大翼，始可圖南翥。半生經世念，暗逐水流去。與世既以疏，於身亦何慮。伊吕康四海，此身已難如。州縣吏徒勞，廟堂人要住。大虧山林寬，而有容我處。逍遥隨化遷，君子何憂懼。

聞有治世音，心中便歡喜。既爲世上人，豈不關世事。颶風動邊徼，此外不留意。無衣禦嚴冬，只望春陽駐。龍鍾跛蹶徒，乘馬詫行駛。安得雙足下，常把四蹄置。

梧桐一葉墮，落木期已迫。欲觀四海秋，驅車臨廣陌。路逢無愁人，舉觴浮以白。授衣節將届，少昊又爲客。安得留太和，四季以爲宅。

朝居白屋内，暮上青雲端。有如出谷鳥，日日望高遷。我獨拙於用，神往箕山巔。晞髮星杓下，沆瀣供三餐。謀身自有策，拯物悵無緣。誰知曹子建，老作《處女篇》。

會試感懷

骨肉樂完聚，貧賤生别離。連年遠行役，心死精力疲。世途所履歷，半篇《北征》詩。兹行懷倍惡，重與諸子辭。大女甚哽咽，欲語聲不隨。意云爺早返，免我日夜思。次子病初起，阿母親扶持。母子相對泣，侍婢亦慘凄。幼女初發疹，生死未可知。眼瞳不見我，涕泪尋縫垂。侵晨當發脚，眷戀住移時。有愛不忍割，愛反割我肌。堂上白頭父，相送立如痴。生我乏孝養，重累反相遺。天晚日色薄，庭葉響枯枝。蕭蕭北風急，瘦馬那可騎。欲求斗升禄，活此老少饑。苦無辟穀術，可免塵網羈。栗里乞菊本，淮南分桂枝。三聘不肯顧，清風滿茅茨。卧龍此時起，霖雨八極施。而我干明主，已枉人共知。操竽向齊門，定啓後世疑。古來豪傑士，所困惟蒸炊。

按縣

虎士羅立群吏趨，官人端坐如塑泥。兒童婦女盡嗟嘆，傳言應諾聲何齊。思玄先生今古眼，大觀晉楚如醯鷄。貧爲微官出按縣，忍作傀儡隨人提。身邊立侍兩童子，情話終日貪黔黎。自書考語號罷懦。筋力只可供鋤犁。治中別駕異令長，似蟻上磨嫌封低。仰天長笑賦歸去，欠我百瓮酸黄虀。

聞邸報有感

邸報云云天上墮，致政諸公春夢破。回思多士戰禮闈，方向邯鄲枕間卧。先生觀盡今古戲，真宰訝予雙眼大。儀秦頰舌鳥關關，許史焰光螢個個。牛溲世事博孤笑，蟬翼人情消一唾。孟堅再着人物表，添我新題曰迂腐。何由得見無名公，同向虚空樓閣坐。

同丁秋官鳳儀夜坐

哦詩北斗下，清夜殊未央。長天捩孤影，一雁東南翔。我心如風露，夏夜亦清凉。况對秋月坐，肌骨沁寒光。

久雨春寒殊甚杜門不出觸景興懷和文公月夜述懷韻

陰雨壓春意，坐怯衣裳單。騷經舊香草，想緑沅湘間。雲深翠鳳杳，天闊蒼虬寒。軒輧幾時駕，長往遊君山。

宿山寺

夜宿山中寺，翛然物外情。倚松僧意静，浮竹佛香清。昏鼠窺燈出，饑烏近鉢鳴。小池生泡沫，似勸學無生。

送春

年换朱顔去，春拋緑酒歸。孤身類蓬轉，老眼看花飛。愁裏成新詠，閒中簡舊非。丁寧初夏雨，好長故山薇。

贈蕭時清

十里螺湖如掌平，開門正挹滄浪清。偶逢道士贈丹訣，閒課山童抄酒經。晝長燕子飛入户，春盡樹陰鋪滿庭。近來聞説有奇事，賣藥修琴曾到城。

書事

忽聞朝報下鑾坡，對酒臨風發浩歌。堪象神功爲大武，敢將聖德比元和。江湖一夜濤聲息，山嶽千年喜氣多。蟣蝨小臣心萬里，擬將《周禮》暗編摩。

秋雨初過即景寫興

涼雨初過白苧輕，夕陽疏影漏中庭。《四愁》自比張平子，《六笑》堪憐范茂明①。叢竹喧囂風未定，亂蟬喑啞月初生。挑燈謾把《離騷》讀，一念靈修萬古情。

① 原注：「宋范浚字茂明，作《六笑》詩。」

予既調柳憲長林君待用以書來云柳州山林子厚爲之出色今付公矣作詩答之

三載星沙作宦遊，每逢山鳥話綢繆。鷓鴣知我行不得，杜宇勸人歸去休。泛月詩成湘水夜，看雲興入大爲秋。安心此日無言語，肯與宗元競柳州。

詠老人燈二首

鶴髮垂肩儼壽星，兒童扶立耀門庭。存如掣電何須計，生已垂光不足驚。虛火上衝心即爍，酸風斜拂眼還明。繁華閱盡俱螢爝，自許焚身入化城。

假合分明兩鬢秋，鮑郎衫袖帶膏油。衰顏自分隨灰滅，急景何妨秉燭遊。得火常時能暖腹，避烟終夜只摇頭。却疑南極星辰現，一點光芒落海陬。

西昌閒步二首

領得春風十載閒，官居更覺近林泉。兒童盡解迎康節，魑魅猶知喜謫仙。蝶舞鶯歌隨酒盞，雲情雨意護詩篇。傍人欲問經綸事，笑指煙花似錦川。

雙足能行勝小車，西昌城裏盡吾家。鄰僧相約嘗新茗，園叟頻邀看好花。文變何須論虎豹，書狂常恐化龍蛇。晚來占斷長天景，閑倚西風送落霞。

同王如齋揮使金宗秩上舍暮春郊行

單衣初試覺身輕，雲淡風和雨乍晴。墨潑小池科斗亂，簧調深院栗留鳴。飛花逐馬疑招飲，落絮依人似送行。餘景老來偏愛惜，可堪白日去無情。

小遊仙十首

胸藏星宿是天文，暗坐光騰五嶽雲。侵曉清都揮彩筆，欲書制誥賜茅君。
日輪赫赫起東溟，真火抽添養白庭。湯谷蕭蕭萬竿竹，裁書少昊借秋聲。
第一修文是子淵，五雲閣吏敢争先。誰傳玉詔宣長吉，天上才華黜鬼仙。
仙童驚報筆生花，萬丈長虹纈彩霞。獨進詞頭三百卷，承恩常醉玉皇家。
仙班濟濟侍宸官，袖拂紅雲跨彩鸞。笑約玉皇香案吏，禹餘營裏借花看。
鈞天寂寞帝悲傷，下界文章日月光。欲召昌黎歸侍從，特宣玉詔遣巫陽。
彩霞公署玉樓前，上界尊嚴紫府仙。偏記詩仙閒過失，長庚謫後又庭堅。
雲浮碧落似輕塵，散步閒過析木津。莫訝神光生兩舄，天行是處躡星辰。
白雲爲被彩霞氈，高枕常凌倒景眠。却怪兩燈常下照，不知日月麗中天。
浮鵠山深盡水仙，席紅似向火中眠。春閑置酒邀龍女，新截珊瑚造海船。

題畫

浮雲出没吞遥岑，小亭日日閒秋陰。美人如玉不可見，松子自落空山深。

徐廣文威六首

威字廣威，泰和人。領弘治壬子鄉薦，授鄖西教諭。成化中，桑民懌分教泰和，廣威受業門下，取其古賦字棘喙不能句者，爲之疏通箋注。觀其持論閎肆俶詭，與民懌略相似，亦一時之振奇人也。

雜　詩二首

顛倒夢魂中，無像成有像。無山見夔魖，無水見罔象。無火畢方横，無木枸杞藏。無澇商羊奔，無旱神馬降。無病竪投肓，無過彭訴上。雄虺首岑岑，奇鶬頭崢崢。二客鶴翩翩，五女石骯髒。墨精冉冉行，竹男喤喤向。不動講堂鐘，冥然千百狀。周公不可詢，覺來空惝恍。持燭照人間，熟眠無耆壯。怪事何足書，一尊乃清晛。

自古天道公，可怨在不言。日月諱明明，雨露諱欣欣。霜雪諱慘慘，雷電諱焞焞。唐虞曁周孔，雖作不諱人。漫漫一大夢，口舌無常存。今人不如古，時不分朝昏。氣不分燥濕，情不分怨恩。法不分威賞，響響趨饔飧。吾願天有口，諄切誨八夤。貪婪誨之義，殘忍誨之仁。庸懦誨使絀，才猷誨使信。六經休講魯，百家可歸秦。無令知天者，酲然亦如醺。

更鼓

朝撾東方日，夕撾西方月。日月撾不窮，撾落人頭雪。後山煙火生，前山煙火滅。侵撓桃花紅，夜半風瑟瑟。秋雨滴梧桐，年年長柯葉。感此發長嘆，萍鄉信膚說。

五遊

仳仳甕盎中，躍然懷高遷。焚輪駕我騎，挈貳挾我韉。約約縱我勒，逍遥横八綖。登陟中天臺，徘徊崑崙巔。晃晃金銀構，輝輝珠玉櫋。祛逐化人舞，曲隨王母編。渴將絳雪進，饑奉碧霞前。吞嚼同沆瀣，遠辟螻與膻。我髮黑猶漆，龜鶴齊長年。

九月一日遊懸鼓崖

秋風懸鼓下，烟火兩三家。曲折通崖徑，蕭條倚樹花。蛩聲如互答，人語半聱牙。酒盡青山暮，歸鴻背落霞。

中秋詠懷借杜子美秋日述懷一百韻和寄柳州倅假鳴桑先生

異鄉青嶂外，故里白雲邊。北極懸雙眼，中秋度四年。燈前横一劍，江滸宿孤船。玉露溥溥忌，金波炯炯然。山風徒自溷，儒俗不同遷。對酒輕千日，論詩嗣百篇。斫才猶見樸，礲智未成圓。自是窮荒地，誰憐落寞天。梧桐牀護滿，蟋蟀井吟偏。何處尋靈運，無人問稚川。寒巖巢燕別，疏竹網蟲懸。市賈希求紙，民儲寡守錢。饔餐粗乃習，衣褐短堪憐。名谷非甘谷，稱泉半盜泉。土城門不警，竹屋壁常穿。鈞石唯咨背，輿臺祇食肩。戇騃千百種，秀敏幾多員。獵野狐偕走，燒畬蟻並緣。夸酣言沓沓，鼓飽腹便便。定靜聾疑吹，晴明瞽訝烟。立名甘在下，恃氣或爭前。肥醜紅樓女，粗豪碧洞仙。城隅頻有約，淇水久相傳。淰淰重嵐晻，潺潺小澗湲。背恩棠遂伐，忘義豆長煎。胥學凶如蠆，無慚行有膻。豚蹄祈殖穀，糟酒樂登筵。墉集欺猫鼠，林藏逐雀鸇。禮羅誰共入，憲網底粗悛。腐木難勝斧，孤雛叵受鋋。整冠迷狎李，稱物昧持權。天德勞巡撫，人愚苦係攣。樹藩吁格逖，作縣失烝蠲。平讞翻遺蠹，催科絶勝畋。穢污無與汰，殘忍復叨全。私有千端計，公無半語宣。執鞭深結友，握槧惡親賢。富視銅三百，貧量石二千。中冓言可醜，有北爾當先。反笑人駑鈍，私揚已驥翩。謬爲明舞態，暗弄卓奔絃。僞狗故盛衍，非魚罔寄筌。斯人宜罪也，夫我豈爲焉。自昔圖通變，而今謹折旋。第令心怏怏，未極理玄玄。諸子新粱肉，群經舊井田。鸞鳴將日近，鵬舉欲雲連。何苦原衣弊，難更肇錦鮮。平瀾寒負耒，陰壑夜鳴舷。冷落千軍筆，紛披十樣箋。廉都多寵顧，貪守一拘牽。固謂身無絀，原來命獨邅。崑山寧玉棄，合浦敢珠捐。踧踖騰高浪，參差始碧漣。悠悠江至澧，浩浩洛吞瀍。對客封佳句，思親夢故阡。甘心和氏璞，靦面祖生鞭。嫫母聲兼惡，南威色喪娟。嗷嗷秋塞雁，嘒嘒晚林蟬。傳世心如錦，回天力未綿。馬融先解帳，鄭老疾推氈。幼子攤書籍，嬌妻問翠鈿。乾坤無廣夏，風雪壓危椽。泛慕滄溟際，行思岱嶽巔。五窮延使坐，三疾强令痊。日啖如瓜棗，時尋在火蓮。拒隨昌寓乘，嬉射長房拳。逼側悲圖駿，徘徊笑卜鱣。斂容過土梗，負汗逐羅韉。灸熱誰何焰，隨流恁地涓。摘蘋聊涉沚，務稼暫依堧。緬爲知心惜，難紓渴思纏。晴岡靈鳳啞，旱歲老龍眠。惡守邪谿黑，勤磨大道堅。胸襟真濩落，翰墨獨瑰妍。既作鵬同起，休論鷃少翾。數精卑一行，詞正狹優旃。氣象凌秋漢，光華逼斗躔。居今仍齒齒，覽古愈虔虔。珍敵西南美，雄排左右甄。上臺凝望鋭，寄字遠求駢。京賦人争寫，麟經手續編。小官居不愠，健筆秉須專。白下巖鳴鐸，長沙省佩弦。杖明誅瑣伯，吐愛學乘禪。《爾雅》言言熟，《傳燈》字字詮。賈生譏自漢，郭隗起無燕。門弟懷明道，家人念閔騫。久孤黔首戀，肯與瘴江延。寫别衣皆淚，求親道欲涎。山長空寄鯉，春盡好聞鵑。牛女縭猶結，參商轂怎旋。蕩舟如得奡，辟穀苟縫佺。閶闔須臾啟，文昌瞬息褰。世間驚兩鳥，眼底盡飛鳶。脱後前人步，終貽半世愆。酉山書每附，浯石頌宜鐫。處處青春在，年年碧草芊。壯心期不已，浩氣亮非孱。韓柳拚來擇，蕭曹幸免銓。

李舉人承箕三首

承箕字世卿，嘉魚人。幼有大志，不喜爲舉子業，讀書大厓山，非禮不動。成化庚子鄉試，考官桑悦首選其卷，監臨不從，悦上書政府論薦。丙午領鄉舉，一試禮闈而歸，徒步師陳獻章於嶺南，不復仕進。兄承芳，以大理寺副謝病歸，築釣臺於黄公山。日夕奉母，講學賦詩。世卿爲詩文，下筆立就，若不經意。工草書，人争傳之。

次韻石翁寄容一之圭峰

清秋望不極，楚客思無邊。得句雲歸岫，開尊月上弦。坐平臨海石，飲足在山泉。歸面垂厓壁，從頭又幾年。

用茂卿兄韻呈定山先生

紛紛歧路竟何之，我且東行住少時。春好一年留酒國，花殘兩度見辛荑。夢隨莊叟迷蝴蝶，醉過山翁倒接䍦。何日杖藜期度嶺，江門無地不宜詩。

次韻羅服周見懷

錢落叉頭酒漫支，半醒半醉獨吟時。詩科案月何曾負，交分投君不自知。《白苧》舞殘楊柳月，青筇拄遍芰荷陂。漁歌又續前溪響，驚起水禽鳴夜池。

楊布政子器二十五首

子器字名父，慈溪人。弘治丁未進士，知崑山、高平、常熟三縣，皆有聲績。陞吏部考功主事，抗疏論孝宗山陵事，下詔獄。尋得釋，進驗封郎中。出爲湖廣參議、河南左布政，改江西，入覲道卒。名父博通古今，居官砥節。首公以名行著聞，南城羅玘少所許可，嘗曰：「同榜中惟敬楊名父一人。」吴人陳察請賜謚，未果行。《早朝詩》三百首，魯藩高唐、齊東二王篆書鏤版，其見重如此。名父鄉舉出桑民懌之門，民懌没，爲輯其遺文行於世。

早朝詩十五首①

殘月朣朧欲五更，禁門候立萬燈明。君王静對銅人坐，一夜齋宫數漏聲。

九重天上六龍飛，御氣氤氲拂太微。鳳閣西頭明月在，消光還照侍臣衣。

向曙趨朝玉佩和，露華滿地濕緋羅。更番奏對銀臺罷，聽得西班唤六科。

參差臺殿接煙霄，履舄交加萬國朝。門上優伶呈法曲，太平腔板合鸞簫。

警鞭捲起肅朝班，月色清寒禁漏殘。仙仗平分聽奏事，舉頭不敢闖龍顔。

仙漏迢遥隔絳霄，兩行銀燭照趨朝。鼓聲才歇鐘聲動，不放朝官過御橋。

綵雲飛擁翠華春，寒耿疏星照紫宸。曉向承天門外望，過橋多少謝恩人。
曉風吹動角端旗，仗外祥光繞赤墀。忽聽殿頭宣内閣，獨承密旨退朝遲。
綵雲飛繞鳳凰樓，簾捲屏開見玉旒。西殿鐘聲朝已落，滿天星斗未曾收。
朝行分正從，睿藻耀文章。月直樹無影，風清花有香。挈壺司水火，鞮鞻奏宫商。闕左棕亭下，朝回候早堂。
禁門開始入，城觀迥難攀。仗馬矜騣乘，宫鴉學捲班。曙雲藏北斗，晴雪見西山。肅穆罏烟外，珊珊響佩環。
平旦曈曨瑞靄浮，曙星送月下西樓。畫衣遥入迎仙蹕，黄傘高擎覆采旒。鸞帚拂塵花雨霽，霓旌曳影柳風柔。太平無事春如海，天保歌長樂未休。
曉天宫闕挂星河，魚鑰傳回鳳輦過。雲擁蓬萊通御氣，雨晴太液起恩波。鼓嚴正促千官入，鞭静猶聞禁卒訶。衙退殿頭幢節下，花陰滿地逐鳴珂。
滿地霜華襯短靴，禁城陰處曉頻過。金籠内使教鸚䳇，玉勒蕃奴制駱駝。八面樓西明月在，萬年枝上慶雲多。重聞奏事言何事，郎省無緣上諫坡。
天街雲騎擁青騶，明月參差印帽紗。簇仗旌旗相掩映，報班鐘鼓未停撾。晨光隱約通三殿，和氣氤氲滿萬家。朝下迴無人語雜，早鶯啼出内園花。

① 原注作「十四首」，實則爲十五首，今改。

元宫詞六首

世　祖　姓孛兒只斤，名忽必烈，蒙古部人，太祖第四子，拖雷之次子。

那吒城内起樓臺，萬朵宫花次第開。見説南朝好兒女，遠隨帝璽渡江來。

成　宗　名鐵木耳，世祖太子裕宗真金之第三子。

寶刹新妝法事修，五臺新刹欲同遊。六宫侍女知多少，太后牀前早扣頭。

武　宗　名海山，成宗兄，順宗答剌麻八剌之長子。

五花殿上錦筵收，换着春衣打步球。近日君王□□□，承恩多喜更多愁。

泰定帝　名也孫帖木兒，顯宗甘麻剌之長子。

請得西僧作帝師，君王拜跪不曾辭。宫娃亦有沙彌相，争得君王看片時。

明　宗　名和世㻋，武宗長子。

上都宫女貌如花，妝束分明學内家。聞説懷王來接駕，筵前重整舊琵琶。

順　帝 名妥懽帖木兒，明宗長子。

練槌髽髻紫頭繩，金繡雲肩翠玉纓。學舞天魔才擺隊，長安又領接番僧。

龍居士瑄五首

瑄字克温，宜春人。家世襲武職，遂爲南京人。少警敏，博涉經史，遨遊西方，與丘仲深、羅彝正、陳公甫爲布衣交。重然諾，尚風義，朋遊有急，揮金如土苴，江湖間聲稱籍甚，曰：「過金陵不識龍克温，猶徒行也。」子霓，字致仁，弘治癸丑進士，官副使，罷官後入苕溪社，與劉南坦齊名。克温著作甚富，寓荆南，築室海子山，有《鴻泥集》，在金陵有《燕居集》。自號半間居士，東江顧清作《半間居士傳》。霓詩《姑蘇道中》云：「野鶴巢難定，春蠶繭自忙。」《寒夜》云：「氣回簷雪融還細，雨濕樓煙重不飛。」皆濯濯有雅致，惜其集不傳。

客　夜

寂寥孤館掩黄昏，滿抱羈愁誰與論。時候早寒淮北地，田廬多潤海邊村。天凝蜃氣朝猶暗，風雜潮聲夜復喧。幾夜强眠眠不得，擁爐枯坐欲銷魂。

山居雪中

風抱茅檐雪擁門，山居牢落易黄昏。平頭踏凍舂粳米，椢柮煨烟煮菜根。萬事由他愁不得，一寒如此樂猶存。清歡今夜須拚醉，傾倒何妨甕酒渾。

平樂府

凄凄煙雨嶺南天，翠壁青林斷復連。山縣總荒兵火後，土民還住賊巢邊。車筒晝夜翻江水，刀具春秋種石田。幸際時和太平日，不須鷄骨預占年。

荆山鄉思

驛廳長晝思依依，坐看晴檐柳絮飛。斜日鳥呼春不住，東風雁比客先歸。山程迢遞淹征轡，野水微茫夢釣磯。却憶舊居江口市，雨香蘋藻鱭魚肥。

和南村春興

朝來携杖到前溪，風暖花香滿袖携。郭索近晴穿草出，鉤輈長日隔林啼。松陰野廟將春社，茅屋人家正午鷄。眼底韶光盡詩景，酒壚僧舍漫留題。

伍廣文晏一首

晏字□□，清流人。弘治中貢，爲廣文。能詩，如「草根蛙鼓吹，花底鳥笙歌」、「閒階秋掃葉，荒徑晚挑蔬」、「隔寺聞僧磬，微燈認釣舟」，皆佳句也。

漁滄廟

漁滄之下潭水流，漁滄之上雲悠悠。行雲流水自今古，荒城故壘行人愁。龍爲蛇兮鼠爲虎，腥毛臭骨皆塵土。遊魂寂魄無所歸，時傍寒蛩泣秋雨。

陳廣文源清二首

源清字孟陽，閩縣人。舉人，署如皋縣學教諭。

答文徵明秀才

每從白馬望吴門，天塹長江隔夢魂。縞帶交情惟汝在，練裙書法好誰論。支硎鶴去雲千片，茂苑花飛水一村。何日黄金祠賈島，玉闌花下酹清尊。

寄王履約秀才

四海茫茫有隱憂，儒官頭白久淹留。漫言當路輕馮衍，却嘆旁人笑馬周。水漲石湖青雀舫，花殘姑浦白蘋洲。相思静倚青氈冷，强飲空庭夕漏秋。

洪知縣貫七首

貫字唯卿，鄞縣人。隱士性之子。成化十三年舉人，崇化知縣。

宫詞七首

花陰長日卧韓盧，閒看簾前燕引雛。聽得當家宣畫本，君王要按美人圖。

隔花女伴笑呼名，新試宫鞋月下行。倦劇歸來更漏永，一簾秋水浸桃笙。

淡服慵妝似出家，銀屏添水浸荷花。香銷日午經千遍，冰碗新嘗上賜瓜。

月殿清虚舞素娥，銀橋百尺夜曾過。一從傳得《霓裳曲》，玉版新詞覺更多。

别院笙歌别是春，芙容屏障隔風塵。玉魚金鑰年年在，鸚鵡籠中解唤人。

金屋無情老歲華，春風落盡海棠花。同來女伴休相笑，乞得新恩許出家。
雙飛金鳳翠雲翹，舞袖三千盡絳綃。一自鑾輿西幸後，白頭如夢説前朝。

附見　王鎰一首

宫　詞

雨過河光雁影遥，銀牀冰簟自秋宵。長門楊柳摇殘月，報道君王已視朝。

魏縣丞時敏十六首

時敏字□□，莆田人。少遊鄉校，以才辟爲邑從事。以文無害謁選尹，冢宰試以詩，深加器賞，除無錫縣丞，復除桃源丞。致政里居，年八十餘，多與名流酬唱，兼工山水。有《竹溪詩稿》。《竹溪詩》如「殘曆愁中盡，流年夢裏過」、「山花辭緑鬢，月鏡暈青天」、「官懶終成癖，家貧易絶交」、「帶雨隨孤艇，穿林翳晚鐘」、「徑竹籠煙翠，池荷戰雨喧」、「野水帆歸浦，秋山燒隔林」、「云歸雙樹老，門掩一僧貧」，《秋日病起》云：「黄花籬落家家酒，白雁江天處處砧」，《秋日偶成》云「雙杵擣殘千里夢，一尊傾盡百年心」，《西湖》云「林隱曉嵐山半出，湖添秋雨水平鋪」，《挽詩》云「南畝雨添耕後草，西齋塵掩讀殘書」、「酒杯此日憑誰共，吟社他生得再回」，皆佳句也。莆又有於潜尉林登秀，休官後亦稱詩。

休息軒

亭小貯琴聲，池清蘸花影。曉日上窗紗，幽人夢初醒。

長門怨

露濕一庭苔，鴉啼長門樹。寂寞對孤螢，飛入昭陽去。

賞菊

短籬疏雨正離披，淡白深江朵朵宜。自計老年才思減，重陽過後不題詩。

閨思

别後衡門鎮不開，年年春雨長莓苔。東風似欲添離恨，故引雙雙燕子來。

征婦怨

聞説沙場雪未乾，移師又欲向樓蘭。憑誰爲借東風力，吹轉三邊地不寒。

殘年

社鼓聲喧送酒杯，春風落盡一庭梅。不知白首狂吟客，醉飲屠蘇更幾回。

折楊柳

嫩葉柔條拂短檐，鶯啼燕語曉風恬。傷春無計留春住，怕見飛花不捲簾。

水南絳帳和韻

故老傳經日，諸生立雪時。瓶香人送酒，門響客催詩。白髮經秋短，青燈坐夜遲。河汾有遺稿，讀罷一興思。

和王文偉

最喜投閑日，蓴鱸正及秋。鐘聲林下寺，燈影水邊樓。老去仍青眼，吟多易白頭。還思爲客處，梧雨滴鄉愁。

寄姑蘇劉欽謨

清貧終不厭，未老亦宜休。楊柳閶門曉，蒹葭震澤秋。園蔬乘雨種，林果帶霜收。感慨應懷古，題詩上虎丘。

寄周鶴洲太守

風雨越江邊，陲亭對夜眠。鄉心孤島迥，客夢一燈懸。論舊懷他日，論詩記往年。離魂將別夢，幾度到臨川。

送朱琴友之戍海南

攜書兼帶劍，未必事班超。暫向天涯去，休辭故國遥。蛇珠生暗隴，蜃氣積寒潮。别後知相憶，琴窗謾寂寥。

題湧泉巖

再入招提境，蕭條異昔時。流泉分古澗，荒蘚上殘碑。門掩花空落，人閒鳥不知。那能招惠遠，重與話心期。

寄全汝盛

久旱村園豆麥焦，鑿池引水灌田苗。籬疏野竹横窗户，潮滿春帆礙浦橋。酌酒不愁無苜蓿，揮毫深喜有芭蕉。人生適意應如此，莫怪淵明懶折腰。

夏日寄高尊卿

林屋虚寒半掩扉，野情偏稱緑荷衣。柳風乍起燕雛軟，梅雨初晴荔子肥。歲月無情催客老，溪山有意待君歸。浮沉世事何須問，好整綸竿坐釣磯。

殘年書事

林泉深處足煙霞，流水寒雲八九家。江客帆檣懸網罟，野人籬落帶桑麻。案頭墨迹兒臨帖，燈下車聲婦絡紗。待到春風二三月，石鑪敲火試新茶。

附見　林登秀〔一〕一首

梅都尉園看竹

人去秦臺竹尚青，四時疑有彩雲停。霜中節凛孤臣操，地下根分貴主靈。三徑陰森連舊闕，半溪煙雨暗荒亭。孤枝爲染虹橋血，化碧竿頭似有腥。

〔一〕原刻卷首目録作「林典史登秀」。

孫訓導冕二首

冕字文中，德化人。少有才名，爲李獻吉所重。授通州學訓導。有《北通備遺稿》。

和西涯相公春興詩二首

山館悠悠倚峻陂，别來應是兩年過。鹿麋昔日游偏好，風雨他鄉夢更多。松下小軒閒雨菊，月中荒徑掩雲蘿。歸來若待頭顱白，其奈岩花笑客何。

竹垣向裏辟新池，徑曲門迂去每遲。鳥弄落花人未到，魚吹新荇月先知。天邊客夢何時醒，江上歸舟此日移。喚起巢由作賓主，不知身在帝堯時。

錢布衣百川三首

百川字東之，無錫人。少豪放不羈，不習進士業。弱冠學琵琶，半日度四十曲，人以爲神。詩晚宗陳白沙，語多學究氣。有《寒齋狂稿》一册。

寄中甫上舍

淮清樓頭花，白下橋邊酒。醉殺少年郎，借問君知否？

江南曲二首

採蓮復採蓮，採採不捐手。貪摘雙頭花，拔斷連理藕。

湖南採蓮花，湖北採蓮葉。回頭見郎來，低頭理雙楫。

張廣文承一首

承字□□，安陽人。崔後渠之門人，以文行爲師門所稱。明經，爲山東學官。有集一卷。

客至

茅屋三兩間，草草避風雨。客來不入門，坐愛千年樹。

列朝詩集丙集第八

石田先生沈周 一百六十八首

周字啟南，長洲人。祖孟淵，世父貞吉，父恒吉，皆隱居。工書畫。少學於陳五經之子孟賢，得前輩經學指授。年十五，遊金陵，作百韵上地官崔侍郎，面試《鳳凰臺賦》，援筆而就，咸以爲不減王子安。景泰間，郡守以賢良應詔，筮之得《遁》之九五，乃决計隱遁，耕讀於相城里，所居曰有竹莊，修閑居奉母之樂。母九十九齡乃終，先生年八十矣，又三年而卒。先生風神散朗，骨格清古，碧眼飄鬚，儼如神仙。所居有水竹亭館之勝，圖書彝鼎充牣錯列，户屨填咽，賓客墻進，撫玩品題，談笑移日。興至，對客揮灑，煙雲盈紙，畫成自題其上，頃刻數百言。風流文翰，照映一時，百年來東南之盛，蓋莫有過之者。先生既以畫擅名一代，片楮匹練，流傳徧天下。而一時巨公勝流，則皆推挹其詩文，謂以詩餘發爲圖繪，而畫不能掩其詩者，李賓之、吴原博也；斷以爲文章大家，而山水竹樹其餘事者，楊君謙也；謂其緣情隨事，因物賦形，開闔變化，神怪叠出者，王濟之、文徵仲也；謂其獨衊衆流，横絶四海，家法在放翁，而風度主浣花者，祝希哲也。余與孟陽居耦耕堂，嘗評定其詩而爲之序曰：「石田之詩，才情風發，天真爛熳，舒寫性情，牢籠物態。少壯模仿唐人，間擬長吉，分刌比度，守而未化。已而悔其少作，舉焚棄之，而出入於少陵、香山、眉山、劍南之間，踔厲頓挫，沈鬱老蒼，文章之老境盡而作者之能事畢。其或沿襲宋、元，沈浸理學，典而近腐，質而近俚，斷爛朝報與村夫子兎園册，亦時所不免，兹固已盡汰之矣。」詩鈔刻於瞿氏耕石軒，古文若干篇及余輯《白石軒事略》附焉。今節而録之如右。

朱澤民山水

睢陽老人營丘徒，意匠妙絶絶代無。爲留清氣在天地，便就片紙開江湖。長松落葉風細細，幽構縈蘿倚江住。壁虎書魚蕩水光，老屋疏茅通雨氣。老人不歸空北山，芳杜春風應厚顔。微官縛人萬事拙，安得浮雲相往還。宦海黄塵迷白髮，雲壑風泉清入骨。思家看畫方兀然，叫落西窗子規月。

低田婦

湖田十年才一耕，今年又與湖波平。男兒築岸婦踏水，日長踏多力不生。百輻翩翩轉鴉尾，塗足蓬頭濯風雨。君不見田家不悔苦生涯，生女還復嫁田家。

送人歸秦州

江城十月風凄凄，客子告我歸關西。長途短日雙淚落，苦憶妻孥驚鼓鼙。延安綏德邊報急，秦州在陷家當失。黄河凍合胡馬健，倏來度冰如踏石。奈何主將與監軍，玩寂自顧舟中敵。駐兵無常惑餉道，遠輸豈顧煩民力。刍輞計萬不計千，騾駝不足不得前。委山積雲兩遭燼，旋買一束銀三錢。官司斂價撻閭里，婦女唬咷脱簪珥。役窮財竭心易失，釁端恐在蕭墻裏。杞人聞之搔白頭，落日倚襟江上樓。嗚呼韓范不復作，極目秦雲空自憂。

經尚湖望虞山

日午放船湖上頭，虞山隨船走不休。高雲仰見出翠壁，飛影下接滄波流。青林人家隱山麓，鷄鳴犬吠聞中洲。鸕鷀群棲竹葉暗，蜻蜓特立荷花秋。蓮歌漁唱尚互答，落景在樹猶堪遊。小舟争渡各先去，獨逆風波渾不憂。

虎　來

成化十一年九月，訛言虎至争慌惚。我謂虎至豈水鄉，况少篠翳與林樾。前村漸報咥老翁，西村少年撲見骨。未昏家家柵猪犬，四鄰緩急莫相越。昨聞鄰子説果見，夜聞嗷哮竦毛髮。起從壁孔稍窺覘，恰有微月映屋缺。翻烏駭雀不安樹，偃草落葉悲風發。闊行卓尾自破來，意搏不得怒氣勃。聳軀哆吻首闖地，瞋目眈眈兩杯凸。侵朝出門迹宛在，濕泥載途五爪没。口中且言尚驚怕，轉首四顧疑衝突。嗚呼猛獸猛不知，平郊獨行無乃忽。人稠地局勢無比，衆眼不甘留突兀。其中豈無馮婦者，攘臂敢前何不蹶。彎弧倘有裴將軍，老命須臾應弦殁。不如徙惡南山深，安我民心汝安窟。

永樂初給事姚伯善採木廣右被瘴客死殯及六十年至其孫榛鶴始克歸葬先兆作詩記之

惟昔永樂初，皇帝治明堂。取材蒼梧野，在楩楠豫章。督以給事臣，若曰伯善行①。公素侃察聞，百辟得激揚。譬如公輸子，材悉良不良。此行固天簡，公亦喜自當。握節指八桂，伐鼓官舲揚。惟木彌萬山，計材不計章。昂霄及聳壑，乃適於棟梁。此處瘴癘地，氣候日不常。公病即不治，骨肉懸江東②。無人事綏復，其魂悵彷徨。枯藤束木函，一殯六十霜。嗟嗟榛鶴輩，祖死而後生③。但知彼有殯，不知在何方。坐輒向西南，行亦西南望④。雖劇返葬心，日月何忙忙。無財亦無時，猶盲者無相⑤。天實使湯公，官廣得其詳。書報在全州，湘山寺之旁。如因曼父母，始知墓在防。二子讀書畢，哭踊如初喪。榛行不擇日，即日裹糇糧。鶴雲兄當往，小弟力頗强。此櫬所不返，不復再見兄⑥。出門當嚴冬，雨雪滿大荒。九溪多鼉鰐，鼓濤播舟航。五嶺饒虎豹，磨牙引饑吭。鶴行無恐怖，孝至膽氣剛。達彼全州境，入寺悲荒凉。宛然三門側，有埅記其藏。拜之號三繞，聞者痛肝腸。發函升輴車，奉還萬里鄉。白骨猶再肉，樂歸所自生⑦。藹藹桑梓里，鬱鬱楸梧岡。得從先人兆，如齊返周葬⑧。況與元配合，孤雌成鴛鴦。嗚呼二子者，生死有耿光。嗚呼二子者，古義行於今⑨。嗚呼二子者，頹俗亦可興⑩。虞山若增高。琴川若增長。

①原注：「叶。」

②原注：「叶。」

③原注：「叶。」

④原注：「叶。」

⑤原注：「叶。」

⑥原注：「叶。」

⑦原注：「叶。」

⑧原注：「叶。」

⑨原注：「叶。」

⑩原注：「叶。」

土偶禍

鍠鍠鳴鑼，彭彭伐鼓。復有旂蓋，亦有戟斧。精力駿奔，無有老豎。整整肅肅，什什伍伍。絳帕帓首，花繒繳股。中興者神，像之以土。岌乎其冠，被以繡組。覡者前導，跳梁蕩舞。亟進如驅，遄止如阻。雲神案行，于彼災户。惟災之户，鞠躬傴僂。小心來迎，翁前後姥。家無大小，一一拜俯。擊牲化楮，薦以醇醹。祝神加饗，稱我神主。惟疾惟患，我佑我祜。覡乃執乩，運曰神附。擊案作聲，覡曰神怒。必汝不虔，不明告汝。渾舍載拜，極哀懇苦。覡始作書，曰有逋負。設通夢寐，或聆咒詛。牛豕如干，等以犬羖。鵝鴨及鷄，計當蓓蓰。汝承其償，其患良愈。箕忽輟運，少間復舉。謂以汝故，往懇嶽府。曲爲之解，斡生死簿。覡之以下，如狼如虎。從翁臾姥，不容有語。指日令償，令面神許。翁姥局蹐，無以經紀。質我青苗，鬻我小女。典我衣裳，剪我機杼。求我親戚，貸我鄰比。是日之届，其輩來聚。主張督責，枚舉件數。數無虧少，物必豐美。獻事甫成，饕彼尊俎。酒肉淋漓，撑腸拄肚。復有苞苴，𣀮㦸核糈。此輩未出，患者爲鬼。越明之日，神復求祀。即於東家，其作如故。哭者在西，無警無悟。蚩蚩之氓，昧乎義理。生死係命，聽禀有數。豈是土偶，能奪能與。今既無靈，不察何俟。噍噍群小，附土利己。土豈有知，群小實使。此事有類，河伯娶婦。有豹爲令，悉投諸水。

西山有虎行

西山人家傍山住，唱歌採茶山上去。下山日落仍唱歌，路黑林深無虎慮。今年虎多令人憂，繞山搏人茶不收。墻東小女膏血流，村南老翁空髑髏。官司射虎差弓手，自隱山家索鷄酒。明朝入城去報官，虎畏相公今避走。

竹堂寺探梅

竹堂梅花一千樹，晴雪塞門無入處。秋官黄門兩詩客，珂馬西來爲花駐。老翁攜酒亦偶同，花不留人人自住。滿身毛骨沁冰影，嚼蕊含香各搜句。酒酣塗紙作横斜，筆下珠光濕春露。只愁此紙捲春去，明日重來花在地。

題杜東原先生雨景

老原作畫墨法熟，紙上沉沉潑濃緑。重林濕葉欲墮地，合澗流淙似鳴玉。廬山九叠翠不乾，秋影平呑此長幅。借看真怕雨拂面，要爲時人洗雙目。滕王珠簾正堪捲，董家破屋不可宿。出門一笑青天高，猶怪春泥污吾足。

過長蕩

發迹過長蕩，識此平生始。春流方漫衍，曠蕩彌十里。老葑蔽層雲，敷芽青擬擬。正如一明鏡，皺蝕銅綉起。西山欲臨照，掩却螺髻美。山亦拗怒去，南走太湖涘。群勢涌叠浪，争捷互排擠。我恐先我去，揮手喝止止。湖山四面好，轉側皆可喜。此面正佳絶，扁舟載西子。芳洲有隙地，官賣脱紫綺。移家非丹砂，所好在山水①。

①原注:「己亥三月五日,與盟漚先生往掃隆阡新墓,道長蕩。蕩,蓋虎丘所望而謂千頃者,水面皆積葑。蕩之西,吴中諸山合而畢在,攢青疊翠,真一畫屏然。因作詩記其奇觀,明日補爲圖,系書上。」

己亥三月六日因雨宿西山白馬澗早興濕雲如墨諸山滃然在吞吐間東坡所謂雨亦奇正此景也因以詩畫記嘗見耳

濕雲載春山,晴秀悵莫逢。朝來雙闔前,頓失千巃嵸。天地大藏疾,何所不包容。峰巒皆養晦,草木未發蒙。芙蓉不敢巧,反樸鴻蒙中。老晴叵辨物,存亡詰兒童。晝夜不分明,中恐移愚公。又慮九疑縮,萬里未相通。争高或不平,出氣蕩其胸。水墨用吾事,丹青莫爲工。

楊花曲

江上楊花撩亂飛,隨郎馬蹄點郎衣。楊花飛多還墮地,郎去遥遥何日歸。郎歸不歸任郎意,但是家書無寄處。願栽楊樹繞天涯,明年見花郎憶家。

春歸曲

今朝三月三十日,問春果是明朝歸。春歸當向何處去,春亦不言花亂飛。東家蝴蝶已無賴,强逐遊絲揚落暉。青樓粉暗女子嫁,朱門鳥啼賓客稀。春一去,萬事非。臨歧更把一杯酒,愁見墻頭梅子肥。

遇李生

李生生北方，膂力矜贔屓。桑弓勁如鐵，輕引左右臂。短衣獵南山，猛虎俱待斃。官衢多騎劫，一發嘗貫二。含笑擔其囊，輒補酒家費。小飲三百杯，味薄不足睡。夜半挾金餅，隔樓調鄰妓。横行長安中，五陵誇結義。秋暑滿谿閣，解衣詫能事。搥牀助談屑，秉燭聽未既。衆客不敢嘩，懾此河朔氣。座無楊開府，娓娓當誰爲？

題子昂重江疊嶂卷

王孫無運開英雄，聊寫江山藏畫中。還從慘淡見舊物，似有涕淚含孤忠。長篇禹貢與作稿，一圖萬里連提封。張韓劉岳果何功，入關蕭相將無同。王孫本號松雪翁，能事錯認營丘公。丹青隱墨墨隱水，其妙貴淡不數濃。縈灘曲瀨導巴蜀，沓巘長巒連華嵩。空濛野馬軋雲日，浩蕩碧縠吹秋風。王孫隔此不可從，水晶雙闕金芙蓉。招之千年或一出，黄鶴豈不思江東。

過湖偶書

薄暮及東泛，眼豁連胸臆。净碧不可唾，百里借秋拭。遠樹水光上，出没似空植。疏處方渺然，山黛一眉塞。夕陽掩半面，雲浪爲風勒。便以湖作紙，欲畫手莫即。見曾況難諦，歷多何暇憶。舟子無雅情，雙櫓鬬歸力。

鉤弋夫人 成化癸卯年作。

河洲窈窕天下奇，氣不闔靈占者知。深拳握玉春滿把，臨河一笑爲君披。與君七十仍生子，周公負之畫圖裏。好而不愛情則疑，主少母壯乃媒死。雲陽十里吹香風，絲履故在黄腸空。不應青鳥有遺愛，飛繞靈臺悵望中。

題錢舜舉漁樂圖 成化甲辰。

長川無風綯秋碧，鴨嘴平灘引南北。水楓脱葉荻花飛，獨許紅蘢占秋色。東船老漁罱魚立，手擘罱竿雙脚赤。清波照魚如可拾，自見鬚眉還歷歷。老妻背坐乳小兒，似厭大兒争且索。西船收綸唱歌返，短楫弄波聲涛涛。一家妻子團圞頭。三泖五湖供泛宅。得魚换米日月飽，鮮鯉活鱸爲黍稷。漁船兩葉天地間，翻覺船寬浮世窄。與漁傳神霅溪老，滿眼江湖紙盈尺。煙波情性漁不知，令漁見畫漁還惜。

書周節婦孝感之異 成化丁未。

黄氏十九時，歸周文璧氏。二年文璧喪，弱惟一女恃。有姑患瘻痹，其狀莫比擬。有肢如無筋，有骨如無髓。在牀如空中，有身如蜕委。日夜但冥冥，僅有息存爾。聞聽與觸稍，動及即厥死。薦地方擬步，通問必附耳。艱難食溲次，不敢託諸婢。百藥無一效，百累叢一己。黃氏心煩惱，惛惛不知處。東家優婆夷，憐憫爲黃語：「汝姑溺苦海，汝知故何以？愆業如丘山，宿世所積累。須皈大勢力，南海有大士。解難説真言，功德莫思議。但要深心持，日日要如是。一言一拜叩，億又八千數。在佛雖有程，敬受無庸紀。功深果報應，何患患不起。」黃氏聞是言，煩惱生歡喜。潔室便置像，恭敬爲作禮。沐浴體投地，心觀口娓娓。亦不知有終，亦不知有始。亦不知有寒，亦不知有暑。閱日千八百，歷年數得五。俄夢見一姥，前黃行迤邐。心謂是現化，稱名略不顧。極力欲追即，步步懸尺只。徑入一區廬，闔户若相拒。款叩發號泣，其户劃然啓。菩薩示妙相，金光爍瞻睹。頭上珠瓔絡，晃晃復蕊蕊。蓮目垂慈光，宣言啓玉齒。黃氏前諦聽，合掌作長跪。云汝依吾道，悉知悉見已。慈悲爲我願，豈無囑付汝。修功加精進，九日一扶倚。七九扶以破，吻俱腐臨日。試小掖筋骨，覺可舉屢試。屢無難還能，步移跬彳亍。詣佛前奠香，致情旨其炷。從空躍逾梁而直下，乃着於病人正中頂顋裹。其聲若驚霆，其勢若擊杵。身心發震竦，百苦悉皆去。如風捲天雲，不復留纖滓。如春活枯葦，如冰化爲水。親黨盡來觀，贊嘆世無此。姑謝新婦力，脱我出死簿。新婦答何功，菩薩威力故。此事聞其甥，王綸能覼縷。韋虛氣治痿，若或有仙技。黃氏孝治痿，專以誠爲主。格物與布氣，非誠莫相與。孝有致久旱，孝有致冰鯉。事本出非常，未可論常理。我特書其孝，勃谿用爲砥。至今崑山人，大書播邑史。

二月八日過靈殿祥公房

理舟指南郊，迢迢及側景。中途止溪寺，陶煙接村暝。門前見新月，步步踏松影。虛寮寂無風，已有孤燭耿。衲子作供養，爐香侑碗茗。知我解吟事，其意似有請。宿酒發孤興，捉筆便欣領。草草成數行，狂書亂斜整。復作挂猿枝，墨沈帶雲冷。但記此經過，流傳我何省。

移席茅山東頂徐永年避酒而去作歌嘲之

自我來茅山，春霧撥不開。冥迷五日思困頓，當面不見紫翠堆。今朝喜有風汛掃，兩目浩蕩天光回。秀峰戢戢各拱立，伺我道左千載排。蒼松爲幄碧草薦，窪石一一羅尊罍。高天廣野寄笑傲，芙蓉對面勸我一吸三百杯。徐聊不能有此量，自椒而竄山之隈。隔林大呼谷與應，掉尾竟去無徘徊。却從地上舉手謝，遠意若訴不得相追陪。會難別易略不恤，有樂弗取真吴獃。山禽銜客啄餘嵴，野花點席粘殘醅。老兵既失老僧在，且握石子爲鬮猜。醉來枕藉足力憊，扶掖不起相催頹。明朝爛熳別辦冶遊事，青山在在似作遊人媒。久住山亦許，不作謝令推。憑我裁截筆作剪，信我包括詩爲胎。請君急急還來看怪事，金鰲左股昨夜安在哉？

烈女死篇

周家女子李家婦，未嫁夫家但相許。正如一樹未開花，分明自有春爲主。李郎病瘵兩年强，説道今年番上牀。聞來人語多不的，口又藏羞難問娘。只對寒燈淚如霰，爲重爲輕果誰見。此身空負嫁夫名，引眼何曾辨郎面。阿娘背女泣堂前，忖是郎邊凶信傳。烈姬重義輕一死，貞女安心無二天。通身示孝衣裳白，長練高經繡房夕。在世鴛鴦不得雙，同到黄泉願成匹。

烈女生篇

阿娘心悖夜不眠，起來顧女如雉懸。肉寒氣絶强求艾，引息微微吹碧煙。奪鬼爲人假天手，天亦憐渠能過厚。怕教此義世無知，不使其人世無有。夫妻未媾本何私，分在名存白日知。何如死向白日下，千載分明心不欺。今載聊因阿娘活，枯木暫回根已撥。將心化石立郎塋，表是郎妻刻妾名。

望月思親爲韋謐作

韋郎五歲失其母，恃有父存未知苦。長來見父不見母，入地欲求地無户。仰天見缺月，似我獨見父。明朝又是月圓時，死者安能復如此。嘗嘗見月便斷腸，天或哀憐爲風雨。

星墮

惟己酉十月，五日立冬始。鷄後涉黎明，寤者稍稍起。有星流西北，而從東南止。其大如車輪，蓬然曳長尾。撒星更拋焰，遺落相蕊蕊。其光白中黄，燭地以晝比。行旅盡驚僕，吠犬鳴鶩雉。墮地如炮聲，引響久未已。牀闥皆簸撼，約聞三百里。七月嘗示異，不意復有此。瞥過視莫諦，墮處曷究擬。至地當有化，其形當何似。其墮當何躍，其罰當何理。竊謂經與緯，墮一天缺紀。無乃金火餘，其氣互合耳。餘衍固非正，讁罰自有旨。灾祥付茫茫，不敢扣太史。

送劉國賓

劉國賓，秦府儀賓也。來遊蘇杭，楊南峰爲文送之。弘治庚戌。

劉郎面玉争荷花，少年經市果滿車。金張許史不敢倩，鳳凰合德賓王家。平步爲仙五雲裏，甲第藏春天尺只。笙歌催醉金叵羅，七十紫鴛扶不起。冶遊昨日過江東，細馬紅妝山水裏。家人要問山水處，生綃拓取蘇杭去。

松卷爲德輼弟作

老夫平生負直氣，欲一發泄百不遂。隱居只作木强人，設仕亦爲强項吏。白頭突兀尚不平，託之水墨見一二。豪來寫松三百株，一一長身拔於地。只嫌紙短手局縮，腕間風雨生蒼翠。東園阿弟看落筆，神驚眼駭走魑魅。堂中宛宛開徂徠，不知老兄作遊戲。夜來明月奪江光，滿卷飛蛟稱怪事。

理折齒

蛀齒已脱三，又一摇根株。雖存作𪘏𪘙，中空外色盧。剥荄偶相激，迸落如跳珠。頓豁城墮堵，深開壁穿窬。遺槎突芒刺，脥間動齟齬。比比皆老鈍，何特存廉隅。東家借小鑢，我願磨其觚。

爲郭總兵題長江萬里圖

元戎大開寶繪堂，紫錦薦几霞幅張。手披牛腰之甲卷，水墨迤邐踪微茫。我從魚梟弔往古，灌口玉壘煙蒼凉。青城雪山蔽虧處，導江之岷不可望。三水合流錦官當，三峨九頂遞接翠。樓觀縹緲天中央，渝涪城高宛相峙。嘉陵跳江吹枕旁，陣迹齒齒石作行。風雲慘淡開瞿唐，黄牛灧澦難舟航。青天仰漏一綫光，峽窮江廣見漢陽，黄鶴赤壁相低昂。廬山五老天下觀，順流漸見迎風檣。大姑小姑交嫵媚，何年爭嫁彭家郎。三山九華連建康，南都宫闕何煌煌。大明定鼎龍虎合，萬古鞏固皇圖昌。真州潤州列兩廂，金焦巃嵸當喉吭。直吞天派納海口，有若萬邦來會王。座中指點皆歷歷，鮫綃數丈萬里長。老夫困頓今白首，欲往遊之無裹糧。徒然感慨在牖下，捕影捉風消熱腸。心摇摇兮悵徬徨，佩有蘭兮襲瑶芳。江兮漢兮不可度，望美人兮天一方。少陵東坡二豪者，風流在在留文章。英雄割據未暇論，卧龍獨數人中强。元戎元戎將之良，此卷兼與韜鈐藏。南征西伐或有事，按圖索程猶取囊。非惟供玩託深旨，居安慮危心不忘。嗚呼！居安慮危心不忘。

七星檜

海虞七星檜，宜爲群木冠。列生老子宫，與邑作奇觀。廣墀氣蕭森，入門凛欲汗。久信天地成，沃知雨露灌。傳植從蕭梁，其説我恐漫。驗斗形叵全，七既斃其半。三株實聊存，難執歲月筭。各各具其異，形容匪詞翰。西體裂多槁，豁然敞三判。東體活亦裂，筋骸互續斷。北者蜷而秃，袖破舞脱腕。葉亦不暇葉，幹亦不暇幹。左文皮索綯，孤葩頂留傘。槎折象齒蹺，瘿决鬼目爛。疏越復叢穴，骳骫仍軒岸。蛟孿及猊跛，努力不得竄。矛長及劍短，接戰驚楚漢。如此紛怪駭，聃君不能按。知遭幾雷厄，還屢兵火難。生死付冥然，造物反被玩。君子重貞固，頑醜小人讕。緣高坐吹簫，我欲呼鶴鸛。從根覓埋丹，澆泉覬紅燦。長生就其蔭，永作婆娑伴①。

①原注：「致道觀七星檜，梁天監二年真人張道裕手植，今尚存其三，其餘則宋人補植也。先生獨畫其最古者三株。」

暮投承天習静房與老僧夜酌復和清虚堂韻

臨昏細雨如撒沙，城中官府已散衙。空林古寺葉滿地，墻角僅見山茶花。繫舟未隱促沽酒，布帘尚曳河西家。老僧開門振高木，宿鳥續續翻鵶鴉。松寮竹榻古且静，人影凌亂燈含葩。殷勤小行頗展敬，釃酒莫及先烹茶。更添香炷侑清啜，坐久不覺蒲牢撾。三杯破凍聊爾耳，俗慮脱臆如人爬。浮生歲月聚散過，撫事感老徒興嗟。净方頻來亦夙契，敢惜片語償煙霞。

烈婦吟

溢瀆西滸，薛媛邵婦。邵吏坐法，逮者如虎。逮悦薛嫵，佻語肆侮。薛醜其語身雉經，誓不辱夫以死明。黄犀辟塵塵不生，白玉絶玷玷不成。嗚呼荒冢久欲平，後人立石題烈名。

圖琴川錢氏沁雪石

吴興趙文敏公鷗波亭前有二石，一曰沁雪，一曰垂雲。垂雲流落雲間，已不可考。沁雪在海虞縣治中，錢允言氏購得之，白石翁爲作圖，系之以詩。

亭前峙奇石，兀可當一障。沁此萬古雪，亘地氣魄壯。蒸雲勢欲軒，得月神更王。妙擬軼仇池，潤未下雪浪。刓鑿天借巧，胸次見洞宕。孤立宜有鄰，雅許修竹傍。風雨不敢泐，刻名久無恙①。寶此一夔足，磊砢不多尚。貞德允配主，白衣可呼丈。我見便欲拜，良信米非誑。聊與貌高古，敢有愚公妄。

① 原注：「石上勒『沁雪』二字，是松雪翁八分書。」

鷙禽行　弘治癸丑。

東海鷙禽身幹小，毛緊骨聳睛皎皎。就韝飽飼十年肉，要與郅都同一考。掌中久矣無鴽鵪，報主但未呈梟慓。壞間鼯鼠坐齷齪，何足當拳乃輕撟。拙鴟以逸待爾勞，竭力睢盱仰張爪。捽頭陷目出不備，兩點華星光莫曉。嗚呼！勇不可恃，志不可盈。拙鴟瞠目笑爾盲，爾鷙不復言功名。

題畫卷

吴之爲國水所涵，有山平衍無巉巖。我家多水少山處，悵望翠微心所貪。時能借墨補不足，數紙連絡長番粘。峰巒重複間溪溆，雜樹列布多楓楠。或開大壑浸山足，其椒半爲浮雲含。僧廬隱映林木杪，平圮道谷出水南。東村西落互親友，耕田鑿井同丁男。便須芒履與藤杖，聽泉採藥我亦堪。陽岡亭館誰擇勝，雅許酒會並棋談。嘗聞巴蜀天下險，未可一往尋巃嵷。子長之興浩不淺，感此老鬢霜鬖鬖。聊因此圖識所見，卧遊一生還自甘。

題光福畫卷

群山西奔駐湖尾，通川夾山三十里。川窮小濼開鏡光，居民次水屋比比。屋上有山屋下水，開門波光眼如洗。虎山橋畔晚市忙，打鼓漁郎賣鮮鯉。霜前橘柚萬苞黄，雨後楊梅千樹紫。山圍水抱開農桑，樂土風光真畫裏。三年潢潦我無家，恨不攜書亦居此。

生辰漫詠 弘治甲寅。

今朝六十八，歷歲知既夥。青春不還人，七十近在左。流光迅晝夜，忽忽迸石火。我與石火争，寄活真螟蜾。但願無疢疾，詩骨瘦亦可。浮雲載富貴，過眼頣不朵。先人有薄田，數口頗纏裹。關門事清詠，天地自容我。

題江南景寄北客

江南山水爲吾鄉，山能千里江亦長。亘於天地，莫可縮寫寄一紙，渺渺并蒼蒼。縈灘沓渚犬牙出，重村雜樹青煙藏。沙溪杳杳引百丈，艑艫前後來群商。漁翁舴艋聚蟲蟻，百網對舉如牽囊。風波澎湃濯山足，厓葉倒墮鬬與飛漚忙。迸泉或自巖腹落，兩僧仰面灑沫涼。燕車冀馬空轆轤，宜未信此爲荒唐。似之小卷當爲發大笑，長遊便欲追吴檣。

憫日歌 弘治丙辰，七十歲作。

日既去，日復來，來如赴，去如頽。來是誰約？去是誰推？一來一去，彼此自禪續。無與我事，何故使我心驚猜？似乎少年有根是汝拔，老醜無種是汝栽。百年所算三萬六千日，自我而數指作枚。我今行年已七十，歷日二萬五千枚。所該百而去七大大半，又復使我心驚猒。雖欲不驚猒，猛見霜絲雪縷垂兩腮。何況人生不滿百，疾烏捷兔又如此而相催。我思天地靈長之氣十二萬九千六百年，然後運窮劫盡蕩而爲灰。吾人亦謂參三才，胡乃其氣短索不得相追陪。準天地而言，人眇塵海之一埃。慨歲月之玩人，同今古而一雷。我無長繩繫日住，亦無長戈揮日回。亦不知學仙能久視，亦不知託佛能輪回。而今而後，去之日付一杯，來之日付一杯，不憂罄其瓶，恥其罍。春暖秋凉，山邊水隈，訪黄菊，尋白梅。秋月自與吾慮净，春雲自與吾懷開。晝遊之地吾蓬萊，夕息之處吾夜臺。以殤視我吾老大，以彭視我吾嬰孩。信壽夭，吾何以外。請享此見在，不樂胡爲哉！

輓方水雲道士用東坡先生清虚堂韻

學仙不成似炊沙，紫府著爾無閒衙。長生只在唇舌上，六十瞥眼風中花。江湖漂萍本無蒂，一囊書畫東西家。虚談火龍配水虎，豈見白蝠如烏鴉。惟于飲酒詫能事，終身落魄猶蘇葩。醉魔沉冥不可醒，帶病去買宜興茶。長途昨夜忽觀化，訃至空使吾胸撾。皮囊敗壞秋草裏，青山劍穴從誰爬。碧雲黄鶴渺何許，矯首西睇令人嗟。我今隨生亦隨死，努力加飯辭餐霞。

吴瑞卿染墨牡丹

雨晴風晴日杲杲，趁此看花花更好。澆紅要盡三百觴，請客不須辭量小。野僧栽花要客到，急掃風軒破清曉。知渠色相本來空，未必真成被花惱。吳生又與花傳神，紙上生涯春不老。青春展卷無時無，姚家魏家何足道。

暑中題雪圖

六月添衣喚僮子，自畫雪圖茅屋裏。玉花出筆飛上樹，慘淡陰山無乃是。老生放筆還自笑，顛倒炎凉聊戲爾。門前有客來借看，滿眼黄塵汗如雨。

藍關圖

卷中誰貌藍關雪，瘦馬凌兢寒切骨。阿湘遠來候馬前，低首擎拳赤脚熱。擁鞍相向殊慘情，神氣宛宛人欲生。瘴江囑語亦切至，掩吻哀哦如有聲。筆痕入素淡而媚，顧陸之間見能事。前人遺迹不易題，安得起公爲畫記。

用清虚堂韻送匏庵少宰服闋還京

三年袍幞違風沙，歸家讀《禮》如退衙。長髯已間數莖白，瞳視明察無纖花。鄉人廿載曠接見，老少瞻拜嘗填家。怡然不煩亦不拒，正猶茂木容群鴉。朝廷眷注特虚席，匪直鑒藻兼填葩。要儀百辟重德度，如鬱須酒渴乃茶。騑騑四牡不可緩，我亦殷勤當執撾。與君一别絶聊賴，蟣蝨泮學嵇康爬。衰人載見恐無日，未免握手成吁嗟。時勤相憶但搔首，仰睇天上空雲霞①。

①原注：「弘治丁巳三月，匏庵服闋北上，先生年七十一。」

讀楊宫詹與屠太宰論事札子

古諫無專職，士庶獲胥通。今者置有位，非位默而恭。卿相曷其然，出納代天工。宫詹此札子，責善太宰公。辭嚴氣則直，讀之聲渢渢。韓論及歐書，異代而合踪。既可扶國是，抑竭朋友忠。百年無此言，友道從而隆。朝廷罰臺給，株連班直空。宰公乞攝曠，奏上何匆匆。略弗涉救援，於是涉迎逢。急彼故緩此，意外有牢籠。人情鄙兹疏，詆訕紛詾詾。臺爲風紀御，給本絲綸總。朝廷託耳目，立法由祖宗。官小係則大，責重望乃崇。愆忒以之律，邪佞以之攻。從則如水流，不從如水壅。士氣要在養，養則其氣充。折沮失謇諤，使之抱喑聾。天王本聖明，宰公實股肱。信之如蓍龜，可以定吉凶。慷慨能行義，豈曰無優容。難解者彭王①，喜怒注宸衷。程罪終見釋，鉞辜終弗庸。公議皎如日，曉及三尺童。豈宰顧不諒，而弗及童蒙。朝廷行是罰，名以懲不供。因攝以寓援，何不鑒觸龍。乞漿或得酒，求魚庶離鴻。言患不至此，何患聽弗聰。所惜在諫垣，兩挫一歲中。歲來其娓娓，履霜愴凌凍。不可視朝廷，長有拒諫風。鳳鳥吝不鳴，若鳴致時雍。匪爲群諫地，自樹弼亮功。其日舉傳奉，逮諫適相同。奏名四十員，珂馬耀長衢。胥靡共趨走，俯默不敢顒。觀者謂不祥，道議起如蜂。其責將誰歸，未可謝匪躬。當憫時不平，亦可悲人窮。不鳴豈瓦鷄，不應豈木鐘。豈待七年發，救焚必怔忪。但恐緩不及，激切有緘封。令人思三原，當此熱心胸。陳乞惟恐後，剴切期必從。皎皎歌白駒，一往無留蹤。江湖渺吾憂，其言不可終。

① 原注：「彭程、王鉞。」

附見　屠太宰解嘲詩并序

屠滽，鄞縣人。成化丙戌進士。官至太子太傅、吏部尚書。謚襄惠。

予於弘治丙辰承乏天曹，四月十三日科道官奉旨俱下錦衣衛獄，予召四司詢科道得罪之由，皆曰不知，且言諸衙門所進民情封事既得旨，例捧到科交收，今既下獄，無人收領，各官既不得領出於外，又不可留宿於内，聞先朝亦嘗有科道官下獄，請命中書等官攝其事。予未暇答，銓司具其事呈堂，日已至申乃急爲轉達，遂得俞旨。是夕臺部封事方得人收納。次日，予鄉姻宫詹楊公①，致書於予，大意言科道官下獄，閣下即當抗疏請貸，如何差官代其事。予以不知科道官得罪之由，難便請貸及臺部封事無人領收，事不可緩之故答之。次日早，鄉友掌科吕公②問予曰：「楊公昨有書與閣下否？」予曰：「有。」因誦彼此書中大意，吕公曰：「楊公亦以此書送六科，科中人皆疑之。」予笑而不答。後與楊公往還如舊者，經十餘稔未嘗言及此事。今年秋，朝退還邸第，有客以《石田先生詩集》與犬子徑者，偶抽一册目之，見五言古風一首，題曰《讀楊宫詹與屠太宰論事札》，驚曰：「異哉！」讀畢，不覺大笑，因次韻一章，名曰《解嘲》云。

宦遊久京國，學通尤未通。見惡必遠避，見善嘗加恭。石田乃隱者，賦詩亦多工。如何論朝政，所論殊不公。此札實差謬，何謂聲渢渢。到處任播揚，有類衡與縱。碧川居論思，如何不納忠。致書戒老夫，友道皆云隆。追思昔年事，大明麗長空。堯舜喜復出，萬幾任匆匆。納諫真如流，明良喜相逢。荆榛委籬落，芝朮收藥籠。萬姓樂熙皡，四方無鞠訩。今上初出閣，庶事元老總。九卿集東閣，講官索儒宗。先求語言正，更論德學崇。人各薦一二，不稱交相攻。老夫薦兩楊①，碧川川流壅。爲語帶鄉音，不及問學充。因之又復薦，元老耳若聾。欣然用石齋，萬口稱股肱。碧川已備知，豈肯心懷凶。同鄉又相親，度量廓有容。維時科道官，有事忤宸衷。一朝下縲絏，難便責保庸②。顛末尚未知，焉敢干重瞳。臺部上民事，俞旨俱已蒙。日暮無人收，厥職誰與供。越例送臺部，又恐觸衮龍。天曹借中書，攝事猶賓鴻。此舉實舊規，碧川豈不聰。書來既善道，如何報科中。彼若擊巨石，我猶履薄凍。今復寄吳下，大傷君子風。碧川豈爲此，姻舊情雍雍。意必有憸邪，假此成己功。抑恐入銓者，邪正有不同。或嫌不超擢，或怨非要衝。當時吕都諫，氣節儕何顒。亦嘗論此輩，懷毒猶荓蜂。其禍必在後，亦或先其躬。福善與禍淫，循環兩無窮。莫道此言虛，應若豐山鐘。雲衢謾委蛇，何必好怔忪。馬周三十貴，屢受唐室封。崇卑各分定，何必縈心胸。石田若聞此，其言未必從。我欲到虎丘，攜酒追吟蹤。願言

① 原注：「名守阯，別號碧川。今陞南京吏部尚書，致仕。」

② 原注：「名獻，今任順天府尹。」

保遐壽，待我談始終。

① 原注：「一即碧川，一乃今元老石齋先生。」

② 原注：「天官八統，五曰保庸，安有功也。」

《孝宗實録》：「先是岷王奏武岡州知州劉遜諸不法事，上命逮遜，科道交章諫阻。上怒，四月戊子，下六科給事龐泮等四十二人、御史劉紳等二十人於錦衣衛。是月庚寅，以六科缺人掌印，命於尚寶司及中書舍人內暫委六人署事，從吏部尚書屠滽奏也。乙未，上從滽等公疏，即日釋泮等，仍各罰俸三月。」○屠公以弘治十三年致仕，正德二年四月起掌都察院，四年閏九月致仕，則屠寄此詩當在丁卯、戊辰間，所謂「經十餘稔未嘗談及此事」者也。屠詩云：「願言保遐壽，待我談始終。」然都憲之解任在閏九月，而先生以八月捐館矣。

自甲浦道太湖四十里見吴香諸山喜而有作

清苕達宜興，道湖已成算。僕夫却告難，風浪卒莫玩。勸我陟山麓，正爾免憂患。彼此有得失，我臆殊未斷。譬山行見湖，昏昏只浩瀚。何如行湖中，坐見山秀爛。僕尚請決筮，得《需》利在彖。毅然促飛櫓，猛進不復懦。探穴有虎子，履險獲奇觀。出浦即會勝，列障擁一岸。遥思攬吴香，妄意覓仙幔。群聳西若監，巨浸東罔畔。天謂湖太淫，設此似按攤。雲濤日衝撞，石趾力抵捍。輸贏各無能，兩壘對楚漢。我行鋒鏑間，便以老命判。山疑相慰藉，逐逐笑供玩。始有舟楫虞，盡被山破散。山亦有情狀，要我綺語贊。氣聚勢則附，形散脈復貫。遠近相衍迤，中自存博换。雖静有動機，萬態紛變亂。虬龍徐蜿蜒，獅猊悍奔竄。夷突各不一，大小略相半。正展芙蓉屏，横亘蒼玉案。晴縠縐日光，莫熨錦繡段。金庭與玉柱，遠弄波影粲。歷眼四十程，續續青不斷。平生託傳聞，信美非謾讕。修辭聊梗概，歸憶庶可按。

冒雨登惠山戲示同遊者

惠山怪我昨徑去，歸來欲登却作雨。濕雲隔眼失高翠，掉頭不顧真巢父。願治笠屐往慰謝，衆慮沾濡吾莫沮。我言惠不在天上，行不畏難當至耳。呼童挈榼客乃從，一段奇蹤自伊始。西湖山色奇空濛，當與此山移此語。

白茅顧氏種荔核成樹有感　弘治壬戌。

人傳顧家園，近有閩荔栽。始聞漫竦企，果否兩莫裁。閩吴地殊懸，此物胡來哉。彼此氣各偏，炎寒亦難諧。淮南不宜橘，冀北不宜梅。物固產不通，性與土相乖。耳目自爲仇，於懷日徘徊。問訊昨走奴，已遣仍慮詒。及返有所挾，么枝葉蓑蓑。葉次綴小蕾，含黄未成開。事固有變理，執常哂吴獃。兼能述所致，妄瘞核偶荄。今本已拱把，森然暢條枚。去歲實垂成，隕落惜玫瑰。根氣恐未充，加培如保孩。紫苞已在眼，香甘早流腮。老夫喟有此，南氣其北來。先從草木見，造化有胚胎。厥初限荒服，難與玉食偕。漸虞道里近，有以滋味媒。置堠當未免，又見飛塵灰①。

① 原注：「常熟顧氏自閩中移荔枝數本，經歲遂活，石田使折枝驗之，翠葉芃芃，然不敢信也。以示閩人，良是。因作《新荔編》，命璧同賦詩，見《甫田集》。」

吴姬曲

前年别郎三月暮，東蕩西飄不知處。願彈紅淚濕楊花，總饒輕蕩飛難去。

門前有垂楊

門前有垂楊，枝葉何靡靡。飄花欲及地，忽復因風起。摇蕩少婦心，天涯念遊子。愁多肌肉消，不敢臨流水。

迎新送舊曲

鼉鼓擊，龍笛吹，阿婆接寶新人來。新人來，舊人去，迎新送舊門前路。門前路，有曲直。門前樹，有短長。傍人未説新人强。新人綉羅鬱金香，舊人練布秋風凉。初將生死託末路，受盡糟糠還下堂。下堂畏踏來時路，啼鳥飛花撩斷腸。鳥啼怪道呼姑惡，花飛怪道似郎狂。寄語新人保恩愛，三年五年當見郎。

廢宅行

長洲苑外連雲宅，青粉垣墻高廿尺。重樓沓閣出參差，柳絮中間影朱碧。堂前暖霞封畫欄，淵淵伐鼓催牡丹。行人隔墻空嘆息，富貴無緣容眼看。主人但怕客不醉，白日未昏教火繼。歌童揭調塵墮梁，舞女失釵金溜地。豪華忌久復忌盈，時革人亡一夢驚。門前車馬野花盡，地上牛羊無草生。老奴髮禿躄雙足，猶戀遺基葺茅屋。半甌齏粥不療饑，西風滿面吞聲哭。

宜晚軒爲玉公賦

湖山佳處小軒成，薄暮偏宜物外情。明月未來風滿樹，夕陽猶在鳥無聲。黄花共客詩中老，白髮催年定裏生。塵海行人不知此，勞勞心迹候誰明。

寫懷寄僧

虚壁疏燈語亂蛩，夜懷如水怯西風。明河有影微雲外，清露無聲萬木中。澤國蒼茫秋水滿，居民流落野烟空。不知誰解抛憂患，獨對青山憶贊公。

和張保定留題北寺詩韻

鐘磬泠泠隔水聞，當門高塔倚斜曛。綠蘿深徑栖殘雨，黄葉空臺積暮雲。已拂壁塵留草聖，更因香炷事桐君。碧山學士清遊後，應悔銀魚不蚤焚。

次東原先生與其甥魏公美畫詩韻

蒼蒼筆力似荆關，白髮圖書老不閒。未許羊曇乞西墅，畫中分與舊溪山。

白頭公圖

十日紅簾不上鈎，雨聲滴碎管絃樓。梨花將老春將去，愁白雙禽一夜頭。

輓劉芝田

老倦長遊雪滿顛，澄江歸理舊芝田。侯門裹足無名刺，野店扶頭有酒錢。捫虱正談天下事，逢蛇忽忌夢中年。孤兒爲問他時計，猶指牀頭捭闔篇。

寄周桐村先生

抽毫只合事黄麻，閒對清江惜鬢華。山縣軍書前吏迹，墓堂文字老生涯。荷鋤還著烏紗帽，借舫嘗依白鳥家。聞道閉門春寂寂，卧聽風雨送鶯花①。

① 原注：「周鼎伯器，嘉禾人。以承差參金尚書軍授沐陽典史。歸遊吴、越間，賣墓文爲活。」

周較書宗道主吾塾自吾弟以及吾兒去就十餘年因竹請題寓情有詠

一别清風又十霜，重來三徑未全荒。此君已覺垂垂老，稚子今看稍稍長。書簡漫消新歲月，漁竿不厭舊滄浪。試呼濁酒歌《淇澳》，昨夜疏簾雨正凉。

從軍行 成化乙未。

馬上黄沙拂面行，漢家何日不勞兵。匈奴久自忘甥舅，僕射今誰託父兄。雲外旌旗婆勒渡，月中刁斗受降城。左賢早待長繩縛，莫遣論功白髮生。

楚江秋晚二首題陳味芝所藏燕龍圖畫卷 成化癸巳。

天連湘漢水悠悠，水色微茫接素秋。殘月已沉三國恨，亂雲初散九疑愁。南方流落身將老，西候蕭條客倦遊。欲採蘋花恨無伴，美人迢遞隔滄州。
葭菼蒼蒼白露晞，蕭條江色帶微暉。平沙雁逐寒潮起，野樹鴉隨亂葉飛。漸見九溪如練浄，尚憐三户似星稀。不堪昨夜南遊客，愁向西風憶授衣。

次天全翁雪湖賞梅 四首

少在城中多在鄉，尋梅猶抵候朝忙。新詩似與梅相約，詩到成時梅恰香。
不是春愁鶴髮翁，風流人物義熙中。遥知觴詠清遊處，小筆湖山似欠儂。
重巒叠叠水灣灣，雪舫尋春醉未還。因省玉堂爲客夜，如今不似夢中山。
黄帽孤舟且莫催，雪山留客好銜杯。梅花况是堪題詠，今夜春城判不回。

爲友人寫蕉

便欲開船去，因君更寫蕉。要知相憶地，葉上雨瀟瀟。

市隱 成化甲午。

莫言嘉遁獨終南，即此城中住亦甘。浩蕩開門心自静，滑稽玩世估仍堪。壺公溷世無人識，周令移文好自慚。酷愛林泉圖上見，生嫌官府酒邊談。經車過馬嘗無數，掃地焚香日載三。市脯不教供座客，戶傭還喜走丁男。檐頭沐髮風初到，樓角攤書月半含。蝸壁雨深留篆看，燕巢春暖忌僮探。時來卜肆聽論《易》，偶見鄰家問養蠶。爲報山公休薦達，只今雙鬢已毿毿。

元日後一日劉德儀送酒 成化戊戌。

使者雙瓶至，蓬門向晚開。停肩愍泥滑，解冪省香來。染指憐佳味，挑燈引細杯。明朝携小榼，江上候新梅。

溪上獨坐

觀生吾自得，飽飯荷農功。盤石箕雙足，清流影一翁。松喬藤輔德，楓老葉還童。好在尋詩地，無人杖屨同。

答僧求畫

參方歸去草鞋穿，老屋清齋省舊緣。千里絶雲行脚債，一單安月在家禪。蕉留庭户因供字，笋熟園林不賣錢。何苦要儂粗水墨，此心猶落妄塵邊。

晚　坐

春殘尚絮袍，林屋氣蕭騷。白日苦不夜，人生亦太勞。泥花方失勢，雨笋漫争高。小酌仍觀物，新醅愜老饕。

溪亭小景

幽亭臨水稱冥栖，蓼渚沙坪只尺迷。山雨乍來茅溜細，溪雲欲墮竹梢低。簷頭故壘雌雄燕，籬脚秋蟲子母鷄。此段風光小韋杜，可能無我一青藜。

聞清癡馬秋官課農山莊

秋官苔笠事東菑，雖愛清幽也似痴。分肉戲專鄰叟社，訟田閑剖野人詞。竹枝雨暗蠨蛸户，豆葉風凉絡緯籬。知遣牀頭三百甕，醉中都賦勸農詩。

過席心齋道士墓

丘墟寂寂臨川上，桑海茫茫感蜕餘。舊用棗盤靈霹靂，新來劍地入耰鋤。羽人欲化楓株老，仙鶴無言石表虚。我願追求金薤藁，碧苔狼籍漫蟲書。

過聽松鄰房

石子墻低細路平，未敲門户有僧迎。松風最不私人聽，行過西家共此聲。

七月十五日城中晚歸

晚郭歸舟急若何，市塵猶恐累漁蓑。到家覺得曾風雨，兩樹芭蕉破葉多。

題蕉

慣見閑庭碧玉叢，春風吹過即秋風。老夫都把榮枯事，却寄蕭蕭數葉中。

暮春送客 成化辛丑。

舊迹新痕酒滿衣，東風紫楝又花飛。金閶亭上偏無賴，春與行人并日歸。

悼清公

三年不到此，一到失清公。影相丹崖月，袈裟碧樹風。人皆夢幻耳，世在去來中。短詠酬長別，芭蕉古院東。

八月一日病中即事 成化癸卯。

病骨撐衾太瘦生，秋懷兼暑未能清。酣人萬夢同迷著，喚日一鷄勞獨鳴。薄霧鬬來成就雨，浮雲終不主張晴。傳看司馬匡時疏，頓起藜牀手足輕。

觀西湖百詠集感舊有作

白髮攤書似夢驚，某丘某水認題名。袖中東海言非大，紙上西湖眼更明。少覺舊遊渾記得，老闕佳處尚思行。青鞋布襪猶鮮健，只待花時計便成。

至日閒居自述 成化甲辰。

冬至之日無酒錢，醒笑先生高閣眠。聊憑綫記短長日，何貴蟲知大小年。白石田間虛種玉，紫泥籍上欠修仙。閒窗但有閑時月，學把行藏逐歲編。

立夏日山中遍遊後夜宿劉邦彥竹東別墅

乍認東莊路不真，有橋通市却無鄰。山窮借看堂中畫，花盡來尋竹主人。爛熳箋麻發新興，留連櫻笋送殘春。與君再見當經歲，分付清觴緩緩巡。

約史明古不至

仙舟望不到玄都，近信虚傳過太湖。如此江山空舊約，可勝風雨有長途。燈前白髮棋聲在，地上碧桃花事無。春已闌珊人尚遠，幽禽何苦唤提壺。

别金陵

花事匆匆瞥眼過，故園不去欲如何。五侯賓客鯖全少，百姓人家燕已多。蔣廟亂山雲罨樹，秦淮落日水增波。有詩對酒雖堪賴，終欠玲瓏爲我歌。

九日無菊

兒子欣將宿醖篘，老人佳節强相酬。苦無新菊安排醉，漫有清詩剪刻秋。扶病正須家裹杖，登高聊試水邊樓。目光所在非金馬，牛背中間一白頭。

睡起自遣

檐前落葉擁高秋，謬使人推隱者流。背有微暄念天子，手無漫刺瀆諸侯。老知絲竹殊堪賴，遠爲兒孫未免憂。身後算應憂未了，且來拂壁畫丹丘。

病中夜懷

病與憂相併，如何老不成。少年猶昨日，往事訝前生。月共軒窗净，秋將枕席清。瘦何消覽鏡，洗面手還驚。

送門神

抱關憔悴兩疲兵，衆欲麾之我漫縈。簡爾功名惟故紙，傍誰門户有長情。戟悲雨迹銷殘畫，鐅賴蟲絲戀絶纓。莫向新郎訴恩怨，明年今夜自分明。

分得藥臼謝醫

山人治藥砍雲根，枵腹中容海月吞。搗過砂牀剩朱糝，煉餘石髓膩青痕。無銘錯認周王鼓，有竅真移玉女盆。抱疾人來識清杵，數聲遥在杏花村。

悼内

生離死别兩無憑，涙怕傷心只自凝。已信在家渾似客，更饒除髮便爲僧。身邊老伴悲寒影，脚後衰年怯夜冰。果是幽冥可超拔，賣文還點藥師燈。

贈西山老僧

老抱清齋太瘦生，雪眉霜鬢使人驚。遊僧久住同衣食，畜鶴長隨識性情。土銼逼牀身暖活，紙窗烘日眼晶明。此心應與山俱靜，不是深山養不成。

送方水雲

一個仙舟竹葉風，不知南北與西東。世人若欲追行跡，或在長安酒市中。

聞王優彈唱

班裏當歌讓早名，臨觴一曲使人驚。板迴促拍翻新調，絲引餘腔轉慢聲。萱草泥融蚯蚓細，桃花風悄栗留生。白頭重洗青春耳，不向何戡數渭城。

睡起自遣

書枕悠悠自小康，何須斷送脚塵忙。屏心雲氣山開畫，樹裏簷聲雨滿堂。名利可憐鷄有肋，神仙只累鼠拖腸。時時具酒招鄰曲，閒與桑麻較短長。

病中夜雨起坐

藥杯香炷與温存，養病工夫要閉門。布被擁寒書作枕，紙窗催曙水臨軒。楓生赧色知霜辱，蕉負争心共雨喧。物性人情静觀得，得來還欲費吾言。

縱　禽

弘治改元，聞朝廷縱放百禽作。

秦雲越樹路悠悠，鎖掣金鈴百怨休。中有能言緑衣鳥，還呼萬歲一回頭。

題畫與趙文美别

十日消閒障子成，看君堂上白雲生。有人若問誰持贈，萬叠千重是我情。

秋雨偶書

雲暗湖村水漫沙，秋堂蕭颯類僧家。聰明比舊堂堂减，老懶隨年數數加。風扇未愁蕉破葉，雨房偏恐稻傷花。坐深兀兀多資睡，强欲開書候日華。

秋夜卧病

雨滿疏燈風滿堂，呻吟聊復對蛩螿。老人衣服秋偏早，多病衾裯夜轉長。客有遺蓍因習卦，家無儲藥且看方。辟除苦望登高節，可奈茱萸未拆房。

送程宫詹　因久雨爲言者濫及，去位。

車馬出春明，雨中人獨行。人從今日去，雨是幾時晴。静閣一杯酒，亂聞千樹鶯。故山堪注《易》，天意就先生①。

① 原注：「《實録》：『弘治元年十月，以久陰不雨，監察御史王嵩等疏陳修省劾禮書周洪謨及敏政等，上以敏政舊侍從官，令致仕。石田詩云：「因久雨爲言者濫及。」與國史異。』按篁墩與石田書云：『舟次吴門，匆匆竟不得一面。君謙儀曹誦見贈佳作，有「人從今日去，雨到幾時晴」之句，欲請書爲行李之重，不可得也。』則篁墩以久雨去位無疑，《實録》誤耳。」

喜程元道見過

客子到門西日沉，情緣一見一回深。逼除歲月匆匆話，遠市盤飧草草心。積竹叢寒魚合澤，墮樵風急鳥争林。白頭與世殊疏闊，特地因君理舊琴。

拂水岩　弘治庚戌。

只有看山是勝緣，青鞋布襪且輕便。天收雨脚賒今日，我趁花時遣老年。絶壁雲扶將墮石，豁崖風勒下奔泉。此來不憤空歸去，旋構新篇揀竹鐫。

楊　花二首

撲面吹衣雪點晴，亂紛紛地亞夫營。借風爲力終無賴，與水何緣却託生。看雀啅金新蕊破，愛蜂撩玉小團輕。踏歌女子空連臂，喚不歸來信薄情。

恃何顔色漫狂顛，雖取花名未取憐。寒士衣裳思挾纊，相公簾幕欲漫天。吹噓不起春泥上，撩亂無端老鬢邊。一種當門小兒子，傍風因日弄輕圓。

孫世節貌陋容請題

白頭盡是老便宜，六十餘生天地私。學舞固無長袖子，出遊還有小車兒。緑陰如水微吟處，紫袷含風半暖時。瘦影任君描寫去，百年草木要相思。

聞楊君謙致仕六首 弘治辛亥。

春官司署盡能閒，猶道勞形與病關。身在早朝霜馬上，青青殘夢是吴山。
神武高冠挂急流，老人之事少年謀。江南四百八十寺，處處磨碑待記遊。
到手功名賦子虚，深山長谷覓安居。讀書已足功名事，更讀人間未讀書。
茫茫仕隱不同風，進退惟人自折衷。雁宕村前梅雨裏，低頭畦菜是英雄。
都門祖帳百花飛，多見龍鍾賦《式微》。較取柳條千萬折，不曾送一少年歸。
臨歧冠蓋酒淋灕，卷軸通朝滿贈詩。當是别翻嘗案子，千人描畫一人歸。

半清軒

一軒逼側兩弓餘，心遠何妨市上居。盆裏栽梅寄瀟灑，壁間寫竹看扶疏。閑翻酒券供臨帖，静借牙籌記讀書。日有茶煙與香篆，行人簾外欲停車。

黄尚節静逸堂

記得君家附郭居，一堂幽處市聲虚。緑陰日薄停琴坐，白髮風凉帶雪梳。蟢脚漫延窗下酒，燕泥時汚手中書。長郎日以文爲業，潤筆青錢可饌魚。

輓東禪信公

匝頂霜根七十强，笑呵呵地佛心腸。掀翻趙老茶公案，踏破林仙酒道場。屋掩雲蘿秋榻静，經殘松月夜窗凉。我來借宿今無主，還擬呼之在醉鄉。

爲蘇太守題畫

叠叠青山宛宛溪，林蹊曲折世途迷。雲邊石壁花漫縫，畬後春田雨夾泥。趁屋墻斜鄰舍逼，當門樹密鳥巢低。鳴騶入谷人今起，惟有圖書積舊栖。

次韻天台陳勉賣癡呆四絶

瞞却惺惺去賣癡，呆兒真是養家兒。到頭打合無牙儈，空手歸來告訴誰。

東賣呆兮西賣癡，賣癡即是賣呆兒。賣來賣去無人買，我不擔當與阿誰。

空賣呆兒又賣癡，攔街都是要乖兒。通身一具癡呆骨，抖擻將他换與誰。

初自誰邊錯買癡，被渠乖者賺呆兒。蘇州城裏人如海，難悔還他認得誰。

與王優

高歌宛轉送新聲，腔愛頻移酒漫傾。著水遊絲風趠起，過墻花影月扶行。正須陶寫當吾老，更爲殷勤奈爾情。可惜相逢牡丹後，柳邊聊倩答啼鶯。

水村圖

魚莊蟹舍一叢叢，湖上成村似畫中。互渚斷沙橋自貫，輕鷗遠水地俱空。船迷楊柳人依緑，燈隔蒹葭火映紅。全與吾家風致合，草堂曾有此愚翁。

詠簾

誰放春雲下曲瓊，一重薄隔萬重情。珠光蕩日花如夢，瑣影通風笑有聲。外面令人倍惆悵，裏邊容眼自分明。知無緣分難輕入，敢與楊花燕子爭。

秋暑夜坐

星河垂地夜闌珊，坐久幽懷百事關。畏老欲逃如鏡裏，苦塵難脱限人間。一亭多竹還妨月，二水宜家又欠山。世好茫茫誰是足，只除心迹自高閒。

金山寺吉公房小酌

嘗惜忙未到，到來方悟閑。過江如隔世，入寺不知山。風氣薄詩骨，夕陽浮醉顔。古人誇一宿，三宿我才還。

七十喜言三首 弘治丙辰。

自知浦柳望秋零，意外驚延七十星。膝下還爲小頑子，籍中已是空閒丁。先人蠹卷箱藤白，老母魚羹釣竹青。盡把餘生享天福，亦無慚愧到山靈。

七十回來秋葉零，後憐歷歲已晨星。不才盡自慚諸己，識字聊堪破一丁。心事浩隨雲共白，鬢毛難學草回青。湖田繞舍粗饘粥，鷄骨豐凶屢託靈。

眼識茫茫齒髮零，種田還欲候穰星。百年云倘行猶未，七十爲稀幸已丁。待月露生秋袷紫，仰天風卸暑巾青。時修静觀心齋裏，應物虚明頗涉靈。

閒居

顛毛脱盡野僧如，世好都歸一懶除。欲博晏眠高著枕，圖便老眼大抄書。屋須矮小茅須厚，窗要清虚竹要疏。心與陶翁有相得，時歌吾亦愛吾廬。

寄三原王冢宰

玉帶朱衣鶴髮明，夕陽林下寄長生。秋凉春暖筋骸健，雨後晨初意思清。蔭樹一編依卧鹿，傍花三酌趁啼鶯。功名成遂真豪傑，更自逍遥享太平。

秋宵

秋宵殊爲老人長，展轉衾裯夜氣凉。夢到衰年隨血少，事尋閒感累心忙。憑凌殘月空梁鼠，干聒西風破壁蛩。强把清吟訴無賴，亦堪延緩及窗光。

生朝自遣 弘治八年，己卯年，六十九。

門前客到鶴先鳴，灑掃茅堂作送迎。座舉龍鍾先有我，鄉尋儕輩漸無兄。明年七十將來壽，今日三杯見在生。一幅布巾藤作杖，倩誰林下畫閒行。

上巳日漫作

和風晴日正宜春，碧柳紅桃得得新。老謝祓除何故事，健追行樂有閒身。鄰翁採薺分家小，遊女揉花打路人。不限長安水邊好，太平隨地總堯民。

乙丑六月聞哀詔有感二首

八十衰黎死境臨，哀傳尺一痛難禁。虞淵愴日江湖淚，杞國傷天蟣蝨心。負扆周公正思畫，解民虞舜未忘琴。白頭病枕茅茨下，時夢新君在諒闇。

愚翁公與世緣疏，國恤驚心泣且吁。生長太平惟欠死，老衰餘息尚何如。不知伊傅誰調鼎，欲夢羲皇我枕書。終日無聊思理髮，雪莖些少亦頻梳。

弘治十八年乙丑，孝宗升遐，先生年七十九。

感宜興善權寺寥落

有客新尋古洞回，國山無處問茶杯。僧煩籍役兼徒去，虎熟禪堂引子來。雨爛竹菇春委頓，風驚松籜夜摧頹。未應靈勝隨人往，碧殿猶存火篆雷。

老年三病

轉費揩摩轉減光，苦無障翳只荒荒。俯眉作字仍虛畫，觸鼻看書反差行。蓋幅鮫綃花懵懂，隔重雲母月微茫。從前了了都休說，青白甘輸與阮郎。

右眼花。

苦無聊賴坐新聾，終日騰騰兀兀中。著味笑堪陪座客，攙分癡好作家翁。跳江昨夜安秋枕，墮葉明朝問朔風。非是是非還自有，我無聞聽便應空。

右耳聾。

風襲蟲攻兩禍端，左車淰淰載梅酸。舌都無恙先輸弊，唇未云亡莫罪寒。送藥親朋徒説效，勸餐兒女不知難。老年飲食非輕事，又差今年醉牡丹。

右齒痛。

詠　錢三首

個許微軀萬事任，似泉流動利源深。平章市物無偏價，泛濫兒童有愛心。一飽莫充輸白粟，五財同用愧黄金。可憐別號爲賕賂，多少英雄就此沈。

區區團團銅作胎，能貧能富亦神哉。有堪使鬼原非謬，無任呼兄亦不來。總爾苞苴莫漫臭，終然撲滿要遭槌。寒儒也辨生涯地，四壁春苔緑萬枚。

存亡未了復亡存，欲火難燒此利根。生化有涯真子母，圓方爲象小乾坤。指揮悉聽何須耳，患難能排豈藉言。自笑白頭窮措大，不妨明月夜開門。

詠得落花詩三十首録十七首

飄飄蕩蕩復悠悠，樹底追尋到樹頭。趙武泥塗知辱雨，秦宮脂粉惜隨流。痴情戀酒黏紅袖，急意穿簾泊玉鈎。欲拾殘芳搗爲藥，傷春難療箇中愁。

玉勒銀罌已倦遊，東飛西落使人愁。急攙春去先辭樹，懶被風扶强上樓。魚沫煦恩殘粉在，蛛絲牽愛小紅留。色香久在沉迷界，懺悔誰能倩比丘。

是誰揉碎錦雲堆，著地難扶氣力頽。懊恨夜生聽雨枕，浮湛朝入送春杯。梢旁小剩鶯還掠，風背差池鳩又催。瞥眼興亡供一笑，竟因何落竟何開。

夕陽無頼小橋西，春事闌珊意亦迷。錦里門前溪好浣，黄陵廟裏鳥還啼。焚追螺甲教香史，煎帶牛酥囑膳嫔。萬寶千鈿真可惜，歸來直欲滿筐攜。

一園桃李只須臾，白白朱朱徹樹無。亭怪草《玄》加舊白，窗嫌點《易》亂新朱。無方飄泊關遊子，如此衰殘類老夫。來歲重開還自好，小篇聊復記榮枯。

芳菲死日是生時，李妹桃娘盡欲兒。人散酒闌春亦去，紅消緑長物無私。青山可惜文章喪，黄土何堪錦繡施。空記少年簪舞處，飄零今已鬢如絲。

供送春愁上客眉，亂紛紛地佇多時。擬招緑妾難成夢，戲比紅兒煞要詩。臨水東風撩短鬢，惹空晴日共遊絲。還隨蛺蝶追尋去，墻角公然有半枝。

百五光陰瞬息中，夜來無樹不驚風。踏歌女子思楊白，進酒才人賦雨紅。金水送香波共渺，玉階看影月俱空。當時深院還重鎖，今出墻頭西復東。

陣陣紛飛看不真，霎時芳樹減精神。黄金莫鑄長生蒂，紅淚空啼短命春。草上苟存流寓迹，陌頭終化冶遊塵。大家準備明年酒，漸愧重看是老人。

似雨紛然落處晴，飄紅泊紫莫聊生。美人天遠無家別，逐客春深盡族行。去是何因趁忙蝶，問難爲説假啼鶯。悶思遺撥容酣枕，短夢茫茫又不明。

芳華别我漫匆匆，已信難留留亦空。萬物死生寧離土，一場恩怨本同風。株連曉樹成愁緑，波及烟江有幸紅。漠漠香魂無點斷，數聲啼鳥夕陽中。

筇枝侵曉啄芳痕，借爾階庭亦暫存。路不分明愁唤夢，酒無聊賴怕臨軒。隨風肯去從新嫁，棄樹難留絶故恩。惆悵斷香餘粉在，何人剪紙一招魂。

分香人散只空臺，紅粉三千首不回。惡劫信于今日盡，痴心疑有别家開①。節推繫樹馬驚去，工部移舟燕蹴來。爛漫愁踪何地著，謝承惟有一庭苔。

① 原注：「集本云：『錦妝林館繡池臺，徹底從頭今在哉。斷酒不堪詩並廢，懶遊只把病相推。』」

馬追紅雨倦遊回，春事闌珊意已灰。生怕漸多煩掃地，酷憐將盡數銜杯。莽無留戀墻頭過，私有徘徊扇底來。老去挂牽宜絶物，白頭自笑此心孩①。

① 原注：「集本無。」

落柄開權既屬春，少容遲緩亦誰嗔。酷憎好事敗塗地，苦被閑愁殢殺人。細數只堪滋眼纈，仰吹時欲隨頭巾。不應捫虱窮檐者，薦坐公然有錦茵。

芳樹清尊興已闌，拋階滚地又成團。帶煙窗扇檑斜透，夾雨簷溝瓦半漫。老衲目皮閒作觀，小娃裙衩戲承歡。無端打破繁華夢，擁被傷春卧不安。

爲爾徘徊何處邊，赤闌干外碧檐前。亂飛萬點紅無度，間過一鶯黄可憐。觀裏又來劉禹錫，江南重見李龜年。送春把酒追無及，留取銀燈補後緣。

題　畫五首

愛是垂楊嫩緑齊，放舟晴日弄春溪。滄浪自唱無人和，飛過水禽能一啼。

碧水丹山映杖藜，夕陽猶在小橋西。微吟不道驚溪鳥，飛入亂雲深處啼。

臨水人家竹樹中，只因孤嶼水船通。當門細荇牽微浪，繞屋藤花落軟風。

水次人家似瀼西，參差竹樹路俱迷。溪翁兀兀不出户，日午飯香鷄正啼。

獨坐樹根無一事，清風滿袖作微吟。夕陽好在秋水外，日閣遠山還未沉。

史隱士鑒〔一〕六十八首

鑒字明古，吴江人。吴文定公寬表其墓曰：「吴江穆溪之上有隱士，曰史明古。其志正而直，其言確而厲，其學於書無所不讀，而尤熟於史。論千載事歷歷如見，有劉道原之精；時事人言，得於聞見，往往筆之成編，有洪容齋之博。爲文，紀事有法。詩不屑爲近體，冥搜苦索，欲追魏、晋而及之。家居水竹幽茂，亭館相通。客至，陳三代、秦、漢器物及唐、宋以來書畫名品，相與鑒賞。好着古衣冠，曳履揮麈，望之者以爲列仙之儒也。」明古少受知於徐武功，與文定及沈啟南爲友。弘、正之間，吴中高士首推啟南，次則明古。文定表其墓，以爲「取之爲友，四十年於此，安得更有博洽好學執古信禮如斯人者」。而沛國劉鳳序《吴中先賢》，謂其善市名，或以爲文定累。鳳之耳食，持論不經，皆此類也。明古居西村，人稱西村先生。有《西村集》行世。余從其後人辰伯得其全集而并録之。

〔一〕「隱士」，原刻卷首目録作「處士」。

臨清軒

達人尚幽勝，葺宇臨清流。清流宜濯纓，深渚可容舟。周流元不息，晝夜恒滔滔①。微風蕩生瀾，木葉下驚秋。流響歸空房，浮光映高樓。芙蓉緣極浦，杜若被芳洲。於焉事棲息，駕言聊出遊。榜舟張水戲，擁楫和長謡②。犀燃窮怪物，蓮折傾龜巢③。鳴更出録鼂，媵予躍文魚④。境勝良自愜，慮淡信無求。惟應素心人，來此共逍遥⑤。

① 原注：「叶。」

② 原注：「叶。」

③ 原注：「叶。」

④ 原注：「叶。」

⑤ 原注：「叶。」

夜宿吴原博太史修竹館時與陳玉汝別

歲暮入城郭，攬衣獨裴回①。晚過修竹園，主人故所知。知故義不薄，執手言相思。復有青雲士，遠行從此辭。相延入中林，呼童啟雙扉②。北風何烈烈，萬籟鳴參差。向夕繼以燭，壺觴相爲持。初月出雲間，殘雪擁寒階③。獨鶴失其雌，中夜鳴聲悲。會面不可常，况逢生別離。共言盡今夕，鷄鳴各東西④。出處自有時，人生安得偕⑤。顧慚鶉與鷃，不隨黄鵠飛⑥。各各重自愛，冀以奉前規。

① 原注：「叶。」

② 原注：「叶。」

③ 原注：「叶。」

④ 原注:「叶。」

⑤ 原注:「叶。」

⑥ 原注:「叶。」

遊西山

命駕曉行遊,遊彼西山裏。西山信多奇,況復偕知己。是時霖雨歇,群峰净如洗。紫氣杳深沉,林木何茂骫①。衆芳已銷落,餘春棲百卉。流泉瀉絶壁,潺潺若風雨②。厲澗既褰裳,臨流還洗耳。飛來固無匹,韜光匪虚美。徑轉迷故蹊,巖幽閉來軌。人歸鳥聲樂,日昃樵歌起。往事良已然,來期尚誰啓。回首謝山靈,吾遊未云已。

① 原注:「叶。」

② 原注:「叶。」

遊寶石山有懷舊遊諸友

山靈謝逋客,陰雲故彌漫①。淫雨日潺潺,朝來稍停倦。出門望西湖,如見故人面。眷兹寶石峰,樓臺憶曾館②。老僧擁破衲,松下一笑粲③。興懷舊遊者,零落已將半④。悽然不成歡,臨風發長嘆⑤。主人遠追隨,况乃集文彦。共言春將歸,與子同飲餞。徙倚被層闌,逍遥寄華燕。暢心風振衣,屬耳泉鳴澗。無端霧雨霏，須臾益零亂⑥。初疑水氣浮，復訝山林暗⑦。佳景能娱人，過眼無留盼⑧。一適乃云可，得喪非所患⑨。嗟彼牛山遊，胡爲淚如霰。

①原注：「叶。」
②原注：「叶。」
③原注：「叶。」
④原注：「叶。」
⑤原注：「叶。」
⑥原注：「叶。」
⑦原注：「叶。」
⑧原注：「叶。」
⑨原注：「叶。」

送胡景明歸

歲暮客途遠，奈此風雪何。故人念行役，置酒相婆娑。高筵無雜賓，歡飲嘯且歌。更長燭易短，樂極哀還多。良會不可常，别後少經過。望望天南端，山高水增波。忽枉寄來篇，恍若聞雲和。人生行樂耳，此言當拜嘉①。

①原注：「叶。」

飛來峰

久圖山澤遊，苦爲風雨款。驚雷破重陰，及晨光已顯。透迤入幽深，厲揭渡清淺。靈山傳飛來，合澗互回轉。蘿垂手可捫，松高蓋惟偃。陽厓丹霞凝，陰洞蒼雪滿。秀色如可攬，絶巘竟誰棧。衆竅因風號，群芳遲春衍。追念平生歡，歷歷猶在眼。匪無新相知，已少舊遊伴。老僧久見招，相携集閒館。解衣任盤礴，覽物適蕭散。形忘慮則消，情至心莫展。寄言同懷人，對酒歌勿緩。

神樂觀集送沈啓南

暮春和氣暢，冠紳集城隅。振策闖奇縱，流目眄靈區。圜丘鬱中天，皇矣神明居。飛宇入浮雲，光景曄朝霞①。交龍麗瑶砌，摯獸緣金鋪。川梁架流虹，靈泉激深渠。嘉樹夾道生，芳柯綴丹敷。奏風何泠然，鈞天張清都。娱戲易永日，列筵湛清酤。宣和賴聲樂，間以嘯且歌②。彼美丘園客，逝將賦歸與。羈縶怨遲暮，臨風發長吁。

①原注：「叶。」

②原注：「叶。」

丙午歲予初度題像

自我得爾來，忽忽已三載。憂樂不相關，貧病安能浼。兹辰遇初度，舉酒一相灑。我貌日就衰，爾顔長不改。過此復幾時，應知愈不逮。觀者問爲誰，曰我咸疑紿。惟餘舊親識，追想爲爾拜。茫茫天地間，歲月不相待。終當委運去，誰亡復誰在。謂是無所知，言非亦何解。一笑兩茫然，浮萍渺滄海。

送梅刑部郎彦常

臨江理舟楫，駕言辭故鄉。故鄉非不安，憂君未能忘。握手一長嘆，出門何慷愷。所遇無險夷，行行盡周行。老驥志千里，遊子懷四方。豈如轅下駒，局促徒悲鳴①。聖朝雖致治，庶事未盡康。江南多苦雨，江北多愆陽，遺民日啼饑，已空糟與糠。救荒豈無政，何能補流亡。秋高胡馬肥，征師守邊疆。行者犯鋒鏑，居者供糇糧。遣使出監護，冠蓋恒相望。未聞奏捷功，聲勢徒張皇。君昔在郎署，明刑凛秋霜。仁聲久洋溢，遠追于與張。願弘濟時具，拯斯昏墊民②。莫以合燭故，愛此東壁光。丈夫得行道，離别何足傷。

① 原注：「叶。」

② 原注：「叶。」

飲馬長城窟行

壬辰歲，聞西師失利作。

羽書日夜至，匈奴寇三邊。邊將昧遠圖，坐使入河陰①。候騎至朝那，烽火照甘泉。地利既失險，關城俱戒嚴②。選將命徂征，仗鉞信桓桓③。車攻馬亦同，兵精甲且堅。如何兩虎斗，曾不念主言④。挾輈起微釁，拔棘終爲愆。解怨殉國難，不聞廉藺賢。師克貴在和，力分由不專。行行靡神速，觀望誰當前。胡騎中夜來，列營不相援⑤。一敗竟塗地，兵甲滿山川。獻俘既無聞，飲至亮茫然。我生抱微志，夙覽孫吴篇。雖非肉食者，國憂軀欲捐。上書求自試，請爲士卒先。制勝在一心，出奇惟萬端⑥。長組繫單于，窮追過祁連。功成報明主，辭賞歸園田。

①原注：「叶。」

②原注：「叶。」

③原注：「叶。」

④原注：「叶。」

⑤原注：「叶。」

⑥原注：「叶。」

門有車馬客行

翩翩南回雁，哀鳴向秦飛。道路非不遠，乘時安可違。門有車馬客，駕言歸故廬。執手難久留，且復少裴回①。關中天下險，山河盡城池。云胡失保障，匈奴忽來兹。傳聞入北地，民物多傷夷。豈無霍去病，能不以家爲。胡來閉城守，胡去揚兵追。如何秦隴間，到處成瘡痍。憑君謝諸將，全軀豈男兒。努力事掃除，勿令蔓且滋。古來禦戎狄，重在干城才②。請看麒麟閣，功臣亦人爲。

① 原注：「叶。」

② 原注：「叶。」

杜東原酬意圖

美哉延緑亭，水竹含清秀。中有鹿冠翁，枕書眠白晝。云卿通家子，翹思遠相候。執手問平安，呼童列觴豆。况當二陰月，大火將西流①。林深暑氣消，牖啟凉風透。鳥哢疑宫懸，檐流亂山溜。杯行不知辭，食進時起侑。樂事難具陳，奇文每相叩。翁言吾老矣，此會豈云偶。題詩寫新圖，醉墨滿襟袖。有暇能再來，毋論雨今舊。

① 原注：「叶。」

秦淮歌

停君金叵羅，聽我秦淮歌。長江西來幾千里，沿洄直入臺城裏。浮青蕩緑南北流，至今猶號秦淮水。秦淮之水能容舟，秦淮之上花滿樓。美人捲簾垂玉鈎，太白仙人清夜遊，酒酣乘月往石頭。棹歌渡淮水，倒披紫綺裘。英風撼五嶽，豪氣隘九州。邇來四千四百九十五甲子，無人繼此移山倒海之風流。水光依然月如故，斷雲零落令人愁。豈無清歌與美酒，與子碌碌誠堪羞。我歌秦淮歌，送君秦淮去。城西酒樓在何處，主人今非舊孫楚，且須痛飲歌達曙。達曙歌，醉方寢，笑壓吴姬股爲枕，滿身模糊覆宫錦。明年我亦泛秦淮，手解金龜就君飲。

狐綏綏

中使與妖人相爲表裏，毒流海内，司馬太原公奮不顧身，抗章上陳，卒能感悟君心，誅戮凶黨，以謝天下。因託物引諭，以頌萬一云。

狐綏綏，鬼爲侣。夜嘯叢祠作神語，戲舞跳粱從社鼠。雲凝月墨天昏昏，尾摇陰火光如炬。興妖作孽天不知，指顧瀧瀧雷風隨。社公土伯望塵拜，白望横行九州界。萬民皇皇訛且驚，市肆晝閉空其城。群巫四出假神命，搜括逮捕何縱横。巫言神君去天咫，民命由來主張是。神今下界來求珍，敢有不共隨殛死。明月珠，夜光璧，瑪瑙之盤大逾尺。婆律旃檀蘇合香，珊瑚琅玕亞姑石。此物何由在山澤，巫傳神言許輸直。厚估高評動千萬，破産傾家責難塞。黄龍大舶行迷津，櫝帛囊金無紀極。江南真宰哀民窮，封章上奏天皇宫。天教六丁攝狐鼠，貫以大索囚鐵籠。斷狐頭，斮狐趾，磔鼠之皮肆諸市。妖巫殄滅厲鬼亡，四海清寧萬邦喜。真宰之功一言耳，回格天心正人紀。

觀潮歌

鷄聲喔喔天未明，大家盡説觀潮行。騎輿徒步相追還，袨服靚妝街市盈。江頭日高潮未生，秋風獵獵笳鼓鳴。美人狎坐臨前楹，嬌歌宛轉調鳴筝。須臾歡呼笑相指，一綫遥從海門起。潮頭崛起高于城，萬雷齊轟駭人耳。排山倒海天欲傾，回波激射奇態生。兩陣合戰兵力勁，戈甲晃晃秋空明。群兒弄水誇巧捷，撇旋蹙踏如浮萍。人言潮來信有時，我言潮來不可期。君不見胡馬嘗沙人有待，潮乎此時信何在。徒勞日後來不休，萬古莫洗錢唐羞。

天驕子歌 題《胡人驅馬圖》。

天驕子，自矜剽勇無與比。龍沙茫茫千萬里，隨畜轉移無定止，草盡水枯行復徙。天驕子，繁有徒。朝姑衍，莫狐奴。韜弓箙矢氣甚都。前超駃騠后騊駼，什什伍伍駐且驅。群中五明骨相殊，銀蹄玉鼻玄龍軀。番王示閒暇，攬轡野踟躕，黄金比余裘白狐。呼鷹賈勇決雲起，駕鵝垂翅聲哀呼。胡姬之裝非漢姝，雙椎壓肩編貝珠。茜紅韋襦下過膝，并馬笑語相邪揄。天驕子，人識爾形，誰測爾情。贊華已死，胡瑰不生。斗帳起塵久寂寂，忽見此圖雙眼明。雙眼明，長嘆息。誰能驅之歸漠北，汛掃腥膻净區域，戍卒番休事耕植。

秋林會友圖

青山巃嵷凝紫霞，飛泉如虹飲渥窪。楓林接葉紅於花，上有鸞鶴下麏麚。玉樓珠箔仙人家。仙人顔色長美好，瑶池桃花得春早。門前石楠秋葉香，滿地緑雲風不掃。有客來遠方，驅車涉羊腸。車聲到門止，揖讓升高堂。高堂奕奕凌雲漢，瑶爵金盤青玉案。華燈煌煌照宴嬉，漢女湘妃出帷幔。浮雲不行天欲低，迴風動地飛花亂。悲歡離合樂未央，起視明星夜將半。夜將半，舞且歌。發激楚，奏陽和。巧笑兩頰生微渦，蛾眉曼睩光騰波。平生樂事良蹉跎，對此轉覺哀情多。明朝忽驚雙鬢皤，其奈流光如箭何！

紫陽庵

玉光薰天天帝怒，敕遣天丁劈雷斧。雹掃霆驅葬海中，散落南山把山補。龍血淋灕凝紫瓊，玉枝瑶草交瑩英。桂影蘭香泣秋色，仙妾坐花吹玉笙。千年老鶴噤不語，蕭颯蛾眉愁神嫗①。東望蓬萊一水間，黄塵霏霏正如雨。

① 原注：「有丁野鶴遺蜕，其妻亦出家於此。」

送黄景新歸豫章

西風雨打梧桐濕，有客陞階作長揖。面熟無煩道姓名，試問行年驚四十。四十年中二十邊，與君相會在東禪。丰姿皎皎囊中玉，才藝便便山下泉。嘯詠或過僧飯後，醉眠時在佛燈前。别來許久今重見，却恨流光疾於電。我尚淹爲隴畝民，君今已掛天官選。誰知復作故鄉行，水遠山長無限情。射日匡廬溢浦道，齊雲滕閣豫章城。豫章城，風日清，青楓葉落水波平。孤鶴横江秋度影，商船吹笛夜聞聲。王師尚有虔州討，願得來書報息兵。

哭何以高

少日才名重，平生分義親。酒多應是病，金盡未爲貧。往事成春夢，殘花逐市塵。天涯爲位哭，零落轉傷神。

樂　清

未老成歸計，房開只樹林。青山塵外相，明月定中心。近水行秋影，焚香坐夜深。世人尋不見，惟聽海潮音。

送王靜深還合州

風波才定日，舟楫又歸程。月冷猿猨嘯，人悲蜀道行。陣圖依舊壘，山勢接孤城。最是臨歧別，秋高斷雁鳴。

飲烏步顧氏村居有作

去郭逾千步，淳風自一鄉。日斜魚市集，歲久水祠荒。草色遥連浦，花枝半出墻。西南山更好，欲渡苦無梁。

喜張子靜見過詩送其歸兼柬沈彦祥

擾擾百年内，相逢能幾回。折麻空有意，抱病强登臺。苕水太湖接，故人今雨來。因風問東老，何日共深杯。

巾子峰會集次劉邦彦韻

把酒看山色，重來不改青。十年一夢過，四客兩人零。花補移春檻，船當擇勝亭。相逢且行樂，白日爲誰停。

將遊金陵夜泊震澤

朝飲平湖酒，宵停震澤航。從兹登遠道，猶未出吾疆。月隱星光爛，花穠露氣香。路人初不識，笑問客何方。

荻溪道中

摇摇理舟楫，杳杳事徂征。溪姓猶緣荻，村名半帶城。凍雲含雪意，老樹挾風聲。霜月欺寒雁，寥寥中夜鳴。

送嚴宗誠還金陵

相逢俱在客，相送各還家。聚散猶萍水，登臨總物華。鳥啼新霽曉，風折未開花。明日丹陽道，輕雷殷去車。

輓吴都督四十韻

文皇臨御日，震怒滅殘胡。下詔求名將，惟君冠武夫。揚旗頻扈從①，略地效馳驅。左廣兼追葶，前茅特慮無②。交綏斬當户③，圍合走單于。馬驟黄砂碎，膏塗白草枯。窮兵逾遨濮④，喋血度余吾⑤。入塞長歌凱，還京促獻俘。成功由力戰，制勝叩神謨。爵禄初行賞，山河擬剖符。麗城分甲第，報宴出宫壺⑥。倭寇侵遼碣，妖尼⑦煽益都⑧。徂征連得雋，元惡尚逋誅⑨。荆楚重防守⑩，江淮更轉輸⑪。登臺躬講武，鳴鼓榜銜艫。叔子風流遠，公孫政績殊。散金周下士，枉駕禮寒儒。畫壁懸犀甲，華裾被鹿盧。精光騰閃爚，塵土暗模糊⑫。受命南中討，麾軍隴右趨。瘴雲披立幟，蠻鳥避彎弧。鏵鞘⑬難施巧，羅罝⑭喘未蘇⑮。罪人斯授首⑯，獲醜放爲奴。郡縣斜通海，雷霆直過瀘。浪夷來鑄劍⑰，越睒貢調駒⑱。帝念勤勞久，才宜翊贊須。禁垣留宿衛，督府管機樞⑲。盈滿常思懼，撝謙每自圖。封章陳老病，舟楫渺江湖。鄂主園林舊⑳，蘋溪水石俱㉑。花枝迎舞袖，香月照吹竽㉒。暮景優游樂，浮生奄忽殂。廟堂咸悼惜，部曲盡驚呼。賜葬恩偏厚，星移冢易蕪。岡形侔伏虎㉓，宰樹集啼烏。慘淡悲風起，凄凉落日晡。爪牙嗟已矣，邊鄙屬多虞㉔。往事于今異，雄心死後孤。有知應指髮，如在盍捐軀。狂客憂時淚，衣巾爲爾濡。

① 原注：「公由錦衣衛千户陞旗手衛指揮，從征職掌寶纛。」
② 原注：「又陞先鋒。」
③ 原注：「匈奴官名。」
④ 原注：「部落名。」
⑤ 原注：「水名。並見《漢書》《霍去病傳》《匈奴傳》。」
⑥ 原注：「此上言其從車駕親征，有功陞賞。」

⑦原注：「唐賽兒。」

⑧原注：「山東青州府縣名。」

⑨原注：「唐賽兒卒不獲。此上言其征二寇功。」

⑩原注：「公凡兩鎮湖廣。」

⑪原注：「公領漕運及鎮淮安。」

⑫原注：「此上言其鎮荆淮及領漕時之事。」

⑬原注：「南詔戎器，狀如殘刃，有孔旁達。出麗水。飾以金。所擊無不洞。夷人寶之，月以血祭之。其王出軍，必雙執之。」

⑭原注：「南詔兵名，戴朱鞮鍪，負犀革、銅盾而跣，走險如飛。」

⑮原注：「言其戰敗而走也。」

⑯原注：「時思任發戰敗被誅。」

⑰原注：「南詔有浪劍，浪人所鑄。又名鬱刃。鑄時以毒藥并冶，取迎躍如星者，凡十年乃成。以馬血淬之，以金犀飾鐔首。傷人即死。」

⑱原注：「越賧，蠻名也。其西多薦草，産善馬，世稱越賧駿。始生若羔，歲中紐莎縻中，飲以米瀋，七年可御，日馳數百里。事并見《唐書》。此上言其征麓川時事也。」

⑲原注：「此上言其任右府事。」

⑳ 原注：「公舊鎮鄂，鄂有第宅，故歸老于鄂，殁遂葬焉。」
㉑ 原注：「鄂有蘋花溪。」
㉒ 原注：「此上言致仕事。」
㉓ 原注：「公墓在伏虎山。」
㉔ 原注：「公以正統十一年卒，十四年胡虜犯邊，天子蒙塵，入寇京師焉。」

舟中偶成二首

清澤莊頭釣艇，奉先院裏禪牀。緑樹數聲啼鳥，青山一抹斜陽。

抱琴循水路轉，曳杖看山日斜。短屐躡殘莎草，小橋流出桃花。

松陵夜泊

城陰分手即天涯，嶺樹江雲別路賒。未到故園猶是客，忽聞鄉語似還家。燈前今夜愁無寐，鏡裏明朝鬢有華。欲問歸舟何處宿，月明和雁在蘆花。

登吴興慈感寺閣

亭亭高閣倚斜暉，廿載曾從此地歸。往事已隨春草换，重來似覺故人稀。孤城近水青山映，遠樹和雲去鳥微。欲繫扁舟嗟未得，蘼蕪新緑釣漁磯。

曹顒若載過訪以詩贈別

一樽相對思依依，老大空悲始願違。華髮鏡中看漸短，故人天際信來稀。黄梅雨少河流淺，緑樹陰多日景微。欲把漁竿江海上，却愁風浪濕荷衣。

歸經覺王寺憩敷公房

湖上歸來日向斜，相隨瓶錫訪煙霞。秋聲在樹疑天樂，桂子零空像雨花。午供乍修能共飯，朝酲未解更煎茶。閑身便欲從師住，又被旁人笑出家。

送吴禹疇之廣東憲副任

持節遥遥五嶺行，瘴烟蠻雨避前旌。已知吏戢無漁獵，莫倚時平弛甲兵。詩句擬從官長學，舶船多候海風生。隱之自是君家事，不爲貪泉易此情。

寄　友二首

與君傾蓋二毛初，別後無由數寄書。江上逢人問消息，紅妝隨馬射游魚。

柴門流水釣磯閑，夢繞天涯鬢已斑。酒債詩逋還未了，又隨人去看青山。

和張東海韻

墨花成陣醉題詩，寶帶橋頭客散時。記得松陵南下路，驛樓聽雨鬢絲絲。

夜宿烏鎮有懷同遊諸君子二首

兩兩歸舟晚渡闌，孤雲倦鳥各飛還。月明烏鎮橋邊夜，夢裏猶呼起看山。

風蕩彩舟明月中，鴛鴦湖上水如空。城中年少能歌舞，也學蛾眉故惱公。

題許子厚扇

好山多在石湖西，草色新年緑未齊。亭子半開修竹裏，一簾春雨鷓鴣啼。

觀書偶成

竹深門閉亂藤垂，隱几觀書欲倦時。長嘯不知風起處，槐花吹落戲鵝池。

和汝其通見寄

雨後蒲芽緑滿池，出門閒望莫歸遲。小娃不道人傷別，自炙銀簧對月吹。

爲僧朗碧天題扇寄人

玉篾峰下雨來時，索我閑吟寄遠詩。蕉葉滿庭松子落，竹林啼鳥豆花垂。

題僧畫 上有沈啟南題跋。

倪迂死後猶存畫，權衲圖來更有詩。頭白老南重題品，董元曾是巨然師。

邦彦飲湖上暮歸過保叔大呼求見因賫酒出寺飲之以詩送別

半山遥聽故人歌，枉駕能爲晚寺過。飲酒莫辭還秉燭，重來花事恐無多。

斷橋分手二首

日暮橋邊酒棹回，更因殘唱送餘杯。人生易老春光暮，能爲看山幾度來。

近水人家半掩扉，兩山樓閣尚斜暉。斷橋無數垂楊柳，總被遊人折漸稀。

子　昂　蘭

國香零落佩纕空，芳草青青合故宫。誰道有人和淚寫，托根無地怨東風。

口　號

黄鳥嚶嚶柳絮飛，送君無計伴君歸。一春買遍金陵酒，落盡紅香萬緑肥。

悼軒公三首

東風吹雪沁春泥，曾借吴僧半榻棲。惆悵重來不相見，野禽飛上曲闌啼。

青山無數海無涯，城郭逶迤帶岸斜。宿草寒雲迷望眼，不知何處葬袈裟。

東樓共倚雪初深，静夜名香伴醉吟。今度風光又如舊，千家燈火閟春陰。

吴廷暉水榭二首

花蹊柳浪帶回溪，碧簟眠風近鳥啼。芰荷出水青青小，頻語行舟棹過西。

溪聲到枕驚春夢，露氣入簾生夜寒。自起開門看明月，和花移過曲闌干。

題僧扇二首

湖水泠泠山日低，上方臺殿古城西。春遊記得前年事，醉卧竹房聽鳥啼。
烏啼花落自年年，古寺依然野水邊。惆悵舊遊零落盡，幾多心事不如前。

刻絲牡丹

中原新尚女真黄，姚魏含羞怨夕陽。誰挽春風上機杼，又隨番使過錢唐。

塞下曲二首

城下黄河城外山，羌兒騎馬唱歌還。磧西亦有閒花草，莫信春光不度關。
衰草茫茫古塞平，昔人曾此築長城。西風吹捲胡塵起，吹入中原損漢兵。

送張方洲

草淺花嬌溪水新，東風釀作野亭春。相思明日重來此，只見花枝不見人。

題扇

水繞青山去復回，有時浮送落花來。東風吹亂垂楊柳，欲倩游人爲解開。

湖上暮歸

鴨群呼去水雲空，香滴蕖花露氣濃。僧寺茫茫看不見，暮煙生處忽聞鐘。

和答吴廷暉二首

竹徑陰陰厚緑苔，蓽門長日未曾開。春風是處皆花柳，那得閒心去看來。

一春多雨更多風，猶有殘花茂草中。縱使君來不堪賞，冷香和露泣微紅。

寄吴鳴翰湖上

紅塵不到三山遠，家住蓬壺鏡裏天。隔浦落花雙屐雨，過門流水一溪煙。

寄杭州友人

西湖湖上水初生，重叠青山接郡城。記得扁舟載春酒，滿身花影聽啼鶯。

劉處士英一十首

英字邦彦，錢塘人。少從學夏大理季爵。臨川聶大年教授於杭，奇之，以爲忘年友。景泰中，郡邑交辟，以母老固辭。築室於甘泉，多竹，榜其室曰竹東，更號賓山。弘治戊申卒，年七十有二。程克勤誌其墓，以爲孝友似黄山谷，高蹈似魏清逸，曠達似楊鐵厓，庶幾實録云。

暮春陪陳太常西湖宴集

六橋柳色翠迷津，畫舫遲移送酒頻。醉眼不知三月暮，賞心又度一年春。鶯諧急管催歌板，燕蹴飛花墮舞裀。年少莫將行樂誤，坐中半是白頭人。

春　興

一天微雨送清明，歲歲逢春不快晴。近水人家多養鴨，依山樓閣早聞鶯。子期不用黄金鑄，顔駟空嗟白鬢生。惟有東風一尊酒，朝朝相對藥闌傾。

次韻姚公綬舟中夜話

銀燭楸枰對弈棋，烏絲繭紙更題詩。月明鄰舫人眠早，鼓絶江城漏下遲。斷飲頓忘犀首樂，放懷偏笑虎頭痴。朝來欲別應難別，未了山中笋蕨期。

載酒過湖

寒食清明次第來，紫苞紅萼裏池臺。東風似與人商量，最好花教最後開。

次沈陶庵題石田有竹莊韻

愛汝東莊多種竹，旁人錯認是湘川。敲門僧立秋陰裏，避雨猿啼屋角邊。最喜談詩揮白拂，間因憩樹濯清泉。相過定與髯張約，同棹輕舟破暝煙。

雪夜招文永嘉宗儒飲承宗儒和詩再答

同雲漠漠護深齋，興到從教漏點催。寒色照人知霰集，疏花有喜傍燈開。平生漫説詩千首，一飲還能酒百杯。明日雪晴山滿目，更開溪閣待君來。

寶峰僧樓看沈啟南畫因懷畫中詩人存殁

尋僧重上寶峰樓，對景興懷不自由。東海傷心諸老散，西湖回首十年遊。摩挲舊畫題新句，慚愧青山對白頭。空負梨花一尊酒，無人共載木蘭舟。

上元十三夜

近喜元宵雪更晴，千門翠竹結高棚。珠簾半捲將團月，玉指初調未合笙。新放華燈連九陌，舊傳金鑰啓重城。少年結伴嬉遊去，遮莫鷄聲下五更。

十四夜

燈光漸比夜來饒，人海魚龍混暮潮。月照梅花青瑣闥，烟籠楊柳赤闌橋。鈿車過去抛珠果，寶騎重來聽玉簫。共約更深歸及早，大家明日看通宵。

十五夜

一派春深送管絃，九衢燈燭上薰天。風回鰲背星球亂，雲散魚鱗璧月圓。逐陣馬翻塵似海，踏歌人盼夜如年。歸遲不屬金吾禁，爭覓遺簪與墜鈿。

沈秀才宣一首

宣字明德，仁和人。文詞贍富，與張天錫並爲高才生。錫舉於鄉，官教諭，而宣老於諸生。沈啓南有《觀辛卯浙江試録寄沈宣》詩云：「滿院桃花九十株，爛然春色照西湖。沈郎不解修花譜，徹底從頭一字無。」其爲名流所惜如此。

次沈陶庵題石田有竹莊韻

休文家在陽湖住，湖有篔簹似渭川。險韵刊詩留節下，凉陰牽夢墮鷗邊。無人厭俗狂題鳳，有客敲門共飲泉。負我十年開徑入，相思空隔滿林煙。

張處士淵五首

淵字子静，歸安人。起自農畝，家無一札。年十四，抗顔爲弟子師，出所爲歌詩以示人，吴興詩人丘大祐、唐惟勤皆相顧嘆服。善穆溪史明古，爲史氏塾師，構疾舁歸而卒，年五十八。明古誌言「子静長髯秀目，儀貌朴野，呆呆作吴語。及其微酣發興，以一手拄頰，瞠目直視，且思且草，俄盈數十紙，見者始驚嘆。文章議論，有慨於心，感激流涕，或至抗聲慟哭，世以比之唐衢」云。子静嘗夢東坡，性又嗜坡詩，故號夢鶴。杜用嘉更爲夢坡，亦與沈啟南善。

次陳滄洲重陽韻

置却功名土苴間，滄洲長與白鷗閒。到門秋水當天坐，繞屋蘆花帶雪關。明月滿川惟載鶴，清江一笛正看山。只慚碌碌東西者，贏得流年損壯顔。

秋興次韻

識來三十四年非，珍重山林短後衣。龜背刮毛慚我拙，虎頭食肉任人飛。老親種種垂秋髮，舊屋蕭蕭淡夕暉。辦得浮家明日去，五湖處處是漁磯。

題白石翁畫虞山古檜

虞山老檜三株青，斗壇半掩招摇星。道人丹成化鶴去，三檜夭矯飛龍形。是誰手植經千載，曾見昭明讀書在。幾迴天上葬神仙，不獨人間變桑海。古人今人繞樹行，古今人去樹長生。乃知勁氣合元化，不與凡木争枯榮。長洲老石好異者，百里携杯游樹下。浩嗟天下有樹此樹無，我去此樹何人圖？三日經營雙眼力，滿空蒼翠移真迹。鶴骨虬筋左紐文，雷裂霜皴古秋色。日暮袖歸歸不得，滿山風雨山靈惜。居然贈與卧雲人，長嘯寒風生石壁。於乎！石君詩畫天下知，此筆尤爲天下奇。勸君風雷當掩户，恐化蛟龍擘空去。

次韻沈陶庵題有竹莊

愛汝石田茅屋好，依然風物似斜川。白蘋洲渚滄江外，紅樹園林夕照邊。艇子打魚偏趁月，山童洗藥每臨泉。老夫欲問東家住，分取瓜疇數畝煙。

題林和靖秋深二帖與石田同用坡韻

乾坤悠悠書兩幅，墨光深照西湖淥。人間番覆似浮雲，此紙完全如璧玉。少陵瘦硬真入評，右軍姿媚宜云俗。想當援筆對梅花，誰用官奴寒把燭。自然心畫得天妙，一字百金酬不足。乃知形貌列仙癯，石帶煙霞山少肉。崑崑氣節高百世，奚假文章身後録。東坡去后古祠荒，月下不聞迎送曲。遺迹君家豈偶然，天遣清風激修竹。憑君開卷望孤山，三灌薔薇咀秋菊。

陳訓導頎二首

頎字永之，長洲人。景泰中，以《春秋》領鄉薦，授開封府武陽縣訓導。中歲遂致仕。博學工古文，清修介特，位止校官，譽望特重。爲文醇和平淡，所論説必根理道。文徵仲誌其墓。

題林君復二帖用坡韻

我昔孤山訪遺躅，春暖西湖泛晴渌。山頭草樹不荒凉，知是先生此埋玉。念初茅廬結構完，長吏頻顧驚流俗。就中薛李最忘形，湖上夜歸曾秉燭。先生自樂味道腴，此懷何嘗忘不足。惟當吟詠苦嘔呻，役擾心兵削肌肉。詩成又復恐驚世，輒毁不使相謄録。誰知造化難盡藏，千古騷壇傳妙曲。亦有遺墨落人間，留在剡藤并楚竹。見其瘦硬想其人，似對靈均餐落菊。

題石田小景

齊女門北古塘斜，岸葦無窮雜蓼花。此地往來應慣熟，借書常到鄴侯家。

黄郡博雲一十三首

雲字應龍，崑山人。由歲貢任瑞州府學訓導，致仕。卒年七十二。性度疏豁，議論慷慨，不爲隨俗軟美之態。家貧好學，博極群書，尤熟於典故。文宗東坡，書法山谷，皆爲時所重。有《丹岩文集》十卷。

白溝次東之金臺韻 又見《儲柴墟集》。

西山鬱高寒，青繞燕代闊。我行春已深，絮纊尚未脱。平生四方志，眼底才圭撮。區區白溝河，編簡不能剟。經淶流漸廣，赴海傾莫遏。欲渡仍徘徊，緬懷開運末。兹惟遼晉疆，終古抱嗟咄。天公憤餘腥，老雨夜來潑。堂堂十六州，幅員一朝割。桑君漫周旋，國早爾爲魃。中原殺戮盡，胡忍犬美括。哀哉黄龍府，回首飯無鉢。横流到靖康，戎馬屢南跋。往事匆具陳，憂兢猝難豁。居人諱言兵，唯記粘與曷。

蕭齋坐雨感懷書事二首

三月琴川四月還，虞山佳處盡躋攀。曾於拂水巖頭望，一塔煙中認玉山。

殘書遍閲就窗明，少暢閒情賴鳥聲。斷送春歸花事了，一番細雨緑陰成。

唐伯虎

走馬春城遍緑煙，揮金隨處擁嬋娟。自家花樣天機杼，笑領蓬萊第一仙。

日夕

寂居山之阿，木葉明返照。陰厓凝晚色，餘霞尚鮮耀。遠心望煙海，孤興凌仙嶠。歸牧驅牛馬，溪船罷漁釣。閉門歸動息，默以領衆妙。

常熟致道觀七星檜

琴川古迹得縱觀，七檜象斗羅仙壇。真人手植自梁代，燧人之火不及鑽。成形成象兩昭應，斟酌元氣其無端。陰敷古殿覆玉座，星宮瞻天肅聖顔。侍女左右更修潔，仙袂欲舉垂雲鬟。堅貞鏗戛悟玄理，至文無文樸反頑。深根穿散福地脈，萬牛挽之併力難。雷雨藏蓄太陰黑，骨節顯露苺苔乾。偃仰詰屈更披折，矯若撑拄鬱若盤。猿臂争攫凌險絶，鶴形孤高梳羽翰。大小斧劈惜皴裂，赤皮含生細葉攢。蕭森夜拂箕尾動，聳拔晝涵湖腹寬。索綯絞紐互聯絡，風濤鼓舞交蒼寒。角崩爪秃龍虎鬭，鯤化海翻鵬快摶。鬼神出入倏忽際，厥狀詭異窮莫殫。時逢有道天錫瑞，甘露屢降和井丹。真人上仙念下土，架虬歸來槃盤桓。浩歌適應金石響，棲居合共朝霞飧。酒瀉天瓢不可挹，與山並峙青巑岏。仙標出塵幾千丈，擬作蓬萊玉樹看。傲兀閱世間榮瘁，卦之剥復時危安。銅駝荆棘仍變故，其上日月跳雙丸。蜀柏猶能尊漢統，岱松寧免污秦官。青牛已隨紫氣遠，孔檜繫道遭摧殘。偶然託跡仙境静，此後曆數知如干。畢宏韋偃久絶筆，白石老子圖冰紈。我生好古聊紀詠，豪奇安得追蘇韓。置像亦如楚頌橘，石厓磨鐫垂不刊。

林先生官舍新成

燕雀紛來賀落成，成行花竹表官清。鄰家或過墻頭酒，山木頻啼谷口鶯。雨漲碧溪春浪細，日斜青壁晚霞明。一醒一醉胡然異，懷抱尋常得盡傾。

再次韻

濟時勳業已無成，堆案圖書境界清。黄落素秋歸社燕，緑陰朱夏語流鶯。宦情自向衰年薄，山色還同故國明。混跡漁樵真吏隱，日攜吴酒對君傾。

吴江王氏月湖

水雲千頃浩無邊，蕭爽微飈掃翳煙。海底魚龍還出没，夜深河漢亦澄鮮。倒披宫錦淋灕醉，快展湘雲放浪眠。逸興遄飛鷗夢遠，流光孤潔照沉淵。

雨中書事

病裏仍愁四十過，學書學劍兩蹉跎。白翻野飯炊粳稻，緑染秋衣製芰荷。遠道西風吹客鬢，空江暮雨濕漁蓑。村醪急辦青錢買，兒女燈前且笑歌。

題春草圖

野燒痕回一雨過，村童放牧散平坡。禰衡洲畔埋愁遠，建業城邊積恨多。誰見夜深嘶石馬，那知歲久没銅駝。江淹賦別魂銷處，春水遥連漫緑波。

次吴工部夜集韻兼述鄙意

脱幘掀髯折墮簪，語長真似吐絲蠶。乞身豈待三宜去，養壽應無七不堪。屈産昔曾空冀北，人生只合住江南。賡詩賴有梅花主，吟處宜題退隱庵。

夏日書事寄吴水部德徵

夏木垂陰覆小堂，圖書生潤日消長。遺音過耳栗留語，餘馥清心薝葡香。懶僕畬田耕鹵莽，頑兒越户步踉蹌。行吟坐睡多閑適，自至南風足午凉。

戴訓導冠 三首

冠字章甫，石洲人。生而穎異，篤學過人。其學自經史外，若諸子百家、山經地志、陰陽曆律、稗官小説，莫不貫總，搜彌剞劂，必求緣起，而會之以理。及壯，益講求當世之務，纖悉詳明，而必切於用。爲文必以古人爲師，奮迅陵轢，務出人意。聰明强辯，下視曹耦，莫有當其意者。久次諸生，以年資貢禮部，授紹興府訓導。越人有爲御史督學南畿者，恨章甫非薄其文，欲論黜章甫。及官紹興，御史家居，邂逅有言不相下，他日御史死，其家誣執章甫，遂罷歸。王三原撫吴時，特賢愛章甫，每召見，款語移時。章甫謁選，三原爲吏部，見之驚嘆。章甫條上數事，多所規切，三原改容納之，欲引薦而不果。正德七年，年七十一而卒。瀕死，嘆曰：「天夢夢耶，世汩汩耶，仳倠擁楹娵奢斥，𩱿虔肆駕，夷由踣耶！已乎，已乎！豪傑廢死乎！」所著有《濯纓子集》、《筆記》、《戴子》諸書，凡數百卷。

和唐愚士會稽懷古詩三首

鑄浦次韻

耶溪不須深，産銅當自名。堇山不須高，産錫當自靈。上有雲霧合，下有蛟龍争。昔人此鑄劍，分明載圖經。六丁互烹煉，百妖失依憑。汀浦露鐵鍔，獵獵剛風生。渚蓮挺長鋏，濯濯垂朱英。尚疑雌雄合，時覺波濤驚。秋霜生殺氣，秋波湛虚清。星斗忽在地，光芒射浮萍。佩之臨四夷，驚落旄頭星。請之斬邪佞，伊誰敢縱横。但恨無張華，窮淵夜冥冥。

嚴子陵墓次韻

君臣垂令名，千載不偶然。先生固尚志，光武亦下賢。斯人化去久，惟有丘隴存。髑髏已成泥，清風播椒蘭。先生漢之龍，當與造化旋。胡爲抱明珠，終身墮深淵。雲臺空自高，視之若輕煙。歸耕富春山，高卧無迍邅。服我羔羊裘，還君駿鸃冠。脱去金籠頭，不受牧者鞭。灘水清見石，客星長在天。

沃州山次韻

我從天姥遊，層雲蕩胸臆。遥見海上山，天際青歷歷。俯視崖下松，一一駢拇直。飛鳶凌長風，欲度憂折翼。洞黑不敢前，恐有蛟龍匿。霞明石室丹，泉掛水簾白。兹遊足奇觀，此見太古色。初疑補天餘，煉成五色質。又疑天柱折，遺此數千尺。倚空何崔嵬，卓地亦奇特。昔賢隱兹山，至今人愛惜。遼遼千載下，隱者何寂寂。山川固依然，世變良可惻。

陳布衣蒙三首

蒙字允德，常熟人。正統中，四明蘇秉衡號能詩，允德喜，步驟之。遍擬楊伯謙《唐音》，涵音揉律，務底平和，一走筆連數十篇，泉决雲湧，卒以詩人稱。用薦上公車，興盡遄返，名其紀行集曰《泛雪》。又自號東家生。沈啟南誌其墓。世父符，字原錫，亦有詩名。

宿遷

古邑臨河水，昏鴉噪縣門。四方争集市，三户自成村。禾黍秋風隴，牛羊落日原。客愁千萬種，辛苦向誰論。

題石田翁贈朱守拙小景

野藤刺水竹籬斜，落盡東風枳椃花。日午不聞茶臼響，春城買藥未還家。

聞笛

落盡梅花雪滿庭，故園楊柳夢中青。羌兒馬上傳來曲，今夜關山月裏聽。

薛秀才章憲二首

章憲字堯卿，江陰人。通經博學，棄經生業，遍遊吴越山水，與沈啓南、都玄敬爲文字交。玄敬序其集，以爲可繼王原吉、張希尹之後塵。子甲，舉進士，官至副使，亦有聲。

風雨中憶含桃

含桃摘後已無多，更耐風狂雨横何。縱有紺跗垂弱蔕，分無丹顆綴柔柯。朱唇失絳羞樊素，赬頰啼紅泣苧蘿。想見流鶯正無賴，應同老子共悲歌。

陽山大石

鄖星自天着山巔，與天作石知何年。谽呀贔屓斷後裂，欲隨不隨相鈎連。磽然踦股躩且跧，霜饕雪虐成頑堅。夸娥負山跂一足，罔象拔河聳兩肩。嵌空室罅鬼手刓，蜂房聯絡僧廬懸。岐層石磴蛇倒退，決往未省愁攀援。還從青衣駕赤犢，更覓小有窮兜玄。

沈副使鍾一首

鍾字仲律，其先長洲甫里人，洪武中徙上元。天順庚辰進士，授驗封主事，改南主客司。與章懋、羅倫爲友，時稱十君子。陞山西提學僉事，以副使提學湖廣、山東，再上書乞休，即日南歸。以子寶迎奉，居江夏，老焉。年八十三而終。仕餘三十年，無所干謁。李西涯曰：「今之不識相門者，沈仲律一人耳。」平生好賦詩，多至萬首。與沈石田、吴原博倡酬。病中作《詠懷》詩，時吴匏庵在外舍，問之，曰：「吴神遊江湖，來邀我也。」其詩如「秋殘群木老，野迥亂山高」、「風定凉生樹，庭空月近人」、「沙草釀寒殘雪在，野雲翻影斷鴻懸」之類，皆爲詩人所稱。

次石田先生用東坡清虚堂韻自述

休官寄鄂栖金沙，食非庾廪門非衙。深山甘尋麋鹿友，秋江耐種芙蓉花。桑榆低懸遲暮景，樵漁密結比鄰家。倚牀浪翻書剔蠹，繞樹錯信兒打鴉。每聞風颯詫仙籟，或指雪片疑瓊葩。哦詩濫收瓦與礫，款客薄藉瓜仍茶。野渡横舟拚一繫，嚴城警鼓驚三撾。桃源九溪路曾入，匡廬五老頭堪爬。乾坤旅舍只如幻，歲月駒隙良足嗟。生平知己劍猶在，直氣尚復衝飛霞。

陳副都璚一首

璚字玉汝，長洲人。成化戊戌進士，出於李西涯之門，選爲庶吉士。吴原博在翰林，初與同硯席，遂屈己師之。爲古文詞，不屑尋常熟爛語。出給事中，歷大理寺丞少卿、南京都察院左副都御史。

用韻再答休齋提學見贈

爾我聚首真摶沙，詩篇轉戰如彭衙。我慚湊砌瓦礫塊，爾解組織雲錦花。武昌紙價頓騰踴，謬稱爾我均詩家。今晨乍聞使車起，前旌載道驚棲鴉。時方寒沍雪片落，豆秸灰間瓊瑤葩。西江東浙品題遍，興在溪柳并山茶。便道過蘇邑人喜，村醪迭獻里鼓撾。倏令首丘懷孔惡，痛切胸臆詎可爬。恨不爲騶赴渠去，一日俯仰三嘆嗟。東望海天渺何許，白榆歷歷攢紅霞。

程布衣慶琉二首

慶琉字廷殷，休寧人。王寅曰：「廷殷早遊吴門，與吴原博、楊君謙、黄勉之友善。《守歲》詩屬對既嚴，抽情亦邃，諸君甚爲誦之。晚集國朝詩二百餘家，止於弘治，然雖搜密東南，采遺西北，亦可以留資後評，有功藝苑。」

吴門同沈啟南方質父守歲

今夕知何夕，朋簪慰獨居。博誰呼得雉，食不嘆無魚。春逐酒杯轉，年同燭跋除。乾坤俱是客，豈必限吾廬。

入垓口

沙明水碧净無泥，三百灘盤上歙溪。兩岸青山春欲暮，楝花飛盡竹鷄啼。

張布衣鈇二首

鈇字子威，慈溪人。與沈啓南爲詩友，嘗爲石田序分類詩。

歲杪思親

强對青燈酒，遥瞻白髮親。愁深知有夜，客久似無春。短燭千山夢，虚舟萬里身。梅花東閣外，又向故園新。

泊舟見桃花盛開

旅况託尊罍，尊空愁更來。人隨春燕去，心與暮潮回。驛鼓青帆下，橋燈水市開。桃花明兩岸，翻訝入天台。

雷山人鯉九首

鯉號半窗山人，建安人。以詩畫名，與沈石翁同時。江以西重之，比於江左之石翁。題畫諸詩，亦有石田之風。

題畫詩九首

幽人讀書處，茅屋倚江開。雲拖長流去，山銜好日來。

一棹滄江上，烟流帶浦沙。小桃通細澗，别浦入荷花。

萬壑千巖飛雪，小橋斷岸平溪。得句獨騎瘦蹇，尋僧遠過招提。

野渡忽横魚艇，長堤直到人家。閉户悄無人事，閉門自誦《南華》。

細路小橋人獨往，落花流水燕飛忙。松陰匝地沾衣濕，空翠滿身風露香。

鳥外風煙古寺迴，半帆倒掛夕陽來。江天物色無人管，處處野棠花自開。

古塘秋曉浄煙沙，籬落西風菊自花。滿目紅塵無着處，半簾殘日隔溪斜。

竹杖芒鞋一徑深，小橋晴漲瀉松陰。隔江亭子是何處，紅葉白雲秋滿林。

滄江碧浪飛紅葉，峭壁孤峰倚斷雲。一舸圖書兩知己，海天秋思屬平分。

列朝詩集丙集第九

唐解元寅七十五首

寅字伯虎，一字子畏，吴縣吴趨里人。童髫入鄉學，才氣奔放，與所善張靈夢晉縱酒放懷，諸生或施易之，慨然曰：「閉户經年，取解首如反掌耳。」弘治戊午，舉鄉試第一。洗馬梁儲主南試還朝，攜其文示程詹事敏政，相與嘆息曰：「一解首不足重唐生也。」遂因洗馬召致伯虎，往還門下。儲奉使南行，伯虎乞敏政文以餞。己未會試，敏政爲考官，同舍舉子關通考官家人，事延伯虎，詔獄掠問無狀，竟坐乞文事論發爲吏。寧庶人招致天下名士，以厚幣聘伯虎，察其有異志，徉狂使酒，露其醜穢，庶人不能堪，乃放歸。築室桃花塢，與客般飲其中，年五十四而卒。伯虎不治生産，既免歸，緣故去其妻。每自恨放廢，無所建立，譬諸梧枝旅，霜苟延奚爲？復感激曰：「丈夫雖不成名，要當慷慨，何乃效楚囚！」家無儋石，客嘗滿座，文章風采，照曜江表。圖其石曰「江南第一風流才子」。歸心佛氏，取四句偈，自號六如。外雖頽放，中實沈玄，人莫得而知也。少嘗乞夢九鯉仙，夢贈墨一擔，自是才思益進。其學務窮研造化，尋究律曆，求揚、馬《玄》、《虚》、邵氏聲音之理而贊訂之。傍及風鳥壬遁太乙，出入天人之間。晚將成一家言，未竟而歿。其於應世詩文，不甚措意，謂「後世知不在是，見我一斑已矣」。奇趣時發，或寄於畫，下筆輒追唐、宋名匠，亦不盡其所至。祝希哲有言：「氣化英靈，大略數百歲一發鍾於人。子畏得之，一旦已矣，此其痛宜如何置！」知伯虎者，其唯希哲乎？伯虎詩少喜穠麗，學初唐，長好劉、白，多淒怨之詞。晚益自放，不計工拙，興寄爛熳，時復斐然。蘇臺袁袠輯伯虎詩，僅存其少作，而顧華玉以爲絶詣在是，此固未知伯虎，抑豈可謂知詩也哉！

短歌行

尊酒前陳，欲舉不能。感念疇昔，氣結心冤。日月悠悠，我生告遒。民言無欺，秉燭夜遊。昏期在房，蟋蟀登堂。伐絲比簧，庶永憂傷。憂來如絲，紛不可治。綸山布谷，欲出無岐。頻頻若穴，煢煢莫絶。無言不疾，鼠思泣血。霜落飄飖，雅棲無巢。毛羽單薄，雌伏雄號。緣子素纓，灑掃中庭。躑躅躑躅，仰見華星。來日苦少，去日苦多。民生安樂，焉知其他。

相逢行

相逢狹邪間，車窒馬不旋。雖言異鄉縣，豈非往世緣。脱轂且捲鞭，高揖問君廛。女弟新承寵，阿大李延年。何以結歡愛，渠碗出于闐。女蘿與青松，本自當纏綿。

出塞

烽火照玄菟，嫖姚召僕夫。朱家薦逋虜，刁間出黠奴。六郡良家子，三輔弛刑徒。笳度《烏啼》曲，旗參虎落圖。寶刀裝鞞琫，名駒被鏤渠。摐金出孤竹，飛旍掩二榆。妖雲壓亡塞，珥月照窮胡。勒兵收日逐，濳軍執骨都。姑衍山重禪，燕然石再刳。功成肆郊廟，雄郡却分符。

俠客

俠客重功名，西北請專征。慣戰弓刀捷，酬知性命輕。孟公好驚座，郭解始横行。相將李都尉，一夜出平城。

隴頭水

隴水分四注，隴樹雜雲煙。磨刀共斂甲，飲馬并投錢。朔地風初合，交河冰復堅。寒噤不能語，烏孫掠酒泉。

詠春江花月夜

麝月重輪三五夜，玉人聯槳出靈娥。内家近製横汾曲，樂府新諧役鄧歌。十里花香通綵殿，萬枝燈焰照春波。不關仙客饒芳思，晝短歡長奈樂何。

春江花月夜二首

嘉樹鬱婆娑，燈光月色和。春江流粉氣，夜水濕裙羅。

夜霧沈花樹，春江溢月輪。歡來意不持，樂極詞難陳。

登吴王郊臺作

昔人築此不論程，今日牛羊向上行。吴兒越女齊聲唱，菱葉荷花無數生。南山含雨眉俱潤，西湖映日掌同平。本由萬感銷非易，詎言哀樂過群情。

贈昌國 以下集外詩。

書籍不如錢一囊，少年何苦擅文章。十年掩骭青衫敝，八口啼饑白稻荒。草閣續經冰滿硯，布衾栖夢月登牀。三千好獻東方牘，來伴山人贊法王。

和石田先生落花詩二十首

今朝春比昨朝春，北阮番成南阮貧。借問牧童應没酒，試嘗梅子又生仁。六如偈送錢塘妾，八斗才逢洛水神。多少好花空落盡，不曾遇着賞花人。
夕陽芳草笛悠悠，春事驚看又轉頭。淅瀝風光揺草樹，駸驔時節逐川流。臨階忍數脂千片，繞樹空煩繡半鈎。九十繁華梭脱手，多情又作一番愁。
忍把殘紅掃作堆，紛紛雨裏毀垣頽。蛤蜊上市驚新味，鶗鴂催人再洗杯。肯唱驪歌送春去，悔教羯鼓徹明催。爛開賺我平添老，知到年來可爛開。
芒鞋布襪罷春遊，粉蝶黄蜂各自愁。傍老光陰情轉切，惜花心性死方休。膠粘日月無長策，酒對荼蘼有近憂。一曲山香春寂寂，碧雲莫合隔紅樓。
蟄燕還巢未定時，村翁散社醉扶兒。紛紛花事成無賴，默默春心怨所私。雙臉胭脂開北地，五更風雨葬西施。匡牀自拂眠清晝，一縷茶煙揚鬢絲。
春盡愁中與病中，花枝遭雨又遭風。鬢邊舊白添新白，樹底深紅换淺紅。漏刻已隨香篆了，錢囊甘爲酒杯空。向來行樂東城畔，青草池塘亂活東。
崔徽自寫鏡中真，洛水誰傳賦裏神。節序推移比彈指，鉛華狼籍又辭春。紅顔仙蜕三生骨，紫陌香消一丈塵。繞樹百回心語口，明年勾管是何人。
簇簇雙攢出繭眉，淹淹獨倚曲闌時。千年青冢空埋怨，重到玄都衹賦詩。瓦竈酒香燒柿葉，畫梁燈暗落塵絲。尋芳了却今年債，又見成陰子滿枝。
天涯晻溘碧雲横，春社園林紫燕輕。桃葉參差誰問渡，杏花零落憶題名。日高薜雜蝸粘壁，雨過鶯啼葉滿城。邀得大堤諸女伴，踏歌何處和盈盈。

節當寒食半陰晴，花與蝣蜉共死生。白日急隨流水去，青鞋空作踏莎行。收燈院落雙栖燕，細雨樓臺獨囀鶯。休向東風訴恩怨，自來春夢不分明。

紅塵拂面望春門，緑草齊腰金谷園。鶴篆遍書苔滿砌，犬聲遥在月明村。春風院院深籠鎖，細雨紛紛欲斷魂。拾得殘紅忍抛却，阿咸頭上伴銀幡。

春來赫赫去匆匆，刺眼繁華轉眼空。杏子單衫初脱暖，梨花深院自多風。燒燈坐盡千金夜，對酒空思一點紅。倘是東君問魚雁，心情説在雨聲中。

舊酒新題滿袖痕，憐香惜玉竟難存。鏡中紅粉春風面，燭下銀屏夜雨軒。奔月已憑丹换骨，墜樓端把死酬恩。長洲日莫生芳草，消盡江淹黯黯魂。

花落花開總屬春，開時休羡落時嗔。好知青草骷髏冢，就是紅樓掩面人。山屐已教休泛蠟，柴車從此不須巾。仙塵佛劫同歸盡，墜處何須論厠茵。

亞字城邊麋鹿臺，春深情况轉悠哉。襞衣玉貌乘風去，對酒蓬窗帶雨推。結子桃花如雨落，挾雌蝴蝶過墻來。江南多少閒庭館，朱户依然鎖緑苔。

桃蹊李徑謝春榮，斗酒芳心與夜争。陌上新楊曲塵暗，墻頭圓月玉盤傾。青簾巷陌無行跡，繡褶腰肢覺瘦生。莫道無情何必爾，自緣我輩正鍾情。

惻惻凄凄憂自擣，花枝零落鬢絲添。周遮燕語春三月，蕩漾波紋日半簾。病酒不堪朝轉劇，聽風且喜晚來恬。緑楊影裏蒼苔上，爲惜殘紅手自拈。

楊柳樓頭月半規，笙歌院裏夜深時。花枝的的難長好，漏水丁丁不肯遲。金串袖籠新藕滑，翠眉奩映小蛾垂。風情多少愁多少，百結愁腸説與誰。

桃花净盡杏花空，開落年年約略同。自是節臨三月莫，何須人恨五更風。撲簷直破簾衣碧，上砌如欺地錦紅。拾向研羅方帕裏，鴛鴦一對共當中。

春夢三更雁影邊，香泥一尺馬蹄前。難將灰酒灌新愛，祇有香囊報可憐。深院料應花似霰，長門愁鎖日如年。憑誰對却閒桃李，説與悲歡石上緣。

席上答王履吉

我觀古昔之英雄，慷慨然諾杯酒中。義重生輕死知己，所以與人成大功。我觀今日之才彦，交不以心惟以面。面前斟酒酒未寒，面未變時心已變。區區已作老村莊，英雄才彦不敢當。但恨今人不如古，高歌伐木天滄浪。感君稱我爲奇士，又言天下無相似。庸庸碌碌我何奇，有酒與君斟酌之。

漫　興十首

十載鉛華夢一場，都將心事付滄浪。内園歌舞黄金盡，南國飄零白髮長。髀裏肉生悲老大，斗間星暗誤文章。不才剩得腰堪把，病對緋桃檢藥方。

此生甘分老吴閶，萬卷圖書一草堂。秋榜才名標第一，春風絃管醉千場。跏趺説法蒲團軟，鞋襪尋芳杏酪香。祇此便爲吾事了，孔明何必起南陽。

一身憔悴掛衣襟，半壁藤牀倚樹林。去日苦多休檢歷，知音諒少莫修琴。平康驢背馱殘醉，穀雨花欄費朗吟。老向酒杯棋局畔，此生甘分不甘心。

悵悵暗數少時年，陳跡關心自可憐。杜曲梨花杯上雪，灞陵芳草夢中煙。前程兩袖黄金淚，公案三生白骨禪。老後思量應不悔，衲衣持鉢院門前①。

① 原注：「伯虎少作《悵悵詞》，與此首同，首聯之下有『何處逢春不惆悵，何處逢春不可憐』二句。」

馳驅京國罷頭塵，襤褸衣衫墊角巾。萬點落花俱是恨，滿杯明月即忘貧。香燈不起維摩疾，櫻筍難酬穀雨春。鏡裏自看成老大，戲兒棚上下場人。

平康巷陌倦遊人，狼籍桃花病酒身。短夢風煙千里笛，多情絃索一牀塵。黄金誰買《長門賦》，黛筆空描滿額顰。惟有所歡知此意，共燒高燭賞餘春。

落魄迂疏自可憐，棋爲日月酒爲年。蘇秦捫頰猶存舌，趙壹傾囊已没錢。滿腹有文難罵鬼，措身無地反憂天。多愁多感多傷壽，且酌深杯看月圓。

擁鼻行吟水上樓，不堪重數少年遊。四更中酒半牀病，三月傷春滿鏡愁。白面書生期馬革，黄金游客剩貂裘。近來檢校行藏處，飛葉僧房細雨舟。

謝遣歌兒解臂鷹，半瓢詩稿一枝藤。難尋萱草酬知己，且摘蓮花供聖僧。時事百年蝸角戰，酒杯三月鳳頭燈。盡嘗世味猶存舌，茶薺隨緣敢愛憎。

造物何曾苦忌名，太平端合老無能。親知散去綈袍冷，風雪欺貧瓦罐冰。二頃未謀田負郭，一餐隨分欲依僧。醉時還倩家人道，消盡英雄氣未曾。

題　畫

鞋襪東城路，清和四月時。遊姬香滿袖，明月水平池。畫燭留錫市，酸風颭酒旗。少年行樂地，不許衆人知。

江南送春

細雨簾櫳復送春，倦遊肌骨對愁人。一番櫻笋江南節，九十光陰鏡裏塵。夜與琴心争蜜燭，酒和香篆送花神。東君類我皆行客，萍水相逢又一巡。

題　畫

湖上仙山隔渺茫，世塵不上渡頭航。白蘋開處藏漁市，紅葉中間放鹿場。落日沈沙罾有影，新霜着樹橘生香。遥聞逋老經行處，芝草葳蕤滿路傍。

題芭蕉仕女

獸額朱扉小院深，緑窗含霧静愔愔。有人獨對芭蕉坐，因爲春愁不放心。

送陳憲章

僧房酌酒送君行，把臂西風無限情。此際若爲銷别恨，兩行紅粉囀春鶯。

馬

草軟沙平桃李開，春風先到李陵臺。雪中一陣烏鴉起，知是胡雛打獵來。

春日寫懷

新春蹤跡轉飄蓬，多在鶯花野寺中。昨日醉連今日醉，試燈風接落燈風。苦拈險韻邀僧和，暖簇薰籠與妓烘。寄問社中諸好友，心情可與我相同。

言懷二首

田衣稻衲了終身，彈指流年已四旬。善亦懶爲何況惡，富非所望莫憂貧。山房一局金滕着，野店三杯石湅春。但願今生衹如此，無榮無辱太平人。

年來避世縮如龜，净掃茅茨閉竹籬。繫日無繩那得住，待天倚杵是何時。隨斟冷暖開懷酒，懶算輸贏信手棋。千古英雄一抔土，不如歡笑有便宜。

無　題

紅粉啼妝對鏡臺，春心一片轉悠哉。若爲坐看花枝盡，便是傷多酒莫推。無藥可醫鶯舌老，有香難返夢魂來。江南多少閒庭館，依舊朱門鎖緑苔。

冬日睡起

白木棲牀厚疊氈，烏綾夾被緊搵肩。無燈不做瞞心夢，有酒何愁縮脚眠。渺渺邯鄲塵滿路，蘧蘧蝴蝶絮漫天。要知此段安身法，是我新參没眼禪。

散　步

吴王城裏柳成畦，齊女門前水拍堤。賣酒當壚人裊娜，落花流水路東西。平頭衣襪和鞋試，弄舌鈎輈繞樹啼。此是吾生行樂處，若爲詩句不留題。

題畫十八首

青藜拄杖尋詩處，多在平橋緑樹中。紅葉没鞋人不到，野棠花落一谿風。
獨木橋邊倚樹根，古藤陰裏嘯王孫。白雲紅樹知多少，鷄犬人家自一村。
楊柳陰濃夏日遲，村邊高館漫平池。鄰翁挈盒乘清早，來決輸贏昨日棋。
雪滿梁園飛鳥稀，暖煨榾柮閉柴扉。地罏温却松花酒，剛是溪頭拾蟹歸。
黄葉山家曉會琴，斜橋流水路陰陰。東西南北鷄豚社，氣象粗疏有古心。
紅樹中間飛白雲，黄茅檻底界斜曛。此中大有逍遥處，難説於君畫與君。
頭如蒜顆眼如椒，雄逐雌飛向葦蕭。莫趁螗螂失巢穴，有人拈彈不相饒①。

①原注：「寒雀争梅。」

酒貲長苦欠經營，預給餐錢費水衡。多少如花後屏女，燒金時倩耿先生。
一宿因緣逆旅中，短詞聊以託泥鴻。當時我做陶承旨，何必尊前面發紅①。

①原注：「陶穀。」

善和坊裏李端端，信是能行白牡丹。誰信揚州金滿市，元來花價屬窮酸①。

①原注：「張祜。」

草廬三顧屈英雄，慷慨南陽起卧龍。鼎足未安星又隕，陣圖留與浪濤舂①。

① 原注：「三顧草廬。」

琴心挑取卓王孫，賣酒臨邛石凍春。狗監猶能薦才子，當時宰相是閒人①。

① 原注：「相如滌器。」

冰雪風雲事不同，今朝尊貴昨朝窮。窮時多少英雄伴，名字應留夾袋中①。

① 原注：「呂蒙正雪景。」

司空幕府通農開，平善街頭日夜來。肯信瓊花舊遊處，至今猶唱紫雲回①。

① 原注：「杜牧。」

蘇州太守白尚書，酒盞飄零帶疾移。老去風情猶有在，張娟駱馬與楊枝①。

① 原注：「白樂天。」

李白才名天下奇，開元人主最相知。夜郎垂老迢迢去，不記金鑾走馬時。

書生豪氣壓千軍，示者扶桑一卷文。鐵研未穿時世改，功名回首信浮雲①。

① 原注：「桑維翰鐵研。」

千載經綸一禿翁，王公誰不仰高風。緣何坐所添丁慘，不住山中住洛中①。

① 原注：「盧仝煎茶。」

送文温州

日月徂暑，時風布和。遠將仳離，撫筵悲歌。左右行觴，緝御猥多。墨札參横，冠帶崔峨。絙絃嘈嘈，嘉木婆娑。孔雀西南，止於丘阿。我思悠悠，慷慨奈何。

題墨花

嚏涕春風欺薄羅，扶頭宿酒想輕歌。牡丹花滿蛤蜊到，學士其如此夜何。

題畫

春風修褉憶江南，酒榼茶罏共一擔。尋向人家好花處，不通名姓即停驂。

旅館題菊

子畏過寧德，宿旅邸，館人懸畫菊，子畏愀然有感，題云。

黄花無主爲誰容，冷落疏籬曲徑中。盡把金錢買脂粉，一生顔色付西風。

附見　張秀才靈二首

靈字夢晋，吴縣人。性聰慧，善圖畫，關涉篇籍，潛識强誦，文思便敏，驕曼可采。家本貧窶，挑達自恣，不爲鄉黨所禮。祝允明嘉其才，受業門下。與吴趨、唐寅最善。寅嘗邀遊武丘，會數賈飲於可中亭，且賦詩。靈更衣爲丐者，賈與之食，啖之，且與談詩，詞辯雲湧，賈始駭，令賡詩，揮毫不已，凡百絶。抵舟易維蘿陰下，賈使人跡之不得，以爲神仙。賈去，復上亭，朱衣金目，作胡人舞，形狀殊絶。初，靈與寅俱爲郡學生，鄞人方志來督學，惡寅爲古文辭，欲斥之，靈悒鬱不自遣，寅曰：「子未爲所知，何愁之甚？」靈曰：「不聞龍王欲斬有尾族，蝦蟆亦哭乎？」果爲所斥罷。躬操力作，饔飧不繼，人或非笑之，靈曰：「昔謝豹化爲蟲，行地中，以足覆面，作忍耻狀。使靈用子言，固當如是，亦安得更銜鑿落耶？」閻起山《二科志》狂簡二人，靈居桑悦之次，稱其「家寒被斥，自畫無俚，嬰情酒德，不渝前操，謂之狂士，可得無愧焉。」

玄墓山紀遊

玄墓名山久注思，少攜閒伴是春時。隔窗湖水坐不起，塞路梅花行轉遲。清福可教何日領，閒情曾有幾人知。漫收形勝歸村館，夢裏煙霞亦自追。

臨終詩

一枚蟬蜕榻當中，命也難辭付大空。垂死尚思玄墓麓，滿山寒雪一林松。

祝京兆允明一百三十九首

允明字希哲，長洲人。參政顥之孫，徐武功之外孫也。五歲作徑尺字。九歲能詩。内外二祖咸當代魁儒，耳濡目染，貫綜典訓，發爲文章，茹涵古今。或當廣坐，詼笑雜還，援毫疾書，思若泉湧。弘治壬子，舉於鄉，王文恪爲主司，手其卷不置曰：「必祝某也。」既而自喜，以爲能知人。連試禮部不第，除興寧知縣，稍遷通判應天府。亡何，自免歸。卒年六十七。希哲生右手枝指，自號枝指生。好酒色六博，善度新聲，少年習歌之間，傅粉墨登場，梨園子弟相顧弗如也。海内索其文及書，贄幣踵門，輒辭弗見。伺其狎遊，使女伎掩之，皆捆載以去。爲家未嘗問有無，得俸錢及四方餉遺，輒召所善客噱飲歌呼，費盡乃已。或分與持去，不留一錢。每出，則追呼索逋者相隨於道路，更用爲忭笑資。其没也，幾無以斂云。顧璘曰：「希哲超穎過人，讀書過目成誦，巨細精粗，咸貯腹笥，有觸斯應，無問猥鄙。學務師古，吐詞命意，迥絶俗界。效齊、梁月露之體，高者凌徐、庾，下亦不失皮、陸。玩世自放，憚近禮法之儒，故貴仕罕知其藴。書學自《急就》以逮虞、趙，上下數千年，罔不得其結構，若義、獻真行，懷素狂草，尤臻筆妙。」子續，舉進士，官終布政使，刻其遺文曰《祝氏集略》。他書如《蠶衣》、《罪知録》、《野記》之類，凡數百卷。

前緩聲歌

瑶川遵穆晏，汾水從軒遊。玄王啟靈會，道官亦交酬。蒼禽唳金支，瓊鸞翥絳幬。靈賓戛韻石，子登引空謳。聖日麗萬舞，祥吹振清球。川后迎皓蜺，波臣趨翠虬。湘姬偶瑶席，巫女行玉羞。天老獻秘文，聖年無時秋。

述行言情詩六首

七世美仁里，八葉通德門。五教植本始，百行鬱華文。仁義日可見，金玉作庸言。鷄鳴繩準出，舉足宫徵存。厚趾靡頽丘，長津從冽原。何爲末受者，卑垢辱華先。

高閎衆祥集，泰日百美具。豐屋陵飛霄，崇棲臨大路。高齋敞華器，芳皋羅嘉樹。良疇經邇郭，麗舫泛妍溆。紳杖旦日臨，星曜時夕聚。群公邕威儀，百彦盡能賦。圖書恣讎核，琴瑟鏗在御。崇議每徵今，幽求競稽古。卮言藹蘭馥，雄辯激水怒。觴詠富章什，絃吹暢情素。西園繼清夜，何愁白日暮。

績動惟在力，獲應非緣劬。每當紛紜間，倏忽發靈虚。皇樞一納牖，神明隨冏如。其來眇亡岐，須臾克九區。猶操獨繭綸，一引盈車魚。又若陟春囿，萬榮一時敷。研核皆可食，百實皆甘腴。由來自不識，祇覺本所儲。

壓榆樊石扉，垝垣卑四周。前楹舒廣場，後宇環澄流。微淪帶山趾，半覆花竹幽。長夏且游浴，高蔭終日休。豈必商丘開，點爾聊同遊。

雅尚窮闊覽，邇蹤愧卑纏。卧遊空能賦，道觀多歷年。終南華嶽接，峨眉太白連。九疑元無地，太行非有天。岱宗日華浴，祝融星漢懸。朝餐赤城霞，夕拂匡廬煙。洪河春裂壤，横江秋勁弦。因過洞庭水，自棹瀟湘船。東海本吾宅，太湖襟舄前。龍宫多寶藥，洞穴鎖禹編。靈期似當值，旦暮相付傳。

璇穹積重霄，迴運迅不停。曜靈爍神燭，望舒循九行。三垣列君臣，萬緯流物形。河漢夜半轉，四時各財成。靈憲炳乾文，至精存吾徵。

和陶飲酒二首

然燭能爲月，摇翣能爲風。手有造化能，身在造化中。順時以道用，天人乃相通。如何負折鼎，而欲求張弓。

青天恒高高，欲上不可得。文成食馬肝，漢武知復惑。狂念如推瀾，滔天不容塞。坐此弊其軀，亦復幾喪國。吾有升天方，難言姑緘默。

己巳閏九月十三夜夢中爲遊山詩

春觀入西岫，區名意自別。松嵐結幽賞，蟲鳥弄餘悦。花氣韻蒼沈，樹膚落翠雪。天行無塵染，丘卧自雲潔。心在道不違，未覺萬物裂。三爵已餘酣，清心寫泉月。

春日醉卧戲效太白

春風入芳壺，吹出椒蘭香。累酌無勸酬，頹然倚東牀。仙人滿瑶京，處處相迎將。攜手觀大鴻，高揖辭虞唐。人生若無夢，終世無鴻荒。

别唐寅

長河堅冰至，北風吹衣凉。户庭不可出，送子上河梁。握手三數語，禮不及壺觴。前輈有征夫，同行竟異鄉。人生豈有定，日月亦代明。毛裘忽中卷，先風欲飛翔。南北各轉首，登途勿徊徨。

沈憤

燭龍奔天衢，不照雲下人。陽貨盗玉弓，仲尼糧絶陳。筆絶春秋成，乘桴泛洪津。莫食汨羅魚，腸中有靈均。青天上無路，黄泉下無門。漫漫長夜中，萬古齊一塵。

知山堂雅集

小山不妨宦，中隱從近闕。無論車馬色，幸共禽魚悦。風泉夕韻敻，霜月冬氣潔。醒醉齊一襟，心賞方兹結。

龍川山中早行二首

皤皤左山影，横截右山腰。辨色鳥歡翔，微光漾晴朝。浮雲若中斷，蔚蔚方行遥。
朝雲山腰生，我在雲中行。祇恐雲載我，飛上白玉京。世塵邈已隔，天鷄猶未鳴。須臾微風發，東極金烏升。

怨　詩

繁霜隕衰秋，萬物無一歡。后稷苦望歲，仲尼唱猗蘭。東海有憨龍，西崖有悍鸞。文王舊時操，極古無人彈。

溧水官舍

皇州本叢麗，倅府亦多暇。高木停車蓋，白石砥根下。鷄犬寂不聞，明窗晃低亞。澗奏不絃琴，山横無筆架。流雲過簷牖，斜照蕩書畫。巖居固同此，此寓未税駕。

夏日林間

空林坐遠暑，松蓋載炎日。重陰集凉氣，薄吹揚亦及。幽禽時度語，遥澗泛清瑟。厨人列齋素，稚子來共食。援琴弄山海，頗復似加適。牛羊下前山，自入後簷息。余亦杖策回，今辰兹已夕。

夢唐寅徐禎卿 亦有張靈。

唐生白虹寶，荆砥夙磨礱。江河鯤不徙，魯野遂戕麟。徐子十□□，邃討務精純。遑遑訪魏漢，北學中離群。伊余守初質，温故以知新。誰出不由户，貌别情還均。濁世二三子，厭棄猶爲人。相逢靡幽明，隔域豈不親。兹塗無爾我，相泯等一真。昔亦念張儒，猶能逐冥塵。

顧明府榮夫

鷄山燕市每依依，此日都抛入洛衣。家近鬱林公舊隱，門如彭澤令初歸。空憐舊社惟君密，却笑無車訪我稀。最愛滄浪池水好，幾時同坐一方磯。

葛隱居汝敬

獨承華緒振芳塵，想見先公氣魄新。開口秖傳前輩事，存心不共此時人。城中紫陌藏巢許，門外青山是主賓。布褐一逢埃土盡，誰言叔度賤還貧。

懷表弟蔣燁允暉

風雨牀空坐燭闌，分襟兩見歲華殘。蕭條鷗鷺江湖闊，寂寞宫商草樹寒。王謝風流吾子在，武功中外老夫單。懷君有句君應笑，不向滄浪共釣竿。

寶劍篇

我有三尺匣，白石隱青鋒。一藏三十年，不敢輕開封。無人解舞術，秋山鎖神龍。時時自提看，碧水蒼芙蓉。家鷄未須割。屠蛟或當逢。想望張壯武，揄揚郭代公。高歌撫匣卧，欲哭干將翁。幸得留光彩，長飛星漢中。

八詠

禁省

彤華燿芝蓋，初旭浮絳纈。紫殿切五雲，螭表雙嵽嵲。千門洞陰陰，天光互明滅。英英鳳翼擁，肅肅羽旗列。仙《韶》忽然奏，鳥獸咸應節。皂囊上玉陛，丹書出金闕。

軍戎

西北羽書急，半夜渡湟水。上將受鉞出，壯士把弓起。天王跪進轂，四海盡雪耻。殺氣入匈奴，萬里地色紫。雕戈插犀甲，鐵勒封馬齒。平生百戰身，常擬一日死。

田家

溪流浸茅宇，短簷掛犂鋤。柔桑交午陰，幽禽時相呼。稚子跨犢眠，夢歸候朝餔。稼翁擇其勞，暫往携陶壺。老妻督少婦，擇繭停辟纑。輕雨日日零，群苗盡懷蘇。

漁釣

幸非城市住，不捨煙波宅。白鳥麗金沙，蒼苺繞黄石。涼陰木澗青，平遠水天碧。梁寒魚盡落，稻晚蟹猶瘠。修綸倚笭箵，敗笠蓋襏襫。沽酒自易醉，楓根忽終夕。

禪林

泥洹金爲地，祇園寶作坊。蓮猊兩足尊，天龍億萬王。燈存千歲焰，鑪騰百種香。精舍坐苾芻，屈曲蜂聯房。又如拘陀葉，處處蔭清凉。暫棲蘊已空，弘慈不可量。

宫觀

青霞抱琳館，蘿陰絡深徑。龜遊煙沼暖，鶴立天壇净。微香拂幽洞，欲覓風不定。雲房並懸簾，晝日鎖虚静。琪殿臨高臺，時聞落瑶磬。循除步周匝，遍扣無人應。

俠少

三遊本豪武，七貴原驕惰。腰間血匕燿，頭上金丸過。艷妓掌列盤，孌童口承唾。高樓沸歌鐘，王侯日盈座。殺人不須仇，睚眦家立破。郭氏族盡滅，銅山死猶餓。

宫閨

十五事君王，三十色未接。醝篠空近羊，蔫花不集蝶。昔慚鴟夷泛，今免呼韓挾。夭夭東鄰子，看星誦桃葉。塗黄斷横雲，流紅漬團醑。金微幾千里，一夜去來疊。

太行歌

上客坐高堂，聽僕歌太行。六歲從先公，騎馬出晉陽。遥遁厚土足，忽上天中央。但聞風雷聲，不見日月光。狐兔繞馬蹄，虎豹嘷樹旁。衡跨數十州，四面殊封疆。童心多驚栗，壯氣已飛揚。自來江南郡，佳麗稱吾鄉。邈哉雄豪觀，寤寐不可忘。人生非太行，耳目空茫茫。

金臺

東南控瀛海，西北壓胡塵。召公上輔周，文侯方用秦。子丹養君子，不惜如花人。昭王禮郭生，崇臺懸黄金。齊方入騶衍，梁邦來劇辛。從來燕好士，强國尚功勳。

漂母祠

子胥逢擊絮，遂爲鞭尸人。淮陰遇漂母，終亦去亡秦。豪傑與嬋媛，萬年共一塵。清淮映古廟，月明空沄沄。安能閭市上，復問哀王孫。

題畫

季冬雪重積，十日奇寒沍。啁啾闃不聞，葱蒨失其故。客子欲何歸，中林猶獨步。幸有蒼蒼松，爲辨去來路。

神遊篇贈黄勉之 勉之將遠遊，先自呼爲五嶽山人。

帝遣河上公，下來赤縣遊。采真金庭房，漫衍三十秋。禹書眇一策，詎幾窮沉幽。蘭香帨亦感，安能久綢繆。回首視泰元，紫煙覆神州。壘落結五丸，杼軸冥交鉤。内笈千神鈐，星雲表沉浮。猿鹿總千歲，桂姿無年休。雨露黯在下，日月環輪流。憶昨鶴上客，招邀玩滄丘。子既夙遘之，飄然躡霞輈。長歌我勸駕，神偕足孤留。金烏鳴日觀，玉女呼洗頭。三壺風帆迅，弱水不容舟。隨風唾珠玉，空遍□□收。聞有金光草，窈墨無所投。升攀星辰宫，忽恍垂前旒。長跪問寶章，八荒極探搜。一餐换塵骨，萬品皆蜉蝣。與子無往來，逍遥齊所求。

尚書内相毛文簡公輓辭

休辰盛文化，畿吴富登庸。蟬聯首四方，藹藹來毛公。翼翼寶玉執，桓桓岱山崇。翊亮總王禮，啟沃諧王衷。三朝補闕衮，百辟詹清風。職思謹詔相，不絿亦不竦。公薨后弔恤，哀榮天壤終。

濟陽登太白酒樓却寄施湖州　聘之。

昔聞董糟丘，嘗爲李白天津橋南造酒樓。人見二子不可見，唯有傑句掛余心肺爛爛珊瑚鉤。長安風沙住不得，南歸再卧蘇臺秋。泊舟濟陽城，買酒銷客愁。登樓拜先生，進爵澆黄流。知章不語先生笑，飛花亂撲過樓頭。金陵更無鳳凰遊，岳陽莫將黄鶴留。鄉關浮雲蔽落日，題詩却寄施湖州。余爲先生牛馬走，湖州乃是賀老儔。西塞山，杜若洲，與爾相期釣鰲去，千年江海同悠悠。

清溪宫夢仙吟

都邑聲色區，此有蓬藋風。黄埃不入門，十月清溪宫。幽閣掩竹牖，舒足眠高舂。隔林羽衣人，焚香鳴槁桐。微火縈屑沉，緑塵婉空濛。凄絃泛寒飆，引聲入雲中。吾不解世曲，聊與神明通。思借大鯤翼，小戲滄海東。微暝已復來，客調猶未終。

戴進風雨歸舟圖

黄陵廟下瀟湘浦，西風作寒東作雨。鷓鴣啼舌到無聲，誰管行人望家苦。柳州刺史幸不違，長沙太傅音塵非。翠蛾斑管在何處，萬古重華呼不歸。

唐寅畫山水歌

杜陵一匹好東絹，韋郎上植松兩幹。唐寅今如曹不興，有客乞染淞江綾。前山如笑後如怒，疏林如風密如霧。黯黯渾疑隔千里，蜿蜿忽辨緣溪路。黑雲沍蒼梧，丹霞標赤城。壯哉畫工力，九州通尺屏。兩崖遠立幫兩角，一道空江浸寥廓。吴綾本自淞水剪，誰把淄澠辨清濁。茅齋傍江絶低小，羡爾高居長自好。今年吴地幾魚鱉，看畫轉覺心熱惱。黄金壺中一斗汁，我欲濡毫映手濕。莫教童子誤褰翻，忽使癡龍攜雨出。

王右丞山水真跡歌

生煙漠漠中有樹，樹外田家幾家住。重巒復塢隨不斷，茅舍時時若菌附。兩人並向魚梁涉，一鳥遥從翠微度。行雲淡映荒水陂，似有斜陽帶微昫。傍篠白沙明，青林滃沉霧。乍明乍晦景萬變，想當夏盡秋初處。石墻短緣隈，隈水淺縈迴。寬平一畝敞層屋，板扉犬卧無人開。書堂樹深晝寂寂，主人應是王摩詰。清晨騎鹿看田出，行過柴汧日向夕。會招高適與裴迪，共賦輞川佳事畢，圖成興盡詩未筆。

暮嶺歸樵圖

吴山嶺頭風蕭蕭，吴山落日紅抹腰。蜿蜒鳥道自能認，祇在山中非市朝。燒薪暖酒换魚煮，五十行歌氣如虎。朱翁側足金馬門，吾儂未舍無媒路。

董烈婦行

大壑松不離，高山石不朽。覆載無改易，世有董烈婦。烈婦王氏名桂芳，十七嫁與董家郎。董郎臥瘵一年死，烈婦嘔血手斂藏。當時信誓對日月，誰能上掩日月光。死生契闊志不違，老姑無依老母嫠。母與烈婦伯父期，他年徐與重結褵。爲言：「汝婿昔僦居，婿死居停主人將奪之。汝曷來歸與汝棲，與汝伯父相因依。」烈婦聞命志益悲：「未聞太行王屋曾爲愚公移？天地生我死我自有處，何有一撮茅土爲繐帷？」啼眠風灑灑，母日護之不少舍。後數日母去，謂：「汝送我而後返，吾不汝詐。」婦勉從母歸，稍進一飯喀喀哽塞不能下，長號浪浪淚滿把。投匕曰：「我去。」母復送之野。煙雲慘淡日一抹，宣公橋下水潑潑。婦云：「母乎！河水清且淪漪，吾往從之，樂不可遏。」母聞驚絕色慘怛，大呼褰裳不可脱。漸臺水深瀨水闊，斷萍芒芒强令活。去矣還復入君門，抱君靈主哭訴君：「君神在木聞不聞，肉摧血裂魂紛綸。母去兒解防，兒身終自妨。兒有十尺麻，爲君繫三綱。」粗粗髽絰移在脰，玉質高懸幾筵右。手持元氣還乾坤，青天增高地增厚。是時婦年才十八，英風烈烈塞宇宙。嗚呼！十五國風一共姜，南朝惟見李侍郎。忠節不但臣節慶，爲爾君夫何獨幸。豈弟君子洪嘉興，二年一日風教行。爲爾成墳敕埋玉，彤管有繹光熒熒。豈徒肇家聲，豈徒信鄉俗。歌謡長吏澤，愛戴國家福。慰存盡封恤，樹勸望旌復。嗚呼！天下多美人，人百其身倘可贖。

將歸行　丁丑九月，還興寧。廿七夜，渡頭舟中作。時慈親在吴，室人在廣，兒在燕。

老龍渡頭秋欲歸，炎州霜輕葉不飛。江東遊客未授衣，羅衾支枕歌《式微》。自余之來日三北，燕吴萬里稀消息。高堂夢轉眼冥冥，山圍蛋船天潑墨。南溟有龍不可屠，北山有虎不可誅。鴛鴦相望懷慈烏，况有嶺南多鷓鴣。

悲　秋二首

荏苒來鴻去燕期，騷人切切有相宜。漢宫新調初翻葉，素女哀音半破絲。欲賦心懷無那意，少咨時事未能癡。長風短雨時時過，爲暑爲凉不可知。

野老今年齊騎省，不從今日見毛斑。行過日月知多暇，坐愛星河不可攀。俯仰隨時看物易，尋常談事到身難。登登兩屐江南閣，蒿目西風望子山。

秋宵不能寐

官街徹夜鼓聲悲，萬古渾無至静期。百事生來酒醒處，七情傷向夢回時。紅顔交代將人誤，青史升沉與世移。獨起挑燈映窗坐，秋光月色共參差。

丹陽曉發

京邑到來熟，曉行如赴家。月明人渡水，星散樹驚鵶。燈影依依店，茶聲遠遠車。蕭騷兩秋鬢，無處定生涯。

江行

渡口人争發，出江舟已微。鐘聲離岸小，帆影逐星稀。朔雁連雲度，寒潮伴月歸。蒼然山一帶，隱隱伏長圍。

長途

長途秖是水連天，好景惟應月帶煙。獨有流鶯與飛絮，見來渾似緑窗前。

京館聞鶯

天風吹出掖垣聲，瀏亮緱山午夜笙。錯認閶門折楊柳，一時飛夢滿江城。

自未春入初夏歸舟即事

往往花移色，交交鳥换鳴。雲將京國遠，水别衛河清。高嘯迎風轉，低眠看樹行。殷勤吴郡酒，還得此時情。

法　駕

蔚藍天上鬱蕭臺，五色雲旌雉尾開。法駕幾多牛馬走，不教凡世一夫來。

壬申閏五廿六曉紀懷

龐葛空聞有鳳姿，仲謀聊可道佳兒。病身日對干戈卧，别淚時看尺素垂。半夜鷄聲猶慷慨，平生驥足竟驅馳。無因便把漁竿去，羞向斜陽弄鬢絲。

閒居秋日

逃暑因能暫閉關，未須多把古賢攀。並抛杯勺方爲懶，少事篇章恐礙閒。凡墮一庭鄰寺葉，雲開半面隔城山。浮生祇説潛居易，隱比求名事更艱。

絶句

白眼青天萬里心，門前世事正浮沉。日斜睡起無聊甚，獨倚闌干看樹陰。

醉

斷酒二年，偶復一醉，爲此壬申季夏十七日也。

醉來中歲裏，那復有童心。祇覺忘人我，何爲更古今。山河秋兀兀，星露夜愔愔。惆悵惟陶阮，懸知磊䃭襟。

早春江行

五十六年行役身，又漂萍葉及初春。柏燈向壁吟殘句，江雨敲窗夢故人。鶯囀上林空倚醉，月生南浦幾傷神。還家想得兒童笑，毛髮蒼浪綠綬新。

縣齋

縣齋孤坐暫澄懷，未覺飛光兩矢催。夜雨鄉關歸夢久，夕陽門巷壯心迴。非因傲吏偏違俗，且喜微邦稱不才。坐起忽驚詩景入，西南山色隔城來。

循州春雨

物候逢春好，春來悶轉深。山城十日雨，家國百年心。海吹饒生冷，蠻雲易結陰。循州本謫地，何待此愁吟。

廣州戲題

生世投閒四十年，瘴江班頂試鳴絃。今朝也是爲官日，白日青天閉户眠。

丙子重九戲題

行年五十壯遊腸，幾把他鄉作故鄉。萬里一身南海畔，客窗獨看雨重陽。

戲爲口號 四月三日苦竹派道中。

遠人羈客古今悲，昔日慵看惜别詩。六口一家分五處，争教不作斷腸詞。

廣州别表弟趙二

海邊三載試琴才，省問煩君兩度來。天闊風鵬嗟轉徙，秋深霜雁獨飛回。計程驛路過江棹，屬買漁蓑掛釣臺。别酒多傾也能醉，歡情不似故園杯。

己卯春日偶作韓致光體

亡羊何日返初歧，失馬由來未用悲。靈藥不消心底火，世情猶惡夢中棋。三年紫陌長虚屐，一紐銅章祇礙詩。好景好將閒領取，淡煙明月兩參差。

庚辰二月廿七日曉官窰舟中口號

世棋年矢兩相催，絶嶺春深與雁回。無限胸中未酬事，篷窗燈枕酒醒來。

危機

世途開步即危機，魚解深潛鳥解飛。欲免虞羅惟一字，靈方千首不如歸。

夜歸

雨洗秋光萬井明，風高雲破月微生。還家莫道長酣寢，才聽鷄聲又出行。

次韻表弟蔣燁及門生翁敏見贈喜予歸田之作四首

中條不改舊王官，猶喜書淫共士安。漢女紅顔非自誤，阮公白眼向誰看。農人問稼教多秫，道士裁筠贈作冠。自喜車來皆長者，衹應親舊倍添歡。

荷鋤欣種淵明田，坦腹還如懶孝先。登山自蠟平生屐，載酒時過遠近船。焉知魚鳥升沉性，齊得椿菌小大年。却笑人間心尚在，欲將青史訂愚賢。

忙是揮毫静弈棋，雕闌日轉夢回遲。時從王右軍臨帖，戲學張京兆畫眉。傍水近開三益徑，停車徐詠《四愁詩》。新來最滿平生意，樓上看山獨坐時。

高眠不怕唤當關，一月華胥遊未還。意在可兼無可處，身居材與不材間。瓊敷玉藻六七子，金雀雅頭十二鬟。愧有金陵無李白，棲霞即是虎丘山。

卧病

鞅掌思將適野情，偶緣風火便相嬰。懸知智鄙同爲虐，且喜閒忙總不行。服餌轉令諳物性，静思因得檢長生。醫經士典都餘策，一卷《南華》萬物平。

無　題

亭角樓窗取次憑，東風不送笑歌聲。山村水郭城西路，却放朝雲此處行。

漢　室

漢室咸陽建，山河百二開。甘泉芝草出，天馬大宛來。宣室宵衣問，長楊獻賦回。寧知天禄閣，不用子雲才。

錢唐玄妙道院夜賦

枕席錢唐館，更時未北還。每當身作客，轉覺意能閒。雨氣橫秋海，潮聲入夜山。道人看默坐，應笑鬢輕斑。

山窗晝睡

身在雲房夢亦閒，松頭鶴影枕屏間。一聲隔谷鳴華雉，信手推窗滿眼山。

寓黄輕車宅雨夜禁直歸因戲贈

黄昏冷雨濕金鞍，韅䩭提巡繞禁鑾。星散羽林霜氣肅，天臨華蓋夜光寒。鄂君去後衾猶薄，京兆歸來黛已殘。知有遊人卧齋閣，一般飛夢出長安。

宿金山寺

窗中一抹海門焦，珠貝魚龍共此宵。枕得善財參後石，洗來天漢轉時潮。神遊會解靈妃佩，耳静能傳少女簫。况是梵王宫闕裏，蓮花葉上暫逍遥。

秋晚由震澤松陵入嘉禾道中作二首

晚發西南郭，秋深雨氣偏。人家低似岸，湖水大於天。日崦長如閣，風檣不用牽。辭燕還入越，才費半流年。

湖尾横波急，船頭轉港頻。幾家危傍水，一木老存身。黄菊看如客，青山坐送人。空舟隨處泊，不用擇行鄰。

暮春山行

小艇出横塘，西山曉氣蒼。水車辛苦婦，山轎冶遊郎。麥響家家碓，茶提處處筐。吴中好風景，最好是農桑。

三月初峽山道中

春陰春雨復春風，重叠山光濕翠濛。一段江南好圖畫，不堪人在旅途中。

與吴大飲酒

世事浮雲幾變更，鄰居長聽鳥嚶嚶。緗編俯仰閒今古，青眼摩挲老弟兄。樹下送醽高嘯飲，水邊聯袂細吟行。胸中三十年來氣，終不銷沉負友生。

寄謝雍

謝家蘭樹有清芬，每誦澄江却憶君。想得山莊長夏裏，石牀眠看度墻雲。

贈朱孝廉性甫

百年貞白舊高樓，傲兀風埃六十秋。楚聘尋常來北郭，魯呼前後祇東丘。書抄滿篋皆親手，詩草隨身半在舟。前輩風流惟此老，天公多爲後生留。

友人郊墅

孤墅倚高原，扁舟晚到門。琴聲虚草閣，月色滿江村。霜落魚蝦出，煙收花竹繁。不須燈下坐，臨水好開尊。

足夢中句

遠公蓮作社，陶令柳爲門。止酒用卿法，攢眉吾不言。白雲時或出，黄菊故應存。二老皆寂寞，千秋誰共論。

題湯三城南莊子

嘉樹夾茅堂，城南十畝莊。竹窗遥列岫，花樹密圍墻。兔捷罝施路，魚肥笱在梁。每來無世事，祇覺道心長。

武帝傳

柞宫憑几畫成王，淚落銅仙月似霜。王母不來方朔死，茂陵松柏自斜陽。

昆福寺

壞閣尚岧嶢，寒房繞寂寥。木撑危殿角，草出斷碑腰。門鑰凝塵滅，香鑪火氣銷。竟空惟佛觀，亦自有榮雕。

隱　者

白石薜蘿房，青山雲水鄉。琴傳雷氏斫，書是汲丘藏。鹿友同無我，蜂分亦讓王。枕中藏雅道，一卧即羲皇。

再輓子畏

少日同懷天下奇，中來出世也曾期。朱絲并絶桐薪韻，黄土生埋玉樹枝。生老病餘吾尚在，去來今際子先知。當時欲印樞機事，可解中宵入夢思。

贈承公

墻外西林是寶坊，林間高卧有支郎。定回斜日雲穿衲，吟斷寒更月滿牀。妙梵遠通潮隱隱，清陰分與柏蒼蒼。何時爲取無生話，共了趺蒲一夜長。

贈鄰院深上人

竹院名童子，茅齋坐已公。亦如王舍内，却愧魯家東。共味井泉接，分陰樹影中。閒眠時唱和，律吕隔墻通。

贈安愚柳大中

章甫玄端行秘書，穹窿山下竹林居。淫如玄晏道不遠，愚似龍城樂有餘。皮幾丹黄朝硯雜，煙窗鉛素夜燈虚。人間幸有雲龍遇，慚愧無因屢命車。

贈楞伽院老僧

庭前柏樹手摩挲，世壽寧如僧臘多。何物與師相伴住，楞伽山色石湖波。

贈道士

龍子遺將海上方，换除煙火世間腸。三花樹頂千秋雪，七寶宫中萬杵霜。瓊管緑簫通廓落，碧文金檢佩琳琅。松門晝掩煙蘿合，獨在峰頭侍紫陽。

送蘇瑾

柳枝不折折梅花，帶去吴中舊物華。白雪黄雲迷雁影，片帆明日是長沙。

静女眠春曉

陳月元非璧，荆雲本是人。抱衾辭永夜，失枕卧嬌春。嘶馬應南陌，流鶯在北鄰。城隅如可俟，無事夢含顰。

無題

强笑争禁别恨牽，病容憔瘦性依然。梨花小院留人坐，羅帳燈昏夢二年。

戲題秉叔燕月之什二首

一飲瓊漿骨不塵，五陵才子筆通神。簾前隊隊紅妝坐，誰識當年姓沈人。
無限香雲不斷霞，鳳凰臺下謫仙家。丹山碧水桃千樹，不遇劉郎未是花。

秋夜曲

明月深穿轆轤井，蕉梧戍削藏石影。房帷螢火入還出，綃被輕圍明玉冷。

皓月

玉田金界夜如年，大地人間事幾千。萬籟蕭蕭微不辨，露繁霜重月盈天。

秋宵苦雨

井上梧桐閣上鐘，林間烏鳥草間蟲。與君盡是凄凉伴，若伴愁人最是儂。

錢選水仙

八斗才中畫雒神，翠羅輕揚袜尖塵。霅溪老子真能事，更比陳王寫得親。

邊文進來禽畫眉

巫峽朝雲隔翠波，仙禽無奈晚來多。風流祇愛張京兆，日日章臺走馬過。

徵明畫草

光風輕泛緑迢迢，氣暖煙和未盡銷。想得美人簾底坐，月華斜漾翠裙腰。

堯民小筆

隱者高居不在城，閒來搦筆寫平生。藤枝策策從何去，葑水東頭弔古行。

小　景

濃雲壓嶺雨初至，密葉障林風更多。祇有漁翁能了事，一枚圓笠半肩蓑。

絶　句

忽見銀河水倒傾，森森毛髮不勝清。悟來祇在空山頂，卧聽松風夾雨聲。

雜題畫景 四首

江曲柴門日自關，夕陽舟楫斷萍間。寒流遠近長如玉，流過漁磯便不閒。
柳風欺水細生鱗，山色浮空澹抹銀。總道江南風景好，從來都讓罱泥人。
花滿百花潭北莊，無人同出碧鷄坊。因風竹葉浮巾翠，落地松花上屐香。
歷亂茅堂草樹深，隱居踪跡杳難尋。衹應獨自攜琴去，小答松篁太古音。

祝氏集外詩

《祝氏集略》別有《金縷》、《醉紅》、《窺簾》、《暢哉》、《擲果》、《拂絃》、《玉期》等七集，集各有小序，題曰「祝氏小集」，是京兆篋笥中物，好事者多傳寫之，亦韓致光《香奩》之流也。今附録爲集外詩。

綵雲東飛月向西效李紳相公鶯鶯歌

綵雲東飛月向西，分光换景雙凄凄。月華再與行雲遇，人間有情誰是主。障紅掩緑心色幽，歡情不滿哀怨稠。傷鸞恨鵲如何許，兩聲嘈嘈向歸路。

憶神妃

不見瑶姬八載遥，依稀聞説返丹霄。靈雲秀雨今何在，留與人間做寂寥。

憶青娥

雲窗夢破十年春，淺笑深顰隔一春。時節風光渾似舊，燈花一顆照愁人。

秋月

銖衣猶是舊霓裳，帶得清虚府裏香。今日輕分三萬斛，乞他人世緑衣郎。

秋香便面

晃玉摇銀小扇圖，五雲樓閣女仙居。行間著過秋香字，知是成都薛校書。

無題

再降微之與牧之，依然記得轉輪時。玭珠作性收圓業，銀粉流香暢艷辭。紫鳳占祥群玉府，金鶯棲盡好花枝。宜公正是青春日，兩鬢光華未染絲。

見仙

寶月香雲萬燭紅，玉容當面出簾櫳。仙人也愛人間樂，衹是人間無路通。

閒題

錦翼文翎處處逢，綵雲隨月任西東。瓊漿醉骨三千歲，玉顆聯情一萬重。狂蝶不曾離寶苑，好花都願嫁東風。醉斜小杜吴王國，錯認揚州十里紅。

杜蘭香再通玉期

墉城冥約久茫茫，半夜飆輪送遠香。月墮雲中千里易，玉生田下十年長。榆花會結填河駕，瓊液尋傾止渴湯。何日秦樓緣事了，一聲横玉兩文凰。

一曲

一曲嬌歌酒一觴，難醒難醉又難忘。争知一别還非易，滿地月明歸路長。

想得

斜陽流影入房櫳，複緑重紅掩映中。想得那人新睡起，倚牀閒嚙繡殘絨。

何時

曾是春樓有好期，幽歡曾遣别人知。一團羞顫惟愁慢，萬種妖嬌不定疑。玉穴精神迷肺腑，花房春味逗腰肢。何年更作朝雲夢，一日懸情十二時。

附見　夢蘇道人詩六首

王錡字元禹，别號夢蘇道人。少讀書於婦翁劉草窗，得其議論爲多。隱居荻溪，以著述自娱。吴文定表其墓。

邀祝秀才二首

懶逐潘家榆柳塵，扶攜看盡滿城春。醉來不唱梅花曲，自度新聲教玉人。

卿月花燈徹夜明，吟肩隨處倚傾城。明宵倘念孤寒客，共對芸窗一短檠。

别後歌麗製不覺引滿大醉醉中成四絶句奉納

人言元白再來身，我道奎中降下神。誰遣玲瓏唱新曲，江南添得十分春。
紅綃春墮綵雲中，蜀錦吴綾一日空。應是天孫擎好手，特教凡世掃群工。
的爍梅花嫩柳枝，午妝人倚翠樓時。蘇州更比揚州好，況有才郎勝牧之。
假節何年使蜀川，宿期空老霅溪邊。尋春走馬閶門去，幾處銀箏誤拂絃①。

① 原注：「集稱取此。」

依韻奉和四首

謫下司花小吏身，芳菲國裏散精神。輕紅重緑争姸媚，少個蜂王未當春。
自從元白去寰中，重色輕情妙法空。小住祝郎三百歲，爲他重作①挽春工。
棲鳳須當碧玉枝，秋娘偏愛少年時。蘭香慕俊尋張碩，桃葉憐才事獻之。
風情擬我杜樊川，慚愧秋娘擁兩邊。俗眼從渠浪開合，生來粘在十三絃。

① 原注：「去聲。」

一把

仙魄迷花不自持，花傷難藉草頭醫。争禁一把東陽骨，消得春風日日吹。

春遊虎丘雜題二首

春光滿郊野，吾獨愛西丘。碧水一池定，白雲千頃流。散人歌小海，幼伎撥箜篌。遠著謝公屐，高登王粲樓。人生一杯酒，又是一年遊。

醉扶紅袖上飛樓，又是新年第一遊。欲撥詩腸重進酒，誤將纖笋觸箜篌。

傷春

東風吹骨軟於綿，病沈愁潘煞有權。較緑量紅花債負，斟濃酌淡酒因緣。三更坐月蟾妃覺，十日銜花蝶使憐。短帽輕衫休擬罷，西山蹋遍柳枝煙。

遥看隔水倚窗釣魚

芳原落日裏，織女夜臨河。灼灼呈紅玉，盈盈隔緑波。金環約柔腕，玉體掛輕羅。謾自傾銀海，無因化水梭。承伊纖手弄①，深淺任如何。

① 原注：「一作戲。」

大概

緑水蘭橈泛雒神，隔闌遥唤送情親。匆匆不記仙人號，大概知同色界人。

爲黄應龍姬人史鳳翔題扇上景

綽綽輕紅廣袖垂，遠山移翠上蛾眉。闌干倚到春深處，雨暖雲香日正遲。

徐博士禎卿一百二十三首

禎卿字昌穀，一字昌國，常熟人，遷吴縣〔一〕。天性穎異，家不蓄一書，而無所不通。與吴趨唐寅相友善。寅薦於沈周、楊循吉，由是知名。屢臺試不捷，感屈子《離騷》作《嘆嘆集》，論者以「文章江左家家玉，煙月揚州樹樹花」爲集中警句，雖沈、宋無以加。又斷作詩之妙，爲《談藝録》。弘治乙丑舉進士，除大理寺左寺副，乞徙南就養，會失囚，降國子監博士，卒於京師，年三十三。顧璘《國寶新編》曰：「昌穀神清體弱，雙瞳燭人。幼精文理，不由教迪。」著《交誡》、《感暮賦》諸篇，詞旨沈鬱，遂闖晋、宋之藩，凌躐曹魏，長宿驚嘆，號爲文雄。專門詩學，究訂體裁，上探騷雅，下括高、岑，融會折衷，備兹文質，取充棟之草，删存百一，至今海内奉如圭璧，所謂雖多亦奚以爲也。其所研索，具在《談藝録》中，斯良工獨苦者與？昌穀少與唐寅、祝允明、文璧齊名，號「吴中四才子」。徵仲稱其才特高，年甚少，而所見最的。其持論，於唐名家獨喜劉賓客、白太傅，沈酣六朝散華流艷文章煙月之句，至今令人口吻猶香。登第之後，與北地李獻吉遊，悔其少作，改而趨漢、魏、盛唐，吴中名士頗有邯鄲學步之誚。然而標格清妍，摛詞婉約，絶不染中原傖父槎牙奡兀之習，江左風流故自在也。獻吉譏其守而未化，蹊徑存焉，斯亦善譽昌穀者與。余取昌穀五集暨《迪功集》參互録之，使談藝者自採擇焉。

〔一〕原注：「《二科志》：『琴川人，徙家吴縣，遂占籍焉。』」

擬蕭子顯春别曲四首。以下《迪功五集》。

雜草積色滿河塘，楊柳覆額映嬌黄。春心春望不可極，隴北遼陽俱斷腸。

春風戲蝶一庭花，落日聚雀空城麥。半牀敝帳掩朝寒，滿鏡新愁減釵澤。貞志寧忘陌上桑，同心共指西陵柏。

鳴鸝欲亂花發齊，江南草長緑葉萋。三邊遠戍十年妻，驚顔感候那不啼。

霧裏纖纖新月光，機中少婦織流黄。可憐斷絲不如淚，零落時續不能長。

誦陸厥李夫人歌因效其體詠漢武

鬱金臂上香，龍燭帳中光。昔時愁夜短，今時怨夜長。長夜怨，徹旦思。情漠漠，魂離離。新宫夜雨生香草，故苑秋風銷桂枝。欣見帷中步，翻成夢裏悲。

效何遜詠倡家

簾櫳秋未晚，花霧夕偏佳。暗牖通新燭，虚堂聞落釵。淅淅烏棲樹，明明月墮懷。相思不可見，蘭生故繞階。

代煬帝寄内人曲

藕絲一尺自言長，情人懷情那可量。願得牽心渡淮水，勿畏風波作小傷。

擬謝朓邯鄲才人嫁爲厮卒婦

靡靡辭掖庭，殷勤謝故媛。今朝一羽捐，宿昔千金選。自怨恩命薄，不恨紅顔賤。夜雨長蘼蕪，秋風入團扇。那忍見可憐，脱釵市玉燕。

效庾信作

綺梁文桂刻，椒壁石脂漫。鏡牀雕孔雀，窗箔織青鸞。斜牖銀河轉，空庭白露團。梨花初浴霧，竹影尚低寒。不如紈帳裏，誰復夢懷蘭。

秋氣篇

邊城秋氣肅，夜慘角聲長。廢草煙中緑，寒雲塞上黄。萬里警烽火，十載憶河梁。聞砧俱掩泣，見月共愁鄉。亦有觀津婦，仍聞洛下妝。啼粉生陰蘚，孤衾戀故香。當窗工織素，織指怯縫裳。絡緯蕭蕭雨，蒹葭夜夜霜。鏡塵深一尺，書淚漫千行。妾心豈畏晚，思君誠可傷。

步出西閭吟

步出西閭里，草緐路如縷。四望何所有，遥見丘墳鬱膴膴。悲風蕭條百鳥聲，寒日潛光昏黍稌。低徊步念不自已，魂魄終當歸此土。還家語妻子，桃根摧傷李代腐。沈吟此曲不敢盡，恐君流酸徹肺腑。

落花怨

青枝參差露華浥，落花辭春不能泣。芳閨年少對躊躇，有情無言空怏悒。落花含羞擬謝問，顔色與卿不相及。江上横波暮轉深，江干燕泥生紫蘋。前程零落不可保，多謝嬌癡薄命人。

榆塞嘆

榆塞西來草似煙，洛陽東望月如錢。迴腸時時轆轤轉，蘭心夜夜膏火然。蟲吟下牀露入幔，天河沈沈雲曼曼。青桐玉井一葉秋，滿城寒砧星物换。空傳草草一行書，誰寄遥遥千里嘆。會日苦少别離長，人生失意恒過半。

王昭君

辛苦風沙萬里鞍，春紅微淡黛痕殘。單于猶解憐嬌色，親拂胡塵帶笑看。

結客少年場行

雪刃親將報不平，千金購首未分明。醉遊酒市無人識，自鬻朱門變姓名。

從軍行

遠逐胡兵浹夜行，平明深雪陷龍城。重圍三日無炊黍，猶突龍騅潰虜營。

大道曲

長安樓閣互相望，户户珠簾十二行。緑水過橋通酒市，春風下馬有垂楊。

羽林少年行

寶馬平馳過夕陰，飛丸遥墮掌中金。不知富貴緣何事，偏動青樓瞥見心。

塞上曲

風急交河水正渾，黄沙日落戰雲昏。牛羊滿地干戈裏，獨立營門望五原。

文章煙月

風霜獨卧閒中病，時節偏催壑口蛇。籬下落英秋半掬，燈前新夢鬢雙華。文章江左家家玉，煙月揚州樹樹花。會待此心銷滅盡，好持齋鉢禮毗耶。

偶見

深山曲路見桃花，馬上匆匆日欲斜。可奈玉鞭留不住，又銜春恨到天涯。

簡伯虎

麻紙功名笑浪傳，如今袖手了塵緣。交朋零落看書札，花月蕭條問酒錢。數里青山騎犢醉，一牀黄葉擁秋眠。心期兀兀成幽病，誰與高人辦草廛。

贈唐居士

閒居嗒嗒醉嗚嗚，轉覺微情與世疏。貧剩氍毹猶讓鹿①，病抛魚肉久甘蔬。一龕碧火蒲團夜，十畝黄柑酒瓿車。兹事若成須報我，菟裘隨地着吾廬。

① 原注：「伯虎時畜一鹿。」

用韻答伯虎

高情聊混俗，文技本違時。心事難憑夢，流年盡入髭。青衫無貴骨，白首少相知。獨有唐居士，頻頻慰小詩。

懷邢處士參

梨花分月一枝明，吟着君詩繞樹行。聞説里門多下馬，若爲人世可逃名。寂寥風雨眠僧舍，談笑杯盤醱豆羹。數畝山田是吾志，與君終老飯香粳。

和叔英懷西崦

日暮天寒猶旅舍，風霜裘敝故棲棲。悲傷世路吾憐阮，闊略時情子笑嵇。狼籍鏡痕收白髮，團圞燈影飯黄齏。此心合廢功名願，何况家山在崦西。

燕

風暖池塘得意春，水芹煙草一回新。傍花掠羽差差影，銜雨歸巢煦煦親。眼底興衰王謝宅，樓中思怨綺羅人。閒追往事如相話，祇有儂家似舊貧。

獨　立

獨立溪烟絮帽斜，行人停路問三叉。兒童樹底燒殘葉，估客河中問酒家。日暮啄饑喧野雀，天寒争宿集荒鴉。官橋寂寞梅花發，愁見南枝又歲華。

和答石田先生落花 四首

不須惆悵緑枝稠，畢竟繁華有斷頭。夜雨一庭争怨惜，夕陽半樹小淹留。佳人踏處弓鞋薄，燕子銜來隔墻窺。經春爲爾添新債，開費清樽落費詩。
飄蕩東西不自持，多情牽惹有飛絲。恩私漫憶曾攀手，精魄難拋未冷枝。每戒兒童摇樹戲，空煩道路
雨沖圍。今朝蝶似長安客，差況殘春寂寞歸。
歌酒欄干事已非，玉人惆悵卷羅幃。可堪荏苒争先謝，更不躊躇各自飛。盡掃庭枝風斂怨，偶粘塵網
日沉西。先生卧病渾難管，拾得餘英醉裏題。
門掩殘紅樹樹稀，客車休訪雨中泥。蜂攀故蕊將須護，鳥過空枝破血啼。半月簾櫳風不定，一川煙景
別院幽。滿目春光今亦老，可能更管鏡中愁。

書海棠扇

春風吹墮胭脂淚，散作妖花一樹丹。可奈五更清夢短，杜鵑聲歇雨絲寒。

觀舞歌

今夕何夕燈滿堂，金釵夜舞華瑟傍。香風拍袂紅霞舉，玉腕矯矯凌虚翔。飄飄雲步蕩輕佩，八鸞協律
鳴鏘鏘。花柔玉軟兩無力，宛轉應節隨低昂。蟠身蹲伏龜鶴息，延頸直跱螭龍長。明珠圓轉盤四角，
新蓮裊娜波中央。繁歌急調相迫促，紫燕雙入虚簾忙。粉脂凝汗朱顔發，明月空梁添素光。座中豪客
燕趙産，快賞一舉連十觴。吴才雖不勝杯酌，能握綺筆揮詞章。聊酬一曲當縑素，清腕不讓溢陽郎。

溢陽涕泗苦不足，風流詎及吴才狂。

徐姬詩

金陵有徐姬者，善屬詩，蚤死。余嘗聞其句云：「楊花厚處春陰薄，清冷不勝單夾衣。」頗愛其有婉思，以詩弔之。

繞廊吟罷楊花句，欲覓楊花樹已空。日暮街頭春雪散，杜鵑無力泣東風。

追録舊作

衡陽聲斷雁回蹤，南國飄零煙莽中。紙幔燃燈寒夜雨，水樓吹笛菊花風。誰敲急杵催山月，獨語愁心對草蟲。病骨秋容兩無賴，一樽揮袂泣飛蓬。

效閨中語二首

小小亭臺曲曲欄，支頤獨倚悄無言。楊花飛處春衫薄，風信今朝第幾番。

繡罷還呼姊妹看，午風晴日滿欄干。花間打散雙蝴蝶，飛過墻兒又作團。

春思

渺渺春江空落暉，旅人相顧欲霑衣。楚王宫外千條柳，不遣飛花送客歸。

雨泊

蓮窩渡頭燕雙語，楊柳蕭疏灑飛雨。五日舟行一日程，客夢邅迴厭灣浦。溪煙卧水澹不流，沙草縈毛細難數。淹泊空灘歸意迷，背雨來船自鳴櫓。

遊俠篇　以下《迪功集》。

四牡飭朱軒，俠氣何翩翩。夕鶩邯鄲道，朝馳函谷關。千金飾冠劍，寶服芳且鮮。徒御若雲浮，周道直如弦。堂中養死士，被服皆珠紈。櫪馬厭粱肉，貝甲委如山。片言傾五嶽，萬乘慕其賢。諸侯奉白璧，爲壽巵酒前。合從連趙魏，駕轂同齊燕。仗劍歸質子，矯節奪兵權。皦皦日中議，歃血重一言。鷄鳴脱虎口，狗盗乃獲全。天地相蕩蝕，四海如沸淵。憑軾一抵掌，解紛談笑間。縱横負奇節，逸氣蓋八埏。慨慷功名會，何言七尺捐。策勳山河溢，流光竹帛鐫。何爲坎壈士，撫劍獨長嘆。

猛虎行

上山晨採樵，下山逢猛虎。深林叢薄不可度，熊貔巉巖兮向我怒。虎欲食我低頭據地而長號，使我心悲淚如雨。舍中無人，言父與妻。爨下又無食，使我孤兒啼。拔劍前致詞：「爾胡不仁至此爲！凌牙鋸齒，食人之肝。拒骨而撑尸，膏血布川谷。烏銜其肉，倒挂東南枝。」惻惻草野中，行哭聲正悲。嬌女行採桑，道逢野虎搏食之。滄浪之天更不慈，猛虎瞑目若摇思。便復舍我置道傍，我欲東歸河無梁。綿綿邈邈，思我故鄉。嗟爾行路人，猛虎當關慎莫行，思我父母多苦辛。吁嗟猛虎白額狸斑而黑文，何不渡河而去從彼豺狼群？城中咆哮竟夕聞，吾將訴汝泰山君。《猛虎行》且莫歌，泰山之君奈若何！

苦寒行

凛凛朔氣運，悠悠玄象馳。北鄙何蕭條，漠野恒凄其。崇霜依岫結，峨冰憑岸滋。飛砂塞門來，胡馬厲長悲。漂漂密雪興，靉靉繁雲垂。窮獸啼原澤，饑烏號樹枝。無衣嘆秦風，卒歲詠豳詩。伊予炎荒士，飄飄寄邊陲。風土有本性，狐貉非所宜。飲漿豈執熱，懷纊猶抱絺。處燥常畏瘍，久涼誠惡痺。寄謝父與母，遊子難久居。

白紵歌

三星爍爍花滿堂，素腕盈盈出洞房。垂羅映縠耀明妝，皦若雲中開月光。流情盼君君莫忘，停歌節舞進玉觴，願君安坐夜未央。旨酒千壺列東厢，美人如花嬌北堂。齊歌合舞聖世昌，願得歡娱永未央。脂車秣馬且踟躕，百年之會忽須臾。東流之水西飛烏，今我不樂何爲乎？

鷂雀行

白鷂捉黄雀，斜盤下九天。豈知南山側，復有虞人弦。一發中雙翼，忽墜青雲端。行人皆撫掌，仰視落飛翰。弓矢懸馬頭，少年坐雕鞍。持歸咸陽市，百鳥争聚觀。美酒白玉缸，肉臘黄金槃。樂哉今日宴，四座争萬年①。

①原注：「黄河水曰：『昌穀《鷂雀》一篇足以上抗西京，下視子建，殆千載之希聲也。』」

將進酒

將進酒，乘杜康。大白硨磲爲罍錦，作幂燕京字琥珀。朱緡三千酒一石，君呼六博我當擲。盤中好采顔如花，鴛鴦分翅真可誇。壺邊小姬拔漢幟，壯士失色徒喧嘩。拉君鬚，勸君酒，人間得失那復有。男兒運命未亨嘉，張良空槌博浪沙。秦皇按劍搜草澤，豎子來爲下邳客。一朝崛起佐沛公，身騎蒼龍被赤舄。滅秦蹙項在掌間，始知橋邊老人是黄石。狂風吹沙漲黑天，天山雪片落酒筵。錦屏綉幕不覺暖，齊謳趙舞繞膝前。人生遇酒且快飲，當場爲樂須少年，何用窘束坐自煎。陽春豈發斷蓬草，白日不照黄壚泉。君不見劉伶好酒無日醒，幕天席地身冥冥。其妻勸止之，舉觴向天白，婦人之言不足聽。又不見漢朝公孫稱巨公，脱粟不舂爲固窮。規行矩步自衒世，不若爲蝨處褌中。丈夫所貴豈窮苦，千載倜儻流英風。人言徐卿是癡兒，袖中吴鈎何用爲。長安市上歌擊筑，坐客知誰高漸離。我醉且倒黄金罍，世人笑我餔糟而揚醨。吁嗟！屈原何清，漁父何卑。魯邊乃蹈東海死，梅福脱帽青門枝。明朝走馬報仇去，襄子橋邊人豈知。

江南樂八首代内作

生長在江南，不愛江北住。家在閶門西，門垂雙柳樹。
陽春二月時，桃李花參差。寄言諸姊妹，莫遣惡風吹。
還鄉信自樂，望近轉於邑。阿母見兒歸，定自持儂泣。
野鳧生雛時，乃在河沚中。可憐生羽翼，各自戀菰叢。
橘生江上洲，過江化爲枳。情性本非殊，風土不相似。
人言江南薄，江南信自樂。采桑作蠶絲，羅綺任儂着。
與郎計水程，三月定到家。庭中赤芍藥，爛熳齊作花。

江南道里長，荆襄在何處。聞郎昨夜語，五月瀟湘去。

隴頭流水歌三疊代内作

隴水嗚咽流，各自東西下。生男不下堂，生女棄中野。
下隴磨剪刀，刀澀指爪柔。將刀斷割水，那用東西流。
隴水鳴不止，似聞阿兒語。出門不見人，肝腸斷絶汝。

少年行

生長在邊城，騎射有聲名。召募河源去，長屯都護營。登山望敵氣，間道擊胡兵。十決推雄戰，連呼扶漢旌。雲中息刁斗，天上掃攙搶。坐弄胡笳月，梅花隴水清。

從軍行四首

貳師將軍初出師，横行十萬羽林兒。隔河追斬呼韓將，烏壘高懸太白旂。
五壘神兵下玉門，倒傾西海蹴崑崙。輕車夜渡交河水，斬首先傳吐谷渾。
調笑胡王坐玉鞍，蛇矛丈八躍如湍。天子戎衣遥按劍，將軍直爲斬樓蘭。
青天磧路掛金微，明月洮河樹影稀。胡雁哀鳴飛不渡，黄雲戍卒幾時歸？

平陵東行

共工觸天補女媧，后羿射之摧九烏。君不見泰山之高屹天柱，有時東崩海水枯。秦人築長城，東笞夷貊北擊胡，開闔地户天下樞。九關虎豹下食人，髑髏飛血昏風塵，四海望之威天神。亦有荆軻起報仇，裂眦向天天爲愁，拔劍一呼震萬乘。快哉壯士誰與儔，儒生抗眉論堯舜，斂手待烹良可羞。上卿執圭古崇侈，魯生棄之若敝屣。鴻毛輕死爲二桃，笑殺田疆與冶子。龍蛇消息各有時，白石落落人豈知。季布髡爲奴，范雎乃是糞下兒。一朝雲雷起屯厄，揮刃脱縛揚高眉。我今傴僂困螻蟻，吹沙吸呷若鮒鯉。牛涔蠕蠕豈足活，河伯向我誇秋水。夜夢憑雲忽上天，傾山倒海作龍淵。天門中開繞赤電，霓旌雷車導我前。空山颯颯走霹靂，草木摧拉飛炎煙。丈夫未足哀困窮，仰嘆白日回英風。不能鼓行青海上，亦當擊劍咸陽之市中。寧學鉏麑觸槐死，羞言投閣仕莽公。吾悲夫二子之死也，誠如寒蚓與秋蓬。

燕京四時歌四首

天柳垂絲拂建章，銀冰千片落金塘。煙花萬國行人度，遥指蓬萊春日光。
暑殿金泉枕碧山，清凉樓閣五臺間。赤日不行葱嶺北，雪花長繞玉門關。
薊門桑葉落滹沱，代北浮雲鴻雁多。莫向雲中傳尺素，空將明月對嫦娥。
葡萄新酒潑流霞，十月燕山雪作花。天子後庭誇玉樹，昭君胡服拂琵琶。

擬古宮詞七首

君王無事日臨戎，韎韐親調白玉弓。千騎紅袍齊扈蹕，臂鷹遥出建章宫。
千場搏戲未言回，魚鑰重重向暮開。遥聽雲中催羯鼓，君王何處打毬來。
劍舞戎歌樂未休，煌煌芝火五城樓。班姬獨卧昭陽殿，却卷珠簾望女牛。
十五承恩侍衮旒，宫中初拜大長秋。見説上林陪羽獵，君王同着紫雲裘。
興慶池頭漏未闌，梨園弟子曲將殘。花前更進宫州伎，無那西涼月色寒。
馳道毵毵御柳垂，春風挾彈羽林兒。武皇親御長楊殿，敕與龍駒控鬣騎。
狗監離宫承宴歡，掖庭通晚不回鑾。那能夜夜長門裏，銀燭薰衣待漏殘。

雜謡四首 按此皆紀正德五年八月之變也。

夫爲虜，妻爲囚，少婦出門走，道逢爺娘不敢收。東市街，西市街，黄符下，使者來。狗觫觫，鷄鳴飛上屋，風吹門前草肅肅。

壞我民居田，樹子桐與櫝。桐櫝何青青，素車不得下。

狐彭彭，兔逐逐，反顧奔以北。彎弓來，彎弓來。

沼我乎逵兮，築子之棲兮。木槿隕落，巢安歸兮？

古意二首贈劉子

空爲郢中客，不見郢中吟。美人高堂上，自奏山水音。帝子葬何處，瀟湘雲正深。寂寥誰共賞，江上獨傷心。

楚妃一失寵，獨宿楚江陰。雖念容華落，終憐繾綣心。聞説章臺畔，畋遊歡自淫。今日宮中事，不言讒妒深。

贈王淵之

淵之放遊濩落廿年，頃來京師，將從卑宦，飲以巵酒，并爲歌贈之。

君不見十月狂風吹白雪，長安城中地欲裂。朱門酒壚紅炙天，空裏瓊花旋消滅。由來都國盛繁華，青雲絡繹滿仙車。浪説黄金賜寒士，争言白璧謁侯家。驕矜意氣遥相羡，片善朝推蒙夕薦。待詔虚沉金馬門，傳宣直上麒麟殿。王郎濩落爾何求，千里乘驢被黑裘。空論作賦稱才子，未肯低眉事貴遊。知君不得逢楊意，終愧明時老督郵。

答顧郎中華玉

昔居長安西，今居長安北。蓬門卧病秋潦繁，十日不出生荆棘。牽泥匍匐入學宫，馬瘦翻愁足無力。

慵疏頗被諸生譏，虚名何用時人識。京師賣文賤於土，饑腸不救齏鹽食。去年作吏在法曹，月俸送官空署職。牀頭一甕不滿儲，囊裏無錢作沽直。歸來困頓不得醉，兒女荒凉婦嘆息。今年調官去懊惱，苦笑先生禄太嗇。釜中粟少作糜薄，白碗盛來映膚色。丈夫但免溝壑辱，日飲藜羹勝羊肉。平生富貴亦何有，羸軀幸自弛耕牧。但願時豐民物安，官府清廉盜賊伏。人人鼓腹厭粱菽，先生雖病甘苜蓿。一朝雷雨濯亨衢，坐見諸公執中軸。先生翛然卷懷退，茅齋歸向南山卜。

入沛

落日遍草色，遊子入沛鄉。如何緬兹土，能令心慨慷。道逢守津吏，問客來何方。一爲陳風俗，三嘆久徬徨。前者貳尹家，會客具酒漿。遣吏出市物，吏私入己囊。尹訊卑以紓，吏言伉以張。回身赴入河，尹懾親扶將。矯矯鷙悍氣，重忿復輕亡。由來英雄氣，儻蕩出芒碭。予聽此言立，側想《大風》章。撫劍一爲歌，春宇無精光。原野厲長飆，飛鳥不遑翔。瞿瞿蟋蟀嘆，悽惻感陶唐。

彭蠡

茫茫彭蠡口，隱隱鄱陽岑。地湧三辰動，江連九派深。揚舲武昌客，發興豫章吟。不見垂綸叟，煙波空我心。

在武昌作

洞庭葉未下，瀟湘秋欲生。高齋今夜雨，獨卧武昌城。重以桑梓念，悽其江漢情。不知天外雁，何事樂南征。

曉下廬山

下山鼯鼠啼，藤竹使人迷。多謝東林月，殷勤過虎溪。

登支硎山樓遲遊侶

谷寺憐幽密，兹樓表麗觀。煙雲連壑動，竹樹入門寒。獨往迷前徑，憑高遲所歡。時聞有清磬，遥出暮林端。

長陵西望泰陵

昔送宫車出，長悲西雍門。今來寒食節，獨望灞陵園。杳杳仙城閉，萋萋封樹繁。當時侍從客，慟哭幾人存。

九日遊眺二絶句

頻年摇落寄邊州，無賴今晨强出遊。從教烏帽欺人髮，不耐黄花亂客愁。

西門沙丘頽欲崩，思望芒山强自登。正愁隴樹模糊甚，更著浮雲蔽泰陵。

浙江驛下作

自嘆南浮客，崎嶇驛嶺遥。川途澹斜日，鉦鼓送揚橈。水勢含滄海，山形折落潮。夷墟不可問，徒使旅心摇。

送友

瓜生葛薪下，緣蔓義相因。人生結交故，婉孌自懷親。交義諒不遠，戚若同株根。勿採棘下瓜，棘傷多苦辛。不惜傷者苦，但恐株荄分。念當與子别，惻惻傷我神。

留别邊子

我車駕言邁，將子城之隅。豈無他人親，惓戀心自知。握手一爲嘆，忽忽從此辭。驅車何迢迢，迢迢復遲遲。匪我車輪遲，行子有所思。登高望河水，河水何瀰瀰。褰裳欲涉之，俯首以踟躕。孤楊生河干，梟梟何差差。民生失儔匹，惻爾令心悲。

送士選侍御

壯士樂長征，門前邊馬鳴。春風三月柳，吹暗大同城。蘆溝橋下東流水，故人一樽情未已。胡天飛盡隴頭雲，唯見居庸暮山紫。羡君鞍馬速流星，予亦孤帆下洞庭。塞北荆南心萬里，佩刀長揖向都亭。

送范静之遷威州四首

吾憐范巨卿，悃愊不邀名。作吏竹林下，清風訟獄平。與君同得罪，獨竄夜郎城。萬里巴江水，相思猿狖鳴。

聞上巴江峽，黄牛峽最遲。君聽流水意，何似隴頭悲。

爾向巫山日，瞿塘春可憐。柳絲嬌緑水，白雪媚陽天。

玉罍爲糟蘗，巴川即酒泉。乘舟捉明月，直到女牛邊。

送耿晦之守湖州

遠下吴江向霅川，高秋風物倍澄鮮。鵁鶄菰葉翠相亂，錦石游鱗清可憐。郵渚撾頻津吏鼓，漁歌唱近使君船。吴興峴山足勝事，漢水襄陽空昔賢。

送蕭若愚

送君南下巴渝深，予亦迢迢湘水心。前路不知何地别，千山萬壑暮猿吟。

青門歌送吴郎

吴郎醉嗜長安酒，落魄自言爲客久。走馬頻看上苑花，回鞭幾折青門柳。青門曈曈魚鑰開，乳燕遊絲相逐來。柳下雕鞍留别袂，花間酒盞覆蒼苔。浮雲去去辭城闕，芳草連天那可歇。野店春風聽早鶯，關河曉樹懸星月。千里淮流雙畫橈，廣陵驛前逢暮潮。落日帆歸揚子渡，青山家對伯通橋。吾家流水元非隔，宛轉胥臺通巷陌。草長難尋仲蔚居，林深不辨陶潛宅。清溪屋下可垂綸，復有蒓羹足獻親。君歸倘食冰絲鱠，爲念羈棲塞北人。

贈别獻吉

爾放金鷄别帝鄉，何如李白在潯陽。日暮經過燕趙客，解裘同醉酒壚傍。徘徊桂樹涼飆發，仰視明河秋夜長。此去梁園逢雨雪，知予遥度赤城梁。

送友人還吳

陽月隨陽雁，遥從塞上來。北人江北望，不見隴頭梅。坐下楊朱淚，吟爲莊舄哀。聊傳數行札，千里送君回。

送蕭少府

嬌嬌雙梟塞隴分，武夷殘雪半春雲。玉洞祇愁仙隱去，洛陽花下不逢君。

送顧馬湖孔昭二首

巴東明月巴西歌，兩岸梅花羌笛多。一曲停橈雙泪落，猿聲三峽若爲過。
錦水由來勝若耶，蘭橈三月泛桃花。巴兒見客能歌舞，蜀女明妝笑浣紗。

安南歌送沈使君

借問炎交路若何，片帆南指廣州過。知君怕見榔桄樹，近嶺猿聲日漸多。

送方山人

嚴子灘頭花落時，水清雲碧浄漣漪。孤舟相逐飛花去，一日看山到武夷。

送盛斯徵赴長沙

昔愁越嶲千峰仄，轉入巴渝萬里賒。豈料聖恩憐賈誼，猶煩佐郡出長沙。蠻中瘴遠三湘水，江畔春逢十月花。遥聽岳陽樓上笛，可能回首憶京華。

唐生將卜築桃花塢謀家無貲貽書見讓寄此解嘲

予昔攀白日，虹霓干紫庭。浮沉帝座側，無人知歲星。側待公車無所歡，聊騎天馬出長安。南下蒼江浮七澤，還攜謝客弄波瀾。青倪中開秀廬嶽，瀑布灑入千峰寒。冥冥仙氣貫南斗，直欲凌身燒大丹。回裾西拂巫山浦，浩蕩歡心問雲雨。歸來欲奏楚王書，漢主上林方好武。黄金不遇心自吁，白璧無媒翻見侮。昨日結交燕少年，酣歌擊築市中眠。正逢天子失顔色，奪俸經時無酒錢。入門百結鶉鶉盡，笑立文君明鏡前。却思舊日高陽侣，黄公酒壚何處邊。天下綈袍誰不憐，郄卿未具山中橐，何人爲買剡溪田。唐伯虎，真俠客。十年與爾青雲交，傾心置腹無所惜。擊我劍，拂君纓。請歌《鸚鵡篇》，爲奏朱絲繩。胡爲擾擾蒼蠅之惡聲？我今蹭蹬尚如此，嗟爾悠悠世上名。

寄華玉

去歲君爲薊門客，燕山雪暗秦雲白。馬上相逢脱紫貂，朝回沽酒城南陌。燕山此日雪霏霏，祇見秦雲不見君。胡天白雁南飛盡，千里相思那得聞。

駕出南郊退簡邊喬二太常

齋殿鑾輿下，郊宫鳳野開。霜戈迎日動，芝蓋拂雲來。輦道前旌直，鈎陳翼騎回。甘泉枚朔侍，詞賦接仙才。

秋日懷李郎中

秋興因高賦，雄才憶省郎。山川思不極，雲樹莽葱蒼。對酒知時變，看花感别長。如何霜後雁，猶未達瀟湘。

過喬侍郎省中因懷獻吉

東掖當年署，長廊故柳斜。久辭陳子榻，重謁謝公衙。廳事垂蛛網，高檐噪晚鴉。風煙那可憶，飄泊惜瑶華。

懷往二首

昔我逢休景，結交共雲翔。秦客穆修矩，魯生蔚令章。同聲展言笑，四座發芬芳。北牖湛清酒，明月出西方。廣署滅流塵，蘭燈揚朱光。極意連篇翰，良夜珠未央。歡宴豐時豫，千秋焉可忘。流光一朝絶，撫膺增慨慷。

穴蟲測序改，客鳥知時宴。嚴風振中野，凝霜薄飛觀。褰裳啟東户，河星出有燦。耿耿不遑寐，沉思遂回亂。何以終遥夕，明燈且濡翰。自我違之子，苑藻絶流玩。郢斤不存目，流俗耻堊墁。塊處空堂中，誰爲發言粲。感慨申微詞，佇立倚長嘆。

偶述

聖人嘉禮在元年，内使新從十道還。欲遣鸞儀迎月姊，禁中宣敕會金錢。

觀田魏二廷尉射歌

魏子手挽高麗弓，氣滿兩石開青虹。田郎亦自號猛手，談笑彎弓自裹肘。秋風繫馬古原下，合耦翩翩習步射。眼中何有百步的，强幹慣使千年柘。共驚二子手法利，突如流星中如樹。側身仰視秋雲開，飛鳥顧之不敢度。壯哉二子氣如虹，左揮右霍誰争雄。燕山秋高太白動，寒日獵獵吹胡風。前時出軍大同壘，紅纓白馬多乳子。柔絲斗弩不解持，吹竽之濫誠可嗤。彼乳子者何足道，可惜王師直爲老。吁嗟！田魏二子真雄才，高壇大纛何有哉！

月

故園今夜月，迢遞向人明。祇自懸清漢，那知隔鳳城。氣兼風露發，光逼曙烏驚。何事江山外，能催白髮生。

鳳凰山園雜詠二首

鳳鳥期不來，瑶華幾銷歇。唯有山中人，吹簫弄明月①。

① 原注：「鳳鳴亭。」

仙人好博弈，時下緑雲中。一片蒼苔石，落花長自紅①。

① 原注：「弈臺。」

沅溪潘進士在長安逆旅中見庭下山丹花詰其主云是沅中移來感而賦詩命予嗣響

故苑花空發，他鄉鶯自啼。主人孤館裏，斜日楚雲西。

十六夜月

乍滿虧俄及，緣明晦易侵。不妨愁玉兎，嘗恐近浮陰。白露丹楓遠，清光紫闥深。如何鴻雁急，嗷嗷有驚音。

土城　以下皇甫氏刋《外集》。

邊風萬里來，忽聚土城口。土城無人行，獨客倚衰柳。鷩沙何冥冥，古樹臨荒戍。身是太平人，愁見沙漠路。

内中偶述

朱筥殊方貢，黄旗使者回。内園春未到，青笋渡江來。

大殯詞

陽月群陽閉玉泉，六龍回馭伏虞淵。蓬萊閣下千官哭，一代山河十八年。平明中使忽傳來，辭奠群宗太廟開。金井橋邊仙輦别，隆宗門外哭聲回。

春　思

渺渺春江空落暉，行人相顧欲霑衣。楚王宫外千條柳，不遣飛花送客歸。

都少卿穆〔一〕三首

穆字玄敬，吴縣人。弘治己未進士，授工部都水主事。歷禮部主客郎中，年五十四乞休，加太僕少卿致仕。又十四年而卒。玄敬七歲能詩。及長，不習章句，泛濫群籍，挾兎園策教授濠上，幾二十年。吴文定公爲言之學使，乃得補博士弟子。三年而舉進士，爲郎。奉使至秦中，訪問其山川靈勝，古建國形勢、故宫遺壤，作《西使記》；搜訪金石遺文，摹拓繕寫，作《金薤琳琅録》。歸老之日，齋居蕭然，日事讎討，或至乏食，輒笑曰：「天壤間當不令都生餓死。」日晏如也。吴門有娶婦者，夜大風雨滅燭，遍乞火無應者，雜然曰：「南濠都少卿家有讀書燈在。」扣其門，果得火，其老而好學如此。元敬著述甚富，文筆平衍，詩尤單弱不成家。余聞之故老，玄敬少與唐伯虎交，最莫逆，伯虎鎖院得禍，玄敬實發其事，伯虎誓不與相見，而吴中諸公皆薄之。玄敬晚年深自悔恨，其殁也，不請銘於吴人，而遠求胡孝思，蓋亦其遺意云。

〔一〕「少卿」，原刻卷首目録作「太僕」。

次韻邊太常

深居休嘆食無魚，詩思春來説有餘。苦愛弄風池畔柳，纖條時拂手中書。

悼張靈

寫畫哦詩意自便，科場休謂子無緣。高樓明月依然在①，遼鶴歸來定幾年。

①原注：「靈年十四五，作詩有『高樓明月清歌夜，知是人生第幾回』之句，余甚愛之。」

悼姚廣

綾屋高吟興浩然，六書精究到旁偏。横門溪水流嗚咽，不見當年問字船。

邢處士參 六首

參字麗文。爲人沈静有醖藉，固而不陋，嘉遁城市，教授鄉里，以著述自娱。户無寸田，未嘗干謁，雖朋友之門，亦不輕步屧過從，昌穀、希哲皆尚之。早歲喪偶，不再娶。客至或無茗碗，薪火斷則冷食。嘗遇雪，累日囊無粟，兀坐如枯株，諸人往視之，見其無慘懍色，方苦吟誦所得句自喜。又連日雨，復往視，屋三角墊，怡然執書坐一角，不糝亦累日矣。其祖用理，遺《叱鼠賦》，人謂麗文：「君無盆盎之糧，正不必效乃祖作賦也。」昌穀爲作歌，以申歎慕，辭曰：「雲中鵲子鳴且蜚，三三五五將焉歸。歸在外野獨徘徊，從朝無粱暮不炊。於何求乎蘆之漪，我將往饋蕘中魚。將子不饑兮我心愉。」

懷友詩

友凡九人，爲吴爟次明、文徵明徵仲、吴奕嗣業、蔡羽九逵、錢同愛孔周、陳淳道復、湯珍子重、王守履約、王寵履吉，作於正德丁丑、庚辰之間。前後一十八首，今録二首。

吴奕嗣業

共泛荒溪際，匆匆兩月來。薰風老苜蓿，霖雨熟楊梅。裹茗尋僧試，看花許客陪。遥知明月夜，獨棹酒船回。

蔡羽九逵

羡子湖山勝，來遊路却遥。開園詠芍藥，入寺探櫻桃。夜月黄金縷，春風碧玉簫。終年勞苦想，洞府隔凡囂。

寒食與朱堯民張夢晉郊行讀道旁遺碑感而風詠

冷落郊原值禁煙，紅桃一樹倩人憐。行來盡拂殘碑看，若個能知後百年。

贈王山人

耆年身不倦，行樂在田園。覆宅榆桑鬱，聚村宗族繁。魏三風格少，杜五典刑存。喜不嫌余懶，閒來每過門。

題東禪璿公房

東城少僧寺，賴此堪寄跡。獨往路不迂，嘗來意還適。暖風逗鶯花，宿雨滋燕麥。不有高閒徒，憑誰話今昔。

寄玄敬

函丈論文十載餘，暫違接席笑慵疏。要知泉石蒙題品，謾遣椷封候起居。滿座賓朋應貰酒，一樓燈火想讎書。新春未肯經郛郭，孤負蓬門日掃除。

朱處士存理五首

存理字性甫，長洲人。少學制科，謝去，從杜瓊先生游。自少至老，未嘗一日忘學。居恒無他過從，惟聞人有異書，必從訪求，以必得爲志。手自繕録前輩詩文，積百餘家。他所纂集，若《鐵網珊瑚》、《野航漫録》、《經子鈎玄》、《吴郡獻徵録》、《名物寓言》、《鶴岑隨筆》，又數百卷。既老不厭，而精力不加，又坐貧無以自資，其書旋亦散去，每撫之嘆息。卒於正德間，年七十矣。所著《野航詩集》，楊君謙叙之，今不傳。其文集手稿，余得之於錢允治功甫，録其詩數章。自元季迨國初，博雅好古之儒總萃於中吴，南園俞氏、笠澤虞氏、廬山陳氏書籍金石之富甲於海内。景、天以後，俊民秀才汲古多藏，繼杜東原、邢蠢齋之後者，則性甫、堯民兩朱先生其尤也。其它則又有邢量用文、錢同愛孔周、閻起山秀卿、戴冠章甫、趙同魯與哲之流，皆專勤績學，與沈啟南、文徵仲諸公相頡頏，吴中文獻，於斯爲盛。百年以來，古學衰落，而老生宿儒笥經蠹書者，往往有之。吴岫方山，非通人也，聚書逾萬卷。錢穀叔寶，畫史也，與其子允治手鈔書至數千卷。居今之世，後生末學，不復以讀書好古爲事，喪亂以後，流風遺書，益蕩然矣。余嘗欲取吴士自俞石澗、王光庵以後，網羅遺佚，都爲一編，而吴岫諸人亦附著焉，庶幾前輩風流不泯没於後世，且使吴人尚知有讀書種子在也。録詩至存理，俯仰感嘆，而附志之如此。何元朗《叢説》云：「朱野航乃葑門一老儒也，在荻扁王氏教書，野航與主人晚酌罷，主人入内。適月上，野航得句云『萬事不如杯在手，一年幾見月當頭』，喜極發狂，大叫扣扉，呼主人起，詠此二句。主人亦大擊節，取酒更酌，興盡而罷。明日遍請吴中善詩者賞之，大爲張具，徵戲樂留連數日。」吴中舊事，其風流有致，良足樂也。

僦松軒避暑漫興

溪南借我雙松樹，六月虚堂面水開。松下清吟成漫興，酒邊凉雨洗炎埃。一聲老鶴月中聽，萬里秋濤天外來。自把殘書堪卧讀，先令童子掃莓苔。

松下遲楊君謙不至二首

松下欹眠客不來，乘凉起坐一銜杯。書聲聒耳雜松籟，白晝滿天風雨猜。

松下翻書坐石牀，書魚晴落硯波凉。須臾月出照書上，歷歷蠅頭字幾行。

九日

松下行行二三子，書聲白晝草堂開。老夫把卷仍自讀，舊雨到門今不來。苔石無塵棋局在，莎汀有水釣船回。秋風籬落偏蕭索，獨嗅寒花持酒杯。

宿光福寺

短策行行一里餘，松林過雨步徐徐。半泓墨沼窺遺跡，數仞龜峰望遠墟。石磴夏凉青荔合，山扉晝寂緑蕉舒。夕陽突兀浮圖影，送目長天罨畫如。

朱處士凱三首

凱字堯民，長洲人。與朱性甫齊名。文徵仲誌存理之墓曰：「兩人皆不仕，又不隨俗爲廛井小人之事，日惟挾册呻吟，求昔人理言遺事而識之。對客舉似，如引繩貫珠，纚纚不能休。素皆高貲，悉費以資其好，不惜也。成化、弘治間，其名奕奕於郡城之東，人稱之曰兩朱先生。正德壬申堯民死，明年性甫又死。自兩人死，吴中故實往往無所干考，而求其遺書，亦無所得，惜哉！」堯民集不傳，有《句曲紀遊詩》一卷。徵仲又言：「吴有閻起山秀卿者，家惟一僮，日走從人家借書，手抄口吟，日夜不休，所獲學俸盡費爲書資。家貧不能炊，質衣以食，而玩其書，不忍棄。竟以積勞得疾夭死。」秀卿著述，自《二科志》以外無傳，余悲其人與兩朱先生略相類也，因附著焉。

題鄭所南畫蘭

渚宫春冷北風寒，九畹蕭條入塞垣。老死靈均在南國，百年誰爲賦《招魂》？

下小茅峰行平野約四五里入玉晨觀

先朝臺殿影重重，香靄霏微散碧空。金液妙存雲笈裏，玉晨形在寶珠中。檜生左紐天機契，龍豢前池海脉通。緑發仙翁披鹿褐，一龕神氣與生同。

茅山中人皆不飲泉水悉下汲於注壑又不善蓄佳茗住兹三日清苦之味頗未霑唇既歸作三十韻以自解兼呈社中諸友

情閒好品茶，性淡能辨水。江左幾泓泉，勺勺定嫵美。浙右園焙栽，種種别妙理。七寶白雲淳①，石井劍池泚②。𡕥乎惠麓流，名下無虚士。金沙與於潛③，實難爲娣姒④。顧陽針芒如⑤，他山麥顆比⑥。斫射聯吉祥⑦，碧葉光蕤蕤。唐貢接真珠⑧，緑叢秀蕊蕊。串膏浪有名⑨，生膏久亡矣⑩。當時境會亭⑪，今也生荆杞。對景訪遺蹤，險峻屢曾履。事須身所親，趣在工夫裏。正法陸生經，傍參諸野史。竹爐與箬筐，相隨無遠邇。窮源汲水清，篝火烹旗紫。應手傾入壺，蟹眼若浮蟻。甘腴勝醍醐，芳香奪蘭芷。杯面鋪白花，盞底絶纖滓。醉目閉即舒，倦體卧還起。詩腑常焦枯，七碗猶未已。同好唯兩僧，合志祇三子。争新與鬭奇，各盡胸中技。遂結夙世緣，任彼老饕訾。尋真到華陽，豈以口腹恃。款食頗精豐，供飲何率爾。漫呼出厨間，熟湯差可擬。噤呷潤渴喉，敢將唇大哆。吾社適聞之，笑我應見齒。明年再往兹，裹茗置行李。

①原注：「吾郡西山二水皆乳泉，七寶差勝。」

②原注：「虎丘二水皆積坎，石井尤勝。舊稱陸羽泉，品爲天下第三水，今爲庸僧所污濁。」

③原注：「二水金沙在湖之顧渚，在昔造貢茶用之，造畢，水亦同貢於潛。在常之陽羨。」

④原注：「金沙最勝。」

⑤原注：「顧渚、陽羨異境同脈。沈存中論茶，以土肥樹茂，一發而長寸許如針芒者，是爲上材。」

⑥原注：「土瘠樹老，不能條暢，故短如麥顆。是爲下材。」

⑦原注：「二焙顧渚傍産。」

⑧原注：「二焙陽羨傍産。」

⑨原注：「串茶、含膏茶，唐人甚珍之，此法已廢。」

⑩原注：「唐貢，細搗生膏茶入銀瓶中，從急程遞貢。」

⑪原注：「白樂天有《聞賈常州崔湖州茶山境會宴詩》云：『青蛾遞舞俱争妙，紫笋烹嘗各鬭新。』」

劉秀才嘉績二首

嘉績字協中，欽謨之子也。風儀如玉。年數歲，據小几習《書》、《選》、古詩，儼如成人。十五喪父，盡讀其遺書。嘗著弔范墓文，讀者棘喙不能句。年二十四而卒。所與遊者，祝希哲、都玄敬、文徵仲、唐子畏。子畏編其集，又爲墓碣，而楊君謙爲誌。君謙，劉之自出，協中之内兄也。

過吉祥寺題壁

城裏幽棲古寺閒，相依半日便思還。汗衣未了奔馳債，便是逢僧怕問山。

過吴嗣業東莊

塵容與俗情，到此異平生。始向亭中坐，還來樹下行。小池當面浄，獨鳥隔林鳴。更勸君栽竹，他年約聽聲。

列朝詩集丙集第十

文待詔徵明八十四首

徵明初名璧，以字行，更字徵仲，長洲人。以諸生歲貢入京，用尚書李充嗣薦，授翰林院待詔。三載，謝病歸，年九十而卒。徵仲父温州守宗儒，有名德，吴原博、李貞伯、沈啟南皆其執友。徵仲授文法於吴，授書法於李，授畫法於沈，而又與祝希哲、唐伯虎、徐昌國切磨爲詩文，其才少遜於諸公，而能兼撮諸公之長。其爲人孝友愷悌，温温恭人，致身清華，未衰引退。當群公凋謝之後，以清名長德，主中吴風雅之盟者三十餘年。文人之休有譽處壽考令終未有如徵仲者也。徵仲少而修長者之行，温州卒於官，屬城賻遺累千金，悉不受，温人構亭以旌之。寧庶人以厚幣招致海内名士，徵仲謝弗往，伯虎往，徉狂而返，識者兩高之。永嘉爲温州門下士，以議禮貴顯，徵仲在翰林，耻與附麗。會上杖濮議諸臣於朝堂，遂決計引去。歸田之後，四方求請者紛至，惟絶不與王府通。日本貢使踵門求見，具冠服南面受拜，而却其贄，曰：「此國體也。」築室於舍東，曰玉磬山房，樹兩桐於庭，日裴徊嘯詠其中。博習典故，元末國初，故家遺老，流風舊事，從容抵掌，歷歷如貫珠。晚年衣紅絨衣，戴捲簷帽，坐白紙窗下，擁爐曝背，劇談亹亹，坐客皆移日忘去。卒之時，方爲人書志石未竟，欠伸閣筆，端坐而逝。二子，曰彭、嘉，皆名士。嘉嘗撰行略曰：「公生平雅慕趙文敏公，每事多師之。」又曰：「公於詩兼法唐、宋，而以温厚和平爲主。或有以格律氣骨爲論者，公不爲動。」先生詩文書畫約略似趙文敏，嘉之所擬，庶幾無愧辭。論詩而及於格律氣骨，有微詞焉。厥後吴門之詩，抽黄對白，日趨卑靡，皆名爲文氏詩，嘉固已表其微矣。

歲莫齋居即事

簷樹扶疏帶亂鴉，蕭齋祇似野人家。紙窗獵獵風生竹，土盎浮浮火宿茶。日色射雲時弄彩，雨絲吹雪不成花。庭中卉物凋零盡，獨有蒼松領歲華。

人日昌國西齋小集

景色融融日有晶，太平人日喜晴明。正須行樂酬新歲，難得文談對友生。宛轉上眉春酒健，逡巡戀褐曉寒輕。草堂詩句千年在，怪得清吟苦不成。

乞猫

珍重從君乞小狸，女郎先已辦氍毹。自緣夜榻思高枕，端要山齋護舊書。遣聘自將鹽裹箬，策勳莫道食無魚。花陰滿地春堪戲，正是蠶眠二月餘。

弔僞周故址戊午

廢鼓樓前蔓草多，夕陽騎馬下坡陀。欲談天祐誰堪問，自唱西風菜葉歌。

崇義院雜題

六月門前暑似炊，殿堂深處未曾知。晚凉浴罷思歸去，更爲松風佇少時。

暮春齋居

翠箔晝重重，寒深雨更濃。碧鮮浮草色，閒淡斂雲容。未遣愁欺病，還資静養慵。蹉跎裘褐在，强半負春穠。

初夏次韻答石田先生

腥紅簇簇試榴花，四月江南恰破瓜。山鳥初聞脱布袴，美人能唱《浣溪沙》。方牀睡起茶煙細，矮紙詩成小草斜。爲是緑陰將結夏，兩旬風雨洗鉛華。

十月

江南十月乍風埃，簾箔垂寒晝不開。身計蕭蕭存斷簡，人情黯黯付深杯。雨中秋事芙蓉盡，霜後時新橘柚來。抱病經旬賓客減，卧看香鼎篆縈迴。

丙辰歲除

二十七年成抵用，半供忙走半閒過。挑燈又守今番歲，對酒愁聽去日歌。平世及知更事少，窮身惟恐受恩多。盡情試檢牀頭曆，奈爾匆匆此夜何。

初夏遣興

雨浥浮埃緑滿庭，晚花初試水冬青。小窗團扇春寒盡，竹榻茶杯午困醒。慚愧飢年還飽食，蹉跎貧業尚殘經。燕閒自覺難消受，賴得經時病未寧。

爲陳子復畫扇戲題

長松蔭高原，虚亭寫清泚。重重夕陽山，忽墮清談裏。吾生溪壑心，苦受塵氛累。昔從筆墨間，塗抹聊爾耳。亦知不療饑，性僻殊事此。有如魚吹沫，不自知所以。世人不相諒，調笑呼畫史。紛然各有須，對榻情。邂逅他鄉是知己，此心端合向誰傾。

夏日雨後書事

瓦溜初停旭日高，苔花暈碧草齊腰。一番濃緑催朱夏，昨夜新波失斷橋。積雨情懷渾欲病，乍喧衣著最難調。西齋睡起都無事，時有幽禽破寂寥。

雪夜鄭太吉送慧山泉

有客遥分第二泉，分明身在慧山前。兩年不挹松風面，百里初回雪夜船。青箬小壺冰共裹，寒燈新茗月同煎。洛陽空說曾馳傳，未必緘來味尚全。

是夜酌泉試宜興吴大本所奇茶

醉思雪乳不能眠，活火沙瓶夜自煎。白絹旋開陽羡月，竹符新調慧山泉。地爐殘雪貧陶穀，破屋清風病玉川。莫道年來塵滿腹，小窗寒夢已醒然。

簡陳以可

侍樂亭前新雨足，曲池想見碧於苔。不知落盡繁花後，曾有何人看竹來。

余每至陳氏輒終日奄留廳事高明頗妨偃息以可爲治小室於西偏問名於余爲題曰假息庵其成也以詩落之

剪棘依垣小築居，短簷横啟紙窗虚。造門已慣非緣竹，據案相忘況有書。徐孺每勞懸木榻，陶潛何必愛吾廬。從今更不論賓主，一半幽閒已屬余。

二月望與次明道復泛舟出江村橋抵上沙遵陸邂逅朱堯民錢孔周登天平飲白雲亭次第得詩三首

不教塵負踏青遊，出郭聊爲一笑謀。新水已堪浮艇子，好山無賴上眉頭。風撩鬢影春衫薄，樹罨溪陰翠幄稠。一塢桃花偏入意，江村橋畔小淹留。

舟行欲盡有人家，記得横橋是上沙。南望風煙隨鳥没，西來墟落帶山斜。暖催新緑初歸柳，水映酣紅忽見花。殘酒未醒春困劇，汲溪聊試雨前茶。

十里扶輿渡野塘，旋穿松嶠入蒼蒼。風吹麥葉平疇亂，日炙草花村路香。春色釀晴供樂事，巖光摇翠落飛觴。清忙剛被山靈笑，却笑擔夫爲底忙。

寄陳以可乞米

秋風百里夢姚城，無限閒愁集短檠。零落交遊懷鮑叔，逡巡書帖愧真卿。謀身肯信貧難忍，食指其如累不輕。見説湖南風物好，何時去買薄田耕。

答錢孔周

圖書漫繞病中身，風月聊充坐上賓。元亮平生難適俗，堯夫一室自藏春。蒼苔依舊無塵跡，白板分明類野人。爲謝平生王録事，草堂肯念少陵貧①。

① 原注：「西齋之葺，孔周、道復咸有所助，故云。」

答陳道復

塵土勞勞未隱身，經營深愧郄嘉賓①。紙窗竹榻相將老，雜樹幽花次第春。未恨凝塵空四壁，更能邀月作三人。憑君莫笑規模儉，政恐光華不稱貧。

① 原注：「郄迢聞有隱志者輒爲起宅。」

郭西間泛

雨足新蒲長碧芽，野塘十里抱村斜。青春語燕窺遊舫，白日流雲漾淺沙。湖上修眉遠山色，風前薄面小桃花。老翁負汲歸何處，深樹鷄鳴有隱家。

月夜登閶門西虹橋與子重同賦

白霧浮空去渺然，西虹橋上月初圓。帶城燈火千家市，極目帆檣萬里船。人語不分塵似海，夜寒初重水生煙。平生無限登臨興，都落風欄露楯前。

宿相城有懷石田先生

何處重占處士星，草堂突兀夜燈明。風流已與人都盡，手澤空憐物有情。依舊短墻圍野色，不禁高樹起秋聲。傷心未了生前約，漁子沙頭一棹横。

陳道通見和再答

匡牀竹几僅容身，静對何曾有雜賓。最愛短墻堪映雪，自裁新帖寫宜春。閉門敢遂稱高士，得酒還能作主人。珍重梅枝偏會意，夜深和月照清貧。

答陳道濟

嗒然孤坐欲忘身，一笑何妨倒主賓。茗碗清風深破睡，松窗落日淡摇春。平生容膝無餘念，老大懷居愧故人。辦得清樽留客醉，書生猶幸未全貧。

答伍君求

百年頹墮愧閒身，猶幸論文坐有賓。寂寞窮居聊塞向，蹉跎殘臘欲争春。旋移高竹聽疏雨，却對梅花似故人。見説繁花易銷歇，茅簷木榻轉甘貧。

答吴次明

小室如蝸取覆身，梁空還有燕來賓。百年託足誰非寄，一榻隨緣物自春。旋葺疏籬添野意，别開新徑待幽人。席門環堵心如水，莫笑淵明不諱貧。

楊儀部君謙纂述之餘頗修静業瞻對無由悵然成詠

不見高人動經月，似聞觀道獨澄懷。一函自課《維摩品》，百日方持白傅齋。春到梅花開小閣，夢回凉月印空階。從知不受風塵累，二十年前已乞骸。

夏　意

五月江南櫻笋殘，疏花吹盡緑漫漫。雨來恰及梅黄候，春去猶餘麥秀寒。白日幽深茅屋静，野情蕭散苧袍寬。美人何處經時别，滿耳新蟬獨倚闌。

上巳日獨行溪上有懷九逵

郭外青煙柳帶柔，洞庭西去水悠悠。故人不見沙棠檝，燕子齊飛杜若洲。日落晚風吹宿酒，天寒江草唤新愁。佳期寂寞春如許，辜負山花插滿頭。

晚雨飲子重園亭

高齋落日偶追從，樽酒淹留一笑中。芳草滿庭飛燕子，晚凉和雨在梧桐。江魚繞箸肥烹玉，野樹藏春淺映紅。潦倒莫言歸更緩，習家池館愛山公。

病中遣懷

潦倒儒冠二十年，業緣仍在利名間。敢言冀北無良馬，深愧淮南賦小山。病起秋風吹白髮，雨深黄葉暗松關。不妨窮巷頻回轍，消受鑪香一味閒。

賦得野亭秋興

斷雲狼籍近簾櫳，天地蕭條四壁空。盡日倚闌黄葉雨，一番吹鬢白蘋風。年光搔首孤鴻外，山色供愁落照中。欲寄閒愁無那遠，煙波江上採芙蓉。

同王履約過道復東堂時雨後牡丹狼籍存葉底一花感而賦詩邀道復履約同作

推脱塵緣意緒佳，衝泥先到故人家。春來未負樽前笑，雨後猶餘葉底花。矮紙凝霜供小草，淺甌吹雪試新茶。憑君莫話蹉跎事，緑樹黄鸝有歲華。

滄浪池上

楊柳陰陰十畝塘，昔人從此詠滄浪。春風依舊吹芳杜，陳跡無多半夕陽。積雨經時荒渚斷，跳魚一聚晚波涼。渺然詩思江湖近，便欲相攜上野航。

過吴文定公東莊

相君不見歲頻更，落日平泉自愴情。徑草都迷新轍跡，園翁能識老門生。空餘列樹依流水，獨上寒原眺古城。匝地緑陰三十畝，遊人歸去亂禽鳴。

陪蒲澗諸公遊石湖

杜若洲西宿雨過，行春橋下長蘼蕪。青松四面山圍寺，白鳥雙飛水滿湖。故壘春歸空有跡，扁舟人遠不堪呼。相看不盡興亡恨，落日長歌倒玉壺。

與王欽佩顧華玉夜話

燭跋熒熒照酒明，故人相對説平生。差池何止三年别，老大難忘一舉名。殘夜池塘分月色，繞門楊柳度秋聲。不辭筆硯酬嘉會，去住江湖各有程。

烏衣鎮望滁州諸山

東葛城頭曉月殘，烏衣鎮上水潺潺。偶來下馬三家市，先見環州百里山。道路重經渾不記，人情未遠尚相關。舊遊最是西南勝，擬辦青鞋一醉攀。

宿江浦有懷定山先生

驚風木葉夜毿毿，獨宿江城酒半酣。千載名山無謝傅，一生知己愧羊曇。青燈暮雨殘詩帖，明月蒼松舊草庵。二十年來頭欲白，當時心事向誰談。

次韻答子重新春見懷

樽酒離懷强自開，長歌宛轉勝悲哀。梅花不與春光在，茅屋相將燕子來。十日殘寒風約雨，一痕新緑水生苔。相思忽唱江南曲，白苧含香取次裁。

次韻履仁春江即事

二月江南黄鳥鳴，春江千里緑波平。朱甍碧瓦參差去，水荇蘭苕次第生。風外鞦韆何處笑，日斜鐘鼓隔花晴。洞庭煙靄孤舟遠，茂苑芳菲萬井明。唱斷竹枝空復恨，流連芳草不勝情。何時載酒横塘去，共聽吴娃打槳聲。

新秋

江城秋色净堪憐，翠柳鳴蜩鎖斷煙。南國新涼歌《白苧》，西湖夜雨落紅蓮。美人寂寞空愁暮，華髮凋零不待年。莫去倚闌添悵望，夕陽多在小樓前。

履仁獨留治平寒夜有懷

遥遥治平寺，乃在楞伽麓。之子神情秀，空山裹雲宿。月冷石林清，孤眠豈能熟。還持一束書，起傍梅花讀。燈昏夜參半，饑鼠鳴古屋。凄風西北來，吹墮簷間木。感此霜露繁，坐覺芳華促。少壯曾幾時，歲月在空谷。念子隔重城，何能慰幽獨。

立春日遲道復不至

東風吹綵燕，曉色動簾旌。遲子不時至，南樓春自生。裁詩供帖子，閣酒聽啼鶯。白日流雲暖，梅花初雪晴。閒窗落香燼，殘火宿茶鐺。敗葉鳴階戺，分明識履聲。

採蓮圖

横塘西頭春水生，荷花落日照人明。花深葉暗不辨人，有時葉底聞歌聲。歌聲宛轉誰家女，自把雙橈擊蘭渚。不愁擊渚濺紅裳，水中驚起雙鴛鴦。

秋興

浮雲奄忽互相逾，北首長安萬里餘。灞上將軍真戲爾，回中消息近何如。祥麟誰見遊郊藪，寒雁空聞有帛書。澤國西風秋正急，有人東望憶鱸魚。

夏日閒居

門巷幽深白日長，清風時灑玉蘭堂。粉墻樹色交深夏，羽扇茶甌共晚涼。病起經時疏筆研，晏居終日懶衣裳。偶然無事成愉惰，不是棲遲與世忘。

新秋

江天七月火西流，殘暑蕭然一雨收。手把芙蓉驚欲暮，身如蒲柳不禁秋。涼風作意侵團扇，斜日多情近小樓。有約南湖將艇子，晚香吹滿白蘋州。

五月

五月雨晴梅子肥，杏花吹盡燕飛飛。時光已到青團扇，士女新裁白苧衣。黄鳥故能供寂寞，緑陰何必減芳菲。子雲自得幽居樂，不恨門前轍跡稀。

翰林齋宿

春星爛熳燭薇垣，獨擁青綾向夜闌。宫漏隔花銀箭永，蓮燈垂燼玉堂寒。坐聆宵柝霜圍屋，想見郊禋月滿壇。鈴索無風塵土遠，始知仙署逼金鑾。

内直有感

天上樓臺白玉堂，白頭來作秘書郎。退朝每傍花枝入，㬥直遥聞刻漏長。鈴索蕭閒青瑣静，詞頭爛熳紫泥香。野人不識瀛洲樂，清夢依然在故鄉。

遊西苑

宛轉瀛洲帶幔坡，蜲蜷玉蝀壓銀河。廣寒遥見空中樹，太液微生雨後波。雲捲紅妝千步障，風吹瓊蓋萬年柯。太平見説宸遊簡，馳道青青長薜蘿。

秋日再經西苑

内苑秋清宿露晞，盈盈日采動金扉。松間翠殿團華蓋，天外銀橋入紫微。錦纜稀遊青雀暗，瓊波無際白鷗飛。彤墻高柳無人折，時見中官一騎歸。

雨中放朝出左掖

霏微芳潤浥霓旌，歷落彤墀散履聲。暝色浮煙迷左掖，碧雲將雨近西清。柳垂青瑣千絲重，水落銀橋萬玉鳴。霑灑不辭袍袖濕，天街塵净馬蹄輕。

除夕

撥盡爐灰夜欲晨，不知飄泊潞河濱。燈花自照還家夢，道路誰憐去國人。浩蕩江湖容白髮，蹉跎舟楫待青春。秖應免逐鷄聲起，無復鳴珂候紫宸。

憶昔次陳魯南韻

三年端笏侍明光，潦倒争看女髮郎。咫尺常依天北極，分番曾直殿東廊。紫泥浥露封題濕，寶墨含風賜扇香。記得退朝歸院静，微吟行過藥闌旁。

春歸

三月春光積漸微，不須風雨也應歸。與人又作經年别，回首空驚昨夢非。江燕雛引芳草滿，林鶯出谷杏花稀。沈郎别有傷情地，不爲題詩減帶圍。

新夏

暖風庭院草生香，晴日簾櫳燕子忙。白髮不嫌春事去，緑陰自喜夏堂凉。閒心對酒從時换，老倦抛書覺晝長。客有相過同一笑，竹爐吹火試旗槍。

戊午元旦

勞生九十漫隨緣，老病支離幸自全。百歲幾人登耄耋，一身五世見曾玄。祇將去日占來日，誰謂增年是減年。次第梅花春滿目，可容愁到酒樽前。

穀日早起

空庭草色映簾明，短鬢春風細細生。簷溜收聲殘雪盡，窗光落几曉寒輕。非賢寧畏蛇年至，多難欣占穀日晴。詩思攪人眠不得，山禽屋角有新聲。

四月

春雨緑陰肥，雨晴春亦歸。花殘鶯獨囀，草長燕交飛。香篋青繒扇，筠窗白葛衣。抛書尋午枕，新暖夢依微。

集外詩

春日齋居漫興二首

西齋酒醒篆煙殘，手汲新泉破月團。芳草池塘春入夢，緑陰簾幕晝生寒。由來中散裁書懶，老去淵明束帶難。却笑閒緣除未得，每從人覓異書看。

深巷無人晝掩扉，新晴庭院緑陰肥。柳風吹絮河豚上，花雨霑泥海燕飛。殘睡未能消卯酒，乍暄聊得試羅衣。春光緑遍江南草，多少王孫怨不歸。

暮　春二首

南風十日捲塵沙，吹落墻根幾樹花。老怯麥秋猶擁褐，病逢穀雨喜分茶。庭陰寂歷梧桐轉，簾影差池燕子斜。不是地偏車馬絶，市喧不到野人家。

林花落盡意蕭然，舊喜圖書病亦捐。宛轉閒愁如蔓草，蹉跎春事到啼鵑。縈空淑氣遊絲困，停午清陰碧樹圓。怪底叩門都不應，北窗無事正高眠。

夏日睡起

綠陰如水夏堂凉，翠簟含風午夢長。老去自於閒有得，困來每與客相忘。松窗試筆端溪滑，石鼎烹雲顧渚香。一鳥不鳴心境寂，此身真不愧羲皇。

伏　日

九衢三伏漲黄塵，病髮蕭蕭佳葛巾。正好關門消永日，可堪曳履見時人。驚風梧葉常疑雨，窺户薇花不是春。睡起北窗修茗供，月團香細石泉新。

虎丘登閣

老去淵明益羡閒，興來高閣漫躋攀。半簷爽氣尊前雨，百里平林掌上山。天際輕陰寒未散，日斜飛鳥倦知還。長安塵土三千丈，不到清泉白石間。

飲　酒

晚得酒中趣，三杯時暢然。難忘是花下，何物勝尊前。世事有千變，人生無百年。唯應騎馬客，輸我北窗眠。

題畫三首

過雨空林萬壑奔，夕陽野色小橋分。春山何似秋山好，紅葉青山鎖白雲。
天削芙容萬玉攢，十分寒思屬吟鞍。不知擁褐茅簷下，別有幽人冷眼看。
近山千丈抵清漪，遠樹連雲入望迷。有約去登江上閣，風煙都在曲樓西。

燕中題畫

燕山二月已春酣，官柳霏煙水映藍。屋角疏花紅自好，相看終不是江南。

題畫蘭

手培蘭蕙兩三栽，日暖風微次第開。坐久不知香在室，推窗時有蝶飛來。

附見 文氏二承

彭字壽承，國子監博士。嘉字休承，和州學正。壽承工書法，講六書之學。休承以畫名。人謂壽承書類待詔，而休承畫蕭然簡遠，遇其得意，或返過之。二承皆明經修行，清真遠俗，瓊枝玉樹，真王、謝家子弟也。以其詩言之，則膚淺沓拖，了無佳句，祖父風流於焉夐絶矣。吴人張鳳翼曰：「文太史詩未必上超開元佳者，亦不失大曆，後生小子信口詆訾，迨國博、郡博之作謂之文家詩。今觀壽承『妾家住近江淹宅，曾讀銷魂《别賦》來』、休承『五百年來幾摹本，翠禽猶在最高枝』等句及張公善權二作，亦各有致，可盡訾乎！」太史女嫁王子美者，更好學，號爲博洽，亦能詩，嘗作《明妃曲》，有云「當時只擬殺畫工，誰誅婁敬黄泉道」，即收之《彤管》，豈讓前人

文　彭四首

笠澤漁父詞四首

無利無名一老翁，筆牀茶竈任西東。陸魯望，米南宫，除却先生便是儂。

吴淞江上是儂家，每到秋來愛荻花。眠未足，日初斜，起坐船頭看落霞。

釣得鱸魚不賣錢，船頭吹火趁新鮮。樽有酒，月將圓，落得今宵一醉眠。

夜深結網一燈紅，吹笛鄰舟攪睡濃。雪夜月，雨晴風，都是漁家一醉中。

文嘉三首

石湖絶句和王履吉

鵁鶄瀏鶒滿晴沙，紅杏夭桃亂着花。十里湖山開畫障，一雙小艇載琵琶。

雜題

空江木落思悠悠，閒傍蒹葭弄小舟。一段清光君獨占，底須回首羡輕鷗。

無題

月明庭院已昏黄，團扇風輕夜漸凉。自折花枝調鸚鵡，不知金殿鎖鴛鴦。

蔡孔目羽一百二十一首

羽字九逵，吴縣人。居洞庭之西山，故稱林屋山人。又稱左虚子。其學邃於《易》，爲程文以應有司，閲四十年不售。以太學生赴選調，天官卿雅知其名，曰：「此吾少日所聞《易》蔡生耶？」奏，授南京翰林院孔目。居二年，致仕歸，卒於家。吾吴文章之盛，自昔爲東南稱首，成、弘之間，吴文定、王文恪遂持海内文柄，同時楊君謙、都玄敬、祝希哲仕不大顯，而文章奕奕在人。九逵稍後出，自視甚高，自信甚篤。爲文法先秦、兩漢，《洞庭》諸記，欲與子厚争長。其隱然自負之意，殆不肯以瓣香屬某氏。而同時諸公與之齊名如文徵仲者，雖雅相推許，竊自謂莫已若也。蚤歲詩微尚纖縟，既而滌除靡曼，一歸雅馴。晚更沉著，時出奇麗，見者謂雖長吉不過，則大悔恨，曰：「吾詩求出魏、晋，今乃爲李賀耶？」其高自標表，不肯屈抑如此。居嘗論詩，謂少陵不足法，聞者疑或笑之。當是時，李獻吉以學杜雄壓海内，竄竊剽賊，靡然成風。九逵不欲訟言攻之，而借口於少陵，少陵且不足法，則尋扯割剥之徒更於何地生活？此其立言之微指也。不然，則九逵一妄男子，狂易中風者耳，豈特蚍蜉撼大樹而已哉！吴中詩文一派，前輩師承，確有指授。正、嘉之間，傾心北學者，袁永之、黄勉之也。王履吉初學於九逵，其後遊邊、顧之間，駸駸改轅而北，其信心守古，確不可拔者，九逵一人而已。所著有《林屋》、《南館》二集。

采薇二首

采薇南山下，忽憶千里人。豈無臨歧言，一别今幾春。舊交容易新，新交容易親。緘書重復啟，曲折情難陳。勿陳逢彼怒，人心不逮故。願言秉子德，千秋愛貞素。

采采中阿薇，終日不成束。越鄉無的音，日暮亂心曲。饑烏啼我旁，忽復止渠屋。延佇惡晝長，夢見惡夜促。夢見猶平生，人言詎可憑。去服一何馨，愛言藏新縢。

華燈花初生

華燈花初生，堂上酒新緑。擊刀連環鳴，轉柱悲絲促。芙蓉開夜屏，鴛鴦宿空縠。攜手千里人，話言常不足。

秋　日

偃息逾歲時，登高感揺落。車來不除棘，鳥鳴自巢閣。形跡不見妨，漁樵隱相託。顧念蓬何生，終俾石爲錯。虚心日無怒，物至自成樂。懸梯覓霞構，乘凉陟蘭薄。宛轉思公子，摶摶桂方灼。

遊　子

欲陳君未喻，奈此繞樹烏。天凉白日匿，霜落黄草枯。哀商座中激，急切傾名都。吕望未適周，百里長處虞。草草羈旅間，空自懷區區。捫蝨上東門，未敢論賢愚。

金陵寓樓有懷三首

今夜天正寒，機杼聲不絶。辛勤錦中字，猶訴當年别。哀鴻附冥漢，潛穎泣玄穴。撫物情不平，履霜心屢折。杪歲客不還，空然衣百結。如何箕斗間，三星轉明滅。皓魄盈中天，松桂俱含悽。江神弄水碧，海岸啼天鷄。紘促黄金屋，妾怨白玉閨。虞卿已失趙，寧戚猶戀齊。朝驅畏太行，夕軫憂盤溪。豈爲一囊粟，與世聊滑稽。賦命難努力，貧賤非空疏。朝爲梓人櫟，夕作周廟璵。朱顔朗高步，黄髮日曳裾。出處雖由天，工拙取自予。菊松老荒徑，鷄犬守舊墟。莫信闕門人，臨去猶著書。

思田園 三首

南方樹藝早，嘉蔬當及時。王官鑿冰罷，忽起田園思。東郊織臺笠，西郭編茅茨。田家不辛苦，衣食當待誰。曳裾京華塵，徒自隳四支。三江緑煙起，何日佇杖藜。

園田二三月，不盡花枝煙。青村對鳴鳩，茅屋下寒泉。蒸茶復刈麥，俱及穀雨前。盈盈斯螽股，采采柔桑錢。巖居遠朝列，雲卧隔市廛。邇來多行役，裘敝不得旋。

旅徒何囂囂，頻年棄墳墓。秋邁望春歸，冬盡悲秋度。三見王官麥，長吟白亭樹。青青巖上條，已蔽巖前路。倀倀東遊子，何時復西顧。秋霜落明鏡，朱顔不逮故。

秋日山中

蒼山抱江長，秋氣日夕清。古閣浮空濛，猿嘯陰風生。石房俱玲瓏，出入煙霧輕。花從潭心發，松向琴中鳴。林開樂遊苑，日落白下城。有約暮不來，眺望傷我情。

贈華子中甫

愛我巖下雲，且避秋陽赤。潭空天鏡寒，風過蕙光碧。松竹長遮天，相逢但掛幘。山曛猿欲啼，爲子掃片石。

贈金子坤

別子蘭蜕花，相逢竹生籜。閒門風自開，虛徑雲常鑰。已煩揮麈談，未愜聽猿酌。爲掃南山石，秋眠看泉落。

相逢

相逢疇昔人，斜暮南山谷。執子青青衿，爲子拂面目。子衿不易執，三載跂予躅。功名令人老，歧路何反覆。今夕聊晤歌，明晨車發速。車促歌轉長，臨觴意不足。

秋泉二首

予愛秋泉清，況傍巖花滴。魚游日光中，倒見潭上壁。安得無機人，同坐相浣滌。白术朝露香，紫芝秋霞熟。石上瓊瑶花，採來不盈掬。道人開石門，悠然在深竹。金門白日開，行人亂如蟻。不得公卿憐，何由取青紫。本乏入幕才，豈能令公喜。但撫千秋絃，一奏磻溪水。

江上晚來山

江上晚來山，宛似五湖緑。我行霜尚繁，已聽鶯出谷。三歲桃李花，天涯一何促。非乏箜篌聲，不解秦人曲。長裾畏風塵，握粟厭童僕。攜手會稽雲，扁舟未爲速。

朝陽

夜户集蟲聲，朝曦布林影。登高伐叢漆，乘凉出墟井。雲端開丹笈，松下冪金鼎。寒士無相猜，熱客不吾省。遐宇流絶輝，千巖結晝暝。緩頰松綺閒，無心念朝請。

雪後南泛宿潘氏

黄蘆蕭蕭寒，草短日光白。有客弄煙綺，獨掛滄江席。起披楞伽雪，忽見茶磨脊。蓬萊白銀宫，宛轉在幾格。天華動物表，霽色澄川陌。鶴立千年松，練掛一片石。古厓屏風青，冰壺金鯉赤。鷄鳴楓樹林，馬度梅花驛。茫茫五湖間，未見范蠡宅。悲歌對尊酒，浮生苦行役。

明位。

雨久

雨久客不過，苔花滿廳事。幌虛波交縈，樹茂陰颯至。鷗來狎園薄，鄰荒度墻荔。霽景散林氛，徙幕高明位。

山晚憶陸子遠沈明卿十二韻

初冬天未寒，雨過林光接。丹樫擁青厓，重重間雲葉。古木猿垂條，山城鳥歸堞。阡陌俱懸黄，梟葵已落莢。鴻雁護水田，霜皋喜初涉。擬過孫登巢，將詢謝公屧。沙明月欲生，酒清未同歃。安得二三子，松下聽緩頰。金闕煙際來，蓬萊鏡中叠。暝鐘逾嶺長，嵐陰向晚怯。行曳碧澗端，眠與白雲貼。山空瑟不鳴，澗下谷風獵。

九月十四日集東麓亭

涼風颯江介，雲日彌城邑。玄宫冠隆坻，爽林秋氣裛。右瞰靈波長，左拱朝寺襲。紅蘭委神皋，華薄冒原隰。晨往苦夕歸，孤懷忌群集。卑枝迕高蓋，促席妨長什。雅投幽翰期，詎宜悲絲泣。頓轡東軒中，緩帶曲阿級。松遊翠陰重，桂動香露濕。檻高睇營營，巢返聽戢戢。託身本難稽，超景嗟未及。臨發耽須臾，青驪解還縶。

早秋李抑之見過

秋暑曠文典，荒居簡冠履。入門忘形骸，揮座就榻幾。後館紅蕖明，中庭緑陰徙。風來候香吹，雨過銷園綺。清光共流轉，牽裳情未已。

天界寺

秋晨慕虚覽，梵宇謝埃鬱。前壠未及逾，中林庶款述。入門躡颼飀，循隩多扃鐍。紫院陰霞興，瑶階錦苔出。問柏知僧年，藉花蔭佛日。晝憩夕忘返，神恬形寡役。懺往坐獨冥，玩空塵徐拂。終寓豈不歡，旋輿未能釋。

錢孔周席上話文衡山王履吉金元賓

契闊多憂思，歡然集桑梓。執手念離别，别離何年始。校書石渠閣，反顧若脱屣。繫馬親昵門，合尊城東里。款曲輸素懷，次第問髪齒。錦瑟未及彈，怨歌中觴起。怨歌何所陳，怨此夢寐人。出門即天涯，慌惚難相親。

徙幕府同仲先

府邸開平臺，松軒轉萋緑。四術多朱光，閒房静相屬。余業倏朝依，子懷喜夕篤。深居若無人，閲暑不知酷。晚葵敷餘霞，新蓮摘青玉。風清客襟開，月來琴柱促。寂寂方丈間，超然出塵俗。長令形跡忘，奚用事溪谷。

姑蘇臺

夜有昃題月，朝有出棟雲。高臺佇歌舞，羅綺何紛紛。吴月常從越山起，越花却種吴宫裏。眼前不盡西子歡，安用窮觀三百里。興亡不自由，春草生銅溝。惟有横山色，空帶蛾眉羞。杳魂想像朝雲廟，緑泥繡斷金燕頭。朝雲滅，金燕冷，夕陽滿地青楓影。

清涼臺

清涼寺裏清涼臺，交巖互磴青崔嵬。揚子江邊白鷺洲，白雲紅葉長悠悠。都門蓮已落，蟬聲滿城郭。躋跳丹霞端，乾坤忽開拓。霸陵黄屋翔青雲，鍾山紫氣何紛紛。秦淮水接建章宫，銅溝亦與寒潮通。層樓累閣分朱邸，主第侯家相對起。瓊臺砌斷金沙路，鞦韆亦在青槐裏。翡翠常銜蘇合香，鴛鴦祇浴胭脂水。繁華轉傷心，今古多升沉。六代既冥漠，南唐亦安尋。水晶宫殿野棠開，千門萬户生秋陰。

四望何茫然，忽建城頭羽。帆從采石來，煙分歷陽樹。遥川動霽景，碧草滅江渡。銜杯不盡江南情，與君仗劍歌昇平。

搗衣篇

夜迢迢，草白露，寒衣未曾絮。碧杵白玉牀，桂花新水香，長廊曳屧踏月光。莎鷄出户螢入房，金井梧桐生夜凉。凉風起，聲轉促，繡閣瓊窗滅紅燭。凄凄玉關情，秋來亂心曲。亂心曲，其奈何，銀河咫尺愁風波，何况桑乾道路多。

尊中有明月歌

尊中有明月，琴上有素絃。美人能彈客能飲，玉壺正傍花枝邊。皓齒對嬋娟，清輝相共憐。紅顏笑桃李，獨立無比妍。月不常圓花易落，蛾眉却怕秋霜薄。良會難，須行樂，爲君高歌勸君酌。酌未終，歌轉哀，金壺銀箭急相催。春光今夕争時刻，傾盡車渠三百杯。

由大觀亭歷觀音閣仙釋二院並勝因得縱覽江上

朱欄控帶青璧煙，碧峰浮出丹楓顛。東方鈴鐸西方磬，輕霞淡照横江天。南厓高，北厓俯，群峰奔走如龍虎。千尋巨石連空來，斷處曾經巨靈斧。天地闊，湯谷長，秋虹萬里横蒼茫。漁舟尾掛金連環，鴛鴦飛出蒹葭霜。潯陽潮有無，白帝在何處？回望吴天雁，南翔又西翥。孤帆遠映青空來，緑樹横分半江去。重沙複岸束復張，鯨鰐横斜失依據。海月緣沙生，珠子隨潮來。殘陽尚懸壁，素魄先臨臺。仙家瑶草九月寒，遠公石上三花開。燕子磯頭飲牛客，偶來莫使世人猜。青山對酒誰爲主，惟有簫聲晚自哀。

覆舟山臨望

覆舟山頭霽景明，長松落落崖石平。迴巒秀嶺低復昂，傳聞此地爲臺城。南望建章宫，佳氣何鬱葱。秦淮樹中流，遥與宫門通。城中萬井如棋畫，楊柳煙中分紫陌。内園蘭桂浮温香，戚里池臺蕩朱碧。鳳皇樓閣無處尋，臨春結綺作梵林。樽前却是樂遊苑，市朝更改成古今。登臨易頭白，銜杯落江日。迴望北湖煙，蟬鳴樹蕭瑟。秋波慘淡荷芰花，玉鳬錦鷄踏浪霞。西曹已鳴馬，東署復報衙。冥冥壺底月，寂寂城頭鴉。停琴送盡飛鴻影，引領天邊不見家。

桑乾河

桑乾八月寒，胡中射生早。彎弧决封牛，群氐醉眠草。白登山頭熊夜啾，胡人火獵無時休。并州小兒慣厮殺，夜半竊得丁零頭。左手接飛鳶，右手挾雙矛。馬上吹胡笳，揚鞭入朔州。嫖姚帳前交首級，但問幾顆能封侯。吁嗟！死士在邊不用憂。

春日鷄鳴寺

江南楊柳空青青，江邊路好無人行。不知爛熳花何處，空聽嚶嚶竹裏聲。鍾山王氣連宫禁，臺城佳樹鬱春晴。獨領風煙無飲興，晚來吹笛最分明。

鞦韆怨

丹楯朱千傍花砌，青絲流蘇兩頭繫。葡萄結束相思帶，玉釵斜挽盤龍髻。對對來尋花下繩，雙雙去作雲間戲。難銷寂寂玉樓情，可惜青青芳草地。玉樓易斷腸，芳草令心亂。空上鞦韆架，春愁未曾斷。

蛺蝶篇

西園蝶，叢叢映花葉。十五佳人二八妾，鴛鴦帶長芳草貼。妾面如花步輕捷，粉蝶紛紛上眉頰。長安踏青天氣和，千叢萬叢情緒多。蹴得遊絲落釵翠，牽來草露濕衣羅。遊絲亂，草露長，美人欲行空斷腸。緑潭紫澗迴花房，銀錢瑣碎雜柘黄。飛入桃李花，落地亦成香。花落留胭脂，蝶香無斷時。相邀入羅扇，起舞顰蛾眉。蛾眉轉低草轉碧，日暮江天欲何適。梁園應有未歸人，章臺豈少思家客。思家未歸春已殘，悠悠蛺蝶空合歡，芳草年年成永嘆。

北門曉行

燭下銀塘流水長，馬前山色曉蒼蒼。朱樓未滅明河影，碧城已動晨曦光。鷄唱悠悠度禁邸，螢飛點點刺衣裳。三年遊子離鄉思，閶闔門高露早凉。

花村草堂爲李子原承歌

新河渺渺楓橋浦，百花叢中有香土。書生卜館面西山，十里青溪抱東户。青溪抱東户，水鳥群無數。前朝勝境開華洲，今代書聲讀芳杜。南峰高，北峰俯，日日飛雲掛窗廡。上沙水，下沙土，翠波粼粼織成組。我昔投宿堂背樓，前村夜過清明雨。千巖發彩流朝霞，茂苑騰光蕩碧宇。櫻笋煙籠文藻軒，鵁鶄岸送樓船鼓。飛梁畫檻盤彩虹，菡萏湖邊女摇櫓。宵長忽遞寒山鐘，月落猶揮石牀麈。十年不上李子堂，金陵城邊話江滸。徒令風景形夢寐，何由復作花前舞，題詩先寄花村主。

諸友泛舟石湖還次治平

水氣連山靄，晨遊夕未窮。煙中懸澗暝，天畔躡雲空。新月在潭底，百花燃鏡中。竹房禪榻隱，處處愛山翁。

發胥口達包山

秋水連空鳧鶩長，滄洲菰米飯初香。地寬不辨帆來影，雲起遥疑石上房。青壁常含芝草秀，朱包新染橘林霜。年年佩劍嗟遊子，莫笑南山豆盡荒。

野興

落日愛人影，鳥鳴山谷長。逢僧溪上月，飲客竹間牀。得雨瓜先落，迎霜橘早香。開門三萬頃，隨意飲滄浪。

川上

繁華一夜雨，寂寞滿川萍。暖氣歸楊柳，春聲亂乳鶯。玉門千里恨，錦字去年情。鏡裏雙蓬鬢，應添雪數莖。

與陸無蹇宿資慶寺

空壁聞啼鳥，雲深冷石房。春隨落花去，人自採茶忙。葉暗翻經室，泉虚點《易》牀。陸郎谿壑主，假榻久何妨。

暮　春

萬里月當户，郵亭花滿枝。行人花下發，短笛月中吹。坐覺春光損，頻驚斗柄移。天邊芳草緑，愁緒細如絲。

夏　景

樹色分青澗，峰陰轉緑池。岸明荷散綺，枝亞果垂脂。掃石方無事，停琴欲待誰。相思隔芳草，酒畔有黄鸝。

春夜别友人

晚山横酒馬蹄輕，寂寂都門獨聽鶯。閣上花枝驚夢短，雨中春草伴愁生。江窮吴楚東流壯，曲盡巴渝雙燭明。不是新年無柳折，長條留取繫離情。

讀治平下院

水房虚繞竹，石壁細生霞。冬入經深雪，春歸盡落花。澗香來白鳥，草緑鬬新茶。久與交遊隔，空疏類佛家。

秋日

下阪人離嶠，朝原鳥厲空。江輝混遠碧，林影間疏紅。竹宇新開小，花房舊訪同。青崖有石髓，杖策向穹窿。

春去

謾説春歸去，多情無計追。勝遊須秉燭，餘興獨臨池。鳥怨花飛急，杯嫌月到遲。三眠楊柳足，正是浴蠶時。

登縹緲峰絶頂

莫訝登高不用扶，手招鸞鶴興如何。環來島嶼人間小，側去陽烏寒色多。巖下雨來浮碧靄，杖頭霞去落蒼波。千年石上仙人跡，爲問王喬幾度過。

大駕北還

鑾輿北渡五雲移，親聽鐃歌海上吹。黄道香風鳴寶鉸，翠華秋日到瑶池。千官喜得金門詔，南國新傳赤雁詩。六郡良家齊解甲，騶虞旗捲犒王師。

見杏花懷吴下門生

偶拈如意話天涯，不道春風到杏花。朝雨似迎新燕子，江村稀見野人家。忙中寒食三年客，雪後音書兩鬢華。豈是草《玄》耽寂寞，欲將文字問侯芭。

由南峰入天池

入谷也須緣澗道，乘高忽又度虚岑。參差石勢雲行細，寂寞禪關樹鎖深。春日綺羅偏映水，江南櫻笋自成林。十年不到天池寺，南北峰頭費遠尋。

秋　日

清秋山色浄簾櫳，八月芙蓉滿鏡中。醉任隴雲連海緑，愁禁楓葉接天紅。養魚好伴鴟夷子，飲水無如桑苧翁。江上美人期不到，吹簫獨自向虚空。

赴朝陽門望禁中

鎬京元是舊封疆，紫禁重重鎖未央。畫角常吹城上月，羽林猶宿殿前霜。陂塘瀲灔天渠遠，觀閣玲瓏苑樹長。鐘鼎馨香河海晏，玄圭終古頌天王。

扇

誰家紈扇碧，舊畫網蟲昏。侍寵曾羞日，承宣不避暄。月輪空自妒，秋思已難言。錯認桃花影，班姬點淚痕。

村舍

春水明沙鳥，斜陽鋪緑茸。墟遠笛聲亂，峰高霞影重。飲謀青澗竹，坐記碧壇松。莫道山中静，鶯啼樹樹濃。

五月

溪上鶯啼緑樹濃，溪前樓閣水雲中。江南角黍梅時雨，扇底冰盤午簟風。麈尾静還生緑靄，縠紋渾欲下青空。佳期正與端陽近，莫怪榴花别樣紅。

春日思家

經旬不出畏春泥，狼籍風光上苑西。江柳初揺客未發，山花欲落鳥頻啼。故鄉頭緒愁中草，野寺棲遲石上梯。暮色蒼然人倚閣，秣陵東去白雲低。

秋日越來溪

十里橫山帶藕塘，鷄聲溪上曉蒼蒼。青蛾悄映荷花日，屬玉群飛菰米香。吳苑樓臺今古壯，越城簫鼓水雲長。范園最是秋光美，甘菊留人不論觴。

曉　起

竹色衣全緑，林光露未晞。隴猿催夢曉，塞月墮煙微。别恨琴中語，流年客裏歸。悠悠花上蝶，偏作合歡飛。

早　春二首

茅屋開門緣澗阿，屋前梅樹石田多。孤村雪後花初見，正月湖南凍未和。兩寄隴頭書未轉，近來官閣興如何。青霞日出天鷄早，錯引遊人入薜蘿。

上日風清煙靄收，長洲新水緑悠悠。春回樹色流鶯亂，寒入花枝翡翠愁。吳地月明人倚棹，江村笛好晚登樓。歸鴻不待天涯暖，早折紅梅寄隴頭。

經主第二首

草入行宫緑，花開舊館紅。金枝香漸遠，玉輦恨無窮。澗已無脂到，山猶妒黛工。叢叢原上蝶，留客立東風。

古甃蒼苔斷，寒渠碧瓦深。燕頳猶掠鏡，草纈尚同心。有井分宫路，無塵接禁林。百年恩澤盡，惆悵沁園陰。

諸友次高座寺

城南諸佛宇，各自古煙霞。十步一金磬，高臺自雨花。帝城雲物瑞，江表士風嘉。醉愛楓林暮，停車傍狹斜。

毛督經浣亭官舍芍藥

晝静緑陰匝，微風滿院芬。紅欄昨夜雨，碧館見朝雲。春杳鳥空怨，暖多花易醺。須煩紫絲帳，遮護到斜曛。

上巳寄文子徵仲

楊柳成絲二月殘，闔閭城外路漫漫。空餘夜月琴中語，添得年華鏡裏看。送客汀洲蘆笋緑，倚樓風雨杏花寒。故人東閣多情思，獨詠《蘭亭》興未闌。

燈夕湯子重席上

美景忘遊宴，珠燈多夜光。春城繡户月，羅襪畫橋霜。嗚馬客先發，誰家歡未央。吴宫星未落，醉裏笛聲長。

答陳石亭殿講見寄

梨花半白柳絲絲，獨立江頭有所思。客倦難成春草句，天長傳得玉堂詩。香從青瑣封題久，露待薔薇盥洗遲。珍重故人湖海念，夢魂連夕鳳凰池。

秋日西郊

落木碧空遠，秋輝半壁斜。遊車停細草，飛蓋帶餘霞。水闊煙鐘暝，鴉歸省樹嘩。長安擣衣急，秉燭傍誰家。

懷履約

載酒尋蕭寺，風煙古越城。竹房穿月冷，葛屨照霜清。溪上叮嚀別，歌中慷慨情。如余空自老，念子蚤峥嶸。

静海寺佛閣

夜宿猶依白鷺洲，朝遊忽到古城頭。江聲不爲行人佇，山色常含往代愁。葉下碧欄蕭走晚，馬嘶紅苑北門秋。風流總是周南客，看海銜杯一倚樓。

積晦

積晦衾常薄，初暄花亦希。蛟潭生潤氣，汀樹掛寒輝。倚杖白鷗起，罷琴黄葉飛。柴門臨澗道，蹤跡太幽微。

所懷

園繁鳥不絶，花落香猶清。去旆難仿佛，歸帆空月明。寄書知雁晚，解纜記潮生。祇在湘江畔，誰通疇昔情。

新　漲

今年春漲早，潮已入青溪。緑浸深宫柳，香銷上苑泥。月中思錦纜，燭下望金堤。商女能聯槳，秦淮夜唱齊。

虎丘退居集友人

檻外斜吴苑，林間促羽觴。池花摇暑浄，泉韻雜松凉。念别經時久，重來笑客忙。小吴軒裏月，臨發戀清光。

暮春山居

斜廊下塔影，半嶺送湖光。紅霧花藏島，寒泉竹隱房。空虛時墮翠，寂寞自生香。客過蒼苔合，翻經日漸長。

春盡還山中

山霧忽深黑，柴門寂不喧。春寒逼短褐，朝雨壓孤村。粉蝶愁花信，香羅積酒痕。清明看又過，桃李獨無言。

吴門夏日

邗溝風動水萍開，暖日遊絲覆酒杯。吴越旌旗二千載，落霞多處一登臺。

張膳部席上

官舍迴深巷，頻來識苑墻。緩吟春草秀，静語晚巵香。沙柳初藏鵠，溪雲復滿堂。官橋紅燭散，驚動宿鴛鴦。

玉河橋曉行

太液新波出建章，轆轤聲近想宫墻。殘星拂樹天橋净，隔岸啼鶯禁籞長。紫氣凝香開北極，蒼龍乘日起東方。君王垂拱臨朝蚤，銀燭光中散鷺行。

王進士直夫僧房見招

曈曈旭日照樓臺，輦道今朝不動灰。玉樹青葱迴上苑，宫雲輕薄擁蓬萊。麥秋戰暑添筒布，櫻笋籠香近酒杯。禪榻王陽頻有約，不妨騎馬踏蒼苔。

引奏後即事八首

中使迎軒簇彩旃，千官猶在玉河邊。香煙未散龍輈起，今日君王御講筵。

瓊樹花間金鳳翹，紅鞍緑轡馬頭驕。當朝戚里多豪貴，惟有何郎早插貂。

千門花柳轉楓宸，百和香中過輦塵。銀箭忽從天上落，六宫仙子聽時辰。

林開鳺鵲緑煙銷，月掛珊瑚樹影高。閬苑風清仙曲妙，西王連日進蟠桃。

珠簾緑纈紫葳蕤，小鳳頭軒花下移。長信宫前宣使急，平陽促馬赴瑶池。

金華筵罷退從容，小仗穿花聽午鐘。五色傘中黄帕冪，大官初進紫駝峰。

金水荷花接綺軒，石渠銀鑰掌中閽。西崑學士封麻晚，斜日猶開左闕門。

碧鷄朱鷺羽毛鮮，小殿芙蓉貼水圓。昨夜百花風信急，御溝新藻有紅泉。

郊壇

輦道風清碧野平，紫煙常自鎖南城。行宫歲幸乘龍近，仙侶朝來學鳳鳴。小殿沉香金氣郁，圓丘芳草玉華清。祠官記得天行處，萬燭光中候佩聲。

過闕

虎闕沈沈列校屯，龍池滚滚湧泉温。燈前御柳迎春舞，雪後宫鶯近午喧。盡道紫霞隨玉輦，遥瞻仙旆下彤軒。萬年枝傍長生殿，重海歌中祝至尊。

送中川老先生朝賀

蒼龍殊喜映前光，學士含香拜玉皇。九廟慶成崇寶祐，萬年枝茂發靈祥。華封不阻崆峒祝，仙宴欣霑芍藥方。典學古來求正士，桓榮端合領春坊。

齋宿

驛使催乾鵲，齋居廢曉眠。霜籠官道月，木罩故宫煙。朱邸聞鷄早，銀潢度馬堅。天河光未滅，正掛玉樓前。

公事後禁門 三首

龍輴金鋪麗，蜚廉貝闕縣。燕藏朱户網，花隔綺疏煙。刻漏虚銀箭，宫槐積翠錢。瑶臺夜夜月，不復妒嬋娟。

紺宇環天第，青苔瑣漢宫。翠華雕輦去，露樹舞衣空。風散瓊林綺，花流温沼紅。玉人抱銀鑰，羽校列雲中。

碧靄凝金瓦，滄波到玉津。蓬萊雲靉靆，玄圃石嶙峋。内祝開香殿，天花捧御真。豐宫太皇業，温樹萬年春。

懷錢野亭

啼鳥過橋去，清溪入徑長。花藏露樹緑，桐隱夏房香。静識亡羊理，閒悲鬭蟻忙。小山叢桂底，日檢羡門方。

初春南城

緑靄遥生竹裹厨，山光難得上衣裾。籃輿出郭青溪暖，茶竈投僧碧館虚。雲石細尋泉湧處，松杉常似雪消初。仙人饋得金壺汁，説法堂高好漫書。

清明日張月鹿至

鷄聲東傍禁城隅，官舍青青繫白駒。上苑花枝淹舊雨，御溝楊柳發前湖。風光未判春多少，絃管難明恨有無。緑草漸高堤漸没，憑君推牖瞰鷗鳧。

春去

萍藻經春高石牀，水亭終日柳花香。坐忘屋裏青山近，卧起天涯緑草長。楚國登樓空作賦，梁園啼鳥苦思鄉。東欄芍藥三年別，誰護西湖夜雨狂。

徐公子東園

座斂鍾山翠，城虚白下潮。鳥啼花塢雜，磴轉洞門遥。傍水邀明月，停杯待玉簫。月出客已醉，簫聲空自嬌。

寄陸甥宜俯

汝去吾廬冷，空庭緑蘚生。春泥活蕙草，朝雨聽鶬鶊。老樹新花潔，疏絃古調清。無書報時事，獨酌破愁城。

立秋日客去與啟之静坐

蟬噪乘凉江雨輕，芙蓉沼上午陰生。東家樹影屏間緑，北澗泉聲雲外清。屐齒乍臨驚夢破，苔痕新長與階平。漢庭侍從今虚曠，不是文園懶送迎。

秋日

楓疏映天遠，草蔓護門深。砌亦朱華冒，簾常緑蘚侵。園香三夜雨，雁過一城砧。已畏洞庭晚，休添楚客吟。

館中冬夜

燈火青青閉草堂，茶煙猶自攪爐香。寒宵不盡官城葉，月色偏兼客館霜。近闕木魚傳警切，高樓銀箭滴愁長。公車射覆虛遲晚，方朔何須粟半囊。

冬日寄諸昆

理書烘日映窗紗，雁字横空忽又斜。海上碧桃逢雪采，江南盧橘遍村花。湖鄉晚喜銀魚賤，霜閣朝留紅葉遮。臘近家家炊曲米，何人騎馬獨天涯。

闕下詠雪二首

冰柱懸河直，鮫綃布地平。初同梅萼競，亦亂柳須輕。箔隱朱樓媚，虹垂寶户明。素娥香室静，却愛點苔英。

寒光逼四隅，瑞氣滿皇都。素女開金鏡，遊人在玉壺。蓬萊駕白鳳，湯殿浴霜鳧。别有藏香室，紅煙傍碧衢。

春日徐氏東園二首

入洞多門户，乘高野望饒。花欄依曲磴，潭水接流潮。院院遊難盡，鶯鶯聽轉嬌。屏間有絃管，待月輒通宵。

春來濯酒巵，公子燕園池。出洞因花久，歸程爲月遲。已憐新粉薄，莫信晚風吹。渌水雕欄裏，遊絲樹樹垂。

徐錦衣西園見招日者不赴既而有談其勝者爲賦一首致意

玉樹新花次第紅，雲霞生處隱房櫳。青山盡在朱簾裏，白鳥翻飛畫檻中。果見仙家開福地，誰雲倒景復虚空。彤弓世遠多華胄，雅素如公迥不同。

寓别徐東園

華裾偏喜狎輕鷗，略去形骸趣更幽。地底新開滄海詠，山頭曾見鳳凰遊。紅泉送酒穿松去，緑藻浮花過檻流。莫道西園容易遍，紫霞中自有丹丘。

懷舍中牡丹

輕薄東風燕子斜，長安有客未還家。燒燈不是春山夜，對月虚懷舊館花。卧處小屏霞寂寞，夢中芳草蝶喧嘩。天涯物候關情極，乘興思浮碧海槎。

上巳日端居

處處穠花映水明，水邊花氣鬱龍城。煙霞盡在山頭寺，羅綺偏圍竹裏鶯。帝里韶光春酒倦，天涯緑草客魂驚。風塵最苦長干道，翻覺端居有勝情。

别寓館

郎官宅里舊簾櫳，鶯燕頻來認主翁。霜月寄情淮水上，煙花迷客秣陵東。梁園倦後思家切，甪里閒多卜館同。松菊未荒誰爲理，先將栽灌教兒童。

新春旅懷報東橋中丞

門徑斜斜一半荒，鍾山終日抱茅堂。春寒尚苦鶯聲澀，雪水新生魚藻香。白鳥寄書三月到，青崖歸夢十洲長。故人惟有逋翁近，未得籃輿探錦囊。

題鷄鳴山房

山浮寒碧水浮花，石壁蒼蒼竹樹斜。愛爾玉京秋色好，白雲頭上看人家。

歸雲亭

尋幽坐翠微，嵐氣濕人衣。日暮高亭上，雲歸僧未歸。

王貢士寵四十六首

寵字履仁，更字履吉，吴縣人。少與其兄守，字履約，同學於蔡羽先生，居洞庭三年。既而讀書石湖之上二十年，非省侍不入城市。善病養疴，棲息虞山之白雀寺者累年，未幾而卒，年才四十。所與遊者，文徵仲、唐伯虎最善。徵仲長於履吉二十四歲，折輩行與定交，而伯虎以女妻其子。爲諸生，受知於郡守胡孝思，八試鎖院不利，以年資貢入太學。履約舉進士，以都御史撫治鄖陽，而履吉已前死。死後數十年，履吉名滿天下，而人之猶知有履約者，以其有履吉爲之弟也。履吉資性穎異，行書疏秀出塵，妙得晋法。於書無所不窺，而尤詳於經，手寫經書，皆一再過。風儀玉立，舉止軒揭，猥俗之言未嘗出口。蘊藉自將，對人未始言學，温醇恬曠，與物無競，人擬之黄叔度。顧華玉稱其詩刻尚風骨，擺脱輕靡，既正體裁，復滅蹊徑，可謂後來之高足，進而未止。而徵仲則云其志之所存，不得少見於世，僅僅以文傳，而所傳又出於文場困躓之餘，雅非其至者。兩公皆深知履吉，故其論如此。

曲巖

乘雲欻先登，攀崖紛廣眺。孤峰上寒日，平楚騰餘燒。天高風物緊，地迥山川竅。饑鼯乍陸梁，哀鴻相叫嘯。企石揖雲帆，披霞迎海嶠。空水共泛瀾，虚無自餘照。林深養谷神，壁仄團景曜。光風爛芝苓，玉髓滋蘿蔦。樵隱自夷猶，末路多奔峭。懷哉甪里公，千春可同調。

過石公山

島嶼屢崩奔，石林突參錯。朝雲正吐秀，冬水亦澌涸。槎牙熊豹蹲，蜷曲蛟龍蠖。波濤激中洞，嵐靄紛上薄。金膏赤日流，石鏡青天霩。表靈徵名圖，延賞諧幽諾。蒼鼠不驚人，丹楓時自落。茲焉可投綸，畢志甘場藿。

楞伽寺

雲竹素所愛，山林道難忘。荆蠻屹水府，五湖瀉湯湯。連峰枕其腹，翠壁森開張。流峙兩參錯，南斗迴文章。絶境閟蘭若，金天建旌幢。嵯峨古楞伽，颯沓開雲堂。星河掛北户，日月經其陽。法雨不斷灑，檀樾紛成行。時時吐虹霓，下飲平波光。風帆日如織，寶筏度迷方。道林更愛客，文燕依松篁。脱屣石苔滑，科頭飛雪凉。朱炎久蒸薄，卧暍兩月强。掃除洞虚白，盥浴披天香。回思隔朝市，執熱眇相望。

宴徐子仁宅

全陵豪俠窟，樂遊鳳凰原。青門臨上路，爛若朝霞騫。嘯侣共行游，窅窱窺陽園。神飈集珍木，泫露被芳蓀。蘭池夏氣爽，桂棟秋雲屯。嘉花既羅户，密篠亦植援。疏林抗北磴，激浪飛南軒。粲粲芙蓉披，離離椒芷蘩。中堂理絲桐，後檻樹旌幡。初疑遊龍翔，忽訝驚鴻翻。色授神已交，禮防心詎煩。主人卿雲流，標勝儷璵璠。已羅西園彦，復注北海樽。縱横逸藻奮，契闊佳期敦。履舄相錯陳，釵纓互繽翻。肴來乃瓶罄，觴至若川奔。曉畏夕月馳，宵忘朝日暾。平樂諒虚侈，高陽亦徒喧。綺麗安可悉，商確歌此言。

月夜登上方絶頂二首

五湖湧青蓮，削出千丈壁。空中構寶殿，珠光相蕩射。明月海上來，照見半山赤。千林似竦動，鳥獸夜辟易。飛馳入中天，萬里掃空碧。吴越何茫茫，俯視一氣白。身列星辰間，絶頂布瑶席。舉杯酌銀河，誤觸支機石。回首招王喬，吾亦成羽融。大道無端倪，人世如蟻泠。翛然御風行，天路非阡術。望舒稍西傾，東海已吐日。山川兩照曜，金波中蕩潏。仙人夜行遊，巖坐泛寶瑟。吐故餐晨霞，乘露采芝朮。巉巉金庭山，中有煉藥室。却笑尚子平，寧須婚嫁畢。

飲錢二孔周宅桂花下

嘉樹蔭團團，團團露華白。本自招搖山，植君青霞宅。不意凌寒姿，占此瑤墀隙。高枝掛珠網，卑條敷綺席。萋萋布葉陰，茸茸吐花積。風飄遠近香，月映盈虧魄。既集佳麗人，亦招隱淪客。幸承金樽薦，親勞玉腕摘。歌曲出玲瓏，舞袖隨寬窄。條繁每罥釵，花落常點額。戲羽必成雙，栖禽無單隻。及此芳菲時，荷君千金惜。不醉且淹留，看朱已成碧。

郊遊與諸公作

洛中曲水宴，西京玄灞遊。由來盛簪紱，蘭藻麗皇州。紫掖鳴珂散，青郊結伴投。三三軿玉勒，兩兩方華輈。地擬河陽谷，池穿太液流。金張雲母幰，許史鳳凰樓。細柳全遮埒，新荷欲礙舟。厭逐豐貂飲，還從卓錫遊。雲峰猶辨夏，鈴語似鳴秋。梵樂紅樓奏，天香紺殿浮。賓疑馭風至，思以采珠求。名理山陽勝，談天稷下遒。所嗟江海客，躑躅且淹留。

李原承兄弟至

風灑北窗蕉，笄篁波文緑。白雲映遥天，千片空鳴玉。蹌蹌松欲舞，楚楚藤如束。山空鳥言静，雨沃苔錦縟。楓楠翠猶藹，菡萏紅相續。秋晶晃秀林，霽色澄遠緑。主人亦何事，瑶琴奏幽曲。意得在高深，理遣齊榮辱。棲遲一丘中，迴薄天地足。晚與静者期，開樽命醽醁。

送錢太常元抑祠祭顯陵

江漢朝百靈，絳節集鄢郢。興園奠其陽，虹霓熠光景。象設開天庭，環衛森五嶺。齋房産靈芝，玉醴出金井。神遊駕虚無，劍舄存遺影。灑掃祠官虔，匕鬯皇情耿。太常典秩宗，精白一心秉。龍顔授玉册，殿上親祗領。玄端佩衡牙，陟降瑶壇静。風清靈旗翻，天赤御氣冏。宗禋日輝光，松柏載崇整。山河扶棟梁，虎旅肅藩屏。還軺告成命，弭節爲俄頃。備聞古夔龍，密布金華省。仿佛弘治風，廷論多骨鯁。我輩飽藜羹，散髪從箕潁。

紀　變

皇帝紀元年，嘉靖秋七月。盲風白晝號，酣闞亘明發。勢從西北來，突過東南蹶。一鼓江河翻，再簸海嶽拔。黄沙暗中原，白浪高觀闕。古樹斬十圍，夔罔逃百粤。淮揚既澎湃，吴楚轉突兀。蚩尤掣長旗，天吴竪危髪。中霄抱屋柱，股栗不得歇。二儀莽蒼蒼，色亂玄黄汩。飛廉應南箕，崇鯀伏金鉞。神聖方膺圖，地紀胡嵲屼。元老滿巖廊，燮理諒匪忽。翻然萬家邑，漂蕩魂惝惚。虬龍怒磨牙，何處收爾骨。翹首叫帝閽，終思答天罰。

牛首山

終南望咸陽，少室邇京洛。神宇壯維藩，佳氣鬱環崿。兹山何嶕崒，川嶺麗繡錯。攢蹙亘千巖，縈紆盤萬壑。星辰互翻動，雷雨或解作。谷候異凉温，峰形殊今昨。瑶草雪中華，紅泉風外落。江翻映組練，日照輝金艧。遊衍多聖仙，翔舞集鸞鶴。循山構累榭，嵌空結菌閣。飄飄曳靈幡，窅窅鳴天樂。宸居曁泰清，長楊亘五柞。登祇警神衛，方望肅王略。弱齡耽名山，雅志涉丹籥。招隱冀淹留，采秀憐沃若。秉我上皇心，排筌入玄漠。

憶故園作

山空鳥聲樂，日宴病客眠。暫憩白雀院，輟耕石湖田。遥想蠶事作，桑者日閒閒。緑竹粉猶膩，紅櫻爛欲然。游儵詠緑水，戴勝鳴高天。飛絮乘風揚，新荷貼水圓。故園風日好，嘆息此芳年。

西苑

翠鳳翔文囿，黄龍戲禹舟。乘雲暢皇覽，御氣警宸游。上聖豈蓄軫，玄功惟委裘。青霞冠玉嶠，碧海溢金溝。東出祈年館，西望五城樓。虹梁像漢徙，芝蓋儼星浮。帝女呈機石，天童竪采斿。神魚五色現，琪樹萬年稠。竹殿回鸞駐，椒庭降輦留。圜形圖貝宇，方折寫瑶流。望幸傾三島，時巡聳十洲。流觴洛水日，張樂洞庭秋。不及天池雁，年年奉藻旒。

流螢篇

熠熠流螢度草堂，耿耿銀河秋夜長。縈迴拂棟光難定，窈窕穿花焰更藏。山人書劍黯生塵，憔悴年來白髮新。枉將艷采投虚寂，却似餘輝借比鄰。海螢流螢殊可憐，琉璃甲帳水晶簾。映看寶靨千金笑，照看蛾眉百倍妍。合德宫，昭陽殿，天人親撲桃花扇。幾回邀得九重歡，鳳輦淹留傳夕箭。今日胡爲溪水頭，風篁煙柳共新秋。不歸天上瓊樓隊，却伴山中病客愁。

陽春詞

春到江南春可憐，東郊西郭得春先。初飛蛺蝶猶疑夢，忽見梅花各問年。鸚鵡洲邊芳草積，鳳凰樓下百花然。王孫拾翠争相問，美女尋春總獻妍。千金買得飛龍馬，八寶裝成軟玉鞭。啼鳥亂群還自對，遊絲争繞暗相牽。勾吴樓閣如天上，别有紅妝笑相向。雲屏珠箔正昭回，錦樹瓊花次第開。傾國能誇《神女賦》，凌雲還有茂陵才。欲移角枕鮫綃帳，先掛冠纓翡翠釵。春色年年歸有期，勸君須惜少年時。春去春來人不見，花開花落日相思。昨日朱顔渾似玉，今朝白髮已如絲。年年暗受傷春病，不與楊花燕子知。

石湖中流酌酒酣暢

總道金門隱方朔，何如東山卧謝安。青雲萬里絶鳥道，凌兢側足千峰攢。饞蛟磨牙走其下，飛蛇接翼相勾盤。平生蕭散不經事，清湖縱酒哀絲彈。羅屏合沓出煙霧，金鏡瀁滉生波瀾。孤洲斷岸疑畫出，菱葉荷花俱已殘。百觴自善鴝鵒舞，九月不奈貂裘寒。丈夫未用頗適意，長房自愛壺中寬。君不見翠華摇摇滄海西，長楊羽獵闢旌旗。子雲勞獻《河東賦》，正是君平賣卜時。

病起對鏡作

閉户十日病骨僵，手龜髮燥面色蒼。朱顔緑鬢不相待，俯仰天地爲凄凉。男兒勳業竟何在，鏡中摸索求亡羊。古來相馬失之瘦，龍文虎脊空騰驤。憶昨結客少年場，呼鷹走狗勢陸梁。全盤賭酒争五白，銀燭嬌歌彈《陌桑》。謂言富貴唾手取，吹毛插翼森開張。十年獻賦不得意，貂裘寶玦無晶光。平生酒徒漸零落，羞澀陰符垂虎囊。學書無成學劍晚，歧路側足心周章。百年冰炭滿懷抱，萬里鴻鵠方翱翔。

明朝散髮武陵去，夾岸桃花煙水長。

南都

錦纜牙檣萬里遊，天吳海若翼王舟。襄城七聖空迷轍，弱水三山未穩流。塞北風雲連朔漠，周南節鉞自公侯。兩京角立分形勢，居重還須扼九州。

立秋日

南紀清秋殺氣遥，扶桑銅柱崒高標。風悲畫角關山迥，雲去蒼梧畢斗摇。正憶郊迎虚玉輅，即愁邊守醉金貂。黄河白草蕭蕭去，胡馬千群出射雕。

秋懷二首

鳳管龍簫清且悲，南徐北固自逶迤。海門直指聯三象，日馭巡行逼九疑。入計衣冠刓璽綬，防秋兵馬失旌旗。長卿諫獵無消息，悵望江湖有所思。

澒洞風塵莽未休，凄清江漢仲宣樓。摩天鴻鵠終辭網，跋浪魚龍岌負舟。黄竹泠泠連楚澤，白雲冉冉接昭丘。金輿玉座千年跡，流恨荆揚古帝州。

辛巳書事四首

居庸碣石控胡門，玉幾由來北極尊。閣道逶迤經海岱，天河隱見山崑崙。斗間遂識三階列，日下從知九軌奔。奠鼎卜郊非浪事，萬年圭邑保文孫。

泰陵松柏五雲高，再見姬康握赤刀。南斗龍文占王氣，中原馳道擁旌旄。委裘不亂遺謨遠，磐石相維締構牢。弘治名臣天整在，元功應數舊蕭曹。

黿食庚庚夏啟光，龍顔日角映扶桑。九朝琬琰陳東序，萬國山河履職方。總道翔麟傳寶籙，即看天馬度銀潢。軒虞落落洪鈞轉，矯首滄溟望八荒。

内侍傳宣總插貂，虎賁絲絡遞乘軺。爾曹肉食終無賴，天下軍輸半已凋。朔雪炎風歸紫極，銅駝金馬鬱青霄。萬年曆服超三五，努力夔龍翊帝堯。

夏日草堂撤去窗户肆設簟幾清風洞越藤竹交蔭悠然有得作

錦石疏花暑氣清，翠巖丹壑夏雲生。已添海燕梁間語，直看湖帆鏡裏行。四壁驚風絃索響，千林修竹簟紋明。令人却憶王車騎，更覺西山爽氣横。

横山下種瓜作

山田犖确苦多沙，學種東陵五色瓜。激澗即看穿石竹，插籬偏自愛藤花。囊中未得餐霞法，溪上時留泛海槎。長日輟耕無一事，祇須牛角掛《南華》。

湖上二首

石湖春色太可憐，却似美人明鏡前。錦甸平鋪鴨緑水，白雲飛動蔚藍天。

星橋北掛瀉春流，映出黄山水面浮。霞石天青飛練鵲，桃花氣暖醉輕鷗。

初夏

夏木沉沉緑蔭濃，後峰鶯語應前峰。石牀曲几閒調息，消盡浮雲意萬重。

夜

山腰小閣夜焚香，煙滿平林月滿牀。十里春湖明滅外，《竹枝》歌散一天長。

月

娟娟霜月夜寒侵，宿莽澄湖入望深。自笑山中雲卧客，一牀林影類棲禽。

雨　過

軒窗雨過緑交加，山鵲群飛噪晚霞。爛熳一番春夢覺，東風時掃日南花。

同王子美湖上看月

百尺星橋卧彩虹，青天飛鏡水涵空。憑君看盡人間月，誰似湖山枕簟中。

草　堂　作

紫端新浴墨波香，竹覆南軒翠蔭凉。一縷爐煙疑不散，數聲鶯語哢偏長。

戲簡補之與之

伏枕聞君樂事偏，鈿蟬金雁總堪憐。何時共醉桃花塢，解盡春衣當酒錢。

落花

花枝瞥眼又闌珊，誰乞黄金反少丹。一院殘紅堆不掃，春風開落兩回看。

踏青

茶磨山前水似苔，紅妝隊隊踏青回。衣香花氣熏人醉，蛺蝶蜂兒撲面來。

嘉靖癸巳三月晦日將往白雀寺與碧峰禪師虞山泛舟二首

層巒叠壁映朱簾，風軟塵香四月天。十里山塘看不足，翠屏合沓午雲鮮。

遠公相對静移舟，山似芙蓉水似油。白雀白蓮堪結社，送余還過虎溪頭。

白雀返棹李王二子送余過虞山下作四絶句

繞郭圍屏十八里，尚湖華蕩舒其前。山明水麗照斜日，一片天池千朵蓮。

芙蓉叠壁錯奇錦，琉璃千頃摇青空。把酒掀廉一長嘯，真堪狂殺米南宫。

隨山高下野人家，春夏林深不斷花。可奈流鶯千百囀，陰陰緑樹映紅霞。

朱樓紺宇鬱相參，倒影斜飛墮碧潭。落日畫船摇曳處，土風還自樂江南。

荷花蕩絶句

荷花蕩裏採蓮歸，九龍山頭暮靄微。輕身倚楫下前浦，花氣人香逐浪飛。

湯迪功珍二十六首

珍字子重，長洲人。與王履吉兄弟讀書石湖治平寺，凡十五年，爲前輩蔡林屋、文衡山所推重。衡山二子及彭年皆出其門。年四十餘，應歲貢，除崇德縣丞，故詩稱《迪功集》。子重家有雙梧堂，嘉靖癸未，林屋北行，與吴爟次明、衡山、二王宴别於此，霜月交白，不能爲情，子重命工圖六人之像，衡山補景，而林屋爲之記。石湖有五賢祠，祀文、湯、二王，而益以唐子畏，吴人至今以爲美談云。

待衡山先生過園居

朝來簷鵲送聲忙，見説高人過草堂。風動似聞門外屨，晝長頻續案頭香。暖烘韶麗花含笑，雨閣輕陰日弄光。多少野橋東望意，碧雲閒詠小山旁。

錢子孔周久臥沉痾不出奉簡律句

束髮相要及暮年，追陪花月與林泉。却緣伏枕違春事，自笑無情拍酒船。煉骨舊傳禽戲術，全身新讀馬蹄篇。高軒列樹多雲氣，日盼庭柯芳樹前。

季春同文内翰父子陸儀部昆仲彭子孔嘉盧子式如登宴上方山寺

霧磴煙梯天上行，玉壺銀榼竹間迎。俄分人世升沉跡，轉見春風浩蕩情。罥絮遊絲時趁蝶，妥花深葉暗啼鶯。寺樓把酒同翹首，目送孤霞落照明。

夏日寓感四首和陸子傳作四首

人間長夏有餘情，天上迢遥想帝京。清暑敞臨無逸殿，薰風徐引步虚聲。氤氳霧幄爐香細，縹緲霞綃佩玉輕。宣敕侍臣新疏草，欲將精禱阜民生。

巍巍弘治聖功垂，大漸猶傳顧命詞。四海臣民俱涕淚，一王家法有綱維。明禋祀合三宗典，觀德親當七世期。統系本明登享正，叔孫何事敢相疑。

五鳳鐘聲出御樓，宫鴉初散曙星流。衮衣南面朝圭璧，華蓋中間正冕旒。出納每惟王命允，安危偏倚廟廊憂。受釐一自居宣室，恭默無爲仰帝休。

迂迴左掖赴東廂，曾是三公論道堂。密勿幾聞宣制美，保衡真和詠時康。華旃對御天顏近，玉漏穿花化日長。翹首可憐清切地，令人寤寐憶明良。

晚　思

禪居日日對僧伽，暗裏流年度物華。碧澗雲來生晚翠，青槐風過落輕花。人閒自愛孤峰静，江近猶憐尺鯉賒。心事有期途路遠，可因流落賦懷沙。

長安門西道苑墻雨後經眺作

紫宫黄屋邃森沉，馳道周廬肅羽林。樹裏啼鶯清禁切，雨餘流水御溝深。松篁並落鍾山翠，雲霧長依漢殿陰。此日歌謳歡在鎬，草茅何以嗣華音。

泊徐州再宿對月作

風煙漠漠路漫漫，迢遞偏嗟作客難。茂苑音書千里隔，彭城月色兩宵看。星涵河影垂平野，水觸洪聲瀉急灘。更倚五雲瞻北斗，清輝玉宇不勝寒。

越溪柳二首

越王戍畔柳條春，曾送鴟夷萬里人。肯道西施無別恨，翠眉今日效誰顰。掠燕藏鶯覆碧潭，絲牽縷結弱難堪。可憐庾信多蕭瑟，猶想春風似漢南。

城西遊歸乘月泛舟由胥江至西虹橋

嬌歌宛轉醉花前，歸去蘭橈漾錦川。十里春城燈火接，月明樓閣萬家煙。

凉　夜

明河流影散雲霞，南斗離離北斗斜。月色露華凉似水，金螢飛墮玉簪花。

金陵送客

紫鳳臺高飛綺塵，柳條如帶綰離人。勞勞亭下南遊路，腸斷王孫碧草春。

懷湯張二子

改罷新詩獨自吟，憶君不至意沉沉。疏花對雨平欄静，芳草和煙古巷深。

元　夕二首

吴趨西去接金閶，爛熳燈球月讓光。春色不教拘束住，可憐羅綺夜生香。

火樹銀花巧闘明，笙歌聲沸滿春城。月華西轉星河澹，猶有香車取次行。

山曉望大内作

龍樓佳氣繞鍾山，鳳瓦參差苑樹閒。一片日華凌曉霽，金光浮動翠微間。

浪淘沙三首

淮河一道達清河，如此風波可奈何。東岸沙崩西岸長，南船來較北船多。

灧澦瞿塘險未平，狂沙惡浪見堪驚。相逢盡勸公無渡，蜀道那聞斷客行。

後浪争催前浪來，前沙汰去後沙堆。乾坤日在淘沙裏，風霧冥冥總可哀。

長　門　怨

小小憑恩出主家，更憐金屋擅豪華。長門亦是行宫地，容易春風怨落花。

天馬詞

萬里嚴風敝鐵衣，貳師初釋大宛圍。漢家空却千群馬，始得流沙一騎歸。

潤州舟行作

河州春茁紫蘆芽，緑水清暉弄客槎。十日南風吹未息，殘梅猶發短墻花。

冬柳

大通街北竹橋西，枯葉衰楊傍岸垂。莫悵霜條今漸脱，春風吹緑祇移時。

王通判渙一首

渙字渙文，長洲人。正德己卯，舉於鄉，授嘉興府通判。改東川軍民府，未上而卒。渙文博綜群籍，能爲古賦，嘗爲雜賦小引云：「渙游南廱，會八省名士爲時文以備春試，暇時爲三四雜賦，或成於移晷，或竟日終篇，邏不敢附太冲，速不敢擬子安。蛛絲屋角，辛苦自收；蝸涎滿壁，循行猶記。渙於落落沉寥之餘，步日挑燈而有得者，不遂棄去，出以呈同遊諸公。劉勰負書於道左，李華稱名以求知，殆若是乎？」文徵仲云：「涣文詩宗白傅，晚效放翁、石湖。」今《墨池堂詩集》不傳，僅存雜賦及《墨池瑣録》。涣少與徵仲齊名，吴俗多淫祀，祠神鼓舞，必祝云：「生子當如陸南、王涣、文徵明。」南亦與涣同舉於鄉，吴人今不復知其氏名矣。

昭慶寺看芍藥

一半春光過牡丹，又開芍藥遍禪關。久辜往約違蓮社，今續清歡到寶闌。垂露幾團花面濕，東風一陣燕泥寒。酒邊何味呈奇供，緑筍朱櫻正滿盤。

崔秀才澂一首

澂字淵甫，吴江人。鄙棄舉業，好古攻詩。二十九而卒。有《傳響集》十二卷。

偶　題

行舟少住更聽歌，江上東風吹緑波。折桃華，贈離别，却憐春色已無多。